李 怡————著

魯迅的精神世界

為了現代的人生

——魯迅文學的重要基點

　　所有的文學研究不過都是閱讀者的一種猜測，當然，這種猜測並非空穴來風，而是可以進入「公共空間」的別有意味的對話。

　　在剛剛過去的一百年裏，關於中國現代文學，人們猜測得最多的就是魯迅。從反帝反封建的「政治革命」到改造國民性的「思想革命」，從「歷史中間物」的精神世界到「出生入死」的生命哲學，關於魯迅的文學活動與文學精神，我們所發表的著述可謂是汗牛充棟了。然而，每一分新的猜測都還能在質疑舊有猜測的時候獲得生長的可能，早已緘默不語的魯迅也似乎依然在為我們的想像提供足夠的空間。

　　這或許就是經典的魅力。

　　從關於魯迅的「政治革命」的闡釋模式開始，人們都更願意「發現」魯迅所「反映的時代進步」的一面。在「以階級鬥爭為綱」的當時，成為封建主義的「逆子貳臣」就是魯迅最光輝的形象，「從進化論進到階級論，從紳士階級的逆子貳臣進到無產階級和勞動群眾的真正的友人，以至於戰士。」[1]革命領袖瞿秋白的判斷幾乎傳佈

---

[1]　瞿秋白：《魯迅雜感選集·序言》，《魯迅研究學術論著資料彙編》1 卷 828

了大半個世紀，儼然就是與魯迅文學經典同在的「經典」；新時期改革開放的號角喚醒大家關注一個「思想啟蒙者」的魯迅，於是魯迅匯入了改造國民靈魂、推進中國現代化事業的時代大潮；待到現代生命哲學、存在主義等等「最新」的西方思潮開始流行，人們發現，魯迅同樣也並不「落伍」地擁有近似的話語……

一個不斷「與時俱進」的魯迅？

魯迅究竟是不是真的願意這樣「俱進」？或者說，在所有這些紛至遝來的「時代思潮」的背後，還有沒有一個獨立的魯迅，因為，我們分明記得他早就表示過對於知識份子不斷「進步」的懷疑：

> 像今天發表這個主張，明天發表那個意見的人，思想似乎天天在進步；只是真的知識階級的進步，決不能如此快的。[2]

不僅如此，他還明確表示過對那種「不斷變化」的文藝家的反感，甚至將之納入「流氓」的行業：

> 他總有一番辯護自己的變化的理由，引經據典。譬如說，要人幫忙時候用克魯巴金的互助論，要和人爭鬧的時候就用達爾文的生存競爭說。無論古今，凡是沒有一定的理論，或主張的變化並無線索可尋，而隨時拿了各種各派的理論來作武器的人，都可以稱之為流氓。[3]

魯迅還指出，如此善於變化的文藝其實不過都是「掛招牌」：

頁，中國文聯出版公司 1985 年版。
[2]　魯迅：《集外集拾遺補編・關於知識階級》，《魯迅全集》8 卷 190、191 頁，人民文學出版社 1981 年版。
[3]　魯迅：《二心集・上海文藝之一瞥》，《魯迅全集》4 卷 297 頁。

中國文藝界上可怕的現象，是在儘先輸入名詞，而並不紹介
這名詞的函義。於是各各以意為之。看見作品上多講自己，
便稱之為表現主義；多講別人，是寫實主義；見女郎小腿肚
作詩，是浪漫主義；見女郎小腿肚不准作詩，是古典主義；
天上掉下一顆頭，頭上站著一頭牛，愛呀，海中央的青霹靂
呀……是未來主義……等等。[4]

　　魯迅，同人類文明史上一切偉大的經典作家一樣，他的真正的
價值又是他自身創造的。他完全可以「從進化論進到階級論」，完
全可能為現代中國的思想啟蒙而殫精竭慮，也完全可能產生對生命
存在的思索，但所有這一切都應該從屬於魯迅自己的情感邏輯、思
想邏輯與話語邏輯。我們只有不斷「返回」魯迅的邏輯系統，才能
獲得重新「進入」魯迅文學的通道。在這裏，最重要的並不是不同
時代所流行的社會思想「時尚」，而是魯迅自己對人生、對文學的
理解，是魯迅用自己的獨特的語言所編制起來的精神形式。勘探魯
迅文學的「原點」，應該是每一位研究者工作的重心。當然，真正
的「原點」在很大程度上不過也是一種假設，然而，即便是對假設
的「返回」，也比將作家比附於那些流動的「時尚」要可靠得多。
　　新的魯迅研究，需要繼續回到「原點」。
　　那麼，我們所尋找的「原點」是什麼呢？我想提醒大家重新回
味魯迅一個著名的自我表述：為人生。
　　在〈我怎麼做起小說來〉一文中，魯迅曾經有過一個著名的表
述：「說到『為什麼』做小說罷，我仍抱著十多年前的『啟蒙主義』，

---

[4]　魯迅：《三閑集·扁》，《魯迅全集》《魯迅全集》（去掉重複）4 卷 87 頁。

以為必須是『為人生』而且要改良這人生。」[5]在一個相當長的歷史時期裏，出於對「為藝術而藝術」追求的鞭撻，魯迅研究對這一表述有過反覆的引證；新時期的思想啟蒙也顯然從魯迅所公開宣佈的「啟蒙主義」中大受鼓舞。然而，傳統研究所設置的為人生／為藝術的二元對立，並不一定符合魯迅的初衷，因為，魯迅說了：「我深惡先前的稱小說為『閒書』，而且將『為藝術的藝術』，看作不過是『消閒』的新式的別號。」[6]在這裏，魯迅反對的其實是將小說作為「消閒」，而不是針對「為藝術而藝術」或「為藝術」本身，他另外也講過：「文藝之所以為文藝，並不貴在教訓，若把小說變成修身教科書，還說什麼文藝。」[7]新時期的思想啟蒙派魯迅研究主要致力於發掘魯迅文學的啟蒙價值。關於這些價值與中外文化的關係，特別是與鴉片戰爭以來中國文化現代化的關係，都有相當豐富的闡發，但人們的研究「原點」卻常常還在中外啟蒙理性的本身，至少，「為人生」這一概念背後的因素並沒有引起更充分的重視，也沒有將它作為魯迅思想與話語的「原點」，進而延伸到對整個魯迅文學構成加以分析。

在 20 世紀 80 年代中後期，特別是 20 世紀 90 年代以後，隨著先鋒派與學院派以及海外漢學界的魯迅研究的日益「紅火」，「為人生」這一表述則被目為了「文學功利性」追求的典型，人們不僅較多地談論著其中的局限性，而且也懷疑了它所傳達的魯迅思想的準確性。於是，在魯迅研究進入新世紀的今天，我們似乎很難聽到有多少人在理直氣壯地重申「為人生」了，無論是出於對魯迅的輕蔑還是維護。

5　魯迅：《南腔北調集・我怎麼做起小說來》，《魯迅全集》4 卷 512 頁。
6　魯迅：《南腔北調集・我怎麼做起小說來》，《魯迅全集》4 卷 512 頁。
7　魯迅：《中國小說的歷史的變遷・宋人之「說話」及其影響》，《魯迅全集》9 卷 319 頁。

　　然而，「為人生」就真的那麼簡單，它竟然就是這樣的充滿了破綻，以至於可以為我們這些在新的「藝術精神」哺育下成長起來的新銳如此簡易地窺破「歷史局限」，或者，它就真的那麼「隨意」，那麼漫不經心地為魯迅一用，而其實又與魯迅那複雜的思想沒有什麼深刻的聯繫，為了「維護」魯迅的深刻、複雜與偉大，我們還是淡化「為人生」為佳？

　　在我看來，這些新的意見恰恰才是對於歷史的最可怕的簡化和「漫不經心」，因為，它們至少忽略了這樣一些重要的事實：在魯迅的全部著述中，「人生」、「為人生」都反復出現，可以說已經構成了魯迅的核心語彙，它們與魯迅文學追求及思想追求的密切關係是不言而喻的。例如他批評傳統的文學：「中國人向來因為不敢正視人生，只好瞞和騙，由此也生出瞞和騙的文藝來，由這文藝，更令中國人更深地陷入瞞和騙的大澤中，甚而至於已經自己不覺得。世界日日改變，我們的作家取下假面，真誠地，深入地，大膽地看取人生並且寫出他的血和肉來的時候早到了；早就應該有一片嶄新的文場，早就應該有幾個兇猛的闖將！」[8]談到文學的差異，他說：「看人生是因作者而不同，看作品又因讀者而不同」，[9]他又特別強調了「現在的文藝」與人生的緊密聯繫：「現在的文藝，是往往給人不舒服的，沒有法子。要不然，只好使自己逃出文藝，或者從文藝推出人生。」[10]這也就是說，現代中國的文學是不可能離開人生而存在的。即便是那些所謂的「為藝術而藝術」的文學家，在魯迅看來，其實也仍然生活在人間與人生當中：「有一派講文藝的，主

---

[8]　魯迅：《墳·論睜了眼看》，《魯迅全集》1 卷 240-241 頁。
[9]　魯迅：《集外集·俄文譯本〈阿 Q 正傳〉序及著者自敘傳略》，《魯迅全集》7 卷 82 頁。
[10]　魯迅：《而已集·〈塵影〉題辭》，《魯迅全集》3 卷 547 頁。

張離開人生，講些月呀花呀鳥呀的話……或者專講『夢』，專講些
將來的社會，不要講得太近。這種文學家，他們都躲在象牙之塔裏
面；但是『象牙之塔』畢竟不能住得很長久的呀！象牙之塔總是要
安放在人間，就免不掉還要受政治的壓迫。打起仗來，就不能不逃
開去。」[11]如果說，在〈我怎麼做起小說來〉一文中，魯迅將「為
人生」與「揭出病苦，引起療救的注意」相聯繫，突出了文學「為
人生」的特定的社會作用，那麼，在其他更加廣泛的論述中，魯迅
則深刻地分析了「為人生」之於文學的普遍意義，——不僅現代的
文學將人生作為自己主要的關注對象已經成了現代的文學的特
徵，而且就是那些號稱要離開人生的作家其實也並沒有真正地達到
目的。[12]只有回到魯迅自己的語言世界裏，我們才可以發現他對於
「人生」的格外重視。

　　而且這樣的重視也並不僅僅能夠在「社會功利性」追求的意義
上加以理解，因為魯迅每當論及這樣的文學觀與一般人的「藝術」
追求的差異時，總是充滿了反諷、調侃與揶揄的口吻，他是以自己
的方式顯示著對於「藝術精神」的新的認識。魯迅表示，自己「並
沒有要將小說抬進『文苑』裏的意思，不過想利用他的力量，來改
良社會」，但之所以這樣說，是因為「在中國，小說不算文學，做
小說的也決不能稱為文學家」。[13]既然如此，魯迅在這裏所完成的關
於「我的小說和藝術的距離之遠」的表述，就並不能夠作為單純的
「功利性」的表白加以闡釋，它的確包含了魯迅對於文學社會作用
的關注，但其細微的思想指向又超過了一般意義的「功利」，從本
質上講，代表著魯迅對於現代文學意義的新的建構方式。在其他的

---

[11]　魯迅：《集外集・文藝與政治的歧途》，《魯迅全集》7 卷 114 頁。
[12]　參見魯迅：《集外集・文藝與政治的歧途》，《魯迅全集》7 卷。
[13]　魯迅：《南腔北調集・我怎麼做起小說來》，《魯迅全集》4 卷 511 頁。

許多表述中，魯迅更加鮮明地傳達出了對於傳統的主流文學觀念的差異，甚至常常流露出對於這樣的文學認識的厭惡和輕蔑。他聲稱，自己寫小說「並不是為了當時的文學家之所謂藝術」，[14]「我不是批評家，因此也不是藝術家……因為並非藝術家，所以並不以為藝術特別崇高，正如自己不賣膏藥，便不來打拳贊藥一樣。我以為這不過是一種社會現象，是時代的人生記錄，人類如果進步，則無論他所寫的是外表，是內心，總要陳舊，以至滅亡的。」[15]談及自己的雜文，魯迅說：「也有人勸我不要做這樣的短評。那好意，我是很感激的，而且也並非不知道創作之可貴。然而要做這樣的東西的時候，恐怕也還要做這樣的東西，我以為如果藝術之宮裏有這麼麻煩的禁令，倒不如不進去」。[16]他諷刺性地為我們勾勒了所謂的「藝術之宮」：「一聽到下層社會的叫喚和呻吟，就使他們眉頭百結，揚起了帶著白手套的纖手，揮斥道：這些下流都從『藝術之宮』裏滾出去！」[17]

通過這些追述，我們可以感受到這麼一個重要的事實，即魯迅的思想與藝術世界是由他自己一系列十分獨特的概念所構成的，魯迅有著屬於他自己的語彙，也有著他自己的對於文學思想和藝術建構的追求。如果我們不能夠最充分地考慮到這樣的「獨特」性，而僅僅滿足於從一般的主流思想概念出發完成對於魯迅的解讀和闡釋，就很可能嚴重地曲解魯迅，畢竟，魯迅的思想與藝術觀念直到今天也並不為中國大多數人所擁有，並沒有真正屬於過現代中國的主流（雖然在十年「文革」期間他也曾意外地受到了推崇）。這也

14　魯迅：《集外集拾遺·英譯本〈短篇小說選集〉自序》，《魯迅全集》7 卷 389 頁。

15　魯迅：《三閒集·文藝與革命》，《魯迅全集》4 卷 82 頁。

16　魯迅：《華蓋集·題記》，《魯迅全集》3 卷 4 頁。

17　魯迅：《南腔北調集·〈豎琴〉前記》，《魯迅全集》4 卷 432 頁。

就是說，過去我們單純從社會革命的追求來肯定魯迅和今天有些人又從「功利性」追求來否定魯迅都很可能遠離了魯迅本身。

要全面理解魯迅的「為人生」，就必須回到魯迅自己的語言方式中去，回到魯迅自己所建構的藝術世界中去。

為人生，魯迅道出了我們文學活動與人類自身的現實聯繫，道出了所有文學活動的「原點」，特別是道出了中國自鴉片戰爭以後每一個中國人都不得不面對和解決的重大的生命問題，正是這樣一個現實生命的問題決定了現代中國人的其他所有問題，人生問題幾乎可以說是現代中國眾多命題的「原命題」。

為人生，魯迅建立著屬於他自己的文學主題、感受方式，「直面慘澹的人生」是魯迅文學區別於許多現代中國文學的獨特的一以貫之的追求，是他與現實世界密切對話的同時堅持自己思想藝術個性的最好的方式。

為人生，魯迅以這樣的語義編碼傳達著與當時許多藝術旨趣的差異，他的藝術不是空虛的幻景而是現實人類生存的需要，「並非人為美而存在，乃是美為人而存在的。」[18]只有深味於傳統中國文學藝術空幻的人才能體驗到魯迅以「為人生」強調現實生命觀照所具有的真正的「現代性」。魯迅說得好：「以前的文藝，好像寫別一個社會，我們只要鑑賞；現在的文藝，就在寫我們自己的社會，連我們自己也寫進去；在小說裏可以發見社會，也可以發見我們自己；以前的文藝，如隔岸觀火，沒有什麼切身關係；現在的文藝，連自己也燒在這裏面，自己一定深深感覺到；一到自己感覺到，一定要參加到社會去！」[19]這裏，為了人生，甚至一切傳統的藝術模式都可以被打破，小說是如此的奇異，而雜文這一獨特的方式也進

---

[18]　魯迅：《二心集·〈藝術論〉譯本序》，《魯迅全集》4 卷 263 頁。
[19]　魯迅：《集外集·文藝與政治的歧途》，《魯迅全集》7 卷 118 頁。

入到了文學的世界，不理解魯迅「為人生」的思維，就不能意識到魯迅雜文這一最獨特的魯迅文體的現代性與藝術性。海外漢學家輕視魯迅雜文的根本原因即在於他們還沒有真正進入到魯迅的藝術世界中去。

　　為人生，魯迅尋找著幾乎就僅僅屬於他自己的文學樣式──一種與當時形形色色的「先進」思潮與藝術流派都有所區別的魯迅自己的「形式」，這是一種兼有強烈的現實寫照又包含突出的自我精神特徵的書寫方式（因為，現實的關注與精神的觀照對於「人生」具有同樣重要的意義），魯迅的精神性追求使你很難用傳統的「現實主義」概念來概括，它顯然具有突出的象徵主義、現代主義的特徵，然而一旦你將魯迅文學納入到所謂的西方象徵主義、現代主義的藝術框架之中，就又會同樣覺得那是一種同樣勉強的分析。與象徵主義、現代主義的追求所不同的在於，魯迅更關注的還是現實中國人的生存，《狂人日記》、《野草》並不就是西方現代主義的中國版，更不是西方的存在主義。魯迅：現實主義？浪漫主義？象徵主義？現代主義？存在主義？傳統研究強調了第一、第二，當代研究又在極力突出他「並不落伍」的後面幾點。他激進否？先鋒否？抑或保守？落後？在當年創造社、太陽社的青年看來他屬於後者，而今天的某些新保守主義者與海外的漢學家又將前者作為魯迅的「局限」加以攻擊。其實，所有這些意見的分歧恰恰說明魯迅他不屬於任何一個既定的框架。魯迅，在現代中國數十年的紛爭與糾纏之後，仍然屹立著，因為，他僅僅屬於他自己！

　　在我看來，認真閱讀和理解魯迅文學世界中的「為人生」的實質意義，將有利於我們對於魯迅文學基本思維的細緻勘探，有利於我們從魯迅自己的文學基本姿態出發來清理魯迅留給現代中國文

學與現代中國文化的重要遺產，這種遺產既不是任何政治家的學說能夠代替的，也不是任何「新銳」的西方思想所能包含的。隨著我們對於「為人生」及其他「魯迅概念」的解讀，新世紀的魯迅研究有可能打破近年來的沉寂，進入到一個新的時期。

　　為人生，更確切地說，是為了現代的人生，魯迅作出了他獨特的文學選擇。

　　這給我們的閱讀提供了一個新的值得特別注意的角度。讓我們就此出發，再一次回到文學的魯迅。

目次

導論

魯迅：20世紀中國文化之「結」

導論　魯迅：20 世紀中國文化之「結」

　　魯迅是誰？他給我們有什麼樣的關係？這在今天的中國不會再是一個什麼問題了。

　　今天的問題可能在於，我們也許在問（公開地或者私下地）：為什麼就是這樣一個人物始終「跟隨」著我們的成長，從小學課本裏的偉人成長故事到中學教材裏一篇接一篇的魯迅作品，直到我們今大的大學生活，魯迅依然是中國現代文學史這一門主幹課程的主幹部分。也許有人已經在私下裏不止一次地疑惑道：憑什麼？憑什麼就是「這一個」如此緊密地進入了我們的知識體系？

　　然而平心而論，其實並不是魯迅本人在「跟隨」我們的人生，不是魯迅一定「要」進入我們的知識系統，因為他早在 1927 年 9 月的就說過：

> 在廣州的一個「學者」說，「魯迅的話已經說完，《語絲》不必看了。」這是真的，我的話已經說完，去年說的，今年還適用，恐怕明年也還適用。但我誠懇地希望他不至於適用到十年二十年之後。倘這樣，中國可就要完了，雖然我倒可以自慢。[1]

　　以魯迅對於中國社會文化發展的設想，還有他那深刻的「中間物」意識來說，他顯然就無意「佔領」歷史，甚至根本就不看好這

---

[1] 魯迅：《而已集・「公理」之所在》，《魯迅全集》3 卷 492 頁，人民文學出版社 1981 年。

樣的「佔領」的意義。然而，事與願違，恰恰是作為歷史後人的我
們常常在主動地「拉拽」著他，「牽扯」著他，或者說是「魯迅之
後」的歷史似乎很難離開魯迅的身影而獨自存在──無論在這一段
歷史中的人們是怎樣具體地估價魯迅的意義：是將他送上歷史的峰
巔，還是打入晦暗的深谷。

　　這一現象本身就是中國歷史與文化的奇觀，值得我們認真思考。

　　魯迅在「魯迅之後」歷史中的命運似乎首先就表現為一種獨特
的「兩極牽掛」。

現代中國的「兩極牽掛」

　　所謂「兩極」，就是歷史評判的兩個端點。魯迅的奇特之處就
在於他幾乎從一開始（當然也是一直延續到了今天）就被置於了兩
種截然不同的判斷體系之中，同時哪一種判斷體系又都不斷在針對
魯迅「說話」。

　　其一，處於歷史巔峰狀態的魯迅。在這方面，魯迅的價值首先
是由激進的政治革命家來發現和肯定的。值得我們注意的在於，無
論是長期「在野」、艱苦奮鬥的共產黨革命人士還是尚在「革命」
歷程中的國民黨人士都相當「看好」魯迅這一文化資源，甚至就
是在國民黨執政之後，也並沒有立即放棄對於魯迅加以「利用」的
企圖。

　　眾所周知，國民黨一開始是重視魯迅的。這在很大程度上源於
魯迅與國民黨人在反對北洋政府上的一致性。1925～1927 年是魯迅
與國民黨人關係最好的時期。魯迅在思想文化界的巨大影響使得當
時的國民黨人相當看重他。1925 年底北京國民黨主持的日報《國民

新報》創刊，魯迅被邀請為該報《副刊》乙刊的輪流值編之一，1926年「三‧一八」慘案後，魯迅同國民黨人朱家驊、鄧飛黃等都遭到段祺瑞政府的通緝。1926年8月魯迅南下到廈門大學執教，時朱家驊擔任了廣州國民黨中山大學校務的副主任委員，朱家驊電報邀請魯迅到中山大學去「指示一切」。未等魯迅答應，廣州國民黨機關報《民國日報》已經在1926年11月15日急不可耐地發表消息：「著名文學家魯迅即周樹人，久為國內青年所傾倒，現在廈門大學擔任教席。中山大學委員會特電促其來粵擔任該校文科教授，聞魯氏已應允就聘，不日來粵云。」[2]同一天，廣州國民黨的另一喉舌《國民新聞》也發表了同樣的消息，足見這就是國民黨人的「統一」部署與「普遍」期待。在中大，魯迅曾被朱家驊尊稱為「戰鬥者」、「革命者」，一些國民黨要人如孔祥熙、戴季陶、甘乃光、陳公博等也紛紛向他發出他友好的邀請。當然以魯迅的個性，他對這一類官方半官方人士始終保持了一定的距離。1927年3月下旬，北伐軍連克上海、南京，魯迅應《國民新聞》之約，於4月10日寫了著名的〈慶祝滬寧克復的那一邊〉一文。

　　但1927年上海發生了「四一二」反革命政變，接著廣州也發生了「四一五」大屠殺，國民黨獨裁專制政權原形畢露。這時，魯迅同國民黨在政治上產生了嚴重分歧，正是這一分歧促使他最後離開「革命大本營」廣州前往上海。只是，此時的國民黨當局並沒有立即改變對於魯迅的拉攏、利用的設想，特別是魯迅在國民黨內部的一些朋友與學生更是繼續與他保持著較為密切的聯繫。國民黨元老蔡元培是魯迅「五四」時期的舊友，他在出任南京國民政府大學院院長之後，接受了許壽裳的建議，聘請魯迅為大學院的特約著述

2　這些情況可以參見《魯迅在廣州》201頁，廣東人民出版社1976年。

員，每月支付 300 元的固定薪酬。1928 年 10 月大學院改為教育部，魯迅又轉為教育部「特約編輯」。這顯然是在很大程度上解決了魯迅初到上海的生計問題。

　　魯迅與國民黨關係的全面惡化是進入 1930 年以後。作為一個為中國人民的自由與人權而卓絕奮鬥的現代知識份子，魯迅當然不會對任何一個獨裁專制政權妥協屈服。他先是發起並參加了批評政府的中國自由運動大同盟；後來中國左翼作家聯盟成立，魯迅又是主要領導人之一。這都觸怒了國民黨當局。國民黨《革命日報》開始將魯迅推向政府的對立面，宣佈魯迅為「金光燦爛的盧布所收買」。國民黨浙江省黨部執行委員許紹棣更借此呈請國民黨中央對魯迅加以通緝。不過，應當說國民黨高層依然沒有完全放棄「利用」魯迅的念頭。據錫金先生提供的材料顯示，就在浙江國民黨省黨部呈請中央通緝魯迅之後，當時任國民政府的行政院長兼教育部長的蔣介石還試圖透過教育部內部的「關係」繼續收買魯迅，並許以種種好處，直到「毫不領情」的魯迅加以拒絕，才最後裁掉了魯迅的特約編輯的職務。[3]左聯內部「兩個口號」論爭發生，國民黨似乎又一次看到了拉攏魯迅的機會。上海《社會日報》很快載登「魯迅將轉變」的消息，不久，魯迅過去的學生，當時任南京國民黨中央軍官學校高級教官的李秉中也頻頻來信、來訪，傳達出解除「通緝令」的和解信號，魯迅再次婉言謝絕了他的「好意」。於是，直到魯迅逝世，國民黨當局也沒有解除對他的「通緝」。[4]

　　與之形成鮮明對比的是，幾位早期共產黨人以自己的真誠贏得了魯迅的信任，並最大程度地影響了魯迅的政治傾向。

---

[3]　錫金：〈魯迅為什麼不去日本療養〉，《新文學史料》1978 年 1 期。

[4]　關於魯迅與國民黨的複雜關係，可參見王敬文〈魯迅與國民黨〉，《湖北大學學報》1998 年 6 期。

　　從魯迅喜愛的青年柔石到作為共產黨高級領導的瞿秋白、馮雪峰，他們與國民黨要人的顯著不同就在於其作為「在野」的真理追求者的本色。雖然也可謂是資深革命家，但畢竟「無權無勢」的他們更體現出了一種民間知識份子的真誠、質樸與人文情懷，與魯迅有著更多的共同語言。當這些同樣深受專制政治壓迫的革命者帶著更多的人生真誠而不是功利企圖走近魯迅的時候，也就比任何的「既得利益者」更能夠體會到魯迅之於中國社會發展與中國人自我精神拯救的巨大意義。在〈為了忘卻的紀念〉這篇著名的文章裏，魯迅深情地描述過柔石：

> 看他舊作品，都很有悲觀的氣息，但實際上並不然，他相信人們是好的。我有時談到人會怎樣的騙人，怎樣的賣友，怎樣的吮血，他就前額亮晶晶的，驚疑地圓睜了近視的眼睛，抗議道，「會這樣的麼？——不至於此罷？……」
> ……
> 他的迂漸漸的改變起來，終於也敢和女性的同鄉或朋友一同去走路了，但那距離，卻至少總有三四尺的。這方法很不好，有時我在路上遇見他，只要在相距三四尺前後或左右有一個年青漂亮的女人，我便會疑心就是他的朋友。但他和我一同走路的時候，可就走得近了，簡直是扶住我，因為怕我被汽車或電車撞死；我這面也為他近視而又要照顧別人擔心，大家都蒼皇失措的愁一路，所以倘不是萬不得已，我是不大和他一同出去的，我實在看得他吃力，因而自己也吃力。
> ……
> 無論從舊道德，從新道德，只要是損己利人的，他就挑選上，自己背起來。[5]

5　魯迅：《南腔北調集・為了忘卻的紀念》，《魯迅全集》4卷482、483頁。

　　顯然，與國民黨顯貴們政治的成熟與老練相比較，年輕的柔石是這樣的真誠、稚嫩，這樣的襟懷坦白、胸無城府。就是這樣的品格，敞開了魯迅通往一個新的人生理想形式的大門。

　　馮雪峰是柔石浙江第一師範的同學。1928 年 12 月，他在柔石的介紹下往見魯迅，求教日文翻譯問題，當時的馮雪峰正在從日文轉譯馬克思主義文藝理論作品──普列漢諾夫《藝術與社會生活》。從此常常登門請教。次年，馮雪峰初遷居景雲裡，與魯迅寓所相對，更是幾乎每晚都會過來談天。許廣平〈魯迅和青年們〉、蕭紅〈回憶魯迅先生〉等文都為我們描述過一個真誠、直率而富有個性的馮雪峰，在這樣的記述中，我們不難看出他與魯迅的親密關係：

> 　　敲門聲響，他來了。一來就忙得很，《萌芽》、《十字街頭》、《前哨》等刊物的封面、內容固然要和先生商討，要先生幫忙。甚至題目也常是他出好指定，非做不可的。有時接受了，有時則加以拒絕。走出了，往往在晨二三時。然後先生再打起精神，做預約好的工作，直到東方發亮，還不能休息。這工作多超過個人能力以上，接近的人進忠告了。先生說：「有什麼法子呢？人手又少，無可推委。至於他，人很質真，是浙東人的老脾氣，沒有法子。他對我的態度，站在政治立場上，他是對的。」
>
> 　　　　　　　　　　　　　──許廣平〈魯迅和青年們〉[6]

> 　　……在桌子邊坐著一個很瘦的很高的穿著中國小背心的人，魯迅先生介紹說：「這是一位同鄉，是商人。」

---

[6] 見薛綏之主編：《魯迅生平史料彙編（第四輯）》，天津人民出版社 1983 年版。

> 　　有一天晚上×先生從三樓下來，手裏提著小箱子，身上
> 穿著長袍子，站在魯迅先生的面前，他說他要搬了。他告了
> 辭，許先生送他下樓去了。這時候周先生在地板上繞了兩個
> 圈子，問我說：
> 　　「你看他到底是商人嗎？」
> 　　「是的。」我說。
> 　　魯迅先生很有意思的在地板上走幾步，而後向我說：「他
> 是販賣私貨的商人，是販賣精神上的……」
> 　　　　　　　　　　　　　　——蕭紅：〈回憶魯迅先生〉[7]

　　瞿秋白 30 年代在上海從事文藝著譯，經馮雪峰介紹引起魯迅
注意，後交往密切，幾乎日日晤談，一同從事文藝活動。魯迅三次
為瞿秋白提供避難之所。瞿秋白根據雙方晤談的思路作有〈王道詩
話〉等 12 篇雜文，以魯迅筆名（何家幹、洛文等）發表，後也由
魯迅收入雜文集（《偽自由書》、《南腔北調集》與《准風月談》）。
瞿秋白著名的《魯迅雜感選集·序言》「第一次從中國現代思想史
的角度，高度評價了魯迅的雜文。」「正式把雜感作為一種文體形
式給予崇高的評價並基本正確地闡釋了它產生與發展的社會歷史
原因。」[8]瞿秋白開篇即將魯迅置於「革命作家」行列加以定位：「革
命的作家總是公開地表示他們和社會鬥爭的聯繫；他們不但在自己
的作品裏表現一定的思想，而且時常用一個公民的資格出來對社會
說話，為著自己的理想而戰鬥，暴露那些假清高的紳士藝術家的虛
偽。」進而提出了如下判斷：「魯迅雜感的意義，不是這些簡單的
敘述所能夠完全包括得了的。」「我們應當向他學習，我們應當同

7　見《蕭紅全集》中卷，哈爾濱出版社 1998 年版。
8　王富仁：《中國魯迅研究的歷史與現狀》37 頁，浙江人民出版社 1999 年版。

著他前進。」這樣的評價顯然給後世深遠的影響。魯迅錄何瓦琴句贈瞿秋白:「人生得一知己足矣,斯世當以同懷視之。」這也足以見出他們之間的友誼。1935 年 6 月 28 日,瞿秋白在江西長汀羅漢嶺就義。魯迅感慨不已,抱病親自為瞿秋白選編遺文集《海上述林》,演繹了中國現代文壇的一段佳話。

　　1936 年 10 月 19 日魯迅病逝,由此而引發的社會反應折射出了各種政治力量對魯迅意義的不同估價與認同程度。中共中央、蘇維埃政府在唁電中高度評價了魯迅的價值,這充分體現了當時中共對「魯迅資源」的高度重視。〈為追悼魯迅先生告全國同胞和全世界人士書〉奉魯迅為「中國文學革命的導師、思想界權威、文壇上最偉大的巨星」,稱魯迅的逝世是「中華民族失掉了一個最前進最無畏的戰士」,「中華民族遭受了最巨大的不可補救的損失」。文告宣佈了蘇維埃政府的六大舉措:1.下半旗志哀並在各地方和紅軍部隊中舉行追悼大會;2.設立魯迅文學獎金,基金 10 萬元;3.改蘇維埃中央圖書館為魯迅圖書館;4.蘇維埃中央政府所在地建立魯迅紀念碑;5.搜集魯迅遺著,翻印魯迅著作;6.募集魯迅號飛機基金。對於一位現代知識份子來說,這樣的舉措無疑是空前絕後的。同時,中共中央、蘇維埃政府還致電國民黨中央及南京政府,提出 8 大要求,進一步樹立起了自己正義的道德形象:1.魯迅遺體國葬,國史館立傳;2.改紹興為魯迅縣;3.改北平大學為魯迅大學;4.設立魯迅文學獎金,獎勵革命文學;5.設立魯迅研究院,搜集魯迅遺著,出版魯迅全集;6.在上海、北平、南京、廣州、杭州建立魯迅銅像;7.魯迅家屬享有與革命先烈同等待遇;8.廢止魯迅先生生前國民黨政府所頒佈的一切禁止言論自由出版自由之法令。

　　當然，魯迅逝世後，國民黨人也有一定的表示。如在上海的國民黨高層人士孔祥熙、上海市長吳鐵城也了送輓聯。但國民黨《中央日報》那幾日卻充斥著胡漢民國葬的大幅報導，還有蔣介石祝壽的新聞，僅僅在 20、21、22、23 日第四版偏下角落報導了「名作家」魯迅逝世及喪葬情況。22 日在第四版左上角發表署名「津」的文章〈談談魯迅先生〉，對魯迅文學作品及為人予以追述。文章稱魯迅作品讓人感到「痛快」，「迎合」了一些青年對現實的不滿，但同時又認為，魯迅對「中國」的苛刻批評卻不能與蕭伯納等相比，尤其是為人的刻薄與好鬥更無甚可取。在魯迅逝世的這些日子裏，從頭至尾也看不到一點官方的表態與意見。據說，國民黨統治集團為了統一新聞報導的口徑，曾下達「密令」，確定了報導這一巨大事件的「指導」方針。其主要內容為：「一、魯迅在五四運動時，提倡白話、創作小說於文化界自有相當之貢獻，此點自可予以讚揚；二、自轉變為左翼作家後，其主張既欠正確，著作亦少貢獻，對於此點，應表示惋惜。至盲從左翼分子之無謂捧場文章，利用死者大肆煽惑，尤應絕對禁止刊載。」[9]

　　與國民黨專制政府的警惕與戒備相反，當時代表著民主力量的中國共產黨高層進一步肯定和發掘著魯迅的偉大意義。1937 年，毛澤東在陝北公學紀念魯迅逝世一周年大會上演講說：「魯迅在中國的價值，據我看要算是中國的第一等聖人，孔子是封建社會的聖人，魯迅是新中國的聖人。」（《魯迅論》）1940 年又在〈新民主主義論〉中提出了著名的判斷：「魯迅是中國文化革命的主將，他不但是偉大的文學家，而且是偉大的思想家和偉大的革命家。」「魯

---

[9] 此材料原載 1992 年 8 月 15 日的《文藝報》上，這裏轉引自《魯迅研究月刊》1993 年第一期王荊之〈國民黨「密令」和魯迅研究〉。

迅是在文化戰線上，代表全民族的大多數，向著敵人衝鋒陷陣的最
正確、最勇敢、最堅決、最忠實、最熱忱的空前的民族英雄。魯迅
的方向，就是中華民族新文化的方向。」

　　這顯然是從根本上鞏固了魯迅在 1949 年以後的政治地位。後
來我們看到，即便是在「文化大革命」這樣屠殺文化的非常時期，
魯迅也被繼續置放在絕對神聖的殿堂上受人膜拜，當然，其膜拜的
理由在今天看來是相當扭曲和滑稽的。如 1966 年 14 期《紅旗》雜
誌社論〈紀念我們的文化革命先驅魯迅〉：「魯迅最值得我們學習
的，在於他對偉大領袖毛主席無比崇敬和熱愛。他在早年曾經有過
『彷徨』，但是，當他找到了馬克思主義，特別是找到了以毛主席
為代表的中國共產黨，找到了以毛主席為代表的革命路線之後，他
就下決心，俯首聽命，甘願做無產階級革命的『馬前卒』和『小兵』。
魯迅不顧國民黨反動派的白色恐怖，不顧托洛茨基匪幫的造謠中
傷，不顧周揚們的欺騙攻擊，他始終堅定地跟著毛主席走，勇敢地
捍衛以毛主席為代表的正確路線。」

　　魯迅同樣也曾被另外的一些人打入歷史評價的低谷，這裏所謂
的歷史評價還不包括國民黨專制政府刻意的政治迫害。

　　值得注意的是，魯迅首先是在柔石、馮雪峰、瞿秋白這樣的革
命青年那裏找到了知音，但同樣也從不斷「革命」、不斷追求最新
最進步思潮的創造社、太陽社青年那裏獲得了「落伍」的攻擊。這
就是中國現代文學史上著名的「革命文學」論爭。在 20 年代後期，
正在以自己的「方向轉換」而重新崛起的創造社、太陽社青年將魯
迅當作自己宣揚革命文學的絆腳石。太陽社的阿英〈死去了的阿 Q
時代〉質問：「（魯迅）究竟能代表新文藝運動的那一個時期的思想
呢？除去在《狂人日記》裏表現了一點對於禮教的懷疑，除去〈幸

福的家庭〉表現了一點青年的活性，除去〈孤獨者〉、〈風波〉表現
了一點時間的背景而外，大多數是沒有現代的意味！」「他只能代
表庚子暴動的前後一直到清末；再換句話說，就是除開他的創造的
技巧，以及少數的幾篇能代表五四時代的精神外，大部分是沒有表
現現代的！」[10]創造社的馮乃超在〈藝術與社會生活〉一文中認為：
魯迅作品不過反映著「社會變革時期中的落伍者的悲哀，無聊賴地
跟他弟弟說幾句人道主義的美麗的說話。」[11]在他看來，魯迅是常
從幽暗的酒家的樓頭，醉眼陶然地眺望窗外的人生。當然，言辭最
激烈的還是杜荃（郭沫若）〈文藝戰線上的封建餘孽〉：「他是資本
主義以前的一個封建餘孽。」「資本主義對於社會主義是反革命，
封建餘孽對於社會主義是二重反革命。」「魯迅是二重反革命的人
物。」「他是一位不得志的 Fascist（法西斯蒂）！」[12]

　　攻擊魯迅的還有作為現實體制維護者的其他文人，如陳源、蘇
雪林等。在他們眼裏，偏激的魯迅顯然有煽動社會動盪的危險。蘇
雪林歸納魯迅的危害有：「一曰魯迅病態心理，將於青年心靈發生
不良之影響也。」「二曰魯迅矛盾之人格，不足為國人法也。」「三
曰左派利用魯迅為偶像，恣意宣傳，將為黨國之大患也。」這是站
在「黨國」立場上之「憂國憂民」。[13]

　　包括曾經是魯迅朋友的人也會表明自己與魯迅的差異，如林語
堂。後來，他在〈魯迅之死〉如此超脫地表態說：「吾始終敬魯迅；
魯迅顧我，我喜其相知，魯迅棄我，我亦無悔。」「魯迅誠老而愈

---

[10] 見《文學運動史料選》第二冊 48、49 頁，上海教育出版社 1979 年版。

[11] 見《文學運動史料選》第二冊 8 頁，上海教育出版社 1979 年版。

[12] 見《文學運動史料選》第二冊 126 頁，上海教育出版社 1979 年版。

[13] 蘇雪林：《與蔡子民先生論魯迅書》，見《魯迅研究學術論著資料彙編》2 卷
　　 727 頁，中國文聯出版公司 1986 年版。

辣，而吾則向慕儒家之明性達理，魯迅黨見愈深，我愈不知黨見為
何物，宜其刺刺不相入也。」「魯迅乃獨坐燈下興歎。此一歎也，
無以名之。無名火發，無名歎興」。「火發不已，歎興不已，於是魯
迅腸傷，胃傷，肝傷，肺傷，血管傷，而魯迅不起。嗚呼，魯迅以
是不起。」[14]是啊，語堂先生是懂得「生活的藝術」的，懂得用「幽
默」的小品作為人生的調節，他當然不會如魯迅般「認真」，以至
認真到「直面慘澹的人生」；沒有執著，也就不會與自己為難，當
然四體安康，氣定神閒了。

　　新時期，在魯迅研究進入一個嶄新階段的同時，對魯迅的各種
懷疑也開始出現。1985 年《雜文報》上曾經刊登了一位在校大學生
對魯迅雜文價值的質疑，在魯迅絕對神聖的時代，這還是相當少見
的。[15]同年，《青海湖》雜誌上也刊出了一篇挑戰魯迅創作價值的〈論
魯迅的創作生涯〉。[16]

　　直到新世紀之交，關於魯迅文學文化成就的爭論依然存在。

　　1998 年青年作家韓東、朱文等在《斷裂：一份問卷和五十六份
答案》認為「魯迅是一塊老石頭」，「其反動性不證自明」，甚至提
出：「讓魯迅歇一歇吧」。

　　作家王朔也將他調侃的鋒芒對準了魯迅：

　　「第一次聽說魯迅這名字是一謎語：山東消息——打一人名，
　　忘了發表在哪兒，反正是一印刷紙，一大堆謎語，讓小孩猜。
　　大約八九歲的時候，我們院一愛看書的孩子跟我們一幫吹：
　　有一魯迅，太牛逼了。他眉飛色舞地說：ㄚ行於一條黑巷，

---

[14]　程新編：《港臺國外談中國現代文學作家》3 頁，四川文藝出版社 1986 年。
[15]　〈何必言必稱魯迅〉，《雜文報》1985 年 8 月 6 日。
[16]　《論魯迅的創作生涯》，《青海湖》1985 年 8 期。

一群狗沖丫叫，丫說：呸！你這勢利的狗。我和一干聽眾大
笑，當時我剛被 304 醫院一隻三條腿的狗追過，嚇得不輕，
這句話對我的心理有大撫慰。有那麼幾周，我們上下學，誰
走在後面，前面的人就會回頭笑罵：呸！你這勢利的狗。」
「在我小時候，魯迅這名字是神聖的，受到政治保護的，『攻
擊魯迅』是嚴重的犯罪，要遭當場拿下。直到今天，我寫這
篇東西，仍有捅妻子和冒天下之大不韙的感覺。人們加在他
頭上的無數美譽：文豪！思想先驅！新文化運動主將！骨頭最
硬！我有一個朋友一直暗暗叫他『齊天大聖』。」「我有一個
做律師的朋友去那邊（深圳）撈世界，回來之後請大家吃飯，
有人喝了酒高叫：魯迅，有什麼呀！論思想，他有毛澤東有
思想嗎？毛澤東，有雄文四卷，起碼讓三代中國人靈魂受到洗
禮；論骨頭硬，他有王二小硬嗎？給敵人帶路，掩護了幾千
老鄉和幹部，被敵人摔死在石頭上。」「阿 Q 講過：尼姑的
光頭，和尚摸得，我就摸不得麼？對魯迅，我也這麼想。各
界人士對他的頌揚，有時到了妨礙我們自由呼吸的地步。」[17]

學者葛紅兵發表了著名的「悼詞」，魯迅的種種「表現」成為
他哀悼 20 世紀中國文學的重要理由：

「二十世紀中國文學給我們留下了一份什麼樣的遺產？在這
個叫二十世紀的時間段裏，我們能找到一個無懈可擊的作家
嗎？能找到一種偉岸的人格嗎？誰能讓我們從內心感到欽
佩？誰能成為我們精神上的導師？」「很遺憾，我找不到。」
「魯迅，這個被人們當成了一種理念、一種意志、一種典範，

---

[17] 王朔：〈我看魯迅〉，《收穫》2000 年 2 期。

甚至被捧到了民族魂的人，又當如何？發生在他留日期間的『幻燈事件』已經成了他棄醫從文的愛國主義神話，然而他真的是這麼愛國嗎？既然愛國，他為什麼要拒絕回國刺殺清廷走狗的任務？徐錫麟，他的同鄉能做的，秋瑾，一個女子能做的，他為什麼不能做？難道他不是怯懦嗎？魯迅的棄醫從文與其說是愛國的表現，不如說是他學醫失敗的結果，相比較而言，他的醫學成績實在是不敢恭維，甚至他所敬愛的藤野先生對他的醫學課堂筆記和考試成績也是非常不滿意的，魯迅的課堂筆記交到藤野那裏總要被改得一塌糊塗，改動之多似乎魯迅不會做課堂筆記。一個號稱為國民解放而奮鬥了一生的人卻以他的一生壓迫著他的正室妻子朱安，他給朱安帶來的痛苦，使他成了一個地地道道的壓迫者。因為童年長期的性格壓抑以及成年以後長期的性壓抑，魯迅難道真的沒有一點兒性變態？高長虹對魯迅的觀察難道就沒有一點兒道理？創造社作家說他『世故老人』，對於魯迅的為人，恐怕也不是空穴來風，終其一生，他沒有一個地位比他高的朋友，我們不必忌諱他的嫉恨陰毒，他的睚眥必報。仔細想一想難道魯迅的人格真的就那麼完美嗎？他為什麼在『文革』期間成了惟一的文學神靈？他的人格和作品中有多少東西是和專制制度殊途同歸的呢？他的鬥爭哲學、『痛打落水狗』哲學有多少和現代民主觀念、自由精神相同一呢？魯迅終其一生都沒有相信過民主，在他的眼裏中國人根本不配享有民主，他對胡適等的相對自由主義信念嗤之以鼻，因為他是一個徹底的個人自由主義者（『文革』中紅衛兵那種造反有理的觀念正是這種思想的邏輯延伸）。」[18]

---

[18]　葛紅兵：〈為二十世紀中國文學寫一份悼詞〉，《芙蓉》1999 年 6 期。

　　對於魯迅的各種激賞讚譽之辭，我們並不陌生；對於其他種種的挑戰與質疑，我們也沒有必要大驚小怪，甚至遮遮掩掩，因為，它們都已經成為了現代中國一個重要的事實，魯迅本來就是在這樣的毀譽交加中存在著，生前如此，身後依然如此，這樣的現象本來就沒有為特立獨行的他增加什麼或者減少什麼，魯迅總歸還是魯迅。像「文化大革命」那樣將魯迅空洞抽象地「神聖」化，其實反倒是歷史在扭曲中的「特例」，一旦中國人可以在各自的感覺中來發表意見，關於魯迅的不同的評價幾乎就成了必然。而且，我們更沒有「捍衛」什麼的理由，因為，種種的文化力量都已經習慣了借魯迅「說事」，無論是讚揚歌頌還是否定批判。魯迅一當進入了人們的「述說」，那麼就還說明中國人選擇了他，需要著他，中國歷史與中國社會顯然也脫離不開他這一「環節」。這樣，在不斷地被「述說」之中，魯迅就會以他自身的力量存在下去，他依然可以憑藉自己的文本力量征服別人，根本毋庸我們後人的吃力的「捍衛」。

　　無論是歷史的哪一「極」，都在牽掛著魯迅的言論，都不能繞開魯迅昂然而行，似乎，魯迅的存在就是他們前進道路上的一個「結」。

　　值得一提的是，魯迅對自身這樣的命運與存在體現出了一種相當的「自覺」，就是說，能夠成為 20 世紀中國文學之「結」，這本身也是魯迅生前的某種自覺追求。

「結」：魯迅的自我體認

　　魯迅有很多深刻的論斷似乎一直在預言他在中國歷史中的命運。

　　魯迅在《華蓋集續編‧無花的薔薇》中說：「待到偉大的人物成為化石，人們都稱他偉人時，他已經變成傀儡了。」[19]《且介亭雜文‧憶韋素園君》也說過：「文人的遭殃，不在生前的被攻擊和被冷落，一瞑之後，言行兩忘，可是無聊之徒，謬托知己，是非蜂起，既以自炫，又以賣錢，連死屍也成了他們的沽名獲利之具，這倒是值得悲哀的。」[20]這種身不由己的預言足以概括魯迅在其身後的諸多遭遇。

　　然而，魯迅是決心挺立在這個他並不習慣的世界上，在某種意義上說，他就是要刻意成為人們繞不開去的「結」。《墳‧題記》中說：「說話說到有人厭惡，比起毫無動靜來，還是一種幸福。天下不舒服的人們多著，而有些人們卻一心一意在造專給自己舒服的世界。這是不能如此便宜的，也給他們放一點可惡的東西在眼前，使他有時小不舒服，知道原來自己的世界也不容易十分美滿。蒼蠅的飛鳴，是不知道人們在憎惡他的；我卻明知道，然而只要能飛鳴就偏要飛鳴。我的可惡有時自己也覺得，即如我的戒酒，吃魚肝油，以望延長我的生命，倒不盡是為了我的愛人，大大半乃是為了我的敵人，——給他們說得體面一點，就是敵人罷——要在他的好世界上多留一些缺陷。」[21]〈寫在《墳》後面〉也申明：「偏要使所謂正人君子也者之流多不舒服幾天，所以自己便特地留幾片鐵甲在身上，站著，給他們的世界上多有一點缺陷，到我自己厭倦了，要脫掉了的時候為止。」[22]

[19] 魯迅：《華蓋集續編‧無花的薔薇》，《魯迅全集》3卷256頁。
[20] 魯迅：《且介亭雜文‧憶韋素園君》，《魯迅全集》6卷68頁。
[21] 魯迅：《墳‧題記》，《魯迅全集》1卷3-4頁。
[22] 魯迅：〈墳‧寫在《墳》後面〉，《魯迅全集》1卷284頁。

　　在給許廣平的信中，魯迅提出了一個「與黑暗搗亂」的思想：
這就是《兩地‧‧二四》所說：「你的反抗，是為了希望光明的到來
罷？我想，一定是如此的。但我的反抗，卻不過是與黑暗搗亂。」[23]

　　就這樣，魯迅成了中國社會文化汪洋大海中無法被輕易吞沒的
礁石與島嶼，成了一個無法為其他「溶劑」所消化的生命之「結」。

　　什麼是「結」？什麼又是歷史文化發展歷程中的難以「消化」
的存在？這是比照廣大中國人的人生態度而言的。如果說歷史的發
展真可以用中國古人常用的「河流」來加以比喻，那麼應當承認，
絕大多數的芸芸眾生都只能為歷史所裹挾，並因裹挾而變化，隨波
逐流。他們努力要使自己「融入」歷史發展的潮流，成為歷史文化
的一個「水乳交融」的自然環節。在鴉片戰爭以後，除了那些極少
數冥頑不化的守舊人士，大多數的中國人都不得不在西方文明的強
大壓力中尋找「求新逐異」的道路，在這個意義上說，能夠追隨時
代變化的浪潮「與時俱進」倒真是我們實實在在甚至就是相當理想
的生存方式。我們恰恰懼怕的是「為時代所拋棄」。然而，魯迅的
特殊就在於他往往超越了這眾多的「一般」，他總是這樣的傲岸，
這樣的特立獨行。他的思想與行為當然屬於 20 世紀的中國，但他
常常都不是以簡單認同歷史發展的「主流」而出現的。魯迅一方面
推進著中國文化的現代性趨勢，但另一方面卻又常常最大程度地在
這一趨勢中保持著自己的獨立性，甚至抗拒和改變著其中的諸多細
節。「與時俱進」這個在今天似乎是不證自明、理直氣壯的詞語並
不能描繪魯迅的選擇，魯迅不是「與」別的什麼一同前行，他本身
就在「獨自前進」，或者說，他是以「獨自前進」的方式反過來引
領了「時代」。

---

[23] 魯迅：《兩地書‧‧二四》，《魯迅全集》11 卷 79 頁。

　　魯迅，在自己「獨自前進」的道路上最不「聽話」，不聽中國古人的至理名言，也不輕易相信外國的「先進理論」；不聽知識精英的宏篇大論，也不接受民間大眾的竊竊私語。他拒絕了官方的指令，也拒絕了在野的革命勢力的干預。他是按照自己的理解推動著中國文化的現代發展，但又常常「跳出」了這一發展過程中的「常規」與「邏輯」，進入到一個屬於自我的新的境界當中。

　　在文學創作上，魯迅也一再表明了自己的獨立性。《華蓋集續編·〈阿Q正傳〉的成因》有云：

> 我常常說，我的文章不是湧出來的，是擠出來的。聽的人往往誤解為謙遜，其實是真情。我沒有什麼話要說，也沒有什麼文章要做，但有一種自害的脾氣，是有時不免吶喊幾聲，想給人們去添點熱鬧。譬如一匹疲牛罷，明知不堪大用的了，但廢物何妨利用呢，所以張家要我耕一弓地，可以的；李家要我挨一轉磨，也可以的；趙家要我在他店前站一刻，在我背上帖出廣告道：敝店備有肥牛，出售上等消毒滋養牛乳。我雖然深知道自己是怎麼瘦，又是公的，並沒有乳，然而想到他們為張羅生意起見，情有可原，只要出售的不是毒藥，也就不說什麼了。但倘若用得我太苦，是不行的，我還要自己覓草吃，要喘氣的工夫；要專指我為某家的牛，將我關在他的牛牢內，也不行的，我有時也許還要給別家挨幾轉磨。如果連肉都要出賣，那自然更不行，理由自明，無須細說。倘遇到上述的三不行，我就跑，或者索性躺在荒山裏。即使因此忽而從深刻變為淺薄，從戰士化為畜生，嚇我以康有為，比我以梁啟超，也都滿不在乎，還是我跑我的，我躺我的，決不出來再上當，因為我於「世故」實在是太深了。[24]

---

[24]　魯迅：《華蓋集續編·〈阿Q正傳〉的成因》，《魯迅全集》3卷376-377頁。

　　這裏的「世故」其實就是魯迅對於中國文化與文學實際狀態的深刻感悟，他深深地懂得了這個世界，所以也就深深地不願陷入既往的命運，他要在沒有人走過的地方開闢出道路來。

　　我們似乎可以這樣來概括魯迅作為「結」的意義：魯迅的文化與文學選擇深深地「刺入」了中國現代文化發展的各個關鍵部位，從而牢牢地「嵌進」了中國現代文化的各個思潮、思想系統。他是以自己的方式「嵌進」而非其固有的自然肌體的一個部分，所以總是「赫然挺立」，與其他種種思想發生著複雜的糾纏。——要清理現代中國諸多思潮都必定要返回魯迅，但僅僅清理這些思潮卻又不能理解魯迅。這就是魯迅存在的複雜性，也是他如此「扎眼」如此難以「消化」的本質。

魯迅：20世紀中國文化之「結」

　　魯迅作為20世紀中國文化之「結」的意義表現在一系列的領域。
　　中國思想的世紀性變遷眾所周知，個人的社會價值與哲學價值的確立是中國思想世紀性變遷的重大課題，也是近代以來中國啟蒙思想的產生與演化的主流。在這方面，我們很容易從魯迅思想中發現啟蒙的豐富內涵，發現他對於個人主體地位的呼喚與建構。例如魯迅留日期間的「立人」思想，「任個人而排眾數」著名主張的宣導等等，在五四時期，魯迅又闡發過「個人無治主義」與「人道主義」，魯迅一生都致力於公民立場與反奴隸立場。但是，魯迅又不僅僅是在啟蒙哲學中思考問題。他更深刻地體悟到了近代以來的啟蒙理想在生存著的現實中所遭遇的尷尬。正如他在《吶喊‧自序》中所說：「我感到未嘗經驗的無聊，是自此以後的事。我當

初是不知其所以然的；後來想，凡有一人的主張，得了贊和，是促其前進的，得了反對，是促其奮鬥的，獨有叫喊於生人中，而生人並無反應，既非贊同，也無反對，如置身毫無邊際的荒原，無可措手的了，這是怎樣的悲哀呵，我於是以我所感到者為寂寞。」「這經驗使我反省，看見自己了：就是我決不是一個振臂一呼應者雲集的英雄。」[25]顯然，魯迅理性主義的啟蒙立場當中匯入了個體生命的立場。有學者言：「魯迅在這些新文化運動的先驅者們中間，是唯一一個明確地認識到中國啟蒙主義知識份子的存在本身就註定是悲劇性的人。」[26]

今天，人們似乎更多地發現了魯迅與一般啟蒙主義的差異，並且開始從存在主義、現代生命哲學的角度解讀魯迅。黑暗、虛無作為魯迅思想的「關鍵字」的意義已經獲得了相當的闡述。像這樣的一些語言被反復徵用，如「我的思想太黑暗，而自己終不能確知是否正確」，[27]「我常覺得惟『黑暗與虛無』乃是『實有』」。[28]「我只很確切地知道一個終點，就是：墳。」[29]人們發現了魯迅「反抗絕望」與卡繆筆下的「荒誕英雄」的若干相似之處。但是，即便是這樣，魯迅依然屬於他自己。在魯迅那裏，有荒誕的體驗卻沒有「局外人」的體驗，正如有學者指出的那樣：「魯迅對於自己的空間不是一個『局外人』，而是一個『被排斥在外的人』。」[30]魯迅具有強烈的死亡意識，同樣在反抗絕望中「確立自身」，但他並沒有產生「不負責任」的快感。相反，他的反抗是他力所能及地承擔改造人

[25] 魯迅：《吶喊·自序》，《魯迅全集》1 卷 417、418 頁。
[26] 王富仁、趙卓：《突破盲點》46 頁，中國文聯出版社 2001 年版。
[27] 魯迅：《兩地書·二四》，《魯迅全集》11 卷 79 頁，人民文學出版社 1981 年版。
[28] 魯迅：《兩地書·四》，《魯迅全集》11 卷 20 頁。
[29] 魯迅：《墳·寫在〈墳〉後面》，《魯迅全集》1 卷 284 頁。
[30] 王富仁、趙卓：《突破盲點》78 頁。

生現實這一責任的方式。「中國的歷史註定要用中國啟蒙主義知識份子的悲劇築起一道現代化的堤壩，把傳統的愚昧和專制擋在『過去』的歷史上。」「如果說西方的存在主義者高舉著生命哲學的旗幟離開了 18 世紀的啟蒙主義思想，魯迅則高舉著生命哲學的旗幟更堅定地站在中國啟蒙主義的立場上。」[31]

　　中國現代政治革命的理想與選擇魯迅留日時期就參與了「排滿革命」的活動，在現代歷史的關鍵時刻也都積極支持被壓迫者的革命活動。他參加了「左聯」，成為這一革命作家聯盟的領袖。然而，對於革命，他始終有自己的理解。魯迅同情被壓迫者，擁護革命的理想，但又常常對革命的前途不抱太多的幻想。「革命，革革命，革革革命，革革……」竟然成了他描述中國歷史的一種話語方式，[32]他還言及辛亥革命以後的體驗：「我覺得，革命以前，我是做奴隸；革命以後不多久，就受了奴隸的騙，變成他們的奴隸了。」對革命者常常提及的未來「黃金世界」，他時有譏諷，甚至，還對馮雪峰說過：「你們來到時，我要逃亡，因為首先要殺的恐怕是我。」[33]在給朋友的通信中，又預言革命成功以後自己將會穿上紅馬甲掃大街：「倘當崩潰之際，竟尚倖存，當乞紅背心掃上海馬路耳」。[34]對於中國革命的艱難性與中國社會改造的艱難性，魯迅有著自己獨立的判斷。

　　中國現代文學觀念的發展一方面，同五四新文學作家一樣，魯迅高舉的是「人的文學」的旗幟，致力於文學的啟蒙價值的發掘，改造國民性成為他文學的基本主題。這一文學意念也早在他的留日

---

[31] 王富仁、趙卓：《突破盲點》47、45 頁。
[32] 魯迅：《華蓋集·忽然想到（三）》，《魯迅全集》3 卷 16 頁。
[33] 李霽野：《憶魯迅先生》，見《魯迅研究學術論著資料彙編》2 冊 115 頁。
[34] 魯迅：《書信·致曹聚仁 340430》，《魯迅全集》12 卷 397 頁。

時期就已經確立。「我以我血薦軒轅」、「揭出病苦，引起療救的注意」、幻燈片事件等等都是我們熟悉的例證。魯迅顯然努力賦予文學以現實承擔的使命，以至今天也有人攻擊魯迅的所謂「功利主義」文學觀念。然而，我們同樣有必要看到魯迅與一般意義的功利主義文學觀的區別。這就是說，他對「文學的限度」有自己的獨立認識。在《吶喊》自序中，魯迅所闡述的疑問是：「假如一間鐵屋子，是絕無窗戶而萬難破毀的，裏面有許多熟睡的人們，不久都要悶死了，然而是從昏睡入死滅，並不感到就死的悲哀。現在你大嚷起來，驚起了較為清醒的幾個人，使這不幸的少數者來受無可挽救的臨終的苦楚，你倒以為對得起他們麼？」[35]這就提醒我們，文學是否真的能夠承擔起那樣的使命？它會不會恰恰產生相反的後果？顯然，這同樣是一個嚴肅的問題！在魯迅的一生中，他多次談到文學的作用及自己的創作體會，常常使用著「無聊」這樣的字眼。《革命時代的文學》裏有過一個著名的說法：「一首詩嚇不走孫傳芳，一炮就把孫傳芳轟走了。」而《而已集・答有恆先生》一文中，卻闡述了一個關於「醉蝦」的發人深省的比喻：

> 我發見了我自己是一個……。是什麼呢？我一時定不出名目來。我曾經說過：中國歷來是排著吃人的筵宴，有吃的，有被吃的。被吃的也曾吃人，正吃的也會被吃。但我現在發見了，我自己也幫助著排筵宴。先生，你是看我的作品的，我現在發一個問題：
>
> 看了之後，使你麻木，還是使你清楚；使你昏沉，還是使你活潑？倘所覺的是後者，那我的自己裁判，便證實大半

---

[35] 魯迅：《〈吶喊〉自序》，《魯迅全集》1卷419頁。

了。中國的筵席上有一種「醉蝦」，蝦越鮮活，吃的人便越高興，越暢快。我就是做這醉蝦的幫手，弄清了老實而不幸的青年的腦子和弄敏了他的感覺，使他萬一遭災時來嚐加倍的苦痛，同時給憎惡他的人們賞玩這較靈的苦痛，得到格外的享樂。[36]

　　錢理群先生在他關於魯迅的論述中重新提醒人們注意馮雪峰的一個回憶：據說魯迅著名「遺囑」〈死〉共七條，第五條云：「孩子長大，倘無才能，可尋點小事情過活，千萬不可去做空頭文學家或美術家。」馮雪峰在回憶中告訴我們，原意沒有「空頭」二字。[37]

　　當然，魯迅對文學現實作用的懷疑又並不意味著他對文學的放棄，更不是在為自己的「逃避」與「無力」尋找理由，這就像現代西方的許多知識份子總是在談論死亡，談論人生命的局限性，其實這是一種「以死觀生」的思維。在這個時候，人們恰恰是無比深刻地理解著生命的可貴，也格外珍惜著生命的意義。對於「文學限度」的談論，同樣可以更加明確一個中國知識份子的實際效能，從而堅定自己可以把握的方向。在這一方面，王得後先生針對錢理群先生的補充意見是值得我們重視的：解讀魯迅，不可以僅僅關注那些個別的字詞，而應該盡可能地「返回」到魯迅自身的豐富與複雜之中，從魯迅全部的思想取向來認定某一具體判斷的實際意義。[38]

　　中國現代倫理觀念從 20 世紀 20—30 年代英美派知識份子到今天的某些海外漢學家以及大陸「新銳」學者，他們對魯迅人格的指

36　見《魯迅全集》3 卷 454 頁。
37　參見馮雪峰：《回憶魯迅》(《雪峰文集》4 卷 263—264 頁，人民文學出版社 1985 年版)、錢理群：《與魯迅相遇》36 頁 (三聯書店 2003 年版)
38　王得后：〈對於魯迅的發現和解讀——和錢理群學兄討論〉，《魯迅研究月刊》2003 年 9 期。

責多集中在所謂的「偏激」、「褊狹」與「不寬容」等等。但問題是當人們如此輕率地從「態度」出發就窺破了一個人的「人格」，這裏所包含的不確定性與不可靠性也是顯而易見的。因為，透過「行為方式」對一個人內在「人格」的把握其實是很難的，這比單純由「文字」所組成的「精神」特質更加飄渺，至少，我們自己居高臨下地用以判斷別人的基礎——我們的倫理觀念與我們自己的「人格」其實就需要一種新的認定。在指責魯迅的生活「態度」與人生「行為」之時，我們很難證明自己的選擇已經超越了魯迅（至少是在視野上）。特別是在充滿功利主義需要的今天，種種對他人的指責常常就可能與自我的表現聯繫在一起，例如「打倒」了魯迅的「人格」就可以獲得某種現實利益上的「便宜」，但這樣一來，對「人格」探討也就失去了意義，所謂的新的倫理道德根本無從談起。這個時候如果平心而論，我們還是會覺得魯迅的倫理選擇比許多的中國人都更加的穩定和更加的表裏如一，當然不是說魯迅沒有傷害過別人（例如葛紅兵指出的朱安），但顯然，即便是在現代倫理的層面上，我們也很難將「個性主義」與「人道主義」完全統一起來，「為我」與「為他」始終就是所有人類道德都無法克服的矛盾，而且當放棄「為我」也無法實現真正的「為他」的時候，魯迅的抉擇就不能說沒有他倫理的價值。他以自己最小傷害他人的代價贏得了更多朋友特別是無辜的弱小者的真實的尊重。是的，魯迅「罵人」，但成為他痛罵對象的往往是強權，是得勢者，在這裏，魯迅的「罵人」也就成為了一種挑戰「權威」和「權力」的反抗，偏激就是對抗由所謂「客觀」、「公平」所掩飾著的畸形社會體制的有力武器。這裏問題的關鍵在於一個獨裁專制的政權（及其「幫閒」）已經擁有了幾乎所有的「話語霸權」，所謂的「客觀」、「公平」都不過是

他們定義的結果，所有的「客觀」與「公平」最終都是他們向社會宣示、用以鞏固其制度的合法性的一種手段。魯迅「偏激」，魯迅「罵人」，但激發他如此「偏激」，如此「罵人」的恰恰是現存制度的根本的畸形，魯迅實在是用自己的方式反撥著現實的荒謬，擴大著現實社會的「公正」。在現代中國，當主張「寬容」已經在事實上墮落為維護現實制度與既得利益的冠冕堂皇的藉口，這樣的「寬容」所包含的也就是人生殘酷的本質，而魯迅不過是較早洞察了這一本質的清醒者。在《華蓋集‧忽然想到》中，魯迅描述了中國社會這樣的一種生存景象：

> 在黃金世界還未到來之前，人們恐怕總不免同時含有這兩種性質，只看發現時候的情形怎樣，就顯出勇敢和卑怯的大區別來。可惜中國人但對於羊顯凶獸相，而對於凶獸則顯羊相，所以即使顯著凶獸相，也還是卑怯的國民。這樣下去，一定要完結的。
>
> 我想，要中國得救，也不必添什麼東西進去，只要青年們將這兩種性質的古傳用法，反過來一用就夠了：對手如凶獸時就如凶獸，對手如羊時就如羊！[39]

為了不讓中國就這麼「完結」，「對手如凶獸時就如凶獸，對手如羊時就如羊」，以「不寬容」還擊制度的「不寬容」，這不就是一種新的倫理的建構？

今天，人們常常談論著胡適的謙虛、和善與大度，而魯迅似乎總是多疑、猜忌而易怒的，這其實不過是中國現代知識份子的兩種生存姿態，胡適的「謙虛、和善與大度」固然令陌生者倍覺溫馨，

---

[39] 見《魯迅全集》3卷61頁。

但如果但凡一個中國人都可以輕而易舉地與他交遊，都可以號稱「我的朋友胡適之」，這裏面也就未嘗沒有包含著某些並不真實並不確切的意味，相反，或許有人會不適於魯迅的「多疑、猜忌而易怒」，但卻會承認，在這些情緒激動的生存形式的背後，往往就是我們生命生長的最真實的「熱」與「力」。

魯迅之於中國現代倫理觀念的獨特理解，也註定了他通常是一位孤獨的行者，這也是一種「結」的體現。

魯迅與中國現代文壇的複雜的相互糾纏關係魯迅與中國現代文壇有著最豐富的聯繫，這在很大程度上並不是因為他作為左翼文壇的領袖地位而是他一以貫之的人生態度思維方式。「直面人生」、「正視鮮血」的生存姿態決定了魯迅與許多自得其樂的學院派知識份子的重大區別：他從來不會回避對於現實中國問題的關注和議論，從來不會割斷自身精神發展與中國文藝種種繁複現象之間的聯繫。在這個意義上，魯迅可以說是對中國現代文藝事業的最殷切的關注人，他廣闊的文學視野與持續不斷的現實拷問都使得他比許多的中國作家更密切地關聯著中國現代文壇的風雲變幻：

與左翼文壇──直接介入，扶持青年作家（如柔石等、東北作家），與一部分領導保持良好關係（馮雪峰、胡風）；與另一部分領導則保持緊張的關係（如周揚、徐懋庸等）。

與右翼文壇──公開的批判態度。

與自由派文人──既有過密切合作（五四時期），也有過公開的分歧（分歧其實正是魯迅發覺和自我總結思想獨立性的過程，也是標示其他文學追求特質的機會）。

這樣，魯迅對中國現代文壇的複雜的介入──正面的推進與逆向的反駁──直接穿透和連接了中國現代文學的各個部位，成為組

合現代中國文學的一個「關鍵」。即便是在一個扭曲的時代（如「文
革」），我們不斷利用魯迅的言論「打擊」政治異己，但一旦文革結
束，中國人恢復到正常的思維狀態，一旦我們社會又重新需要中國現
代文學的「繁榮昌盛」之時，後來的人們依然可以循著由魯迅思想穿
插所構成的邏輯之網，最大程度地恢復中國文學固有的完整格局。

　　相反，其他許多現代大家，特別是自由派文學家，都不時以「自
言自語」的生存姿態自我標榜，他們回避更多的思想交鋒，因此無
法成為一個歷史「繞不開」的「結」，不足以連接起歷史更豐富的
場景，無法構成對「他者」的強有力的連續的思想衝擊，最終，也
就無力掀開歷史更本質的內核。到了新時期，幾乎所有的思想家、
文學批評家都是從魯迅研究中誕生的、起步的，李澤厚、劉再復、
王富仁、錢理群、汪暉……因為，他們在清理魯迅的文學態度的同
時，也自覺不自覺地清理出了整個中國現代文學的宏大格局，研究
魯迅，進而復原了中國文學的更壯觀的景象，「我們可以毫不誇大
地說，魯迅第二次拯救了中國文化。」[40]

　　這也是中國大陸文學研究界與臺灣文學研究界的重大差別。在
一個相當長的歷史時期之內，臺灣遺棄了魯迅，其實也就遺棄了中
國現代文學的一個關鍵之「結」。在胡適這樣一個學院派文人那裏，
完全不足以聯繫起中國現代文學更廣闊的領域。直到今天，中國現
代文學依然沒有在臺灣的文學史研究中獲得足夠獨立的地位，他們
心目中的現代文學也相當的逼仄和狹小。

　　魯迅是誰？如果不是停留在歷史教科書上的簡單定義，那麼這
確實是一個殊難回答的問題。作為作家，他憑藉什麼樣的素質屹立

---

[40] 王富仁：《中國魯迅研究的歷史與現狀》174 頁，浙江人民出版社 1999 年版。

於 20 世紀的中國文壇？作為知識份子，他以什麼樣的知識體系與
思想模式獨立於現代中國？他與傳統中國知識份子的選擇有何不
同？與同時代的中國知識份子相比，又有何特色？

第一章

人生痛感的恢復

第一章　人生痛感的恢復

「知識份子」

還是讓我們從知識份子這一角色說起吧。

知識份子是什麼？就詞語本身而言，它並不來源於中國。目前學術界一般認為，知識份子這一概念有兩個來歷。首先是 19 世紀60 年代以後的俄國，源於俄國的「知識份子」概念，其英文為「Intelligentsia」，當時的俄羅斯貴族中出現了一批深受西方民主思想影響的逆子貳臣，他們懷疑和批判著俄羅斯的現存社會體制，這些貴族青年就是以賽亞·伯林所謂的「半個俄國人、半個外國人」，他們的思想觀念與生活方式和當時的俄羅斯格格不入，最初被描述性地稱為「知識階層」，後來進了一步，概念逐步向規範性方向發展，這樣一個非職業的但卻有著共同的精神傾向的群體被稱作是「知識份子」（интеллигенция）。來源於法國的「知識份子」，其英文為「intellectual」，在法國 19 世紀末，發生了著名的「德雷福斯冤案」，猶太人德雷福斯上尉供職於陸軍總參謀部，因為被無端懷疑充當德國間諜而蒙冤入獄，在軍方人士殘酷迫害德雷福斯的過程中，糾纏著反猶太主義與保皇主義對於民主、人權的肆意蔑視，於是，包括著名作家左拉、雨果、法郎士、紀德、普魯斯特在內的一批正義之士挺身而出，為德雷福斯上尉吶喊辯護，他們在《曙光》

（Ｌ）Aurore）雜誌上發表了〈知識份子宣言〉，當時這些正義之士的敵對者就此將他們蔑稱為「知識份子」。

知識份子，無論是它的哪一個來源，都體現了這樣的一個本質：在我們人類的文明世界裏，這是一個關注我們社會文化精神，關注我們人自身的價值、權利與尊嚴的群體。對於我們生活著的世界，他們致力於整個文明發展的核心部分──文化的創造精神的探求，俄羅斯知識份子的憂患就在於他們的文明已經被西方文化的發展遠遠地拋在了後面，他們試圖通過對西方近現代文化的引入，啟動俄羅斯民族的創造精神；對於我們自身，他們關注的是作為一位公民的基本生存權利，關注的是人之為人的一系列原則：人格、尊嚴、理想與信仰，他們致力於維護公民權利的社會價值體系的建設，法國知識份子就是這樣。

知識份子所扮演的這一角色在人類文明的發展中是不可或缺的。即使是在「知識份子」這一名詞尚未出現的古希臘，實際上已經孕育著這樣可貴的知識份子的精神傳統。

人類文明的發展有賴於許多階層的分工協作，比如作為社會組織管理者的政治家與作為經濟活動操作者的商人，但所有這些階層都不能替代知識份子的獨特作用。

政治家以「權力」鞏固的方式組織管理起這個各自為政的世界。需要在群居的基礎上建構文明形式的人類離不開他們。但是政治家關心的是他們權力的獲得與擴大。正如義大利著名政治家馬基雅維利所指出的那樣，政治的天性就是「非道德」的：「必須懂得：一位君王，特別是一位新君，為的要保持他的國家，時常被逼採取一些背信的、不仁慈的、不人道的以及反宗教的行動，所以他不能

奉行人之所以貴乎為人的種種事情。」[1]中國的法家也曾毫不留情地提醒「人主」及早劃分政治與道德的界線:「人主之患,在於信人。信人,則制於人。人臣之於其君,非有骨肉之親也,縛於勢而不得不事也。故為人臣者,窺覘其君心也無須臾之休,而人主怠傲於其上,此世所以有劫君弒主也。為人主而大信其子,則奸臣得乘於子以成其私,故李兌縛趙王而餓主父。為人主而大信其妻,則奸臣得乘於妻以成其私,故優施縛麗姬殺申生立奚齊。夫以妻之近與子之親而猶不可信,則其餘無可信者矣。」[2]於是,權力的角逐最終帶來的是專制與暴力,這是社會動盪的真正的根源。對政治家自己來說,權力則可能導致人性異化,因為處於權力漩渦中的他們本身並無暇顧及人類的精神建構問題。

商人以經濟活動的方式完成著這個世界的物質財富的交換與流通。關注物質「利益」是他們的無可厚非的天職。精神財富不是他們必然追求的東西。而且商業在形成社會物質流通的同時其實也造成了我們彼此精神的疏離,因為我們彼此的商業利益總是衝突的。同時,我們並不能永遠做一個成功的商人。金錢所導致的人性異化同揮霍的權力一樣可怕。在莫里哀的筆下,我們看到了阿巴貢,在巴爾扎克筆下我們看到了葛朗台,在果戈理的筆下,我們看到了潑留希金。他們都成了經濟角逐的奴隸。

只有知識份子,他們的天職就是在單純的權力角逐與金錢追求之外,將整個社會在精神的層次上連接起來。只有知識份子用自己精神的創造才可能凝聚起普遍的心靈需要,只有新的精神與信仰的

---

[1] (意)馬基雅維利:《君王論》(惠泉譯) 75-76 頁,湖南人民出版社 1987 年版。

[2] 《韓非子·備內》,見《諸子集成》第五冊《韓非子集釋》82-83 頁,上海書店 1986 年影印版。

追求才能填補現實的失落。在這個意義上，知識份子既具有某種「知識」的職業，但本質上又超越了具體的職業而成為「社會良心」與現實批判的精神象徵。馬克斯・韋伯（M.Weber）把知識份子定義為那些因為赫然成就而被譽為「文化瑰寶」的人，他們是社會群體的精神領袖。賽義德認為知識份子「具有強烈的抗爭意識，從不停止對各種社會現象提出疑問」（《知識份子再現》）路易士・科塞更明確宣稱，大學教授也不一定是知識份子，知識份子必須是「為了思想而不是靠了思想而生活的人」。法蘭克福學派的思想家們也向來主張，知識份子應當是每一時代的批判性良知。余英時分析過西方的知識份子含義：「『知識份子』一詞在西方是具有特殊涵義的，並不是泛指一切有『知識』的人。」「如果他的全部興趣始終限於職業範圍之內，那麼他仍然沒有具備『知識份子』的充足條件。根據西方學術界的一般理解，所謂『知識份子』，除了獻身於專業工作以外，同時還必須深切地關懷著國家、社會、以至世界上一切有關公共利害之事，而且這種關懷又必須是超越於個人（包括個人所屬的小團體）的私利之上的。所以有人指出。『知識份子』事實上具有一種宗教承當的精神。」[3]

「痛感」與失落了的「痛感」

　　知識份子在人類文明中的獨特角色也註定了他們從事創造的重要起點：對人類現實苦難的特別的敏感與特別的關懷。知識份子，可以說就是一些極富有「痛感」的人。「痛感」，我們這裏將之理解為是一種對於苦難的坦然的正視、深切的體驗與糾纏中的克服與超

---

[3]　余英時：《士與中國文化》2 頁，上海人民出版社 1987 年版。

越，是作為精神創造者的知識份子正視人生、「穿擊」人生的莊嚴的形式，這有別於我們日常生活中發出的若有若無的感歎與憂傷。

一切精神創造都可以說是對於苦難的超越方式。「痛感」的攝取和因克服痛感而創造的精神成果，是知識份子自我確證的重要標誌。魯迅說：

> 然而知識階級將怎麼樣呢？還是在指揮刀下聽令行動，還是發表傾向民眾的思想呢？要是發表意見，就要想到什麼就說什麼。真的知識階級是不顧利害的，如想到種種利害，就是假的，冒充的知識階級……不過他們對於社會永不會滿意的，所感受的永遠是痛苦，所看到的永遠是缺點，他們預備著將來的犧牲，社會也因為有了他們而熱鬧，不過他的本身——心身方面總是苦痛的。[4]

在人類文明的經典之作裏，我們看到的總是人們如何在苦難之中開闢前行的圖景。人類文化的經典中最動人的篇章都是對困難的關懷與超越。在西方文化史上，我們看到的就是一個綿綿不絕的知識份子「痛感」的記述史：古希臘神話標舉著「神」與「人」的對立，關愛人類的普羅米修士註定了就是天主宙斯的對立面，他也因此而遭受到嚴酷的懲罰；有人說古希臘神話是神人同形同性，但即便是天主宙斯也難以窺測命運女神的喜怒，這難道不就是對人生命運的深切哀痛？回到人自己的世界，從俄底浦斯王的受難、《聖經》對人類的「原罪」宣判到現代主義的絕望與悲劇體驗，西方知識份子的苦難意識如長河奔流。與此同時，伴隨著這一漫長心靈的「痛感」的卻又是西方文化在各個階段所表現出來的持續不衰的創造

---

[4] 魯迅：《集外集拾遺補編·關於知識階級》，《魯迅全集》8 卷 190、191 頁。

力,是知識份子對於自身社會角色與社會使命的自發體認與勉力擔當,雖然他們尚沒有形成 19 世紀以後俄法知識份子那樣的高度的批判的自覺。在古希臘,有「兼職」的文人如將軍兼歷史學家的修昔底德,也有在「學園」裏授課的「專職」人士如蘇格拉底、柏拉圖、亞裏斯多德等等,但在將「求知」作為自己神聖而崇高的使命這一觀念上似乎卻有著廣泛的共識。亞里斯多德的《形而上學》開篇即宣佈:「求知是人類的天性」。接著,又進一步闡述說:

> 古往今來人們開始哲理探索,都應起於對自然萬物的驚異;他們先是驚異於種種迷惑的現象,逐漸積累一點一滴的解釋,對一些較重大的問題,例如日月與星的運行以及宇宙之創生,作成說明。一個有所迷惑與驚異的人,每自愧愚蠢(因此神話所編錄的全是怪異,凡愛好神話的人也是愛好智慧的人);他們探索哲理只是為想脫出愚蠢,顯然,他們為求知而從事學術,並無任何實用的目的……這樣,顯然,我們不為任何其他利益而找尋智慧;只因人本自由,為自己的生存而生存,不為別人的生存而生存,所以我們認取哲學為唯一的自由學術而深加探索,這正是為學術自身而成立的唯一學術。[5]

求知與「實用」相區別而與人的「自由」相聯繫。在哲學家恩培多克勒那裏,則有了拒絕王位的選擇,在另一個哲學家德謨克利特那裏,則誕生了名言:「我寧願找到一個因果的說明,而不願獲得波斯的王位。」雖然他們對現實體制的姿態遠未達到讓現代知識份子滿意的程度,但平心而論,西方知識份子的獨立自由的創造傳統便是由此展開的。

5　亞里斯多德:《形而上學》(吳壽彭譯)1 頁、5 頁,商務印書館 1959 年版。

　　中國的情形如何呢？

　　與西方文明的發展頗為相似的是，中國知識份子第一次大規模出現的時代也是一個苦難的時代，用孔子的話來說就是：「太山壞乎！樑柱摧乎！哲人萎乎！」禮崩樂壞，世界失範，戰亂頻仍，人人自危。先秦時期的諸子百家同樣以自己的精神創造超越著現實苦難，這是中國歷史上第一批有影響的知識份子，孔子、老子、莊子、韓非子、墨子……他們提出了各自的思想與學說，這些學說既是現實的策略，也是他們關於人生與生命的一種理性思考或者信仰。無論它們自身還有多少的問題，也無論以後對中國社會起了怎樣複雜的影響，我們都應當看到，這都是他們獨立的富有創造性的成果，他們就是用這樣的獨立思考顯示了知識份子的價值。在當時，對「道」的維護與領受成了他們在世俗社會裏保持自身獨立追求的一種精神力量，孔子說：「君子謀道不謀食」，[6]「士志於道，而恥惡衣惡食者，未足與議也。」[7]孟子云：「無恆產而有恒心，唯士為能。」[8]這都體現了先秦時代的知識份子對自身角色獨立性的某種把握。孔子學說到後來總是成為政治家闡釋和利用的對象，而其實在孔子本人在世的時候，他首先是為了自己的思想而存在，而不是為了某一個政治家而存在的，「周遊列國」就是為自己的思想負責的艱難形式。在那個時候，儒家學說也首先是為了學說本身而不是為了某一個政治勢力而存在，孟子在答覆「古之君子何如則仕」的問題時，明確提出了「就三去三」的條件：

---

[6]　《論語・衛靈公》，見《諸子集成》第一冊《論語正義》346 頁，上海書店1986 年影印版。

[7]　《論語・裏仁》，見《諸子集成》第一冊《論語正義》78 頁，上海書店 1986 年影印版。

[8]　《孟子・梁惠王上》，見《諸子集成》第一冊《孟子正義》56 頁，上海書店 1986 年影印版。

> 所就三，所去三。迎之致敬以有禮，言將行其言，則就之。
> 禮貌未衰，言弗行也，則去之。其次，雖未行其言也，迎之
> 致敬以有禮，則就之。禮貌衰，則去之。其下，朝不食，夕
> 不食，饑餓不能出門戶，吾聞之，曰：「吾大者不能行其道，
> 又不能從其言也，使饑餓於我土地，吾恥之。」周之，亦可
> 受也，免死而已矣。[9]

　　但是，隨著中國大一統專制制度的形成，社會結構的超穩定形式的出現，中國知識份子便從根本上改變了先前的存在方式。在這樣的體制當中，文化教育首先不是為了對「道」的維護（雖然這個詞語依然被人們頻繁地掛在嘴上），更不是以自身智慧的增長為目的，它已經成為國家選拔官吏的過程，知識本身失去了價值，知識淪為了通向仕途的「敲門磚」。所謂「學成文武藝，貨與帝王家。」在這個時候，單純的「衛道」實際上也失去了市場，「道」不過是知識份子與政治家達到其他目的的旗號，孔子的道德學說其實也不能滿足政治家的現實統治的需要，「外儒內法」才是對他們的真實描述。在這個知識與信仰的全面異化過程中，在這個知識份子的獨立與尊嚴日益喪失的時候，是司馬遷「倡優意識」發出了最後的抗議與歎息：

> 僕之先，非有剖符丹書之功，文史、星曆近乎卜祝之間，固
> 主人所戲弄，倡優畜之，流俗之所輕也。[10]

---

[9]　《孟子·告子下》，見《諸子集成》第一冊《孟子正義》509-510 頁，上海書店 1986 年影印版。

[10]　引自韓兆琦：《史記選注匯評》646 頁，中州古籍出版社 1990 年版。

　　以後，中國知識份子開始走向「巧滑」之路，墮落為魯迅所謂的「做戲的虛無黨」，在他們那裏，出現了心與言的分離，真理與策略的分離，道與術的分離。最終，他們逐漸演變為一群聰明而沒有信仰更沒有創造能力的「弄臣」。重要的是所有的學說都失去先秦時代那種直面人生苦難的勇氣，一位知識份子最可寶貴的「痛感」已然喪失。因為，社會也不再鼓勵他們開掘這些痛感的意義了，他們不必再有作為精神創造者的獨立價值了。

　　這是一個相互作用的過程，中國政治格局不再需要知識份子的獨立性，而中國知識份子也在適應政治家要求的時候放棄了自身的獨立價值，知識份子的自我放棄也促進了政治家得心應手的政治策略，而最後的結果就是：中國的知識份子不必自尋煩惱地開掘人生的痛感了。在一個嚴格的意義上講，中國歷史的發展實際上是不斷「改造」和「吞噬」著真正的知識份子，我們的文化失落「痛感」已經很久很久了！

從「穿透」人生的幻象開始

　　在這個背景上我們來看魯迅的意義。

　　可以毫不誇張地說，魯迅是 20 世紀中國、也是千年封建歷史之後的中國知識份子中最富有人生「痛感」的一位。

　　那麼，這樣的「痛感」是如何生成的呢？

　　在這裏，我想重提魯迅的少年創傷記憶，雖然對這樣的少年記憶的考察似乎不無爭論，但是，由創傷記憶而突破了我們熟悉的人生的幻象，這無論怎麼說都是一個新的開始。奧地利心理分析學家 A・阿德勒認為：「在所有心靈現象中，最能顯露其中秘密的，是個

人的記憶。他的記憶是他隨身攜帶、而能使他想起自己本身的各種限度和環境的意義之物。記憶絕不會出自偶然：個人從他接受到的，多得無可計數的印象中，選出來記憶的，只有那些他覺得對他的處境有重要性之物。因此，他的記憶代表了他的『生活故事』；他反復地用這個故事來警告自己或安慰自己，使自己集中心力於自己的目標，並按照過去的經驗，準備用已經試驗過的行為樣式來應付未來。」[11]

1922 年 12 月 3 日，魯迅在為自己生平第一部小說集作序的時候，第一次清理了他的「生活故事」，這個故事的開篇和最引人注目的部分就是他少年的創傷：

> 我有四年多，曾經常常，——幾乎是每天，出入於質鋪和藥店裏，年紀可是忘卻了，總之是藥店的櫃檯正和我一樣高，質鋪的是比我高一倍，我從一倍高的櫃檯外送上衣服或首飾去，在侮蔑裏接了錢，再到一樣高的櫃檯上給我久病的父親去買藥。……
>
> 有誰從小康人家而墜入困頓的麼，我以為在這途路中，大概可以看見世人的真面目……[12]

這就是魯迅最沉痛的「記憶」。當魯迅開始用自己的語言向更多的世人來傳達自己的人生體驗之時，他首先清理出來的便是這一個創傷記憶，自然，其選擇不會是偶然的，用 A・阿德勒的觀點來看，也就是「用這個故事來警告自己或安慰自己，使自己集中心力

---

[11] （奧）A・阿德勒：《自卑與超越》（黃光國譯）66 頁，作家出版社 1986 年版。

[12] 魯迅：《〈吶喊〉自序》，《魯迅全集》1 卷 415 頁。

於自己的目標，並按照過去的經驗，準備用已經試驗過的行為樣式
來應付未來。」

　　創傷之所以能夠成為創傷就在於它的發生遠遠超過了人們固
有的人生期待。在一個高掛著「翰林金匾」的殷實家庭裏，作為長
男的魯迅原本是百般呵護的對象。「我生在周氏是長男，『物以希為
貴』，父親怕我有出息，因此養不大，不到一歲，便領到長慶寺裏
去，拜了一個和尚為師了。」[13]重溫童年歲月，魯迅也會情不自禁
地流露出先前的得意神態來：「長媽媽，已經說過，是一個一向帶
領著我的女工，說得闊氣一點，就是我的保姆。我的母親和許多別
的人都這樣稱呼她，似乎略帶些客氣的意思。只有祖母叫她阿長。
我平時叫她『阿媽』，連『長』字也不帶；但到憎惡她的時候，
——例如知道了謀死我那隱鼠的卻是她的時候，就叫她阿長。」[14]然
而，當祖父科場賄賂案發，父親一病不起，家庭榮譽不再，以至連
基本的生計都出現了問題的時候，彷彿一夜之間，什麼都變了，甚
至原來的親朋好友，比如「和藹」的衍太太：

　　　　父親故去之後，我也還常到她家裏去，不過已不是和孩
　　子們玩耍了，卻是和衍太太或她的男人談閒天。我其時覺得
　　很有許多東西要買，看的和吃的，只是沒有錢。有一天談到
　　這裏，她便說道，「母親的錢，你拿來用就是了，還不就是
　　你的麼？」我說母親沒有錢，她就說可以拿首飾去變賣；我
　　說沒有首飾，她卻道，「也許你沒有留心。到大廚的抽屜裏，
　　角角落落去尋去，總可以尋出一點珠子這類東西……。」

---

[13]　魯迅：《且介亭雜文末編·我的第一個師父》，《魯迅全集》6 卷 575 頁。
[14]　魯迅：《朝花夕拾·阿長與〈山海經〉》，《魯迅全集》2 卷 243 頁。

這些話我聽去似乎很異樣，便又不到她那裏去了，但有時又真想去打開大廚，細細地尋一尋。大約此後不到一月，就聽到一種流言，說我已經偷了家裏的東西去變賣了，這實在使我覺得有如掉在冷水裏。流言的來源，我是明白的，倘是現在，只要有地方發表，我總要罵出流言家的狐狸尾巴來，但那時太年青，一遇流言，便連自己也彷彿覺得真是犯了罪，怕遇見人們的眼睛，怕受到母親的愛撫。[15]

1925年5月，魯迅又一次重複了他少年時代所遭遇的家庭巨變：

我於一八八一年生在浙江省紹興府城裏的一家姓周的家裏。父親是讀書的；母親姓魯，鄉下人，她以自修得到能夠看書的學力。聽人說，在我幼小時候，家裏還有四五十畝水田，並不很愁生計。但到我十三歲時，我家忽而遭了一場很大的變故，幾乎什麼也沒有了；我寄住在一個親戚家，有時還被稱為乞食者。[16]

十三歲，這是一個人正在從童年走向少年的關鍵時刻，前蘇聯教育心理學家與社會學家科恩指出：「如果說童年期的自我意識變化看似平緩而漸進的，那麼，過渡年齡期即青少年時代則向來被認為是一個突變、『再生』和新質生成的時代，而最主要的還是發現個人『自我』的時代。」[17]從「並不很愁生計」到「乞食者」，從「小康人家」到「在侮蔑裏接錢」，在已經無法抹去的創傷記憶當中，

---

[15] 魯迅：《朝花夕拾・瑣記》，《魯迅全集》2 卷 292 頁。
[16] 魯迅：《集外集・俄文譯本〈阿Q正傳〉序及著者自敘傳略》，《魯迅全集》7 卷 82 頁。
[17] 科恩：《自我論》（佟景韓等譯）291 頁，三聯書店 1986 年版。

正在發現「自我」的魯迅實際上獲得了一個「穿透」人生幻象的機會，他所經歷的人生觀念的「突變」顯然要比一般的「平穩」成長的孩子更大。當傳統中國知識份子已經無力執著於人生痛感的時候，他們實際上是在不斷用儒家倫理道德說教的概念編制溫情脈脈的人倫面紗，太平盛世、禮儀之邦、惜老憐貧、父慈子孝、兄弟怡怡……就是這一套似是而非的描述阻擋著人們對於生存真相的發現，在後來的《野草·立論》中，魯迅告訴我們，在中國，洞察真相與講述真實都是十分困難的：

> 「一家人家生了一個男孩，闔家高興透頂了。滿月的時候，抱出來給客人看，——大概自然是想得一點好兆頭。
>
> 「一個說：『這孩子將來要發財的。』他於是得到一番感謝。
>
> 「一個說：『這孩子將來要做官的。』他於是收回幾句恭維。
>
> 「一個說：『這孩子將來是要死的。』他於是得到一頓大家合力的痛打。[18]

「穿透」了人生的幻象，魯迅終於悟到：「別人我不得而知，在我自己，總彷彿覺得我們人人之間各有一道高牆，將各個分離，使大家的心無從相印。」[19]而曾經接受過的來自傳統經典的解釋，也是多麼虛妄：「中國的舊學說舊手段，實在從古以來，並無良效，無非使壞人增長些虛偽，好人無端的多受些人我都無利益的苦痛罷了。」[20]

---

[18] 魯迅：《野草·立論》，《魯迅全集》2 卷 207 頁。
[19] 魯迅：《集外集·俄文譯本〈阿Q正傳〉序及著者自敘傳略》，《魯迅全集》7 卷 81 頁。
[20] 魯迅：《墳·我們現在怎樣做父親》，《魯迅全集》1 卷 137 頁。

　　當然，僅僅「穿透」了人生的幻象，僅僅恢復了現實的「痛感」，這還是不夠的。我們最終還需要有一個新的思想的圖式，只有在新認知完成了對舊學說的替代的時候，中國的人生「問題」才可能豁然開朗，而我們也才會獲得「再生」的動力與方向。

第二章

日本體驗與「人」的建設

「走異路，逃異地」與「別樣的人們」

日本：複雜的生存體驗

立人：創造性的思考

第二章　日本體驗與「人」的建設

「走異路，逃異地」與「別樣的人們」

　　失望於中國固有的人生方式，魯迅這樣表達了他當時的強烈的願望：

> 　　好。那麼，走罷！
>
> 　　但是，那裏去呢？Ｓ城人的臉早經看熟，如此而已，連心肝也似乎有些了然。總得尋別一類人們去……[1]

　　這也就是他在〈《吶喊》自序〉裏所說的「走異路，逃異地，去尋求別樣的人們」。

　　在魯迅所去往的「異地」中，最重要的就是日本，這「別樣」的重要的內容就是一個中國人的新奇的日本體驗。對於一個已經習慣於中國社會固有人生形式的人而言，日本的一切都足以令人「震撼」。

　　日本，首先是西方異質文明的集散地。

　　日本作為中國「一衣帶水」的近鄰，作為長期受哺於中國文化的國度，其對外開放和全力現代化的方式卻與我們大相徑庭。當「老大帝國」在西方列強的槍炮聲中仍步步為營，繼續執著於「體用之

---

[1]　魯迅：《朝花夕拾・瑣記》，《魯迅全集》2 卷 293 頁。

辯」的時候，日本民族卻早已經洗心革面、改弦更張，其無所畏懼
的姿態恰如日本啟蒙思想家福澤諭吉所說的那樣：

> 我國人民驟然接觸到這種迥然不同的（西方）新鮮事物……
> 這好比烈火突然接觸到冷水一般，不僅在人們的精神上掀起
> 波瀾，而且還必然要滲透到人們的內心深處，引起一場翻天
> 覆地的大騷亂。……這種騷亂是全國人民向文明進軍的奮發
> 精神，是人民不滿足於我國固有文明而要求汲取西洋文明的
> 熱情。因此，人民的理想是要使我國的文明趕上或超過西洋
> 文明的水準，而且不達目的誓不甘休。[2]

後來同樣留學日本的郭沫若這樣表達了他對這種「不達目的誓
不甘休」的驚歎：「最近半世紀的日本，從封建社會脫胎了出來的
資本主義制度下的日本，其進步之速真真有點驚人。歐美演進了兩
三百年間的歷程，她在五十年間便趕上了。要說是飛躍，的確是值
得稱之為飛躍。……歐美人示例在先，日本人在『日本』這個實驗
室中，委實是把資本主義實驗成功了。」[3]

認真說來，日本對於西方著作翻譯的歷史並不比中國更早，但
一旦認定，即全力以赴，規模巨大。這給了梁啟超這樣的啟蒙學者
很大的啟發：「日本之步泰西至速也。」「泰西諸學之書，其精者日
人已略譯之矣，吾因其成功而用之，是吾以泰西為牛，日本為農夫，
而吾坐而食之，費不千萬金，而要書畢集矣。」[4]

---

[2]　（日）福澤諭吉：《文明論概略》2 頁，商務印書館 1982 年版。

[3]　郭沫若：《日本短篇小說集・序》，見《郭沫若集外序跋集》，四川人民出版
社 1982 年版。

[4]　梁啟超：〈讀《日本書目志》書後〉，《梁啟超全集》1 冊 129 頁，北京出版社
1999 年版。

　　一當融入日本的西方文明的海洋，中國留學生大都欣喜若狂。真「如幽室見日，枯腹得酒，沾沾自喜。」「若行山陰道上，應接不暇，腦質為之改易，思想言論與前者若出兩人。」[5]20 世紀初葉，中國譯自日文的書籍已經占到全部譯著的 60% 以上。

　　在日本，魯迅與他的朋友許壽裳常常結伴逛書店。「求智識於宇內，搜學問於世界。」（〈紹興同鄉會公函〉）「魯迅看了赫胥黎的《天演論》，是在南京，但是一直到了東京，學習了日本文之後，這才懂得了達爾文的進化論。因為魯迅看到丘淺治郎的《進化論講話》，於是明白進化學說到底是怎麼回事。」[6]與此同時，西方浪漫主義文學、弱小民族文學、尼采哲學等等聞所未聞的「新知」也紛至遝來。

日本：複雜的生存體驗

　　然而，對於魯迅這樣的中國留學生來說，更重要的還不是新的「知識」，而是整個人生形式的改變所導致的自我觀念的改變。在過去，我們一般將近代以來中國知識份子的觀念更新認定為對於西方文化知識「學習」的結果，其實，這是在很大程度上漠視了文化創造這一精神現象的複雜性。因為，精神產品的創造歸根到底並不是知識的「移植」而是創造主體自我生命的體驗與表達，作為文化交流而輸入的異域知識固然可以給中國知識份子某種啟發但卻並不能夠代替他們自我精神的內部發展，一種新的文化與文學現象最

---

[5]　分別見梁啟超：〈論學日本文之益〉、〈夏威夷遊記〉，《梁啟超全集》1 冊 324 頁、2 冊 1217 頁。

[6]　周作人：《魯迅的青年時代》45—46 頁，河北教育出版社 2002 年版。

終能夠在我們的歷史中發生和發展，一定是因為它以某種方式進入了我們自己的「結構」，並受命於我們自己的滋生機制，換句話說，它已經就是我們從主體意識出發對自我傳統的某種創造性的調整。正如王富仁先生所指出的那樣：

> 文化經過中國近、現、當代知識份子的頭腦之後不是像經過傳送帶傳送過來的一堆煤一樣沒有發生任何變化。他們也不是裝配工，只是把中國文化和西方文化的不同部件裝配成了一架新型的機器，零件全是固有的。人是有創造性的，任何文化都是一種人的創造物，中國近、現、當代文化的性質和作用不能僅僅從它的來源上予以確定，因而只在中國固有文化傳統和西方文化的二元對立的模式中無法對它自身的獨立性做出卓有成效的研究。[7]

在這裏，我以為，值得我們加以重視的是另一個基本的精神現象——生存體驗。相對於靜態的知識輸入而言，一個人生存體驗的獲得更有其整體性、豐富性與複雜性，它最終決定著我們看待世界與人生的方法，只有生存體驗的根本變化，才從一個更深的層次上引導了理性觀念的嬗變。

而且包括魯迅在內的中國留日學生的生存體驗，本身又是那樣的矛盾和複雜，這種複雜性為他們未來精神的生長提供了多種可能性。

異域的生存首先也得面對最基本的生活習俗。20 世紀初，留日中國學生中流傳著一冊《留學生自治要訓》，通過其中這些有趣的敘述，我們不難體會到一個古老民族的生活形式在現代文明社會裏所遭遇的挑戰：

---

[7]　王富仁：〈對一種研究模式的置疑〉，《佛山大學學報》1996 年 1 期。

──往來道路須靠左行。

──在路上遇見友人，不可揚聲呼喚，也不可久立路邊閒聊，稍作傾談，行過禮宜分手。

──不可隨地吐痰。

──不可隨地小便。

──前往參觀時，要認清出口、入口，不可大聲談話。

──進入陳列所時，不可隨便打聽價錢。

──電車滿座之時，應讓座與老人、小孩和婦女。

──室內要打掃乾淨。

──大小便要排在便器中。

──痰要吐在痰盂裏。

──就寢時要熄燈。

──他人書桌上的書籍或抽屜中的對象不可亂翻。

──同住者寫信時或溫習時，不要在旁打擾。

──夏天也不可赤身裸體。

──在室內應坐下，不可徘徊打轉。

──食物掉落在席上時，應該拾起放在廚房一角，不能再放回口裏。[8]

除了這些婆婆媽媽的生活習俗，在日本，一個異質民族的整體精神面貌與個性氣質也會給我們固有的狀態以衝擊，以激勵。例如魯迅讚歎過日本民族的「認真」，郁達夫對日本「刻苦精進」又「不喜鋪張，無傷大體」的「文化生活」頗多感觸，更多的留日青年學生都激賞過日本的「尚武」精神。

---

[8]　見實騰惠秀：《中國人留學日本史》（譚汝謙、林啟彥譯）第 165-167 頁，三聯書店 1983 年版。

　　問題的複雜性還有第三個方面。對於漂洋過海的中國學生來說，日本並不僅僅是一個寬容大度好客的主人，它同時也是一個理所當然的文明競爭者。在世界民族發展的競技場上，並沒有永遠和藹可親的對手。伴隨著近代以來的日益強大，日本民族那種有意無意的優越感逐漸升騰，日本學者實藤惠秀分析說：「千多年來，日本在思想、文化、制度，以及衣、食、住等日常生活上，都深受中國影響。日本人因而對中國敬仰有加，直到德川時代（1600-867）末年，崇尚中華文物的風尚依然熱烈。」「踏入明治時代（1868-1912），日本急劇地吸取西洋文化，對中國文化的關心漸趨淡漠，但對中國尚未採取輕視態度。不過，從明治初年起，日本步西洋列強後塵，開始在亞洲大陸蠢蠢欲動。在中日甲午戰爭（1894-95）中，日本賭以國運，誠惶誠恐地悉力以赴，結果大獲全勝。從此，日本人對中國的態度為之一變。」這個時候，雖然也有一些民眾對中國人示好，以「酬往昔師導之恩義」，但從總體上講，「不論在政治上、經濟上或文化上都輕視中國，並侮辱中國人為『清國奴』（chankoro）。」「從甲午戰爭到 1945 年日本戰敗投降的五十年，是中日關係最惡劣的時代。」據說，1896 年首批 13 名留學生抵日兩三個星期後就有 4 人歸國，其中原因之一就是他們常常受到日本小孩「附尾纏繞，呼喊『豬尾巴』之聲」。「日本當政者的國家優越感及其對中國的輕蔑態度，影響著一般的日本國民，使人人都懷著對中國和中國人輕蔑的態度。直到投降前，日本小孩嘲弄別人時，常常愛說：「笨蛋笨蛋，你的老子是個支那人！」[9]可以說，日本在創造良好的求知環境的同時也給中國留學生造成了許多的生存的屈辱與壓力，「中國到日本的留學生，回國以後，對中國是成功的，對日本卻不成功。

---

[9]　實藤惠秀《中國人留學日本史》原序，11 頁，三聯書店 1983 年版。

中國到英美的留學生回國以後，對中國是不成功的，而對英美是成功的。」[10]當年的郭沫若就曾經形象地說：「我們在日本留學，讀的是西洋書，受的是東洋氣。」[11]魯迅在仙台醫學專門學校求學的時候，也遭遇了一回「考試事件」：

> 有一天，本級的學生會幹事到我寓裏來了，要借我的講義看。我檢出來交給他們，卻只翻檢了一通，並沒有帶走。但他們一走，郵差就送到一封很厚的信，拆開看時，第一句是：
> 「你改悔罷！」
> 這是《新約》上的句子罷，但經托爾斯泰新近引用過的。其時正值日俄戰爭，托老先生便寫了一封給俄國和日本的皇帝的信，開首便是這一句。日本報紙上很斥責他的不遜，愛國青年也憤然，然而暗地裏卻早受了他的影響了。其次的話，大略是說上年解剖學試驗的題目，是藤野先生在講義上做了記號，我預先知道的，所以能有這樣的成績。末尾是匿名。我這才回憶到前幾天的一件事。因為要開同級會，幹事便在黑板上寫廣告，末一句是「請全數到會勿漏為要」，而且在「漏」字旁邊加了一個圈。我當時雖然覺到圈得可笑，但是毫不介意，這回才悟出那字也在譏刺我了，猶言我得了教員漏泄出來的題目。
> 我便將這事告知了藤野先生；有幾個和我熟識的同學也很不平，一同去詰責幹事託辭檢查的無禮，並且要求他們將檢查的結果，發表出來。終於這流言消滅了，幹事卻又竭力

---

[10] 周幼海：《我與日本》，《日本研究》1943 年 1 卷 1 期。
[11] 郭沫若：《三葉集·郭沫若致宗白華》，《郭沫若全集》15 卷 140 頁，人民文學出版社 1990 年版。

運動，要收回那一封匿名信去。結末是我便將這托爾斯泰式
的信退還了他們。

　　中國是弱國，所以中國人當然是低能兒，分數在六十分
以上，便不是自己的能力了：也無怪他們疑惑。[12]

　　我以為，正是這樣的屈辱體驗從根本上擊碎了中國人原有的「天
朝」子民的感覺，讓他們清清楚楚地意識到在這個世界的確存在著
不同的族群，而他們彼此之間並不都是友善的，不管我們是否願
意，我們都已經被另外的一個族群作了「分類」，我們的命運也無可
選擇地與我們自己的族群聯繫在了一起，只有將個體的發展與族群
的生存溝通起來，我們才可能有一個新的未來。這其實就是我們常
常說的「民族意識」，只是，對於像魯迅這樣的留學生而言，「民族」
與「民族意識」都不同於後來的政治說教，而是活生生的生存感悟。

　　民族這一「理念」的最早最自覺也最符合現代意義的表述就發
生在留日中國人之中。1903 年春，東京浙江同鄉會主辦的《浙江潮》
創刊號上發表了〈民族主義論〉（署名「餘一」），這是較早反映中
國知識份子對於民族主義系統認識的文章。再向前追溯，我們可以
知道，最早使用「民族」一詞的是梁啟超。1899 年，梁啟超在他的
〈東籍月旦〉仲介紹日文著作《支那文明史》時，首次就使用了日
文的詞語——民族。[13]

　　日本時期的魯迅是一個真誠的民族主義者，「我以我血薦軒轅」
的豪情曾經是他「自題小像」時的自勉，排滿、革命、民族也是魯
迅在日本著述的基本主題與關鍵語彙。1903 年 6 月，在留學生拒俄
運動的熱潮中，魯迅發表了反映斯巴達人英勇抗暴的〈斯巴達之

---

[12] 魯迅：《朝花夕拾·藤野先生》，《魯迅全集》2 卷 305 頁。
[13] 見《梁啟超全集》1 冊 334 頁，北京出版社 1999 年版。

魂〉,「便是借了異國士女的義勇來喚起中華垂死的國魂」。[14]同年
10月,在浙江留學生抗議腐敗官府出賣本省礦產的運動中,魯迅又
發表了〈中國地質略論〉,大聲疾呼:「中國者,中國人之中國。可
容外族之研究,不容外族之探險;可容外族之讚歎,不容外族之覬
覦者也。」[15]後來(1906年5月)又與顧琅合編出版了《中國礦產
志》,「羅列全國礦產之所在」「以為後日開採之計,不致家藏貨寶
為他人所攘奪,用心至深,積慮至切」,「深有裨於祖國」。[16]

什麼是民族意識?就是你真正體會到了這樣的事實:個人的生
存、尊嚴與情感已經別無選擇地定位在了一個群體當中。這個群體
的整體存在可以直接影響到個人的命運,而個人之於這個群體的積
極的貢獻完全可以最終體現為個人生存環境的改善。在這個意義
上,「民族」與純粹作為政權意義的「國家」甚至也是有區別的。
可惜,在現代中國社會,「民族」與「國家」這些概念都一再為統
治階級所盜用,悲劇性地成為專制主義的工具,這正是魯迅作為一
位真正的民族主義者,卻在30年代堅決批判「民族主義文學」的
重要原因。

當然,留日中國知識份子的複雜生存體驗也來自他們自身在日
本的行為與志趣。

在日本,中國留學生也獲得了一種掙脫了固有生活的束縛的
「自由」。這裏的「生活」至少可以包括兩個方面:倫理生活與政
治生活。就前一方面而言,日本崇尚自然的古老民俗與開放西化的
近代趨向都導致了在生活觀念(尤其是兩性觀念)方面有著某種的

---

[14] 許壽裳:《我所認識的魯迅》1頁,人民文學出版社1978年版。
[15] 魯迅:《集外集拾遺補編·中國地質略論》,《魯迅全集》8卷4頁。
[16] 馬良:《中國礦產志·序》,見《魯迅佚文全集》上冊28、29頁,群言出版
社2001年版。

寬鬆與自由，這一點，顯然極大地衝擊了中國人「存天理，滅人欲」的理學傳統，留日學生向愷然的小說《留東外史》極力渲染在日本尋花問柳的放浪生活，在民國初年風行一時，顯然就是呼應了一代士子文人的異域體驗與異域想像。留日歸來半個世紀之後，作家賈植芳對此也頗多理解：「在國內時多半出身舊式家庭，精神受著傳統禮教的壓抑，個性處於委頓狀態；他們一到日本，除了每月的開銷多少要家裏補貼一些外，其他方面都擺脫了日常的束縛，不再需要低眉順眼，裝出一副老實樣子去討長輩的喜歡，也不需要整天跟自己並不相愛的舊式妻子廝守在一起，甚至也沒有中國社會環境對年輕人的種種有形無形的壓迫。他們在新的生活環境裏自由地接受著來自全世界的各種新思想，慢慢地個性從沉睡中醒來，有了追求自身幸福的慾望。對年輕人來說，最現實的幸福莫過於戀愛自由，這在國內是被視為大逆不道的。」[17]

除了掙脫禮教束縛的某些生活的「自由」，遠離故土專制統治的日本更給了血氣方剛的中國學人莫大的「政治自由」。從戊戌變法失敗開始，日本成了中國反政府流亡人士的聚集之所，成了醞釀中國革命活動的大本營。這裏有梁啟超這樣的流亡政治家，有孫中山這樣的職業革命家，反清排滿、與政府對抗是當時留學生的主流情緒。在日本，中國學人是一群「可怕」的叛逆。從留日學者梁啟超的〈敬告留學生諸君〉[18]到留日學生李書城的〈學生之競爭〉，[19]留日學界的刊物以及留日學生在國內刊物發表的文章中，隨處可見關於「留學生文化」的激情闡發，幾乎所有的留日青年知識份子都以「新中國之主人翁」、「一國最高最重之天職」自我期許，然而，他

---

[17] 賈植芳：《中國留日學生與中國現代文學》，《中國比較文學》1991 年 1 期。
[18] 見《梁啟超全集》2 冊，北京出版社 1999 年版。
[19] 原載《湖北學生界》1903 年第 2 期。

們又分明無法如許多英美留學生那樣潛心學業，篤信「非求學問之程度倍蓗於歐美日本人，不足以為用於中國」，[20]集會、罷課、退學、肆業回國以至革命、暗殺之類倒似乎成為了他們留學生涯中層出不窮的大事，梁啟超提醒留學生注意培養「學校外之學問」，留學生也表示「勿為學問之奴隸」，[21]劉師培專門為「留學生為叛逆」正過名，他的「正名」卻是公開標舉了「排滿」革命的正義性。[22]

　　留日中國學者與學生的騷動不安與那些似乎「溫良恭儉」的學者般的英美留學生的確形成了鮮明的對照，對比留學英美的中國學生，賈植芳先生認為幾代留日學生（作家）的顯著特點就在於他們所表現出來的政治態度的「激進」：「在五四初期，留日學生激進地主張批孔、批三綱五常，反對封建傳統，嚮往朦朧的社會主義（包括無政府主義理想）；在二十年代以後，留日學生激進地提倡馬克思主義，提倡『普羅文學』，反對國內國民黨的獨裁專制和白色恐怖，推動了左翼文學運動，這其中包括創造社的前後期主要人物，三十年代左聯以魯迅先生為首的主要領導幹部周揚、夏衍、田漢、胡風等人。他們在文學創作上，敢於大膽地暴露個性的真實，敢於發表驚世駭俗的言論，批評現狀無所顧忌。」[23]這樣的「激進」生存姿態很容易讓我們想到魯迅所論及的「摩羅詩力」。當魯迅在日本滿懷激情地論述「摩羅」精神之時，我們分明地發現了魯迅叛逆性格的強大資源之所在。

　　所有這一切的「複雜」都使得像魯迅這樣敏感的作家可以從許多新的層面上來重新思考和設計「人生」，跳脫傳統文化經典的種

---

[20] 梁啟超：〈敬告留學生諸君〉，《梁啟超全集》2 冊 962 頁，北京出版社 1999 年版。

[21] 〈勿為學問之奴隸〉，《直說》1903 年 2 月 13 日第 1 期。

[22] 申叔（劉師培）：〈論留學生之非叛逆〉，《蘇報》1903 年 6 月 22 日。

[23] 賈植芳：〈中國留日學生與中國現代文學〉，《中國比較文學》1991 年 1 期。

種思維限制，拋開固有生存語境的干擾乃至故土的世俗關係的糾纏，人們完全能夠對中國「人」的欠缺以及未來的建構都提出自己自由的無拘無束的猜想，事實上，這也正是魯迅在日本的最大的成果，這一成果是他以自己獨特的方式通達「五四」的重要基點。

立人：創造性的思考

今天的學術界已經充分認識到了魯迅留日時期「立人」思想的重要價值。「立人」是通向「改造國民性」的基礎。

問題在於，對「國民性」和對於「人」的思考在當時並不限於魯迅一人，甚至也不始於魯迅，那麼，與之比較，魯迅還有無特色呢？

如前所述，在強烈的民族屈辱體驗當中，中國留日學人開始了對本民族的反思。梁啟超〈新民說〉首先提出了一個「國民性」的問題，「國民」、「自由」等概念也應運而生。以後，又有以日本為革命大本營的孫中山提出了「三民主義」，實際上也是在一個新的歷史層面上設計中國人的生存發展問題。

但是梁啟超的啟蒙思想也好，孫中山的排滿革命也好，它們都有一個基本的傾向，即主要還是從國家民族的「整體利益」出發。他們試圖「首先」從整體上解決中國的問題，認為只有整體上解決了問題，個人的權利和自由才談得上。「群」是一個使用率最高的關鍵字，具有道德、政治與民族國家等多方面的指向，合群救國才是新民說的根本目的。「欲其國之安富尊榮，則新民之道不可不講。」「夫吾國言新法數十年而效不睹者，何也？則於新民之道未有留意焉者也。」[24]也就是說，梁啟超提出改造國民性還是為了國家、民

---

[24] 梁啟超：〈新民說〉，《梁啟超全集》2 冊 655 頁。

族、社會的整體利益，而非個人的存在與發展。在梁啟超看來，「群」才是人之為人的根本標誌。「人也者，善群之動物也。」「人而不群，禽獸奚擇？」[25]他集中討論了「公德」、「私德」的問題，但卻賦予「公德」以更高的地位：「報群報國之義務，有血氣者所同具也。苟放棄此責任者，無論其私德上為善人為惡人，而皆為群與國之蟊賊。」[26]他鄭重其事地提出了人的自由問題，但卻明確表示：「自由雲者，團體之自由，非個人之自由也。野蠻時代，個人之自由勝，而團體之自由亡；文明時代，團體之自由強，而個人之自由減。」[27]孫中山的著名論斷也是：為了大眾的自由，革命者應該犧牲、放棄自己的自由。

從這個意義上看，以梁啟超、孫中山為代表的關於「中國人」未來的設計，都體現出了十分鮮明的國家主義立場。他們都是以國家的整體利益為最高目標，個人的人生幸福從屬於這一「偉大」的目標，國家整體目標的實現是個人幸福實現的絕對前提。

魯迅與他們有著很大的不同。

從總體上說，魯迅留日時期的思考是生發自他少年時代對於人性的悲劇性體驗。

魯迅對於民族問題的認識並不像當時一般的留日知識份子那樣的籠統和概括，他似乎更習慣於將民族的問題與普通個人的人生遭遇結合起來，從中留心人在具體生活環境中的狀態和表現。許壽裳的回憶告訴我們，在東京宏文學院念書的時候，魯迅與他一邊感歎中華民族的屈辱，一邊卻在反思：「怎樣才是理想的人性」、「中國民族中最缺乏的是什麼」、「它的病根何在」，這種反思與當時梁

---

[25] 梁啟超：〈新民說〉，《梁啟超全集》2 冊 660 頁。
[26] 梁啟超：《新民說》，《梁啟超全集》2 冊 661 頁。
[27] 梁啟超：《新民說》，《梁啟超全集》2 冊 678 頁。

啟超、章太炎等維新派、革命派人士從掃除國家政治障礙的角度批判國民性頗有不同。如果說遭遇了高層政治挫折的梁啟超決心解決民族的政治問題，出身於書香門第、自覺承襲漢民族國學傳統的章太炎關注的是中華民族在整體上的政治革命與文化復興，他們在當時影響了留日中國知識份子的主流，那麼魯迅這位因家道中落而深味了「世人真面目」的青年則主要關心一位普通中國人的基本的生存處境與生存原則。魯迅與許壽裳議論得最多的「理想的人性」不是「欲其國之安富尊榮」，而是作為人自身的生存原則：「當時我們覺得我們民族最缺乏的東西是誠和愛，——換句話說：便是深中了詐偽無恥和猜疑的毛病。」[28]「理想人性」的問題自然也屬於民族問題，但更準確地講卻應當屬於「民族性」生存中的人自身的問題。如果說前述大多數的知識份子都是在民族國家建設的層面上開掘自己的「體驗」，那麼魯迅則是將他們那宏闊抽象的「國家」潛沉到了具體的人、具體的自我，用他在〈文化偏至論〉中的話來說就是「入於自識」，即返回到人的自我意識。

魯迅的立場是普通人的生存。

正是從這一立場出發，魯迅不再對自己的族群抱有無條件的認同，他總是冷靜地關注著身邊的人群，從未因為群體的裹挾而輕易放棄自己的人生態度，這幾乎貫穿了魯迅的整個留日時期。「他在遊學時期，養成了冷靜而又冷靜的頭腦，惟其愛國家愛民族的心愈熱烈，所以觀察的愈冷靜。」[29]在一系列的社會活動與人際交往之中，他都在周遭的熱鬧中獨守了一份自我的寧靜，是寧靜給了他一

---

[28] 許壽裳：〈回憶魯迅〉，見《我所認識的魯迅》59 頁，人民文學出版社 1978 年版。

[29] 許壽裳：《魯迅的生活》，見《我所認識的魯迅》23 頁，人民文學出版社 1978 年版。

雙特別的眼睛。在東京留學生熱烈的革命集會上，他一邊聽著吳稚暉的慷慨陳詞，一邊卻掩飾不住自己內心的某種失望：「講演固然不妨夾著笑罵，但無聊的打諢，是非徒無益，而且有害的。」[30]在日本的列車上，幾位新來的浙江同鄉因為相互讓座而忙得不亦樂乎，魯迅不僅對這樣的禮儀頗不以為然，而且還想得很深：「我那時也很不滿，暗地裏想：連火車上的坐位，他們也要分出尊卑來……。」[31]魯迅參加了「浙學會」，一度奉命回國暗殺滿清大員，對如此激進的革命行動，他還是直言不諱地表達了自己的保留態度。在魯迅看來，其他的中國留學生同學並不能僅僅因為他們的「同胞」身份就足以獲得必然的認同。

　　我以為，魯迅早期的六篇論文及其他文學創作，正是他在日本提煉自己獨特的「立人」思想的重要結晶，這些論文從最早的 1903 年〈說鈤〉（後來收入《集外集》）開始就體現了作者對於社會文化發展的獨特見識，到 1908 年最後的一篇文言論文〈破惡聲論〉，完全是在自我思想的不斷完善和充實當中建構起了一個關於中國文化建設的全新計畫，與梁啟超、孫中山的差異在於，魯迅為文化的建設設定了一個重要的前提，這就是「人」的自我建設，只有「立人」之後，「沙聚之邦」才可能轉為「人國」。

　　今天，我們要想理解魯迅走向「五四」和走向中國現代文學的基點，就必須認真解讀這六篇文言論文：

　　〈說鈤〉（見《集外集》）

　　〈人之歷史〉（見《墳》）

---

[30]　魯迅：《且介亭雜文末編・因太炎先生而想起的二三事》，《魯迅全集》6 卷 558 頁。

[31]　魯迅：《朝花夕拾・范愛農》，《魯迅全集》2 卷 313 頁。

〈科學史教篇〉（見《墳》）
〈文化偏至論〉（見《墳》）
〈摩羅詩力說〉（見《墳》）
〈破惡聲論〉（見《集外集拾遺補編》）

　　如果說知識份子所有的現實選擇都不過是超越自身苦難體驗的方式，那麼，我們卻應該看到，近現代之交的留日中國知識份子，其「痛感」卻是來自不同的層次。

　　以梁啟超為代表的一代人，其「痛感」主要來自制度（體制）給予他們自我實現的打擊，所以他們更容易從民族整體危機出發來思考問題。其文化建設計畫主要是希望從整體制度上著手。當然他們也關心人的精神，但這一關心的前提是因為廣大的中國百姓並不理解他們的「先進文化」，他們開啟民智最終還是為了「貫徹」其整體的制度改革方案。

　　而魯迅來自「民間」，他的「痛感」就是個體生存的危機。在魯迅看來，中國的災難更直接地是由我們每一個具體的人來承受的。所謂的政治制度問題，所謂的民族壓迫問題，都通通呈現在了我們實際人生過程之中，滲透到了我們周遭的生活環境當中、人際關係之中，而且最終還是由中國人的「人性」來加以實施的——放大或者縮小，這裏更需要解決的是我們自身內部的精神結構問題。魯迅首先想要達到的目的就是對「人」自身的改造，而不是「輸入」什麼制度或者什麼「先進」的文化，或者說任何「文化」的輸入最終也還是為了重新喚起中國人的「人」的真誠，啟動中國人自己的創造能力。

　　我以為，貫穿魯迅這六篇文言論文的總主題就是：探求人的精神建設與精神創造之可能。

　　〈說鈤〉、〈人之歷史〉與〈科學史教篇〉是三篇自然科學論文，但都不是嚴格的學術論文，而是帶有鮮明的通俗介紹性質。這說明，魯迅寫作的目的就不是為了與相關的學術界對話，也不是像洋務運動以來的那些科學救國論者一樣，竭力將科學的發現納入到實用主義的功利軌道上去，魯迅是站在一個普通中國人的立場上思考科學現象之於社會生活的啟示意義。於是，這三篇科學論文都具有「超學科」性質，即主要關心的不是相關的學科知識本身，而是科學發展背後的「精神」性因素。

　　在論文中，魯迅將科學的發展置之於人類精神發展的宏大背景上，提出了一系列引發我們想像力、「突破」固有陳規的思路。看來，「突破」固有陳規才是魯迅真正感興趣的所在。〈說鈤〉是我國最早評述鐳的發現的論文之一，魯迅自己顯然就是為這一發現歷程中的進取精神與創造精神所感動，所啟發。「昔之學者曰：『太陽而外，宇宙間殆無所有。』曆紀以來，翕然從之；懷疑之徒，竟不可得。乃不謂忽有一不可思議之原質，自發光熱，煌煌焉出現於世界，輝新世紀之曙光，破舊學者之迷夢。」「由是而關於物質之觀念，俄一震動，生大變象。最人涅伏，吐故納新，敗果既落，新葩欲吐。」[32]〈人之歷史〉在介紹西方人類種族發生學這一基本主題之外，實際上為我們勾勒了一個宏大的生命進化乃至宇宙發生學的認識框架，也不時將西方科學史上的教訓與中國的現狀相互聯繫（如所謂「中國抱殘守闕之輩，耳新聲而疾走」的情形）。

　　1908 年魯迅發表了〈科學史教篇〉。在這篇關於自然科學發展史的簡述中，魯迅遠遠超越了自然科學的學科領域，他反覆評述的其實是整個人類的精神現象史——自然科學與人文科學，甚至宗教

---

[32]　魯迅：《集外集·說鈤》，《魯迅全集》7 卷 20、25 頁。

現象的相互運動的歷史及其不同的價值。值得注意的是，魯迅並沒有將「科學」作為至高無上的法則，他充分注意到了所有這些精神現象都有著不可替代的意義，所謂：

> 「人間教育諸科，每不即於中道，甲張則乙弛，乙盛則甲衰，迭代往來，無有紀極。」

> 「中世宗教暴起，壓抑科學，事或足以震驚，而社會精神，乃於此不無洗滌，薰染陶冶，亦胎嘉葩。二千年來，其色益顯，或為路德，或為克靈威爾，為彌耳敦，為華盛頓，為嘉來勒，後世瞻思其業，將孰謂之不偉歟？」

> 「此其成果，以償沮遏科學之失，綽然有餘裕也。蓋無間教宗學術美藝文章，均人間曼衍之要旨，定其孰要，今茲未能。惟若眩至顯之實利，慕至膚之方術，則準史實所垂，當反本心而獲惡果，可決論而已。此何以故？則以如是種人之得久，蓋於文明政事二史皆未之見也。」[33]

在近代民族對抗的相繼失敗之後，中國知識份子普遍篤信科學救國的時候，魯迅卻以「至顯之實利」與「至膚之方術」提醒人們注意科學的有限性，並由此強調了人的精神信仰的迫切性。這再次表明，魯迅特別提倡的不是具體的知識而是一種中華民族所急需的精神氣質：「蓋使舉世惟知識之崇，人生必大歸於枯寂，如是既久，則美上之感情漓，明敏之思想失，所謂科學，亦同趣於無有矣。」[34]

魯迅還特別指出，就是科學發展的真正動力，其實也來自「非科學」的精神力量，這樣的論述就是在今天看來也是振聾發聵的：

---

33 魯迅：《墳·科學史教篇》，《魯迅全集》1 卷 28、29 頁。
34 魯迅：《墳·科學史教篇》，《魯迅全集》1 卷 35 頁。

蓋科學發見，常受超科學之力，易語以釋之，亦可曰非科學
的理想之感動，古今知名之士，概如是矣。闓喀曰，孰輔相
人，而使得至真之知識乎？不為真者，不為可知者，蓋理想
耳。此足據為鐵證者也。英之赫胥黎，則謂發見本於聖覺，不
與人之能力相關；如是聖覺，即名曰真理發見者。有此覺而
中才亦成宏功，如無此覺，則雖天縱之才，事亦終於不集。[35]

　　那麼，究竟應該如何啟動我們自己的精神信仰和創造能力？魯
迅在〈文化偏至論〉與〈摩羅詩力說〉裏作了重要的回答。

　　〈文化偏至論〉提出了一個重要的主張：「掊物質而張靈明，
任個人而排眾數」。

　　在這裏，我以為值得注意的有兩個方面。首先，魯迅明確地提
出了「靈明」與「個人」兩大基點，這屬於他當時的一貫思路。其
次，較之於前面的幾篇科學論文，魯迅表達了更為清晰和豐富的
意義。

　　在這裏，魯迅已經不是在一般的意義上提出「精神」問題，他
對「精神」現象在中國歷史中的實際表現已經有了更為深刻的思
考。實際上，從理論表述中，中國傳統文化同樣重視「精神」，如
孔子「殺身以成仁」、孟子「富貴不能淫，貧賤不能移，威武不能
屈」到朱熹的「存天理去私欲」。那麼，為什麼這些「理論」事實
上都無法成為我們真正的「信仰」而最終只能流於空洞的說教？因
為，它們在根本上否定了人類的物質性的存在，是在否定我們物質
生存需要的立場上提出的「精神」問題，而不是在包孕了物質前提
的意義上昇華我們的精神。這與西方文藝復興以後物質與精神並舉
的追求大為不同。不僅如此，在傳統中國，當如此空洞的說教成為

---

[35]　魯迅：《墳·科學史教篇》，《魯迅全集》1 卷 29、30 頁。

了脫離實際人生的「純理論」，與中國人的實際生存形式毫不相干的時候，在我們的實際生活中，也就只剩下了赤裸裸的物慾！功利主義與實用主義同時也是中國傳統文化的重要取向。對於一個民族來說，沒有精神基礎的物質享受和沒有物質基礎的精神說教都是可怕的，因為它導致了「精神」與「物質」的雙重壞死。今天，一些海外漢學家看到了傳統中國空洞談「精神」與「思想」的特點，因而當魯迅提出思想的問題之時，便認定這也是「借思想、文化以解決問題的途徑」，它「是受根深蒂固的、其形態為一元論和唯智思想模式的中國傳統文化傾向的影響。它並沒有受任何西方思想源流的直接影響」。[36]

其實，魯迅這裏所建立的「偏至」闡釋模式是相當深刻的。他用「偏至」來概括人類文明發展的一切追求——包括「物質追求」與「精神（靈明）」追求，這也就意味著，他本身不是絕對地肯定其中的一個追求，物質與精神在這裏已經不是對立的兩端。但既然每一個時代都可能出現自己的「偏至」，那麼魯迅在這裏強調「靈明」的價值也就有了它特殊的針對性。

對於「個人」的理解也是如此。中國歷史既不尊重個體的生命價值與獨立意義，總是以抽象的「公理」、「集體」約束個人，但同時卻又是狹隘的利己主義相當嚴重的國家。在魯迅這裏，「個人」是生命的基礎，是基本人權，是生命中一切崇高信仰的根據，與「利他」與「群體」等行動原則並不矛盾。魯迅說：「個人一語，入中國未三四年，號稱識時之士，多引以為大詬，苟被其謚，與民賊同。意者未遑深知明察，而迷誤為害人利己之義也歟？夷考其實，至不然矣。」[37]

---

[36] 林毓生：《中國意識的危機》48 頁，貴州人民出版社 1988 年版
[37] 魯迅：《墳·文化偏至論》，《魯迅全集》1 卷 50 頁。

　　其三，除了對「精神」與「個人」的呼喚外，魯迅還特別強調了一種新的內在素質——意志力。這是魯迅對於中國傳統人生行為方式的又一次深刻的觀察和思考。中國是一個「詞語飄忽」的國度，一切在今天有新意義的詞語都似乎可以找到闡述，但又完全可能在中國的飄忽語境中喪失其原有的「新質」。在中國文化的傳統中，作為人的自我精神性因素的部分——如理想，如個人都可以有自己存在的方式，儒家有「大濟蒼生」的鴻鵠之志，道家有「乘天地之正，御六氣之辯」的個體逍遙，從某種意義上看，這就是我們自己的「靈明」與「個人」傳統。在這個意義上，我們會看到，作為中國文化的固有傳統，我們有的是飄渺的性靈，有的是不負責任的「清談」，有的是空洞虛偽的道德說教，但就是缺少一種貫徹自己理想信念的堅忍不拔的實踐精神——意志品質。

　　魯迅的〈文化偏至論〉中四次提到尼采及其「超人」學說，超人被認為是「大士天才」，是「意力絕世，幾近神明」之人，也是不與「庸眾」同流合污且對抗「眾數」的個性主義者，「力抗時俗，示主觀傾向之極致」的主觀主義者。進入魯迅視野的可歌可泣之人都是「意力絕世」的典型。〈文化偏至論〉認為：「惟有意力軼眾，所當希求，能於情意一端，處現實之世，而有勇猛奮鬥之才，雖屢踣屢僵，終得現其理想：其為人格，如是焉耳。」[38] 按照魯迅的這一定義，尼采、叔本華、易卜生等等都是意志主義的代表，在〈摩羅詩力說〉中，魯迅又繼續列舉了拜倫和他筆下的康拉德、萊拉、曼弗雷德、盧息弗以及雪萊、密茨凱維支等等「剛健不撓」的摩羅詩人。

---

[38] 魯迅：《墳·文化偏至論》，《魯迅全集》1 卷 54 頁。

　　「意志」是整個人類前進的動力,〈摩羅詩力說〉回顧人類成長的歷史,「特生民之始,既以武健勇烈,抗拒戰鬥,漸進於文明矣」。[39]激發「意志」也成了文學的價值所在,在魯迅眼中,文學的「無用之用」就如同大海給予泳者的生存意志:「而彼之大海,實僅波起濤飛,絕無情愫,未始以一教訓一格言相授。顧遊者之元氣體力,則為之陡增也。」[40]而鄂謨(荷馬)「以降大文」也能令人「勇猛發揚精進」,如此觀之,「意志」其實是魯迅自己從人類精神史上發掘出來的品格,它清晰地標明瞭魯迅文化與文學思考的重心:新世紀中國文化的建設,僅僅有絢爛多彩的「理想」是不夠的,僅僅激動人心地突出「個人」也還不夠,更重要的還在我們推進和完成這些目標的內在力量與勇氣。魯迅相信:「內部之生活強,則人生之意義亦愈邃,個人尊嚴之旨趣亦愈明,二十世紀之新精神,殆將立狂風怒浪之間,恃意力以辟生路者也。」[41]

　　如果說〈文化偏至論〉是從「思想」的角度為中國新文化的創造尋找可能,那麼〈摩羅詩力說〉則將可能性的尋找探入到了幽微的心靈深層,這就是魯迅所謂的「心聲」,即以詩歌為顯著代表的文學藝術。「蓋人文之留遺後世者,最有力莫如心聲。」魯迅就是要從這一「詩力」中尋覓新文化與新文學創造的內在能量。而「立意在反抗,指歸在動作」的摩羅詩派就是催人奮勉的偉大精神啟示。就是對今日中國的健康生命(「精神界戰士」)的激勵與呼喚:「今索諸中國,為精神界之戰士者安在?有作至誠之聲,致吾人於善美剛健者乎?有作溫煦之聲,援吾人出於荒寒者乎?」[42]

---

[39]　魯迅:《墳・摩羅詩力說》,《魯迅全集》1 卷 66 頁。
[40]　魯迅:《墳・摩羅詩力說》,《魯迅全集》1 卷 71 頁。
[41]　魯迅:《墳・文化偏至論》,《魯迅全集》1 卷 55、56 頁。
[42]　魯迅:《墳・摩羅詩力說》,《魯迅全集》1 卷 100 頁。

　　魯迅不僅從理論的層面提出了「立人」的理想，對未來「人國」中的人格精神進行了設計，呼喚著中國人沉淪已久的創造活力，他還對當時流行於世的思想潮流進行了獨具匠心的評述和批判，在這方面，值得注意是尚未完稿的〈破惡聲論〉。可以說這就是魯迅對近現代中國知識份子「現代化」理論的「選擇的批判」。

　　魯迅將當時中國「現代化」進程中的幾種有害的理論概括為六種惡聲：「破迷信」、「崇侵略」、「盡義務」、「同文字」、「棄祖國」、「尚齊一」，計畫逐一批判。但實際完成的只有前兩種。即便如此，這樣的「未完成」品也實在與現代中國的許多流行思想（甚至主流思想）大相逕庭。

　　魯迅將當時「崇尚科學、破除迷信」的主張視作「惡聲」，這恐怕已經出乎一般人的料想了。在魯迅眼裏，某些科學主義者（「奉科學為圭臬之輩」）對於民間信仰大加嘲笑，「叫嚷振興科學以破除迷信者」、「主張接收寺廟以改為學校者」、「謂農人賽會為喪財費時而吁吁禁止者」、「嘲神話、神物為迷信者」──這都是他所不敢苟同的。因為，鄉村的農人雖然沒有所謂的「科學」，但他們恰恰具有作為人的更重要的精神素質──真純的心靈與想像的能力。魯迅借用古語「白心」與「神思」來描述這樣的精神素質。「白心」語自《莊子‧天下篇》：「機心存於胸中則純白不備。」魯迅舉奧古斯丁、托爾斯泰、盧梭為例，說明真誠坦白之心的寶貴，而這恰恰是一些懂得「科學」的知識份子所缺乏的：「志士英雄，非不祥也，顧蒙幬面而不能白心，則神氣惡濁，每感人而令之病。」「迷信」的農民反倒與之有別，「樸素之民，厥心純白。」秋收之後，飲酒祭天，天人共宴，這是何等真率的人生呢！在〈摩羅詩力說〉裏，魯迅就曾從古語裏發掘了另外一個詞語──「神思」。「神思」語自《文

心雕龍》，指人的想像的能力。在〈摩羅詩力說〉裏，魯迅就讚歎
「古民神思，接天然之閟宮，冥契萬有，與之靈會。」[43]而文學的
「不用之用」也在於能「涵養人之神思」。〈破惡聲論〉亦云：「夫
神話之作，本於古民，睹天物之奇觚，則逞神思而施以人化。」[44]由
此看來，人的精神建設依然是魯迅思考的中心。

　　「偽士當去，迷信可存，今日之急也。」[45]這是魯迅一個大膽
的判斷。因為，在魯迅看來，「奉科學為圭臬之輩」，已經喪失了中
國文明發展最根本的精神素質──真純的心靈與想像的能力。正如
日本學者伊藤虎丸所分析的那樣，魯迅「所關心的總是精神的態度
而不是思想內容。對於迷信與神話，從內容上講，『雖信之失當』，
然面對創造這些的古人的『神思』而無動於衷『則大惑也』。──這
就是魯迅的論理。『偽士』之所以『偽』，不在其說之舊，恰恰相反，
在其新。其論調之內容雖然是『科學』的、『進化論』的，然而正
因為其精神是非『科學』的，所以是『偽』的。如不怕誤解，可以
說，魯迅不問思想之新舊和左右，唯問精神態度之真偽，有無自己
能創造新事物的精神。」[46]那些「奉科學為圭臬之輩」的「偽士」
「以眾虐獨」，他們擁有了多數，卻喪失了自我與個性，他們增長
了學問，卻泯滅了想像與創造。王富仁先生也從魯迅對道教文化的
複雜態度入手解析了這一判斷的意義：「在中國傳統道教文化的背
後，是中國最廣大老百姓的生存需要和精神需要。道教文化是這些
社會群眾的乾渴生命的精神露水，使他們在極為低下的地位上和極
為匱乏的生活中，還能感覺到一點朦朧的希望和稍縱即逝的生活樂

---

[43]　魯迅：《墳·摩羅詩力說》，《魯迅全集》1 卷 63 頁。
[44]　魯迅：《集外集拾遺補編·破惡聲論》，《魯迅全集》8 卷 30 頁。
[45]　魯迅：《集外集拾遺補編·破惡聲論》，《魯迅全集》8 卷 28 頁。
[46]　伊藤虎丸：《魯迅、創造社與日本文學》120 頁，北京大學出版社 1995 年版

趣。」「在中國現代知識份子沒有可能實際地賦予他們新的現實的希望之前，摧毀他們這種虛幻的甚至迷信的生活理想，就等於摧毀他們生命的精神支柱和僅有的一點生活樂趣。這是殘酷的，也是對他們不負責任的做法。」[47]

魯迅關於中國與中國人未來的思考從總體上看是立足於人的自由與幸福，立足於個體的基本人權保障與內在真誠的養成。這一基點「具體而微」，不一定有同時代其他啟蒙知識份子處處從國家民族「大勢」入手那樣的恢弘壯麗，但卻又是一切現代觀念生成的基礎。現代化建設的最根本目的不是國家而是人自己，這一觀念常常為現代知識份子所遺忘。於是，魯迅與一般流行的冠冕堂皇的「現代化」思想就常常有所分歧。

同樣，當一些知識份子簡單地信奉進化學說，主張「崇強國」、「侮勝民」式的愛國主義時，魯迅一針見血地指出，他們「獸性其上也，最有奴子性」。[48]他又一次將「人」的精神品格問題放在了第一位，而且與所謂的「愛國主義」與「進化思想」分而論之，這又是何等茁壯的思想的勇氣！魯迅指出，這些掌握了文明武器的人們炫示著文明的「岸然」，卻從根本上背棄了人類的真誠與坦白，他們傳播著「進化留良之言」，卻終究不過是「獸性愛國之士」。無論哪一種「惡聲」，「其滅裂個性也大同」，「皆滅人之自我，使之混然不敢自別異，泯於大群，如掩諸色以晦黑。」[49]

不僅反思著中國的「傳統」，也警惕著當下的「文明」；不僅批判了歷史的「腐朽」，也解構著「堂皇」的現實；不僅致力於「文

[47] 王富仁：《中國文化的守夜人——魯迅》138、139頁，人民文學出版社2002年版。
[48] 魯迅：《集外集拾遺補編·破惡聲論》，《魯迅全集》8卷31頁。
[49] 魯迅：《集外集拾遺補編·破惡聲論》，《魯迅全集》8卷26頁。

化」的創造，也著力於「人性」自身的建設。這就是魯迅遠比同時代人想得更多、更深的地方。

　　想得更多、更深，這也就造就了魯迅的孤獨。魯迅的孤獨開始於他留日時期的這些「超前」的思索，孤獨在某種程度上也使得魯迅與近現代中國思想發展的主流劃分開來。

　　十年以後，五四新文學運動發生了，當越來越多的知識份子致力於「人」的建構，並將「人」的建構與新的文學的建構結合起來的時候，魯迅卻已經從十年前的熱情中沉靜了下來，但時代似乎並不給他蟄伏的機會，於是，魯迅的匯入便成了中國新文學最特別的景觀。

第三章

五四：吶喊與彷徨

第三章　五四：吶喊與彷徨

「五四」的意義基於這樣的一個歷史層面：

如果說從事洋務運動的中國人是試圖在「物質文化」的層面上改變現實，從事戊戌變法的中國人是試圖在「制度文化」的層面上改變現實，那麼，到了「五四」，則有更多的知識份子希望在「精神文化」的層面上改變現實，這「精神」就涵蓋了「個人」的人格、信仰與人生設計。十年前，魯迅鄭重宣導的「掊物質而張靈明，任個人而排眾數」在今天終於獲得了廣泛的共識。

魯迅就是在這樣的背景當中匯入中國文學現代化大潮的，這種匯入的基礎是他和「五四」作家都意識到了個體生命的價值，意識到了精神文化的巨大價值。然而，即使是在這樣的情況下，魯迅還是擁有與他人很不一樣的複雜性。

這是我們理解魯迅的一個重要基礎。

從《新生》到 S 會館

在民國建立以前，中國知識份子對於現代化的設計大多基於國家主義的立場，即更傾向於通過解決國家、民族與社會的整體問題來推進現代化。這一立場的改變主要是因為民國初年政治形勢的惡化。在推翻封建王朝、完成民族國家的「整體」革命以後，一個自由平等、保障人權的新中國並沒有降臨，袁世凱倒行逆施的專制政

治擊碎了中國知識份子理想中的自由與幸福,「自從 1912 年袁世凱取得政權,一直到 1919 年『五四』運動以前,短短 7 年的時間裏,一切內憂外患都集中表現出來,比起過去 70 年的憂患的總和,只有過之而無不及。」[1]面對這樣的政治亂局,一批遭遇了變亂又敏於思考的知識份子不得不承認,那種將個人幸福寄託於國家政治整體追求的理想無疑是失敗了,現代中國文化的發展決非是一個民族與群體的籠統問題,它必須要切實地返回到對個人權利、地位與民主自由的實現中去。同當年康有為、梁啟超作為百日維新的失敗者而流亡日本一樣,一批因為政治失敗而流亡日本的知識份子又在民國初年出現了,他們當中最引人注目的是章士釗與陳獨秀。章士釗 1914 年 4 月主編《甲寅》雜誌,彙集了一大批思想者,他們或者是流亡的知識份子,或者就是留日或曾經留日的學生與學者,前者如易白沙、劉文典,後者如陳獨秀、李大釗、高一涵、吳虞、吳稚暉、楊昌濟、張東蓀等等,章士釗和《甲寅》月刊同人實際上重新調整了個人與國家的基本關係架構,從而為確立未來五四新文學的基礎立場——個人主體立場從現實政治思想的意義上打開了通道。在這個意義上,《甲寅》月刊可謂是未來《新青年》與五四新文化運動的先聲。[2]

但是,魯迅對於個體生命的認識,卻是他個人長期獨立思考與感悟的結果,在更多的人高舉「個性解放」的旗幟之前,魯迅已經大力宣導過「個人」與「精神」的獨立價值,而且還嘗試過《新青年》式的「文學革命」,當然,在更多的知識份子尚未通過民國以

---

[1]　范文瀾:〈中國近代史的分期問題〉,《社會科學戰線》1979 年 1 期。

[2]　參見拙作:〈《甲寅》月刊:五四新文化運動的先聲〉,《中國現代文學研究叢刊》2003 年 4 期。

後的政治境遇而有所感悟的時候，魯迅所設想的這一切都應者寥寥，魯迅的「遠見」帶給他的只是更深的孤獨與寂寞。

在日本，在「五四」之前的十年，魯迅兄弟就和許壽裳、袁文藪等五人共同策劃一本名為《新生》的雜誌，魯迅 1908 年的幾篇論文就是為這本雜誌準備的，這大概可以說明雜誌以思想啟蒙為目標的辦刊宗旨，同時，據魯迅所說，這又是一本純文學的雜誌，「凡是愚弱的國民，即使體格如何健全，如何茁壯，也只能做毫無意義的示眾的材料和看客，病死多少是不必以為不幸的。所以我們的第一要著，是在改變他們的精神，而善於改變精神的是，我那時以為當然要推文藝，於是想提倡文藝運動了。」[3]顯然，《新生》幾乎就是未來五四新文學雜誌的預演。然而，在科學救國、實業救國與革命救國的時代主潮當中，當時的日本留學界已為功利主義的空氣所充斥，「在東京的留學生很有學法政理化以至員警工業的，但沒有人治文學和美術」。他們的認同圈子是多麼的狹窄，在如此「冷淡的空氣中」，魯迅、周作人能夠「尋到幾個同志」策劃一種雜誌這本身就是一件艱難的事情。新生，「名目是取『新的生命』的意思」，[4]據許壽裳回憶說，當時「有人就在背地取笑了，說這會是新進學的秀才呢」。[5]在當時的留日學人中，大約還很少有人能夠獨立於博大悠久的中國傳統與朝氣蓬勃的西方文化之外，以全新的生命創造為自己的現實目標，人們很容易理解「清議」、「鵑聲」、「漢幟」、「遊學譯編」之類的稱謂，而這「新生」，對絕大多數人而言都彷彿是一個陌生的名目，能夠進入其認知範圍的恐怕也就是「新進學的秀才」

---

[3]　魯迅：《吶喊‧自序》，《魯迅全集》1 卷 417 頁。
[4]　魯迅：《吶喊‧自序》，《魯迅全集》1 卷 417 頁。
[5]　許壽裳：《亡友魯迅印象記》21 頁，人民文學出版社 1977 年。

之類了！於是，等待他們的也只有這樣的結果：「《新生》的出版之期接近了，但最先就隱去了若干擔當文字的人，接著又逃走了資本，結果只剩下不名一錢的三個人。創始時候既已背時，失敗時候當然無可告語，而其後卻連這三個人也都為各自的運命所驅策，不能在一處縱談將來的好夢了，這就是我們的並未產生的《新生》的結局。」[6]

「背時」，這是魯迅對自己與時代「主流」之關係的準確認識！「背時」的魯迅由此也獲得了進一步的認識：

> 凡有一人的主張，得了贊和，是促其前進的，得了反對，是促其奮鬥的，獨有叫喊於生人中，而生人並無反應，既非贊同，也無反對，如置身毫無邊際的荒原，無可措手的了，這是怎樣的悲哀呵，我於是以我所感到者為寂寞。
>
> 這寂寞又一天一天的長大起來，如大毒蛇，纏住了我的靈魂了。
>
> 然而我雖然自有無端的悲哀，卻也並不憤懣，因為這經驗使我反省，看見自己了：就是我決不是一個振臂一呼應者雲集的英雄。[7]

魯迅在這裏所表述的決不僅僅是一次現實的教訓，「雖然自有無端的悲哀，卻也並不憤懣」，因為這裏更包含著他對於人自身局限性的深刻頓悟。魯迅對於「人」的理解已經從單純的現實進取發展為生命內部的沉思，從滿懷自信的自我期許轉換為悲劇性的自我發現。

---

[6] 魯迅：《吶喊·自序》，《魯迅全集》1 卷 417 頁。
[7] 魯迅：《吶喊·自序》，《魯迅全集》1 卷 417 頁。

80

　　而就是這樣的深刻認識，又再一次導致了魯迅與「五四」主流的差異。

　　當一批年輕而熱情的知識份子正在積極推動新文化運動之時，魯迅卻蝸居在 S 會館裏，這是怎樣的一個所在呢？

> 　　S 會館裏有三間屋，相傳是往昔曾在院子裏的槐樹上縊死過一個女人的，現在槐樹已經高不可攀了，而這屋還沒有人住；許多年，我便寓在這屋裏鈔古碑。客中少有人來，古碑中也遇不到什麼問題和主義，而我的生命卻居然暗暗的消去了，這也就是我惟一的願望。夏夜，蚊子多了，便搖著蒲扇坐在槐樹下，從密葉縫裏看那一點一點的青天，晚出的槐蠶又每每冰冷的落在頭頸上。[8]

　　空屋，人跡罕至，縊死的女人，古碑，落在頭頸上冰冷的槐蠶，這是一個多麼缺乏「生人」氣息的所在！問題是這一切都是魯迅自己的選擇。在飽嘗了「獨有叫喊於生人中，而生人並無反應」的滋味之後，魯迅主動選擇了這樣一個遠離「生人」的處所。

　　S 會館，高不可攀的槐樹，這又是魯迅最終無法回避「生人」，邁向「五四」新文化陣營的起點。不妨再來讀一讀〈《吶喊》自序〉，我以為，其中所透露的資訊值得我們認真琢磨，它表明了魯迅介入「五四」文學的基本態度，也是他未來文學活動的開端。

> 　　我在年青時候也曾經做過許多夢，後來大半忘卻了，但自己也並不以為可惜。所謂回憶者，雖說可以使人歡欣，有時也

---

[8]　魯迅：《吶喊·自序》，《魯迅全集》1 卷 418 頁。

不免使人寂寞，使精神的絲縷還牽著已逝的寂寞的時光，又有什麼意味呢。[9]

　　這是《吶喊・自序》的開篇，語氣沉重、徐緩，對人生、對未來都相當低調，與「五四」盛行的「少年中國」的想像比較，實在充滿「過來人」飽經滄桑的憂患與慨歎，青春的「五四」離他似乎相當的遙遠，他是站在時代的「邊緣」來默默地打量著這樣一些熱情的「孩子」。接著下去，魯迅筆鋒一轉，立即進入到對童年創傷的追憶之中，這似乎便是對前文所述的「夢」的破滅的追溯。魯迅將當下的失望一直上溯到遙遠的童年，這一方面顯示了我所說的創傷記憶的深刻，另一方面也表明了他從頭清理人生經驗、挖掘人生深層奧秘的決心。

　　「我有四年多，曾經常常，——幾乎是每天，出入於質鋪和藥店裏⋯⋯」

　　「有誰從小康人家而墜入困頓的麼，我以為在這途路中，大概可以看見世人的真面目⋯⋯」[10]

　　這記憶是痛徹心肺的，然而卻僅僅是一個開始。以後，從在 N 地進 K 學堂到「日本一個鄉間的醫學專門學校」，從幻燈片事件到《新生》的失敗，魯迅一路寫來，似乎在盡情地傾訴自己長久以來的心靈積鬱，也是在「鑒賞」這生命的變幻。這裏，作為敘述者的魯迅有一種格外的冷靜，他以這樣的冷靜來打磨自己的理性，讓理性引導自己保持清醒獨立的思想狀態。

---

[9]　魯迅：《吶喊・自序》，《魯迅全集》1 卷 415 頁。
[10]　魯迅：《吶喊・自序》，《魯迅全集》1 卷 415 頁。

　　但還在做夢的人終於闖了進來，於是有了「少年中國」或云「新青年」對「過來人」的挑戰，有了現實人生對於歷史經驗的攪擾，作為這一思想碰撞高潮的則是關於「鐵屋子」的著名對話：

> 　　「你鈔了這些有什麼用？」有一夜，他翻著我那古碑的鈔本，發了研究的質問了。
>
> 　　「沒有什麼用。」
>
> 　　「那麼，你鈔他是什麼意思呢？」
>
> 　　「沒有什麼意思。」
>
> 　　「我想，你可以做點文章……」
>
> 　　我懂得他的意思了，他們正辦《新青年》，然而那時彷彿不特沒有人來贊同，並且也還沒有人來反對，我想，他們許是感到寂寞了，但是說：
>
> 　　「假如一間鐵屋子，是絕無窗戶而萬難破毀的，裏面有許多熟睡的人們，不久都要悶死了，然而是從昏睡入死滅，並不感到就死的悲哀。現在你大嚷起來，驚起了較為清醒的幾個人，使這不幸的少數者來受無可挽救的臨終的苦楚，你倒以為對得起他們麼？」
>
> 　　「然而幾個人既然起來，你不能說決沒有毀壞這鐵屋的希望。」[11]

　　魯迅不厭其煩地「完整」收錄了這一大段的話語交鋒，似乎就是要給讀者同時也給自己一次新的玩味的機會。「新青年」首先發起連續不斷的追問，而「過來人」先是一再的躲閃、回避，在避無所避同時也理解了對方的苦況之後，他終於發出了一大段石破天驚

---

[11]　魯迅：《吶喊·自序》，《魯迅全集》1 卷 418 頁、419 頁。

般的反問。鐵屋子，一個如此形象如此深刻的比喻，在死亡、幸福與人的自我感受與自我選擇之間，也存在著一種兩難的複雜的關係。「新青年」接下來的回答自有他的邏輯，但多少也包含了一點無可奈何的意味，在大段宣洩了心中的疑慮之後，魯迅以一個短句收錄了這樣的無奈，也展示了其中的邏輯。從總體上看，魯迅盡可能完整地為我們展示了這一場內容複雜的對話，在表明一個「過來人」的執著認識的同時，他似乎也沒有簡單否定「新青年」的邏輯，當雙方的姿態和理念都同時呈現在讀者面前，這顯然就構成了一種別有意味的對話，或者說是在現實對話的形式中包含了更為豐富的心靈的對話。

「新青年」沒有能夠說服魯迅，就像「過來人」魯迅也沒有說服「新青年」一樣，然而，對話本身卻是有益的，因為，魯迅顯然於對方的立場更多了一層理解，也對個人思想與實踐選擇之間的多重關係有了新的認識：

> 「是的，我雖然自有我的確信，然而說到希望，卻是不能抹殺的，因為希望是在於將來，決不能以我之必無的證明，來折服了他之所謂可有，」
>
> 「在我自己，本以為現在是已經並非一個切迫而不能已於言的人了，但或者也還未能忘懷於當日自己的寂寞的悲哀罷，所以有時候仍不免吶喊幾聲，聊以慰藉那在寂寞裏奔馳的猛士，使他不憚於前驅。至於我的喊聲是勇猛或是悲哀，是可憎或是可笑，那倒是不暇顧及的……」[12]

---

[12]　魯迅：《吶喊·自序》，《魯迅全集》1 卷 419 頁。

　　這一段話所表達的意義的豐富性顯然已超過了「鐵屋子」的判斷，它至少包含了這樣幾個彼此相異卻又相互聯繫的部分：

1. 「確信」是一個重要的前提，魯迅並沒有改變自己的「確信」。他自己也不是「猛士」、「前驅者」，也無意成為「猛士」與「前驅者」。

2. 但是，較之於「鐵屋子」的對話以前，魯迅顯然更為同情和理解他們這些正在做夢的「猛士」與「前驅者」，他願意在力所能及的情況下給予他們某些精神的安慰。這表明，魯迅已經不單單沉浸於個人的「思想」邏輯之中，他接受了自我思想觀念與實踐選擇之間的多重關係，也就是說，不再一味強調將實踐的選擇嚴密置於自我思想的內部，在不能認同但又無法否定其他思想觀念的時候，只要這樣的思想還有它自身的合理性，那麼魯迅也願意在實踐中予以支持和配合，所以他發出了「吶喊」，也表示要「聽將令」，因為「至於自己，卻也並不願將自以為苦的寂寞，再來傳染給也如我那年青時候似的正做著好夢的青年。」魯迅如此的「思想」與如此的「選擇」，實際上為後來的文學創作帶來了「多聲部」的複調特徵，[13]造成了後人闡釋的多種可能性。

3. 即便如此，我們也不可過於誇大「聽將令」在魯迅整體思想觀念中的分量，因為，在盡了力所能及的「義務」之後，他並不特別關心自己行動的效果：「至於我的喊聲是勇猛或是悲哀，是可憎或是可笑，那倒是不暇顧及的」。他又說過「前驅者的命令，也是我自己所願意遵奉的命令，決不是皇上的

---

[13] 嚴家炎先生曾經闡述過魯迅小說的「複調性」，見嚴文〈複調小說：魯迅的突出貢獻〉，《中國現代文學研究叢刊》2001 年 3 期。

聖旨，也不是金元和真的指揮刀」。[14]他依然「確信」自己的「鐵屋子」判斷，並不對未來抱太多的幻想，1923 年他說：「人生最苦痛的是夢醒了無路可以走。做夢的人是幸福的；倘沒有看出可走的路，最要緊的是不要去驚醒他。」[15]到 1927 年，他還繼續提出過關於「醉蝦」的理論：「我就是做這醉蝦的幫手，弄清了老實而不幸的青年的腦子和弄敏了他的感覺，使他萬一遭災時來嘗加倍的苦痛」。[16]魯迅自我的思想邏輯是很難為外部世界所輕易撼動的。

4. 與此同時，我們也應當結合前後文實事求是地理解這裏的「猛士」與「前驅者」，顯然，他們並不是我們過去一些闡釋中所說的「無產階級先鋒」、「階級革命者」之類，他們其實就是像「金心異」等正在致力於新文學運動的「新青年」，在推動中國的新文化、新文學建設方面，他們義無反顧，走在了時代潮流的「前列」，他們是一些還在「做夢的人」，夢是美麗的，但也許難免會有虛幻性，魯迅所用的「猛士」之「猛」字，也多少包含了這樣的複雜感受：既有對奮不顧身者的讚賞，也有對浪漫式衝動的某些慨歎。

從《新生》失敗的寂寞走進 S 會館的「空屋」，在經過了「鐵屋子」的激烈論辯之後，魯迅介入五四新文學運動的基本姿態已大致確定了下來，這就是：

既堅持自己在既往人生體驗中所獲得的悲劇性思想認識，同時，也願意參與一代人試圖改變時代的真誠努力。

這是一個遠比一般的五四文學青年複雜得多的心態。

---

[14] 魯迅：《南腔北調集·〈自選集〉自序》，《魯迅全集》4 卷 456 頁。
[15] 魯迅：《墳·挪拉走後怎樣》，《魯迅全集》1 卷 159 頁。
[16] 魯迅：《而已集·答有恆先生》，《魯迅全集》3 卷 454 頁。

在「吶喊」與「彷徨」之間

　　《吶喊》、《彷徨》是魯迅在五四新文學運動中的創作實績。歷來學術界對此多有闡發，從上個世紀 50 年代陳湧先生借助毛澤東的概括所建立的「政治革命」反映論，到 80 年代王富仁先生在「回到魯迅」中提出「思想革命」的讀解，一直到汪暉試圖解剖的「精神結構」等等都不斷為我們清理出一個魯迅小說的理解圖式。我們以下的敘述將繼續承襲我們前文已經提出的思路，將魯迅的小說創作視作一位現代知識份子表達、解說和探討他自身的「人生體驗」的成果，在魯迅 S 會館所孕育的基本人生立場的基礎上盡可能地追蹤魯迅自己的「語言編碼」。借助魯迅自己的小說「命名」，我將這一時期魯迅小說的基本內涵認定為「吶喊」與「彷徨」，可以說，魯迅這裏所體現出來的人生姿態就介於「吶喊」與「彷徨」之間，「吶喊」是他接受「新青年」要求，部分呼應其人生態度的選擇，而「彷徨」則代表了他自己悲劇性的人生感受，在自我內部思想的表達與竭盡時代的義務之間，魯迅小說展示了一種不無矛盾的存在方式，但正是這樣的一種矛盾造就了魯迅小說特有的「張力」，實現了「五四」小說中並不多見的豐富與深刻。

　　關於「吶喊」與「彷徨」，我們可以這樣理解：

　　「吶喊」與「彷徨」當然有它們不同的取向。「吶喊」就是為了慰藉前驅的猛士。那麼，如何才能達到「慰藉」的效果呢？用魯迅的話來說，就「是必須與前驅者取得同一的步調」，除了「刪削些黑暗，裝點些歡容」外，「將舊社會的病根暴露出來，催人留心，

設法加以療治」就成了最基本的主題，[17]因為，當時的前驅者就是
以批判黑暗、改造社會、啟迪民智為自己的基本時代使命的。與他
們同步，就是要使他們意識到，他們並非完全的思想的孤獨者，至
少還有其他的人在這一目標上充分理解他們，甚至與之「同行」。
一個「吶喊」著的魯迅就是要致力於抨擊現實生存的荒謬，致力於
國民性的改造。

　　魯迅也自有他的區別於「吶喊」的「彷徨」，並且他也從來就不
掩飾自己「彷徨」的心態。但這裏的所謂「彷徨」卻決不簡單是一
種對人生的消極與退避。「彷徨」是魯迅曾經有過的人生的痛感，是
魯迅讀解生命的一個過程，今天，當它被作者拈出來作為一種精神
形式的概括之時，它所代表的其實就是一個歷經滄桑的「過來人」
對生命局限性的深刻理解，因為理解了生命的局限，所以魯迅剔除
了那些「新青年」的樂觀；也因為理解了生命的局限，感知過人生
的艱難，他實際也獲得了對生命存在的多種形式的某種「包容」，這
樣的「包容」使得魯迅在為前驅者「吶喊」的時候一般很少取著「新
青年」們的單方向的抨擊與決裂，他往往也將被批判對象的「生存的
苦難」也包容了進來，又對生命最基本的存在權利給予了最充分的
理解，就像他充分理解和尊重「鐵屋子」當中那些「熟睡者」的生存
方式一樣，也就是說，魯迅並沒有要求所有的生命都成為歷史的「先
知先覺」之士，或者以是否「先知先覺」作為其獲得生存肯定的理由。
一個沒有現代理想的人有沒有他作為生命存在下去的理由？或者
說人有沒有超出「歷史價值」之外的基本人權？魯迅以自身的苦難
感受「包容」了各種生命的存在基點，這樣的魯迅同時就是一個具
有最廣博的人道主義情懷的魯迅，一個真正的悲天憫人的魯迅。

---

[17]　魯迅：《南腔北調集‧〈自選集〉自序》，《魯迅全集》4 卷 455、456 頁。

但「吶喊」與「彷徨」同時又有著相通的基礎。如果說「彷徨」的基點是悲憫和肯定生命最基本的生存要求，那麼「吶喊」的目標就是提高和改善生存的品質，從「吶喊」到「彷徨」，都貫穿了魯迅對於中國人生存權利關注，這可以說就是魯迅文學活動的基層面。

在「吶喊」與「彷徨」之間，魯迅小說獲得了頗為寬敞的精神運行的空間。

以上就是我們理解《吶喊》、《彷徨》的總體思路。在這樣的思路中，我們可以從以下幾個方面來進行具體的分析。

首先，在傳統魯迅研究中人們常常提及小說的「社會批判」主題，其實這是一個似是而非的判斷，因為，作為魯迅這一「社會」關注的創作，其中並沒有中國現代化所必要的政治主題、經濟主題與軍事主題，儘管過去也有人不斷將它附會於一些政治主題（如〈風波〉與張勳復辟，〈藥〉與舊民主主義革命的不徹底性等等）與一些經濟主題（如〈傷逝〉與自由婚姻的經濟基礎問題等等），但事實證明都與魯迅小說的文本邏輯相去甚遠。從總體上看，魯迅並沒有致力於空泛的「社會批判」，如何提高和改善中國人的生存品質才是「社會」關懷的核心。如果說他進行了怎樣的「社會批判」的話，那麼這樣的「批判」也就集中於我們這個生存的環境是如何以種種的形式剝奪和扼殺人的生存權利，削弱人的生存品質的。

也就是說，魯迅社會批判的中心其實就是對摧殘人權現象的批判。

在這樣的生存環境中，祥林嫂連自謀生計的權利也沒有，她的夫家可以像追捕奴隸一樣地將她捕獲、轉賣。如果說，此情此景，魯鎮裏的一些人還會多少有些同情，甚至魯四老爺也覺得「可惡」，那麼，待到年關歲尾，當魯鎮的人們忙於「祝福」的時候，卻再也

沒有人會去關心一個普通女傭的不幸，儘管她曾經「做工卻毫沒有懈，食物不論，力氣是不惜的。人們都說魯四老爺家裏雇著了女工，實在比勤快的男人還勤快。」人們的喜慶與「祝福」都決不包括這個「不乾不淨」的女人，祥林嫂還是沒有基本的權利：

> 「你放著罷，祥林嫂！」四嬸慌忙大聲說。
>
> 她像是受了炮烙似的縮手，臉色同時變作灰黑，也不再去取燭臺，只是失神的站著。直到四叔上香的時候，教她走開，她才走開。這一回她的變化非常大，第二天，不但眼睛窈陷下去，連精神也更不濟了。而且很膽怯，不獨怕暗夜，怕黑影，即使看見人，雖是自己的主人，也總惴惴的，有如在白天出穴遊行的小鼠；否則呆坐著，直是一個木偶人。
>
> （《彷徨·祝福》）

當祥林嫂死去的消息傳來，魯四老爺當即表示：「不早不遲，偏偏要在這時候，——這就可見是一個謬種！」是啊，不僅是魯四老爺，也許誰都覺得她的存在就是一個多餘！

孔乙己，一個久試不中的讀書人，就是因為不能「出人頭地」而常常得遭受酒店眾人的奚落與嘲笑，沒有人會尊重和關心他的生命的權利，因為「竊書」，丁舉人可以私設公堂，濫用私刑，「先寫服辯，後來是打，打了大半夜，再打折了腿」。當孔乙己被打致殘，久無消息的時候，酒店掌櫃唯一惦記的還是：孔乙己「還欠十九個錢呢！」（《吶喊·孔乙己》）

不過，在魯迅的理解中，人的生存權利又並不僅僅是一個求生的問題，它同樣也包括了人的人格、理想與信仰等等精神性的內容，甚至可以說魯迅最關注的恰恰是這樣一些內容。因為，僅僅在

物質生存的意義上講「權利」，其實是很難將人與一般的動物區別開來的，即便是人類豢養的家畜，也會有一個維持基本「生存」的問題，作為人區別於一般動物的生命特徵，不正是人格、理想與信仰這樣的精神品質麼？「生命誠可貴，愛情價更高，若為自由故，兩者皆可拋。」這是匈牙利詩人裴多芬的著名詩歌宣言，也是古往今來人類自由理想的莊嚴表白，人的生存，理所當然地包含了一種有尊嚴的生存形式。在這個意義上，我們來讀解魯迅的《狂人日記》，當會有新的收穫。

眾所周知，《狂人日記》最石破天驚的宣判是中國文化「吃人」，這是整部小說的核心，是魯迅感受中最耐人尋味的一個結論，當然，也是一直引起諸多爭論的地方。

我們就從這個爭議的地方談起。今天，一些學者特別是海外漢學家提出，魯迅對如此豐富的中國文化竟然作出了如此簡單的判決，分明有「以偏概全」之嫌疑，至少也屬於一種「不完全概括」。而在中國大陸，一些深味於中國社會苦難的學者也答之以深刻的人生事實，其中，最有價值也最具說服力的是北京大學錢理群教授，他引證美籍韓國學者鄭麒來《中國古代的食人》，[18]結合現當代中國社會的生動事例，為我們講述了一個個血淋淋的「吃人」的故事。比如：

> 請看這些血的數字：就在我們北京大興縣，宣佈凡是「四類分子」及其家庭成員，都要斬草除根，一個不留。從一九六六年八月二十七日開始，到了九月一號，僅僅三天，這個縣十三個公社，四十八個大隊，被殺害的「四類分子」及其家屬就有三百二十五人，滿門抄斬二十二戶，年紀最大的是八

---

[18] 該書由中國社會科學出版社 1994 年出版。

十歲，最小的三十八天。一九六七年十二月二十六號，「中央文革小組」陳伯達在唐山一次講話時宣佈，解放前我們黨的冀東黨組織可能是一個國共合作的黨，可能是一個叛徒黨。他這一句話就造成全縣範圍內大抓「叛徒」，結果受到迫害的達八萬四千餘人，其中二千九百五十五人死亡，七百六十三人致殘。還有湖南道縣，從一九六七年八月十三號到十月十七號，歷時六十六天大殺人，涉及十個區三十六個公社，四百六十八個大隊，一千五百九十個生產隊，二千七百七十八戶，其中死亡四千五百一十九人，被活活殺死的四千一百九十三人，被迫自殺的三百二十六人……[19]

真是觸目驚心的數字！錢理群先生實際上是以這樣一些歷史的實據喚起了我們日常處於被遮蔽狀態的「吃人」感受。人生有各種現象，衣食住行，吃喝拉撒，但並不是每一種現象都能在我們的精神世界裏佔據著同等的分量，有一些可能會平淡如水，隨風而散，有一些則可能會銘心刻骨，歷久彌新，例如因為生命問題而引發的事實就會格外深刻地鐫刻下來，因為我們本身也是一種生命現象，關注其他生命的遭遇就是關注我們自己。也就是說，並不是人生世界與人類社會的每一部分都可能在我們的主觀感受中擁有同等的位置，那些聯繫著我們生存發展核心事實的東西理所當然地會為我們的心靈「放大」，這是人類的天性使然，在我們的主觀感受的世界裏，為生命的遭遇保留了更多的位置，這當然不能視做人類的「偏心」，而恰恰是最合理的「正常」。如果是這樣的話，作為一個以表現主觀感受為己任的作家，將人類的這一份正常的關注置於

---

[19]　錢理群：《話說周氏兄弟》172 頁，山東畫報出版社 1999 年版。

首位加以充分的表現，我們能夠指責這一判斷的「偏激」和「不完全」嗎？閱讀《狂人日記》之時，我們千萬要牢記兩個最重要的前提：其一，這是一個珍惜生命的人在珍惜我們共同的生命，其二，這是一部以表現人的主觀感受為己任的「文學作品」，而不是關於中國文化研究的學術論文。對於文學作品而言，深刻的獨特的判斷歸根結底都是作家從某一角度感知人生的結果，這裏已經無所謂了什麼「偏激」！錢理群先生以「復原」作家魯迅的精神體驗的方式，為《狂人日記》的「吃人」宣判尋找了有力的證明。

　　儘管如此，我這裏依然還是想提醒大家注意另外的情況，即魯迅借狂人之口所作的判斷同時又是「全方位」的，其中既有對於物質生命毀滅的痛惜，又有對精神生命扭曲與摧殘事實的憤怒，而後者似乎更符合魯迅「改造國民性」理想的深遠意義。《狂人日記》說得很清楚，「我」同狼子村人的敵意原本就是「精神」層面的：「我同趙貴翁有什麼仇，同路上的人又有什麼仇；只有廿年以前，把古久先生的陳年流水簿子，踹了一腳，古久先生很不高興。」後來，又悟到：「我未必無意之中，不吃了我妹子的幾片肉。」在著名的〈燈下漫筆〉一文中，魯迅清理的便是中國文化對人的人格、心理等「精神」品質的扭曲與塑造，其「吃人」一說便是在這個意義上提出來的：「所謂中國的文明者，其實不過是安排給闊人享用的人肉的筵宴。所謂中國者，其實不過是安排這人肉的筵宴的廚房。不知道而讚頌者是可恕的，否則，此輩當得永遠的詛咒！」「這人肉的筵宴現在還排著，有許多人還想一直排下去。掃蕩這些食人者，掀掉這筵席，毀壞這廚房，則是現在的青年的使命！」[20]魯迅一生，都在思考中國人如何才能不「吃人」，也不「被人吃」，一句話，究

---

[20]　魯迅：《墳‧燈下漫筆》，《魯迅全集》1 卷 216、217 頁。

竟如何爭取到「做人」的資格與尊嚴。因為，在中國，從孩提時代開始，就在「娘老子」的教導下循著「被吃」與「吃人」的方向發展，「所以看十來歲的孩子，便可以逆料二十年後中國的情形；看二十多歲的青年，──他們大抵有了孩子，尊為爹爹了，──便可以推測他兒子孫子，曉得五十年後七十年後中國的情形。」「小的時候，不把他當人，大了以後，也做不了人。」[21] 中國未來的奴才都是在自小的「聽話」教育中加以訓育的：「終日給以冷遇或呵斥，甚而至於打撲，使他畏葸退縮，彷彿一個奴才，一個傀儡，然而父母卻美其名曰『聽話』，自以為是教育的成功，待到放他到外面來，則如暫出樊籠的小禽，他決不會飛鳴，也不會跳躍。」[22] 魯迅多次斥責過如〈郭巨埋兒〉、〈老萊娛親〉一類的「二十四孝圖」，在他看來，中國的「孝道」不過都是父母「福氣」的需要，而不是「人」的成長的要求，他痛感於這樣的現實：

> 中國娶妻早是福氣，兒子多也是福氣。所有小孩，只是他父母福氣的材料，並非將來的「人」的萌芽，所以隨便輾轉，沒人管他，因為無論如何，數目和材料的資格，總還存在。即使偶爾送進學堂，然而社會和家庭的習慣，尊長和伴侶的脾氣，卻多與教育反背，仍然使他與新時代不合。大了以後，幸而生存，也不過「仍舊貫如之何」，照例是製造孩子的傢夥，不是「人」的父親，他生了孩子，便仍然不是「人」的萌芽。[23]

[21] 魯迅：《熱風‧隨感錄二十五》，《魯迅全集》1 卷 295 頁。
[22] 魯迅：《南腔北調集‧上海的兒童》，《魯迅全集》4 卷 565 頁。
[23] 魯迅：《熱風‧隨感錄二十五》，《魯迅全集》1 卷 296 頁。

中國的「人」就這樣一代又一代地被「吃」掉了！

既然魯迅對於「人」的理解是如此地突出了人獨立的人格、理想與信仰等等精神性因素，那麼，他對於「國民性」的批判也就自然集中於考察人的「自我意識」問題，所謂獨立的人格、理想與信仰等等其實都集中表現在一個人的自我意識中，中國人「人」的精神性指向的動搖也就必然導致自我意識的喪失。所謂自我意識的喪失，即是不能以自己的獨立思考的價值標準處理人生，我們只能在傳統文化所設定的「等級制度」中定位自己，對待別人，文化所設定的「等級制度」最終將內化為我們自己的「等級意識」。「主子」與「奴才」就是我們觀察和理解世界人生的標準，魯迅說過：「中國人對於異族，歷來只有兩樣稱呼：一樣是禽獸，一樣是聖上。從沒有稱他朋友，說他也同我們一樣的。」[24]我們的人生選擇也永遠就在「主」與「奴」之間交替：「專制者的反面就是奴才，有權時無所不為，失勢時即奴性十足。……做主子時以一切別人為奴才，則有了主子，一定以奴才自命：這是天經地義，無可動搖的。」[25]「奴才做了主人，是決不肯廢去「老爺」的稱呼的，他的擺架子，恐怕比他的主人還十足，還可笑。這正如上海的工人賺了幾文錢，開起小小的工廠來，對付工人反而凶到絕頂一樣。」[26]於是，在這個世界上，「是早已佈置妥帖了，有貴賤，有大小，有上下。自己被人凌虐，但也可以凌虐別人；自己被人吃，但也可以吃別人。一級一級的制馭著，不能動彈，也不想動彈了。」[27]直到新世紀的今天，在清宮戲重新走紅的時候，我們從普通觀眾對「帝王將相」的傾慕當中依然可以讀出魯迅所論及的等級崇拜來：

[24] 魯迅：《熱風‧隨感錄四十八》，《魯迅全集》1 卷 336 頁。
[25] 魯迅：《南腔北調集‧諺語》，《魯迅全集》4 卷 542 頁。
[26] 魯迅：《二心集‧上海文藝之一瞥》，《魯迅全集》4 卷 302 頁。
[27] 魯迅：《墳‧燈下漫筆》，《魯迅全集》1 卷 215 頁。

古時候，秦始皇帝很闊氣，劉邦和項羽都看見了；邦說，「嗟乎！大丈夫當如此也！」羽說，「彼可取而代也！」羽要「取」什麼呢？便是取邦所說的「如此」。「如此」的程度，雖有不同，可是誰也想取；被取的是「彼」，取的是「丈夫」。所有「彼」與「丈夫」的心中，便都是這「聖武」的產生所，受納所。

何謂「如此」？說起來話長；簡單地說，便只是純粹獸性方面的慾望的滿足——威福，子女，玉帛，——罷了。然而在一切大小丈夫，卻要算最高理想（？）了。我怕現在的人，還被這理想支配著。[28]

魯迅的預言或許真的是不錯的。今天那些為康熙、乾隆「我想再活五百年」的宏願所折服的人們其實就還保留著「大丈夫當如此也」的古老理想。

於是，阿Q的「革命」理想境界也只能是這樣的了：

「東西，⋯⋯直走進去打開箱子來：元寶，洋錢，洋紗衫，⋯⋯秀才娘子的一張寧式床先搬到土穀祠，此外便擺了錢家的桌椅，——或者也就用趙家的罷。自己是不動手的了，叫小D來搬，要搬得快，搬得不快打嘴巴。⋯⋯

「趙司晨的妹子真醜。鄒七嫂的女兒過幾年再說。假洋鬼子的老婆會和沒有辮子的男人睡覺，嚇，不是好東西！秀才的老婆是眼胞上有疤的。⋯⋯吳媽長久不見了，不知道在那裏，——可惜腳太大。」[29]

---

28 魯迅：《熱風·五十九「聖武」》，《魯迅全集》1卷355頁。
29 魯迅：《吶喊·阿Q正傳》，《魯迅全集》1卷515頁。

　　過去，我們很容易取笑阿Q的愚昧和落後，其實，他的「革命」理想不過就是「中國丈夫」的傳統，也就是「當如此也」之內容！對於阿Q來說，「歪曲革命」也好，「精神勝利法」也好，其真正的性格本質就是自我意識的喪失，一個再也無法準確意識到自己的阿Q，也將無法意識到我們這個世界。在阿Q的世界裏，像他那樣喪失了自我的人比比皆是，例如當阿Q向吳媽求愛不成之後，整個未莊都出現了如此的喜劇性場面：

> 彷彿從這一天起，未莊的女人們忽然都怕了羞，伊們一見阿Q走來，便個個躲進門裏去。甚而至於將近五十歲的鄒七嫂，也跟著別人亂鑽，而且將十一歲的女兒都叫進去了。

　　〈離婚〉中的愛姑也是一個在關鍵時刻喪失自我意識的典型。

　　最初，愛姑為了自己的合法權利，理直氣壯地找到夫家，要「討一個說法」。那時她還是充滿膽氣的：

> 「我倒並不貪圖回到那邊去，八三哥！」愛姑憤憤地昂起頭，說，「我是賭氣。你想，『小畜生』姘上了小寡婦，就不要我，事情有這麼容易的？『老畜生』只知道幫兒子，也不要我，好容易呀！七大人怎樣？難道和知縣大老爺換帖，就不說人話了麼？他不能像慰老爺似的不通，只說是『走散好走散好』。我倒要對他說說我這幾年的艱難，且看七大人說誰不錯！」

> 　　然而，一當面對有權有勢的七大人，她那潑辣的性格卻在不知不覺中逐漸收斂，以至最後竟也變得溫順了。

　　她打了一個寒噤，連忙住口，因為她看見七大人忽然兩眼向上一翻，圓臉一仰，細長鬍子圍著的嘴裏同時發出一種高大搖曳的聲音來了。

　　「來——兮！」七大人說。

　　她覺得心臟一停，接著便突突地亂跳，似乎大勢已去，局面都變了；彷彿失足掉在水裏一般，但又知道這實在是自己錯。

　　立刻進來一個藍袍子黑背心的男人，對七大人站定，垂手挺腰，像一根木棍。

　　全客廳裏是「鴉雀無聲」。七大人將嘴一動，但誰也聽不清說什麼。然而那男人，卻已經聽到了，而且這命令的力量彷彿又已鑽進了他的骨髓裏，將身子牽了兩牽，「毛骨悚然」似的；一面答應道：

　　「是。」他倒退了幾步，才翻身走出去。

　　愛姑知道意外的事情就要到來，那事情是萬料不到，也防不了的。她這時才又知道七大人實在威嚴，先前都是自己的誤解，所以太放肆，太粗鹵了。她非常後悔，不由的自己說：

　　「我本來是專聽七大人吩咐……。」

　　在中國，等級意識就可以這樣被人主動「內化」，以至最終取代我們那些微的自我意識。

　　由於自我意識的喪失，中國式的「等級意識」與西歐中世紀的封建等級觀念乃至印度的種姓制度都有所不同，在中國這裏，等級的劃分遠比他們模糊和不確定，於是在人們的一生中需要不斷地根據情況調整自己在「等級金字塔」中的地位，所以阿 Q 在趙太爺、假洋鬼子面前可以忍氣吞聲，但總是自以為有充足的理由傲視小 D、王胡一類，甚至還可以欺負小尼姑，他是絕對不會承認自己與他

們屬於同一等級的。這就是魯迅小說中的弱小者們的最富有悲劇性的一幕：他們一方面承受了不公平的待遇，備受強權的欺凌，但在另一方面，他們卻也在一切可能的機會裏欺負著其他的弱小者。〈孔乙己〉中的孔乙己熱忱地向店小二「我」傳授「回字有四樣寫法」，然而「我」卻「毫不熱心」，甚至「愈不耐煩了，努著嘴走遠」，這一切僅僅就是因為孔乙己在當地是一個很不體面的人。魯迅將這一番人生的炎涼置於一個未諳世事的小夥計身上，這是何等的沉痛呢！在另外一篇文章裏，魯迅又談道：「中國的兒童也許比較的早熟，也許性感比較的敏，但總不至於比成年的他的『爸爸』，心地更不乾淨。倘其如此，二十年後的中國社會，那可真真可怕了。」[30]問題是孔乙己的遭遇恰恰就是一個「如此」的事實。

〈祝福〉一直被我們視做「三座大山」、「四條繩子」壓榨貧苦百姓的真實故事，但如果僅僅停留於這樣的「階級壓迫」的模式中，我們便可能嚴重忽略其中所包含的更殘酷的景象：就是這些「貧苦百姓」自己，也在日常人生當中相互傷害，比如「善女人」柳媽之於祥林嫂：

> 「唉唉，我真傻，」祥林嫂看了天空，歎息著，獨語似的說。
>
> 「祥林嫂，你又來了。」柳媽不耐煩的看著她的臉，說。「我問你：你額角上的傷痕，不就是那時撞壞的麼？」
>
> 「唔唔。」她含糊的回答。
>
> 「我問你：你那時怎麼後來竟依了呢？」
>
> 「我麼？……」

30　魯迅：《花邊文學・「小童擋駕」》，《魯迅全集》5 卷 446 頁。

「你呀。我想：這總是你自己願意了，不然……。」

「阿阿，你不知道他力氣多麼大呀。」

「我不信。我不信你這麼大的力氣，真會拗他不過。你後來一定是自己肯了，倒推說他力氣大。」

「阿阿，你……你倒自己試試看。」她笑了。

柳媽的打皺的臉也笑起來，使她蹙縮得像一個核桃；乾枯的小眼睛一看祥林嫂的額角，又釘住她的眼。祥林嫂似乎很局促了，立刻斂了笑容，旋轉眼光，自去看雪花。

……

她久已不和人們交口，因為阿毛的故事是早被大家厭棄了的；但自從和柳媽談了天，似乎又即傳揚開去，許多人都發生了新趣味，又來逗她說話了。至於題目，那自然是換了一個新樣，專在她額上的傷疤。

「祥林嫂，我問你：你那時怎麼竟肯了？」一個說。

〈風波〉中的「風波」甚至就發生在夫妻、婆媳與街坊四鄰之間。王富仁先生分析說：「這是一幅在封建禮教的溫情脈脈面紗覆蓋下的涼薄、冷酷的人與人之間的感情關係圖。魯迅在小說一開頭，說詩人們會將這幅圖景誤認是無憂無慮的田家樂，而他通過對這個場景的細緻描繪，拆破了它表面的和諧恬美，暴露了人與人之間關係的冷酷涼薄。」[31]

其次，我們還必須意識到，即使是在「揭出病苦，引起療救的注意」的時候，[32]魯迅也決沒有將傳統「國民性」的承載者視做絕對諷刺與鞭撻的對象，相反，倒是常常對他們懷有深厚的同情。而

31　王富仁：《文化與文藝》178 頁，北嶽文藝出版社 1990 年版。
32　魯迅：《南腔北調集‧我怎麼做起小說來》，《魯迅全集》4 卷 512 頁。

在這方面，不僅有著魯迅一貫的人道主義情懷，同時更包含著他對生命局限性的深刻感受，以及在這一共同局限基礎之上的某種自我認同與自我悲憫。

即便是《阿 Q 正傳》中那個猥瑣的阿 Q，也依然在作為「合法生命」的意義上博得了魯迅的同情。當阿 Q 欺負更加弱小的小尼姑之時，魯迅對阿 Q 自然是厭惡的，然而，應當說魯迅並沒有因此否定他的自然生存權利，包括他向吳媽求愛。特別是，當阿 Q 被專制政權無辜地剝奪生命之時，魯迅更是鮮明地表達了他的情感態度：

> 車子不住的前行，阿 Q 在喝采聲中，輪轉眼睛去看吳媽，似乎伊一向並沒有見他，卻只是出神的看著兵們背上的洋炮。
>
> 阿 Q 於是再看那些喝采的人們。
>
> 這剎那中，他的思想又彷彿旋風似的在腦裏一迴旋了。四年之前，他曾在山腳下遇見一隻餓狼，永是不遠不近的跟定他，要吃他的肉。他那時嚇得幾乎要死，幸而手裏有一柄斫柴刀，才得仗這壯了膽，支持到未莊；可是永遠記得那狼眼睛，又凶又怯，閃閃的像兩顆鬼火，似乎遠遠的來穿透了他的皮肉。而這回他又看見從來沒有見過的更可怕的眼睛了，又鈍又鋒利，不但已經咀嚼了他的話，並且還要咀嚼他皮肉以外的東西，永是不遠不近的跟他走。
>
> 這些眼睛們似乎連成一氣，已經在那裏咬他的靈魂。
>
> ……
>
> 至於輿論，在未莊是無異議，自然都說阿 Q 壞，被槍斃便是他的壞的證據；不壞又何至於被槍斃呢？而城裏的輿論卻不佳，他們多半不滿足，以為槍斃並無殺頭這般好看；而

　　且那是怎樣的一個可笑的死囚呵，遊了那麼久的街，竟沒有
　　唱一句戲：他們白跟一趟了。

　　吳媽，一個阿Q曾經的「同事」，此時此刻，顯然對行刑者的
兇器懷有更大的興趣，她如此癡迷地「鑒賞」著這眼前的熱鬧，卻
對一個活生生且又熟悉的生命的結束絲毫沒有感覺，這是阿Q怎樣
的悲哀啊！未莊的那些看客們，熱切地渴望著一場即將到來的殺
戮，他們就是要用這鮮血的快意來打發掉人生的無聊。在這裏，「吃
人」幾乎就成了「全體人民」的嗜好，難怪阿Q是這樣的恐懼。在
阿Q的悲劇裏，魯迅讀出了所有中國人的共同的遭遇，於是，他能
夠超越簡單的「社會批判」與「國民性解剖」，將問題同時引向一
個普遍的生命關懷的高度。
　　在普遍的生命關懷的角度上，魯迅的文學創作具有一個更廣大
的根基：這就是最大程度地理解人類生存的多樣性與生命的基本權
利。這樣，魯迅小說就不僅僅以人在社會歷史中的價值來作為生命
存在意義的判斷，從而與五四新文學（如「問題小說」）的基本思
路有所差異。在其他更多的五四小說裏，我們很容易讀到「歷史發
展的合法性」與停滯的社會現實的基本衝突，在這裏，人的社會歷
史價值就是絕對和唯一正確的，而代表過去世俗觀念的就是絕對落
後的，是歷史的阻力，應該批判的對象。五四小說寫青年的家庭、
婚姻、事業、理想與現實社會的種種矛盾，代表新時代的青年理所
當然地成為我們同情、好感甚至讚頌的對象。因而這些作品充滿激
情，雖然多是悲劇，但我們也滿懷著希望。因為，我們從中讀出了
人確定不移的「正面價值」，讀出了歷史發展的可能。而眾所周知，
魯迅小說的顯著特色就是無所不至的「壓抑」——這就是因為魯迅
同時在幾個層次上理解和敘述著人的命運。既有對他們缺乏歷史價

值、社會價值的痛惜，也並不因此絕對地否認他們作為生命的意
義。所有的麻木愚昧的人們似乎都有他們生存的理由，但又都屬於
一種灰色的人生。

　　魯迅真誠的生命關懷還使得他面對一切生命現象都富有超越
於常人的自我反省精神，我以為，在魯迅的自我反省的背後，是一
種對於自我生命局限性的深刻認識，它比過去所謂「知識份子劣根
性」的社會批判更真切更動人。

　　在〈祝福〉中，「我」遭遇了無法回答祥林嫂的生死問題的尷
尬，因為這樣的問題本來就是所有生命的最本質的困惑。

> 　　我萬料不到她卻說出這樣的話來，詫異的站著。
> 　　「就是——」她走近兩步，放低了聲音，極秘密似的切
> 切的說，「一個人死了之後，究竟有沒有魂靈的？」
> 　　我很悚然，一見她的眼釘著我的，背上也就遭了芒刺一
> 般，比在學校裏遇到不及豫防的臨時考，教師又偏是站在身
> 旁的時候，惶急得多了。對於魂靈的有無，我自己是向來毫
> 不介意的。

　　祥林嫂在特定境遇中所產生的生命的執著追問恰恰反襯出了
「我」的思想的逃避，也提示出了「我」之於生命的無奈與無力。
於是，它就像一個沉重的包袱一樣積壓在「我」的精神世界裏，以
至不得不再次「遁逃」了：

> 　　不如走罷，明天進城去。福興樓的清燉魚翅，一元一大
> 盤，價廉物美，現在不知增價了否？往日同遊的朋友，雖然
> 已經雲散，然而魚翅是不可不吃的，即使只有我一個……

　　的確，我們通常只能求助於人生物質享受，以暫時卸去精神思考的重壓。最後，派上用場的還有所謂的人間節日的歡樂：

　　我在朦朧中，又隱約聽到遠處的爆竹聲聯綿不斷，似乎合成一天音響的濃雲，夾著團團飛舞的雪花，擁抱了全市鎮。我在這繁響的擁抱中，也懶散而且舒適，從白天以至初夜的疑慮，全給祝福的空氣一掃而空了，只覺得天地聖眾歆享了牲醴和香煙，都醉醺醺的在空中蹣跚，豫備給魯鎮的人們以無限的幸福。

　　但是，魯鎮的人們真的幸福了嗎？「我」幸福了嗎？魯迅暗示，這樣的「幸福」與「祝福」都不過是回避了生命最基本問題的結果。

　　同樣，〈一件小事〉也似乎很難放在「勞動人民」與「知識份子」的對立關係上來加以理解。如果說魯迅認定車夫比知識份子更偉大，那麼他便很難從事「改造國民性」的事業了。這裏的關鍵不是要在社會的意義上比較哪一個階層更偉大的問題，而是魯迅究竟是在什麼樣的意義上開始自我的反省。我以為，小說顯示，魯迅仍然是在生命局限性的基礎上探求人生的可能性。因為現實世界的艱辛與隔膜，「我」本能地不再信任別人，從人生選擇的角度來看，這完全是「我」無可厚非的權利，是在一個亂世中生存下去的最起碼的自我保護的手段。只有在生命自我完善的意義上，我們才可能提出一個新的更深的問題：難道這樣的「懷疑一切」就是生命最好的形式嗎？在這個相互敵意的世界上，我們還可不可能發現更加真醇的可能？魯迅從來沒有停止過對生命的思考和對自我的追問，於是，在一個寒冷的冬天，他偶然從一位車夫的身上，目睹了一份人性的溫暖，他為這樣的真醇而感動不已，在這個時候，與其

說這樣的「人性」就是屬於車夫或者一個更廣大的「勞動人民」階級的，還毋寧說它是屬於魯迅自己的，是魯迅在自我生命尋找中的自我發現。因為，歸根結底，這還是魯迅對於生命可能性的一種頓悟。

〈孔乙己〉中孔乙己也是如此。過去，我們常常嘲笑他作為「封建科舉制度犧牲品」的種種迂腐。其實，越是站在一個生命的立場上，我們越覺得無法嘲笑孔乙己，甚至更多地發現這位失敗的讀書人與我們自己的聯繫。我們會從內心深處提出這樣的問題：難道因為孔乙己的知識已經「落後」就可以任意嘲笑嗎？在一個以科舉為唯一人生前途的時代，參加科舉考試難道不是合情合理的嗎？如果一個知識份子不幸在這條道路上失敗了，我們這些有幸不必再參加科舉的後人就有了諷刺的理由麼？更何況我們也會面臨著今天的新問題，今天的教育、考試與人才選拔也依然會存在種種的不足，也就是說，在我們的社會裏，也照樣存在事業競爭中的失敗者，包括我們自己，也完全有可能成為失敗行業中的一員，我們的命運不一定比孔乙己更好。如果是這樣，我們難道不會更多地發現自己與孔乙己的相通之處？當我們真誠地感受到了孔乙己的無奈與痛苦，我們也就對魯迅的悲憫情懷有了更深的體會。

在當代中國的今天，對傳統文化的批判已經成了更多的知識份子的自覺追求，但是，在閱讀這些精彩的論斷之時，還是能夠發現他們與魯迅的重要差別，這差別當然會表現在方方面面，但其中相當明顯的一點便是魯迅對待文化與生命的態度問題。即如〈道士塔〉這樣原本頗有思想的文章中，我們也能夠讀出一種對於生命的堅硬與無情來：

「我見過他的照片，穿著土布棉衣，目光呆滯，畏畏縮縮，
是那個時代到處可以遇見的一個中國平民。」「完全可以把憤
怒的洪水向他傾泄。但是，他太卑微，太渺小，太愚昧，最
大的傾泄也只是對牛彈琴，換得一個漠然的表情，讓他這具
無知的軀體全然肩起這筆文化重債，連我們也會覺得無聊。」
「王道士每天起得很早，喜歡到洞窟裏轉轉，就像一個老農，
看看他的宅院。他對洞窟裏的壁畫有點不滿，暗乎乎的，看
著有點眼花。亮堂一點多好呢，他找了兩個幫手，拎來一桶
石灰。草紮的刷子裝上一個長把，在石灰桶裏蘸一蘸，開始
他的粉刷。第一遍石灰刷得太薄，五顏六色還隱隱顯現，農
民做事就講個認真，他再細細刷上第二遍。這兒空氣乾燥，
一會兒石灰已經幹透。什麼也沒有了，唐代的笑容，宋代的
衣冠，洞中成了一片淨白。道士擦了一把汗憨厚地一笑，順
便打聽了一下石灰的市價。他算來算去，覺得暫時沒有必要
把更多的洞窟刷白，就刷這幾個吧，他達觀地放下了刷把。」

魯迅當然是中國傳統文化弊端的最無情的批判者，但他同時又
從來沒有將詛咒的惡意輕易施加於一個個體的生命之上，相反，對
於生命的深厚的同情卻是他最溫馨動人的一面，一個剛勁的戰鬥著
的魯迅同時包含著對於生命的最「柔軟」的愛護，這就是魯迅的豐
富與複雜。

其三，魯迅對於「自然人性」的態度值得我們思考。一方面，
像中國現代文學中的其他作家一樣，魯迅表達了對未經「文明」污
染的自然人性的緬懷與嚮往，但另外一方面，魯迅又同時多層次地
把握著人的生命意義，也就是說，他並沒有迷信其中任何一種生存

狀態。包括「自然人性」本身，這也是魯迅與一些中國現代作家的重要區別。

魯迅對於自然人性讚賞來自於他對於「文明」制度的某種批判性態度。

〈故鄉〉一開頭，就給我們展示了一幅衰敗、蕭條的現實圖景：

> 冷風吹進船艙中，嗚嗚的響，從篷隙向外一望，蒼黃的天底下，遠近橫著幾個蕭索的荒村，沒有一些活氣。

是的，沒有「活氣」，這就是我們這個文明世界在今天發展成熟的結果，就像「我」與「閏土」的人生，滿面「灰黃」的閏土過著「灰黃」而麻木的生活，「我」呢，不也在「辛苦輾轉」的生活中冷漠地看待著「希望」，要知道，對一個對世界與人生滿懷好奇的少年人來說，「希望」肯定不是「無所謂有，無所謂無的」，希望就是無限的激情，就是真切的可能。命運莫測，造化弄人，而這就是我們各自尊奉的「文明」帶給我們的禮物？只有在個時候，那些少年人的神異的記憶才會如此充滿魅力，未經「文明」污染的他們才是真正的富有生命的活力與希望：

> 我的腦裏忽然閃出一幅神異的圖畫來：深藍的天空中掛著一輪金黃的圓月，下面是海邊的沙地，都種著一望無際的碧綠的西瓜，其間有一個十一二歲的少年，項帶銀圈，手捏一柄鋼叉，向一匹猹盡力的刺去，那猹卻將身一扭，反從他的胯下逃走了。

而〈社戲〉的記憶則是在都市戲院的嘈雜與喧囂中被喚起的，它就是魯迅厭棄當代文明世界之後的一種自我心靈補償。「社戲」

在主要的意義上並不是一種「戲」，而是一種自由自在的人生，沒有都市的擠壓，沒有都市的做作。不過，在〈社戲〉裏，魯迅所厭棄的文明又並不僅僅是「都市」，那一群可愛的鄉村朋友——無論是少年人雙喜、阿發，還是年長的六一公公，一律天真爛漫、心無城府，更沒有鄉村人常見的尊卑等級觀念，這當然是魯迅「提純」之後的鄉村，是他刻意營造出來的傳統封建文明的對立面，是在同時厭棄了現代都市與封建鄉村兩重文明的基礎上，魯迅才回到了一處真正自由而自然的世界，感知了其中可貴的自然人性。

但是，魯迅卻從來都沒有放棄過自己痛苦而清醒的現實體驗，他一面進行著這樣的「提純」，一面又時時保持了自己一以貫之的冷峻與理智，他總不會在「夢境」中浸泡得太久，也惟恐我們的讀者會為他的「夢境」欺騙得太久，當他在恍然驚覺中抽身而出的時候，也會努力將我們一起「帶出」，於是，我們又看到了「慘澹的人生」。「社戲」結束了，魯迅告訴我們：「真的，一直到現在，我實在再沒有吃到那夜似的好豆，——也不再看到那夜似的好戲了。」而《故鄉》根本就是一曲往昔生命不再的輓歌，在這樣的基調中，記憶愈是「神異」，也愈是顯示了現實的沉痛！

海外一些漢學家常常容易對《阿Q正傳》挑挑揀揀，卻往往對〈社戲〉一類作品頗多讚賞，這些欣賞〈社戲〉的人們當然也會欣賞沈從文，欣賞廢名及其他京派作家的鄉村情調小品。我懷疑在某種程度上，〈社戲〉是被當作五四時期的《邊城》了。於是，我依然要說，在審美接受上，我們對魯迅「自然人性」作品的理解千萬要從目前魅力正足的「沈從文模式」中分離出來，沈從文是沈從文，魯迅是魯迅。離開了《狂人日記》的憂憤，離開了〈祝福〉的悲涼，離開了《阿Q正傳》的辛辣，或者，離開了〈故鄉〉與〈社戲〉本

身的理智與清醒，我們實在很難理解魯迅「夢」的美麗，很難理解
他在《墳‧挪拉走後怎樣》中所說：「假使尋不出路，我們所要的
就是夢；但不要將來的夢，只要目前的夢」。[33]因為，沉浸於夢中而
不能自拔，將今天暫時的夢幻繼續推進到「將來」，以至忘卻了身外
的更真實的苦痛，失去了不屈奮鬥掙扎的毅力，我們也就真正地失
去了「將來」。在這個意義上，魯迅關於自然人性的「夢」顯然沒有
後來一些京派文人那樣的晶瑩而綿長，但卻遠比他們複雜和豐富。

「多聲部」人生的藝術選擇

關於魯迅小說《吶喊》、《彷徨》的藝術成就，歷來人們已經多
有發掘，這裏僅僅從前文所及的魯迅介入五四新文學的特殊「姿態」
入手，再作出一些帶有統一性的歸納。在我看來，魯迅介入五四新
文學的基本姿態可以概括為在「吶喊」與「彷徨」之間，他為了慰
藉「前驅者」而吶喊，又為個人的悲劇性人生體驗而彷徨，這便造
成了魯迅特有的「多聲部」的人生態度，而「多聲部」的人生態度
又產生了「多聲部」的藝術選擇。

在《吶喊》《彷徨》之中，這樣的藝術選擇有多方面的表現。

首先是多種藝術傳統的領悟與並存。在中國現代文學史上，彙
集了西方文學幾個世紀的藝術思潮，如浪漫主義、批判現實主義與
現代主義等等，中國現代作家的藝術選擇曾經頗受「進化論」思維
的影響，他們較多地關注著那些「最新最進步」的藝術走向，於是
從「五四」狂飆突進中的浪漫主義「轉換」為關注下層疾苦的「批
判現實主義」是「歷史進步」的結果，而到 20 年代後期，隨著階

---

[33] 魯迅：《墳‧挪拉走後怎樣》，《魯迅全集》1 卷 160 頁。

級鬥爭的公開化與前蘇聯文藝的引進，我們又有理由再次「轉換」為無產階級革命文學，當然，另外一些人也自可以循著另外的線索「進步」到「現代主義」，這似乎都是在「與時俱進」。但是，魯迅的理解與之有異，種種藝術追求的身影似乎都可以在他的小說中發現，這裏不僅有西方藝術的「思潮」，也有中國自身的「傳統」。魯迅對多種藝術追求的並呈對應的是他多種形式的人生理念。

例如我們看屬於西方傳統的浪漫主義、批判現實主義與現代主義。它們分明對應著這樣一些人生態度，也分別呈現了這樣的一些藝術願望：

浪漫主義：一種投入世界、征服世界的人生態度。作家相信「眾人皆醉我獨醒」，相信自己的主觀情感之於人生世界的獨特意義。

批判現實主義：一種冷峻地觀察、分析現實人生的態度。作家因為資本主義發展初期嚴重的現實生存問題而正襟危坐，他們有意識冷卻了先前的熱情，希望通過「客觀」的呈現來清理這個混亂世界的線索。

現代主義：一種關於人類生命意義的深刻的追索態度。當生存表面的物質問題解決了以後，作家開始潛入內在思考：我的生命為什麼是今天這個形式？我內在的生命奧妙是什麼？我內在的情緒世界有些什麼特徵？現代主義再次讓藝術回到了人的主觀世界，但卻不是浪漫主義式的情感的世界，而是更為幽微、深邃的自我情緒與自我心靈的世界，因為，只有在這個層次上我們才有機會揭示一些關於生命本質的困擾。

顯然，在愚弱的國民當中，魯迅自有他清醒的意識，他也的確努力配合「先驅者」的啟蒙活動，為之吶喊助威，因此，魯迅有著不容忽視的浪漫主義情結；就魯迅面臨的中國社會與中國文化而言，

同樣出現了「嚴重的現實生存問題」，如何「冷峻地觀察、分析現實人生」幾乎就成了魯迅一生的主要工作，我們一直認定魯迅就是一位清醒的批判現實主義大師，這顯然是合情合理的；同時，在現代中國人所遭遇的現實生存問題當中，又包含了相當成分的精神信仰問題，這裏既有關於整個文化傳統的根本信仰問題，也有在一個大動盪大變革時期所產生的生命的疑慮，因此，現代主義的心靈叩問同樣有了存在的可能。就這樣，魯迅幾乎是同時把握了以上的種種藝術追求，並相當自如地納入到了個人富有獨創性的藝術系統之中。

我們在這裏應該特別注意魯迅藝術系統的獨創性，因為這才是真正衡量一個作家歷史地位的標準。過去為了強調現實主義與浪漫主義「兩結合」的藝術方針，我們便以此概括魯迅，後來又為了強調現代主義並非「反動思潮」，我們又再一次粘貼上了魯迅。其實，魯迅並不是為了所有這些思潮而存在的，相反是這些思潮都可以成為魯迅自如選擇的對象，最終決定魯迅藝術追求的不是這些思潮本身的顯赫而是魯迅自我人生態度流瀉的需要。如果說魯迅的小說創作裏可以發現種種藝術思潮，那也是魯迅自身豐富觀念自然生長的結果。而且，在進入到魯迅人生感悟的認知過程以後，這些外來的藝術思潮也就不再是它們本身了，魯迅已經完成了對於它們的剔除、組合與變形。剔除、組合與變形的過程其實就是一個創造的過程。例如，浪漫主義文學的樂觀與感傷都不見於魯迅小說，魯迅是在其固有的「立人」基礎上，發展了浪漫主義時代的「個性原則」與「主體性原則」；西歐批判現實主義文學所常見的經濟主題與都市平民主題也並未進入魯迅的視野，他自居於「眾數」之外的「冷靜」在「冷峻」的現實主義姿態中找到了應和。魯迅小說的現代主義也沒有進入純粹生命的自我拷問，「人生」過程還是他最關注的內容。

人們已經論述了魯迅小說中的象徵主義色彩，值得注意的是，魯迅的「象徵」系統背後並沒有一個超驗的形而上的世界，那才是西方象徵主義藝術或明或隱的傳統，魯迅的「象徵」更多的是代表作家自己對於現實人生的即興感悟，或者是單個意象的別致的使用，如〈離婚〉中七大人的古人「屁塞」，〈風波〉中七斤家打著銅釘的「飯碗」，它們都被豐富的人生景象所包裹，或者是作家主觀情緒的「客觀外化」，如〈在酒樓上〉中「我」眼中的雪景：「這園大概是不屬於酒家的，我先前也曾眺望過許多回，有時也在雪天裏。但現在從慣於北方的眼睛看來，卻很值得驚異了：幾株老梅竟鬥雪開著滿樹的繁花，彷彿毫不以深冬為意；倒塌的亭子邊還有一株山茶樹，從暗綠的密葉裏顯出十幾朵紅花來，赫赫的在雪中明得如火，憤怒而且傲慢，如蔑視遊人的甘心於遠行。我這時又忽地想到這裏積雪的滋潤，著物不去，晶瑩有光，不比朔雪的粉一般乾，大風一吹，便飛得滿空如煙霧。……」這其實就是我與主人公共同的人生世界，它寒冷異常，其中的生命憤怒、傲慢卻很可能沒有抗掙的力量。

還有呂緯甫眼中的「蜂子與蠅子」：「我在少年時，看見蜂子或蠅子停在一個地方，給什麼來一嚇，即刻飛去了，但是飛了一個小圈子，便又回來停在原地點，便以為這實在很可笑，也可憐。可不料現在我自己也飛回來了，不過繞了一點小圈子。又不料你也回來了。你不能飛得更遠些麼？」這也是人生無奈的主觀化體驗。

在這種個人情緒的主觀外化方面，魯迅與西方 19 世紀後期的「象徵」文學有相通之處，然而，西方文學的主觀性「象徵」最終也存在一種超越現實的指向，正如查理斯・查德威克在闡述「象徵主義」這一名詞時所說：「象徵主義終究可以說成是一種超越現實而深入理念世界的意圖；那些理念或為詩人胸中所藏，包括詩人的

情感，或係柏拉圖所指，它們構成人類心嚮往之的完美的超自然世界。」[34]不同的是，在魯迅「象徵」藝術當中，作為「客觀對應物」的意象，其最後的指向還是現實的人生，魯迅是通過主觀情緒中的直覺頓悟來把握了生存世界的「真相」，最後要揭示的也是這一「真相」，所謂「象徵」就是他清除世俗經驗覆蓋，敞現人生底色的一種方式。例如《狂人日記》就是這樣。

狂人究竟是一個怎樣的人，人們常常爭論不已。瘋子？反封建戰士？如果是前者，他的一切懷疑本身不可信了；如果後者，魯迅為什麼一定要以瘋子來代表？而且正常狀態更應該「反封建」，為什麼反而「候補」去了？其實，他不過是魯迅推進內在情緒的一種方式。在這裏，魯迅是將個人內心直覺中的關於「世界異常」的頓悟轉移到了一個「瘋子」的言行之中，狂人就是魯迅式象徵主義的「客觀對應物」。在正常的人生故事中，如此「異常」的體驗是很難準確表達的，恰恰是狂人的囈語為「異常」提供了一個合適的形態，魯迅可以自由自在地利用狂人這一形象的「框架」說話，說出他感受的中國社會與中國文化的「真相」。在「象徵主義」的藝術中，「狂人」是什麼並不十分要緊，他本身的邏輯也並不十分重要，重要的是作家借助這一「異常」的形式，這一「客觀對應物」究竟說了什麼。

理解了魯迅小說象徵主義的「現實人生」指向，我們其實便又一次將考察移回到了中國自身的傳統。眾所周知，中國古代小說的重要傳統就是表現「世態」而不思考「真理」。在魯迅自由領悟各種藝術傳統進行創造性發揮的時候，他頗為熟悉的中國小說精神無疑也將有所作用。在魯迅後來關於中國古代小說的論述當中，「世情」、「市井」、「世態」等都是他的常用語，從中也反映出魯迅之於中國

---

[34] 查理斯·查德威克：《象徵主義》（周發祥譯）7頁，昆侖出版社 1989 年版。

小說精神的一貫體會。例如他讚揚《京本通俗小說》「明事十五篇則所寫皆近聞，世態物情，不待虛構，故較高談漢唐之作為佳。」[35]稱《金瓶梅》「作者之於世情，蓋誠極洞達」，[36]還認為神魔小說《西遊記》也是「諷刺揶揄則取當時世態」，[37]《何典》「在死的鬼畫符和鬼打牆中，展示了活的人間相」，[38]至於他評價很高的《儒林外史》，也是「使彼世相，如在目前」。[39]當然，魯迅是剔除了古典小說的道德說教而代之以社會人生的自然形態，也弱化了古典小說式的對「故事」與「情節」的依賴，強化著「場景」與「氣氛」，對於後者而言，西方19至20世紀的異域追求似乎又起到了點石成金的作用。例如評論界近年來比較推崇的〈示眾〉就主要採取了近乎單純的場景「展示」，這裏沒有中心人物，沒有什麼曲折的情節，只是到處聳動著一些不知名的「看客」，他們努力而沒有明確目的地擠兌著，尋覓著，好奇著，而最後什麼也沒有獲得：

> 又像用了力擲在牆上而反撥過來的皮球一般，一個小學生飛奔上來，一手按住了自己頭上的雪白的小布帽，向人叢中直鑽進去。但他鑽到第三——也許是第四——層，竟遇見一件不可動搖的偉大的東西了，抬頭看時，藍褲腰上面有一座赤條條的很闊的背脊，背脊上還有汗正在流下來。他知道無可措手，只得順著褲腰右行，幸而在盡頭發見了一條空處，透著光明。他剛剛低頭要鑽的時候，只聽得一聲「什麼」，那褲腰以下的屁股向右一歪，空處立刻閉塞，光明也同時不見了。

---

[35] 魯迅：《中國小說史略》，《魯迅全集》9卷198頁。
[36] 魯迅：《中國小說史略》，《魯迅全集》9卷180頁。
[37] 魯迅：《中國小說史略》，《魯迅全集》9卷162頁。
[38] 魯迅：《集外集拾遺·〈何典〉題記》，《魯迅全集》7卷296頁。
[39] 魯迅：《中國小說史略》，《魯迅全集》9卷221頁。

　　但不多久，小學生卻從巡警的刀旁邊鑽出來了。他詫異地四顧：外面圍著一圈人，上首是穿白背心的，那對面是一個赤膊的胖小孩，胖小孩後面是一個赤膊的紅鼻子胖大漢。他這時隱約悟出先前的偉大的障礙物的本體了，便驚奇而且佩服似的只望著紅鼻子。胖小孩本是注視著小學生的臉的，於是也不禁依了他的眼光，回轉頭去了，在那裏是一個很胖的奶子，乳頭四近有幾枝很長的毫毛。

　　「他，犯了什麼事啦？……」

　　大家都愕然看時，是一個工人似的粗人，正在低聲下氣地請教那禿頭老頭子。禿頭不作聲，單是睜起了眼睛看定他。他被看得順下眼光去，過一會再看時，禿頭還是睜起了眼睛看定他，而且別的人也似乎都睜了眼睛看定他。他於是彷彿自己就犯了罪似的局促起來，終至於慢慢退後，溜出去了。一個挾洋傘的長子就來補了缺；禿頭也旋轉臉去再看白背心。

　　對於長久以來已經習慣於追蹤「故事」的中國讀者來說，這樣的描寫無疑是十分異樣的。〈示眾〉被認為是魯迅「表現的深切和格式的特別」之代表。[40]

　　其二，魯迅小說在美學風格上呈現為一種「悲喜交集」的特點。這也來自前文所述的吶喊與彷徨兩種心理：

　　為前驅者「吶喊」──一種較「高」的人生視角，要求魯迅俯瞰人生，發掘其荒謬之處，造成了文學的諷刺性與喜劇效果。

　　因為生命的局限而「彷徨」──一種較「低」的人生視角，對廣大眾生的悲憐，發現無處不在的悲劇性。

---

[40]　魯迅：《中國新文學大系·小說二集序》，《魯迅全集》6 卷 238 頁。

在魯迅小說中，喜劇性與悲劇性有時有所分工。例如純粹的喜劇往往發生在少數魯迅內心極其厭惡的得勢者那裏，如〈肥皂〉中的四銘。而純粹悲劇則發生在沒有人生自覺但依然善良的老百姓那裏，如〈祝福〉中的祥林嫂。

但更多的時候是兩者兼而有之：既發現了中國人的生存荒謬，同時又同情於他們不幸的命運。於是，魯迅對喜劇性作了特殊的處理。一般的喜劇，作者與接受者都處於一個絕對優越的狀態，可以居高臨下地嘲弄對象。但魯迅對於廣大生命尤其是弱小生命依然充滿了同情，他無意站在絕對的制高點上「調笑」世事，他總能從他們哪怕是喜劇性的尷尬中體味出另外的滋味來，例如阿 Q 向吳媽求愛的遭遇，愛姑在七大人面前的手腳無措等等。正因為這樣，我們讀魯迅小說，就會發現，魯迅的喜劇並不是以「喜」與「笑」為故事的高潮，它總是在「喜」之營造出另外一份愈來愈濃的「悲」感，頗有一些「黑色幽默」的味道。魯迅小說是同時擁有了「喜」與「悲」兩個美學層次，它需要我們接受者不斷去「打開」、玩味。

第三，魯迅小說的敘述也出現了多重的「聲音」。

中國古典小說的敘述傳統是全知全能，即作家高高地居於整個世界與人生之上，對他所描寫的人生世事、人物關係均瞭若指掌，可以任意支配人物的行動與事件的發展。這樣的敘述方式也就是只有一個「聲音」，即作家自己的觀念和認識，因為作家完全可以控制事物的全程。從本質上看，這樣的敘述方式的確立與中國古典小說所具有的道德教化功能有關，也與宋元說書的形式特徵有關。一個自覺承擔道德說教使命的小說家當然必須在作品中體現其確定不移的人生態度，態度本身就是一種道德的力量，小說家必須有這一份的人生的「信心」，他必須首先居於一個道德的制高點，把握

住自己穩定的道德立場；宋元說書藝術對中國古典小說的發展影響深遠，這樣一種表演形式本身就是全知全能的，說書人主要是靠自己對「故事」的全知全能來吸引聽眾，調動現場情緒的。

然而，在「慘澹的人生，淋漓的鮮血」面前，魯迅卻失去了中國古代小說家那樣「全知全能」的自信。前文說到，魯迅的能夠「確信」的僅僅是「鐵屋子」的「萬難破毀」，在一個價值重估、道德重建的時代，魯迅充分體諒和理解著一切生命的多樣化存在形式，除了自己的「聲音」，他並沒有拒絕其他的「聲音」，何況他自己也有著「吶喊」與「彷徨」兩種「聲音」。敘述是什麼？它並不就是一種事理邏輯的簡單展開方式，在敘述者的選擇、小說家自己與敘述者的關係、敘述角度的確立等等方面實際上是理解自己和傳達自己的過程，不同的人生態度也直接反映在了作家敘述的「聲音」當中。

《吶喊》、《彷徨》大量使用了第一人稱的敘述方式，這樣的限制性敘述顯然就是對中國古典小說「全知全能」模式的根本突破，敘述者「我」的視野的限制為人生意義的「空白」與「不確定」留下了足夠的空間。「我」僅僅只是一種聲音，「我」僅僅只是一種發言，正是在孤零零的「我」的聲音裏，人生與世界的境遇才有了可以繼續探討的可能。不僅如此，人們還進一步發現了魯迅對「我」的複雜化處理。「魯迅小說的第一人稱敘述者的複雜化，是現代小說複雜化的一個標誌，從而在形式層面上標誌著文學範式的創造性轉化。」[41]從汪暉的《反抗絕望》到嚴家炎先生的「複調」論，學界可以說已經充分注意到了魯迅小說中第一人稱敘述者「我」的複雜性。如〈祝福〉中那個不能回答祥林嫂疑問因而大可質疑的「我」，《狂人日記》中那個決絕反抗卻又病癒「候補」的矛盾的「我」，〈在

---

[41] 吳曉東：〈魯迅小說的第一人稱敘事視角〉，《魯迅研究動態》1989 年 1 期。

酒樓上〉與〈孤獨者〉中故意設計的與主人公相互對話的「我」,[42]
還有,〈孔乙己〉中那個「不可靠」的敘述者「我」。[43]總之,「我」
在魯迅小說中頗有點曖昧晦暗的色彩,至少,他並不代表作家魯迅
本人的明確立場,或者說也就是魯迅有意為自己的多重人生理念所
設計的多重「聲音」之一。

在《吶喊》、《彷徨》裏,魯迅雖然也依然採用了中國古典小說
常見的「第三人稱」敘述,但卻不同於過去那樣的「全知全能」,
敘述者受到了很多的限制,從某種意義上,這也是魯迅對自我「聲
音」局限性的一種避讓,因為,「第三人稱」的敘述者終究是最能代
表作者、也自然包含作者認識最多的一種存在。魯迅小說的這種貢
獻正如王富仁先生所分析的那樣:「這種第三人稱與傳統全知全能
的第三人稱敘述方式之間的根本差別在於,這裏的敘述者有限度地
限制了作者,使第三人稱的敘述成了有限制的第三人稱敘事。」[44]

不過,我這裏也想提請大家注意一個事實:因為人生的複雜體
驗而對一元化的判斷有所「限制」,這並不意味著魯迅就此放棄了
個人的人生判斷,或者是避免發表個人的判斷,所以在另外一方
面,魯迅似乎又仍然希望在第三人稱的「客觀」敘述中融入某種傾
向的主觀的「聲音」,適當對讀者傳達個人相對明確的觀感。如果
說,魯迅原本存在「吶喊」與「彷徨」兩種人生姿態,而在第一人

---

[42] 嚴家炎先生在〈複調小說:魯迅的突出貢獻〉一文中提出:「〈在酒樓上〉〈孤
獨者〉的敘事特點是將自己的內心體驗一分為二,化成兩個人物──兩個孿
生兄弟似的人物,一部分以單純獨白的主觀的方式呈現,另一部分則以客觀
的、非「我」的形式呈現。」(《中國現代文學研究叢刊》2001 年 3 期)

[43] 葉世祥先生分析說:「敘述者更像是一個有資格稱對方為孩子的成年人,在
這裏,敘述者又似乎從作為酒店小夥計的經驗自我『偷偷』轉換為已是成年
人的敘述自我。」(葉世祥:《魯迅小說的形式意義》111 頁,作家出版社 1999
年版)

[44] 王富仁:《中國文化的守夜人》161 頁,人民文學出版社 2002 年版。

稱的複雜敘述中常常是以「彷徨」來調和單純的「吶喊」，那麼，在第三人稱的「客觀」敘述中匯入某種明確的主觀判斷因素，則是主要以「吶喊」的堅定來調和「彷徨」可能產生的消極。〈藥〉與〈明天〉中的「曲筆」就是這樣：

> 但既然是吶喊，則當然須聽將令的了，所以我往往不恤用了曲筆，在〈藥〉的瑜兒的墳上平空添上一個花環，在〈明天〉裏也不敘單四嫂子竟沒有做到看見兒子的夢，因為那時的主將是不主張消極的。至於自己，卻也並不願將自以為苦的寂寞，再來傳染給也如我那年青時候似的正做著好夢的青年。[45]

突出前驅者的「將令」，強化「吶喊」的意圖，抑制自我的絕望，這樣，魯迅便在「客觀」的敘述中滲透了一種鮮明的「主觀」。

在〈明天〉裏，還有這樣的敘述：「單四嫂子等候明天，卻不像別人這樣容易，覺得非常之慢，寶兒的一呼吸，幾乎長過一年。」[46]這也是魯迅主觀體驗的直接表達。同樣，〈風波〉是第三人稱敘述，但就在「無思無慮，這真是田家樂呵！」──這一「文豪們」的關鍵性的誤判之後，魯迅立即以自己的「聲音」糾正說：「但文豪的話有些不合事實，就因為他們沒有聽到九斤老太的話。」[47]魯迅的即時糾正顯然是為了引導我們的注意力，使讀者不至於也滑入「無思無慮」的虛假之中。

〈示眾〉以它的情景「呈現」而著名，但小說的第一句話的第一個用詞，卻分明流露著魯迅慣有的諷刺：「首善之區的西城的一

---

[45] 魯迅：《吶喊·自序》，《魯迅全集》1 卷 419 頁。
[46] 見《魯迅全集》1 卷 451 頁。
[47] 見《魯迅全集》1 卷 467 頁。

條馬路上，這時候什麼擾攘也沒有。」[48]全體百姓如此癡迷地鑒賞殺人，何「善」之有？而且接下來的萬人空巷的喧囂，也證明瞭存在於人們心中的真正的「擾攘」。

《阿Q正傳》是第三人稱的「客觀」敘述，但魯迅卻特意在前面安排了一個1800餘字的「序」，在「序」中，「我」出場了，《新青年》也出場了，甚至還有「整理國故」的胡適之，魯迅為我們營造了一處「新文化」的語境，其中便有正在「前驅」的人們。於是，在趙太爺「不得姓趙」的耳光之下，在「《新青年》提倡洋字，所以國粹淪亡，無可查考」其本名之情形下，阿Q真是尷尬至極，連立傳的「我」也無法準確交代他的來歷，「名不正，則言不順。」魯迅在這裏是以「我」的主觀參與勾勒了阿Q命運的灰暗，暗示出他飄蕩於中國社會的存在的本質。在另外一方面，「我」畢竟如此苦心孤詣地「考證」和「清理」阿Q的檔案材料，這也提醒讀者不可完全將後來的敘述當作「玩笑」，在可笑的阿Q故事中，還有並不可笑的「嚴肅」的成分。在這裏，「我」對第三人稱的「客觀」敘述的滲透與另外一篇作品〈傷逝〉可謂是相映成趣。〈傷逝〉是第一人稱敘述，在涓生主觀化的講述與情緒性的自責之外，魯迅別出心裁地安排了一個副標題「涓生的手記」，於是，讀者得以從涓生的「主觀世界」中超越出來，以「閱讀」手記的姿態而獲得了一份清醒與冷靜，從而將整個的這一段人生置於「再審視」、「再思考」當中。如果說，〈傷逝〉是對於第一人稱敘述的複雜化處理，那麼，《阿Q正傳》則是對第三人稱敘述的有效限制。

無論是哪一種敘述方式，魯迅都力圖從中構織一種「多聲部」的話語系統，讓多重人生的體驗在彼此的對話中運行。

---

[48] 見《魯迅全集》2卷68頁。

第四章

夕拾的「野草」與「朝花」

第四章　夕拾的「野草」與「朝花」

　　20 年代的魯迅，除了《吶喊》、《彷徨》小說集之外，最重要的作品就是散文詩集《野草》、散文集《朝花夕拾》。這樣的文學創作，又伴隨著魯迅怎樣的人生體驗呢？

「在沙漠中」

　　《吶喊》作於 1918 至 1922 年間，1923 年 8 月由新潮社初版。《彷徨》作於 1924 至 1925 年間，1926 年 8 月由北新書局初版。《野草》作於 1924 至 1926 年間，1927 年 7 月由北新書局初版。《朝花夕拾》作於 1926 年，1928 年 9 月由未名社初版。

　　從以上這個創作時間表中，我們大體上可以見出魯迅創作發展的基本線索。可以說，《野草》的創作時間與《彷徨》基本一致，而《朝花夕拾》則是《野草》結束以後的創作的繼續。於是，要解讀從《野草》到《朝花夕拾》的魯迅精神歷程，還得從《彷徨》說起。

　　我們將魯迅《吶喊》、《彷徨》的小說創作精神概括為「在吶喊與彷徨之間」。就魯迅從 1918 到 1925 年的自我精神走向來說，也有一個演化的過程。基本上可以這樣認為，《吶喊》更傾向於「在吶喊與彷徨之間」的「吶喊」，而《彷徨》則更屬於「在吶喊與彷徨之間」的「彷徨」。在魯迅的自述中，他也是將《野草》與《彷徨》一併交代的：

> 後來《新青年》的團體散掉了，有的高升，有的退隱，有的
> 前進，我又經驗了一回同一戰陣中的夥伴還是會這麼變化，
> 並且落得一個「作家」的頭銜，依然在沙漠中走來走去，不
> 過已經逃不出在散漫的刊物上做文字，叫作隨便談談。有了
> 小感觸，就寫些短文，誇大點說，就是散文詩，以後印成一
> 本，謂之《野草》。得到較整齊的材料，則還是做短篇小說，
> 只因為成了遊勇，布不成陣了，所以技術雖然比先前好一些，
> 思路也似乎較無拘束，而戰鬥的意氣卻冷得不少。[1]

魯迅將「彷徨」描述為「戰鬥的意氣卻冷得不少」，又將當時
的人生境域比喻為「沙漠」，這呼應了《野草・一覺》中「靈魂被
風沙打擊得粗暴」，以及《野草・求乞者》中的「灰土」意象。看
來，對於這個缺乏愛的滋潤的乾涸的人間，魯迅的痛感是在進一步
加深。

沙漠般的「乾涸」體驗首先就來自於新文化同人的分化與離散。

魯迅是在寂寞中被《新青年》「組織」進去的，[2]儘管他當時就
清醒地認識到了自己與「前驅者」的不同，但一旦介入，卻依然貢
獻了他的赤忱，何況魯迅的文學之路也因此得以展開。雖然「鐵屋
子」的打破希望甚微，但「鐵屋子」當中一批覺醒過來的人們卻需
要彼此的互助與協作。畢竟，這就是中國新文化建設唯一的有生力
量。但是，人類的思想要保持一致卻總是相當困難的，《新青年》
同人在共同組織和推動了中國的新文化運動之後，其領銜人物各自

---

1 魯迅：《南腔北調集・〈自選集〉自序》，《魯迅全集》4 卷 456 頁。
2 除了錢玄同的約稿外，魯迅還說過：「但是《新青年》的編輯者，卻一回一
   回的來信，催幾回，我就做一篇，這是我必得紀念陳獨秀先生，他是催促我
   做小說最著力的一個。」（〈我怎麼做起小說來〉，《魯迅全集》4 卷 512 頁）

的趣味差異日漸暴露了出來。《新青年》最初由陳獨秀主編（第二、三卷亦標「陳獨秀先生主撰」）。1917 年陳獨秀受聘北京大學文科學長，自第三卷起改在北京編輯，第三至第七卷文章的大部分均出自北京大學師生。其中第六卷更注明由陳獨秀、錢玄同、高一涵、胡適、李大釗、沈尹默六人輪流編輯，此時魯迅、周作人也是重要骨幹。這大約就是《新青年》發展的黃金時期。

　　然而，在基本的政治制度尚未解決的時候，純粹的「思想文化」探討恐怕本身就不太現實，就是中國知識份子本身也會不知不覺地投入到現實政治的熱情關懷之中。陳獨秀就是這樣。1919 年 6 月 11 日，陳獨秀因散發傳單被捕，在胡適等眾多朋友的營救下，三個月後獲釋，但卻再不能呆在北京，這樣他於 1920 年春，化裝南下到了上海。在上海，陳獨秀與最初的共產主義者李達、李漢俊、陳望道等人結交。從此，一個新的熱中於政治革命的知識份子群體開始進入到《新青年》，並逐漸改變了《新青年》原有的以學院派思想文化探求為主體的方向，《新青年》同人的分化開始了。在陳獨秀編輯下，各種宣傳介紹馬克思主義的文章大量出現。自 1920 年 9 月的八卷一號起更成為上海共產黨小組的機關刊物。在這期間，胡適曾致信陳獨秀，認為《新青年》不宜搞得政治色彩太濃，陳獨秀最初回信表示贊同，說「仍以趨重哲學文學為是。」[3]但當胡適進一步提出將《新青年》移回北京來編輯之時，陳獨秀卻拒絕了。以後，隨著陳獨秀思想更趨激進，以至南下廣州與孫中山合作，共同策劃推翻現有政治體制的革命鬥爭，到 1921 年《新青年》移師廣州後，其內部的分裂也就再難彌合了。陳獨秀致信包括胡適在內的北京同

---

[3]　參見〈關於《新青年》的幾封信〉，張靜廬編《中國現代出版史料》甲編，中華書局 1956 年版。

人，宣佈《新青年》與他們斷交，請他們另辦雜誌，並表示自己不會為他們的新雜誌寫文章。

此時此刻，作為《新青年》原有的學院派同人主要領袖的胡適更傾向於在「體制之內」逐漸完成社會文化的改造，「打定二十年不談政治的決心」，於是他與作為政治革命家的陳獨秀愈來愈南轅北轍了。胡適 1922 年主辦了《努力》週刊，提出「好政府」，1923 年又在《國學季刊》創刊《宣言》中提出「整理國故」三大主張，繼續推進他的學院派文化理想。

魯迅當然並不認同胡適越來越「體制化」的選擇，但也並不完全同意陳獨秀的辦刊主張，對於中國社會文化的改革他一向有著自己獨立的認識。以他的從未被說服過的「鐵屋子」的思維來說，恐怕對這樣的分裂也不會太感意外，所以在矛盾發生的過程中甚至還表示「不容易勉強調和統一」，「索性任它分裂」。[4]然而，這並不意味他對這一個群體的冷漠，在後來的如〈《守常全集》題記〉、〈憶劉半農君〉、〈我怎麼做起小說來〉等回憶性文章中，魯迅都滿懷感情地講述了《新青年》的人和事。可以說，《新青年》的分化是魯迅意料之中卻又並不願真正看到的事實，這無疑印證了他對於中國社會文化複雜性的判斷，加深了人生「彷徨」的慨歎。

新的戰友在那裏呢？[5]

這就是魯迅當時的迷惘與悲愴。

魯迅「沙漠」體驗的第二重來源是他與周作人關係的惡化。

---

[4] 參見《關於〈新青年〉的幾封信》，張靜廬編《中國現代出版史料》甲編，中華書局 1956 年版。
[5] 魯迅：《南腔北調集·〈自選集〉自序》，《魯迅全集》4 卷 456 頁。

　　孤獨的魯迅是需要親情與珍惜親情的。二弟周作人從小嗜讀詩書，一直受兄長關照和影響，幾乎就是追蹤魯迅的步伐成長，因此可以說就是魯迅最大的精神的同道與知音。自從魯迅「走異路，逃異地」之後，他就不斷給這位弟弟傳達「異樣」的資訊，帶著他走上新的人生。周作人日記中，保留著兄弟兩人早年的唱和之作，今天讀來，依然能夠感受到流淌於其間的款款深情。例如 1900 年 3 月 15 日，周作人接魯迅函，「並洋四元，詩三首，係託同學帶歸也。」詩云：

　　　　謀生無奈日賓士，有弟偏叫各別離。
　　　　最是令人淒絕處，孤檠長夜雨來時。

　　　　還家未久又離家，日暮新愁分外加。
　　　　夾道萬株楊柳樹，望中都化斷腸花。

　　　　從來一別又經年，萬裏長風送客船。
　　　　我有一言應記取，文章得失不由天。[6]

　　在這裏，魯迅使用語詞的淒切與溫婉均與後來的文風有異，除了舊詩本身具有的一些風格傳統之外，我們也不難看出兄弟間的情誼與一位兄長的殷切關懷。第二年正月，魯迅寒假結束離家再往南京，周作人「送大哥至舟，執手言別，中心黯然，作一詞以送其行」，當夜，意猶未盡，又步兄長前韻，作〈送戛劍生往白〉三首。

　　其詞為古詩集句：

---

[6] 見 1900 年《周作人日記》，《魯迅研究資料》第 9 輯。

菩薩蠻

風力漸添帆力健，蕭條落葉垂楊岸。人影夕陽中，遙山帶日
紅。齊心同所願，努力加餐飯。橋上送君行，綠波舟楫輕。

此時此刻的周氏弟兄，真可謂是「齊心同所願」。其詩也是滿
懷深情：

一片征帆逐雁馳，江干煙樹已離離。
蒼茫獨立增惆悵，卻憶聯床話雨時。

小橋楊柳野人家，酒入愁腸恨轉加。
芍藥不知離別苦，當階猶自發春花。

家食於今又一年，羨人破浪泛樓船，
自慚魚鹿終無就，欲擬靈均問昊天。[7]

「羨人破浪泛樓船」，以兄長的「走異路，逃異地」為榜樣，
周作人也生出了強烈的追隨之意。魯迅收到周作人的詩作與信函之
後亦是大為感動，「每把筆，輒黯然而止。」十餘日之後，又賦詩
三首寄予周作人：

夢魂常向故鄉馳，始信人間苦別離。
夜半倚床憶諸弟，殘燈如豆月明時。

---

[7] 見 1901 年《周作人日記》，《魯迅研究資料》第 10 集。

日暮舟停老圃家，棘籬繞屋樹交加。
悵然回憶家鄉樂，抱甕何時共養花？

春風容易送韶年，一棹煙波夜駛船。
何事脊令偏傲我，時隨帆頂過長天！[8]

就這樣，周作人追隨魯迅的步伐，從紹興到了南京，又從南京到了東京，學成歸來，先在家鄉居留，後來又去到北京，與兄長同住 S 會館。這一路行來，處處可見魯迅在思想追求上對周作人的引導，處處可見兄弟兩人如何在精神世界裏相互支持、協同發展的動人情景。在南京，魯迅第一次接觸到了赫胥黎的《天演論》:「哦！原來世界上竟還有一個赫胥黎坐在書房裏那麼想，而且想得那麼新鮮？一口氣讀下去，『物競』『天擇』也出來了，蘇格拉第，柏拉圖也出來了，斯多噶也出來了。」[9]周作人很快就分享了兄長的這份驚喜:「晚大哥忽至，攜來赫胥黎《天演論》一本，譯筆甚好。夜同讀《蘇報》等……」[10]後來，魯迅在「梁啟超所辦的《時務報》上，看見了《福爾摩斯包探案》的變幻，又在《新小說》上，看見了焦士威奴所做的號稱科學小說的《海底旅行》之類的新奇。後來林琴南大譯英國哈葛德的小說了，我們又看見了倫敦小姐之纏綿和菲洲野蠻之古怪。」[11]於是，周作人便有了這樣的記載:「大哥來，帶書四部。下午，大哥回去。看《包探案》、《長生術》……夜看《巴黎茶花女遺事》」[12]魯迅留學日本之後，更常常來信，不斷寄回各種啟

8　見 1901 年《周作人日記》，《魯迅研究資料》第 10 集。
9　魯迅:《朝花夕拾·瑣記》，《魯迅全集》2 卷 296 頁。
10　見 1902 年《周作人日記》，《魯迅研究資料》第 10 集。
11　魯迅:《南腔北調集·祝中俄文字之交》，《魯迅全集》4 卷 459 頁。
12　見 1902 年《周作人日記》，《魯迅研究資料》第 10 集。

蒙思想的讀物，周作人日記中記載不絕。比如 1902 年 6 月 15 日記載：「託買閩人嚴幾道復《新譯穆勒名學格致》書也，大哥來信云甚好，囑購閱。」同年 11 月 29 日記載：「謝西園來，交大哥十七信五紙，並浙江同鄉會章程乙本……會中月出《浙江潮》雜誌一種……並梁任公《新小說》，云亦已購，皆佳書也。」[13]次年 3 月 6 日記載：「接日本二十函，由韻君處轉交，內云謝西園君下月中旬回國，當寄回《清議報》、《新小說》，聞之喜躍欲狂。」[14]在東京，周作人過著一種較為順遂的生活，因為「差不多對外交涉都由魯迅替我代辦的」，[15]魯迅曾經想去德國，「也失敗了。終於，因為我的母親和幾個別的人很希望我有經濟上的幫助，我便回到中國來；這時我是二十九歲。」[16]這「幾個別的人」中就有弟弟周作人。許壽裳回憶說，魯迅曾經告訴他：「你回國很好，我也只好回國去，因為起孟將結婚，從此費用增多，我不能不去謀事，庶幾有所資助。」[17]在北京，魯迅竭盡所能，為周作人的工作、生活創造條件。在魯迅的薰染下，性格平和的周作人也熱血沸騰了：「嗚呼！支那危亡之現象既已如此，而頑固之老大猶沉沉大醉，三年之內支那不亡吾不信也。」「嗟乎！大丈夫生不得志，乃為奴隸，受壓制之苦乎！我誓必脫此羈絆。倘事可成，則亦已耳；不然，必與之反對。」[18]他逐漸融入了熱烈的啟蒙思潮：「讀了《新民叢報》、《民報》、《革命軍》、《新廣東》之類，一變而為排滿（以及復古），堅持民族主義者計有十年之久。」[19]周

---

[13] 見 1902 年《周作人日記》，《魯迅研究資料》第 11 集。

[14] 見 1903 年《周作人日記》，《魯迅研究資料》第 12 集。

[15] 周作人：《知堂回想錄》上冊 220 頁，河北教育出版社 2002 年版

[16] 〈師範教務長等上浙撫公稟〉，《魯迅研究資料》第 5 集。

[17] 許壽裳：《亡友魯迅印象記》29 頁，人民文學出版社 1953 年版。

[18] 見 1903 年《周作人日記》，見《魯迅研究資料》12 輯

[19] 周作人〈元旦試筆〉，見《雨天的書》127 頁，河北教育出版社 2002 年版

氏兄弟共同策劃創辦文學雜誌，發起文學的啟蒙運動，共同發表「捨物質而張靈明」的系列論文，共同選擇東歐弱小民族文學加以翻譯介紹，共同探索和推進了中國近現代文學翻譯向著「直譯」的轉折。周作人留日期間寫作發表的一系列文論都可以看作是對魯迅文論的呼應與配合，他一系列文論的主題都是與魯迅相互關聯的，如〈讀書雜拾（二）〉與魯迅〈文化偏至論〉對於精神力量的呼喚，[20]〈論文章之意義暨其使命因及中國近時論文之失〉、〈哀弦篇〉與魯迅〈摩羅詩力說〉對於文藝價值的認識等等，[21]甚至一系列的關鍵字也是相同、相通或相似的，如「寂漠」、「華國」、「心聲」、「內曜」、「靈明」，如「獸性愛國」的命題，在很大程度上，周作人與魯迅有著共同的思想趨向。經歷《新生》啟蒙的失敗之後，兄弟兩人又一同沉浸在搜集金石、整理國故的樂趣當中，共同度過了那些孤獨苦悶的日子。《新青年》創辦，則有了錢玄同闖入 S 會館，與周氏兄弟暢談天下大事，最終促成魯迅、周作人一同投入五四新文學運動的佳話，但如此親密與默契的兄弟竟也有驟然分手的那一天。

　　一切似乎都在靜悄悄地發生，直到今天，旁人也很難說清其中的原委：經濟糾紛？家庭矛盾？性格衝突？下面這些朋友們的話也僅僅只能是參考：

　　許壽裳認為：「作人的妻羽太信子是有歇斯台里性的。她對於魯迅，外貌恭順，內懷忮忌。作人則心地糊塗，輕信婦人之言，不加體察。」[22]

<hr>

[20] 原載《天義報》1907 年 8、9、10 合刊
[21] 分別見《河南》1908 年 4、5 期及 9 期
[22] 許壽裳：《亡友魯迅印象記》59 頁，人民文學出版社 1953 年版。

郁達夫說：「據鳳舉他們的判斷，以為他們兄弟間的不睦，完全是兩人的誤解，周作人氏的那位日本夫人，甚至說魯迅對她有失敬之處。但魯迅有時候對我說：『我對啟明，總老規勸他的，教他用錢應該節省一點，我們不得不想想將來。但他對於經濟，總是進一個化一個的，尤其是他那一位夫人。』從這些地方，會合起來，大約他們反目的真因，也可以猜度到一二成了。」[23]

總之，1923 年 7 月 18 日，周作人給魯迅一信：

> 魯迅先生：我昨日才知道，——但過去的事不必再說了。我不是基督徒，卻幸而尚能擔受得起，也不想責難，——大家都是可憐的人間，我以前的薔薇的夢原來都是虛幻；現在所見的或者才識真的人生。我訂正我的思想，重新入新的生活。以後請不要再到後邊院子裏來，沒有別的話。願你安心，自重。7 月 18 日，作人

當日，《魯迅日記》載：「上午啟孟自持信來，後邀欲問之，不至。」
一周後，魯迅往磚塔胡同看屋，再一周後遷居。1924 年 5 月再遷居西三條胡同。

10 個月後，1924 年 6 月 11 日的《魯迅日記》裏有這麼一段：

> 下午往八道灣宅取書及什器，比進西廂，啟孟及其妻突出罵詈毆打，又以電話招重久及張鳳舉、徐耀辰來，其妻向之述我罪狀，多穢語，凡捏造未圓處，則啟孟救正之，然終取書、器而出。[24]

---

[23] 郁達夫：《回憶魯迅》，《郁達夫文集》4 卷 207 頁，花城出版社 1982 年版。
[24] 見《魯迅全集》14 卷 500、501 頁。

　　比考證這一場糾紛原委更重要的是魯迅因此而受到的精神影響。魯迅被迫遷居之後，大病了一場，前後達一個半月（1923 年10 月1 日－11 月18 日）。1924 年9 月編輯著作《俟堂文雜集》，使用「宴之敖」筆名，隱喻「被家中的日本女人驅逐出去」，1927 年4 月作小說〈鑄劍〉，再次使用「宴之敖」筆名。1925 年6 月作〈頹敗線的顫動〉，寫一個為了孩子而付出自己一切的老女人終於落了個受人遺棄的下場，這樣的描寫幾乎就是椎心泣血的：

> 　　……一群小孩子，都怨恨鄙夷地對著一個垂老的女人。
> 　　「我們沒有臉見人，就只因為你，」男人氣忿地說。「你還以為養大了她，其實正是害苦了她，倒不如小時候餓死的好！」
> 　　「使我委屈一世的就是你！」女的說。
> 　　「還要帶累了我！」男的說。
> 　　「還要帶累他們哩！」女的說，指著孩子們。
> 　　最小的一個正玩著一片乾蘆葉，這時便向空中一揮，彷彿一柄鋼刀，大聲說道：「殺！」
> 　　那垂老的女人口角正在痙攣，登時一怔，接著便都平靜，不多時候，她冷靜地，骨立的石像似的站起來了。她開開板門，邁步在深夜中走出，遺棄了背後一切的冷罵和毒笑。[25]

　　魯迅不就是這樣「開開板門，邁步在深夜中走出」的嗎？在魯迅的背後，也是「冷罵和毒笑」，在他的前方，則是無邊的「沙漠」。當年俄國的盲詩人愛羅先珂對魯迅感歎北京如「在沙漠上似的寂寞」，他還嘀咕道：「這應該是真實的，但在我卻未曾感得」。[26]今天，這沙漠般的體驗已經為他所有了。

25　魯迅：《野草・頹敗線的顫動》，《魯迅全集》2 卷 205 頁。
26　魯迅：《吶喊・鴨的喜劇》，《魯迅全集》1 卷 555 頁。

　　1925 年 11 月，魯迅再以周作人患病為題材寫作小說《兄弟》，揭示「兄弟怡怡」之不可靠。他已經正視了眼前這「沙漠」的現實。

　　女師大事件與「三一八慘案」從另外的角度也加強了魯迅的沙漠體驗。

　　關於女師大事件與「三一八慘案」，這已經是一個眾所周知的「故事」了，這裏不再贅述。在今天來看，值得注意的有兩點：

　　其一是從愛護青年與對中國政治的深刻洞察出發，魯迅本來是並不贊成請願之類的，在〈紀念劉和珍君〉一文中，他的名言就是：「人類的血戰前行的歷史，正如煤的形成，當時用大量的木材，結果卻只是一小塊，但請願是不在其中的，更何況是徒手。」[27]然而，從女師大事件到「三一八慘案」，魯迅依然是毫不猶豫地站在了青年學生一邊。這裏的立場值得我們注意，我以為這就是魯迅一貫的立場：對中國公民基本權利的堅定維護。作為一種表達意見的形式，魯迅可以有自己獨立的看法，但是在女師大學生與學校當局乃至後來的政府當局的對抗當中，維護一個公民最基本的人權卻成了當務之急。我們讀魯迅在這一過程中所發表的雜文，其基本的思路都在於此。女師大當局與青年學生的根本衝突便在於他們並不把學生當作獨立的享有公民權利的個體，一些表面的家庭親善的言辭當中恰恰充滿了對人權的漠視與踐踏，校長楊蔭榆以「學生家長」自居，正是她並不把學生當「人」的生動標誌。在這裏，「家長」體現的決不僅僅是友善，而是一種特殊的權力，因為，承認了如此「溫情」的「家長」角色，也就談不上維護自己正常的公民權利了，在傳統的家族理念當中，子女當然不可能與「家長」獲得平等的地位。魯迅曾經用「寡婦主義」尖銳地抨擊了楊蔭榆漠視人權的專制本

27　魯迅：《華蓋集續編·紀念劉和珍君》，《魯迅全集》3 卷 277 頁。

質:「始終用了她多年煉就的眼光,觀察一切:見一封信,疑心是情書了;聞一聲笑,以為是懷春了;只要男人來訪,就是情夫;為什麼上公園呢,總該是赴密約。」「寡婦或擬寡婦所辦的學校裏,正當的青年是不能生活的。青年應當天真爛漫,非如她們的陰沉,她們卻以為中邪了;青年應當有朝氣,敢作為,非如她們的萎縮,她們卻以為不安本分了:都有罪。只有極和她們相宜,——說得冠冕一點罷,就是極其「婉順」的,以她們為師法,使眼光呆滯,面肌固定,在學校所化成的陰森的家庭裏屏息而行,這才能敷衍到畢業;拜領一張紙,以證明自己在這裏被多年陶冶之餘,已經失了青春的本來面目,成為精神上的『未字先寡』的人物,自此又要到社會上傳佈此道去了。」[28]在這裏,「楊蔭榆」和「寡婦主義」都成了現代教育機構中的專制主義的「符號」,是其文化的本質之所在,今天,似乎有人願意為楊蔭榆辯護,例如稱她青年時代如何反抗包辦婚姻,後來又如何在抗戰中因為譴責日本軍隊的獸行而慘遭殺害。其實所有這些「事蹟」都不可改變她當年作為文化符號的專制的象徵。特別是現代教育機構中的專制主義傾向,魯迅「從救救孩子」的願望出發,對此有著特別的敏感。按照現代教育的基本原則,學校教育的基本任務應當是「公民教育」,也就是說在一個學生結束學業進入「社會」之前,最主要的任務就是讓他充分意識到作為一個獨立的「公民」所應該具有的權利與義務,「公民意識」與「自我意識」的喚醒遠遠比任何一種技能的「學習」都更重要。在這個意義上,現代教育機構並不是用來傳輸「紀律」與「規範」的,當然更沒有剝奪一個公民基本權利的理由——然而,在一個承襲了傳統中國人倫文化的女師大,一切平等的社會關係都被納入到不平等

---

[28] 魯迅:《墳·寡婦主義》,《魯迅全集》1卷265、266頁。

的家族關係當中，學生主要成了接受「規範」並不得有所懷疑、不得捍衛自身權利，而且這分明的不平等竟然又還籠罩上了所謂血緣親情的面紗，可謂虛偽之極，而始作俑者的楊蔭榆還是一位反抗過包辦婚姻且接受了西方文明教育的留學生，這又是何其發人深省的現實！如魯迅所說：「雖然是中國，自然也有一些解放之機，雖然是中國婦女，自然也有一些自立的傾向；所可怕的是幸而自立之後，又轉而凌虐還未自立的人，正如童養媳一做婆婆，也就像她的惡姑一樣毒辣。」[29]

如果作為現代公民誕生之地的教育機構也是如此的腐朽和墮落，那麼，中國的「鐵屋子」就真的毫無希望打破，中國人與中國文化的明天也無從談起了，難怪魯迅如此義無反顧地投入到對女師大學生的支持當中。他不僅從道義上抨擊了學校當局行為的非法性，而且還緊緊抓住教育部對他的無理辭退，將中國教育的最高當局及其負責人告上了法庭，以法律的形式宣佈中國教育的專制主義性質，這是魯迅的勇氣，也是魯迅之於中國現代教育界與法律界的莫大的貢獻。

魯迅兩次為學生起草教育部呈文，又發起 7 位教授簽名的公開信。在教育部當局派軍警強行驅趕學生，另外成立女子大學之後，魯迅等教師又發起成立了維持會，另外覓地堅持上課，繼續以女師大名義對外招生，這都令教育部特別是其負責人章士釗嫉恨不已。而後，章士釗以魯迅作為教育部官員，參與學潮，並任維持會總務主任，組織學生對抗政府等理由，於 1925 年 8 月 12 日呈請段祺瑞將魯迅免職，8 月 13 日，段命令照準。《京報》於 8 月 15 日刊出〈周樹人免職之裏面〉，文中揭露說：「自女師大風潮發生，周頗為學生

---

[29] 魯迅：《墳·寡婦主義》，《魯迅全集》1 卷 266 頁。

出力，章士釗甚為不滿，故用迅雷不及掩耳手段，秘密呈請執政准予免職。」經過對於事實與法律的認真研究，魯迅在朋友們的支持下起訴章士釗，其理由十分充足，如魯迅在〈從鬍鬚到牙齒〉一文中所寫：「查校務維持會公舉樹人為委員，系在八月十三日，而該總長呈請免職，據稱在十二日。豈先預知將舉樹人為委員而先為免職之罪名耶？」由此事實可證明章士釗是「濫用職權，擅自處分」。[30] 1926年 3 月 23 日，魯迅收到平政院裁決書，判魯迅勝訴。其裁決書判定：「教育部之處分取消之。」其理由是：

> 被告停辦國立女師大學，原告兼任該校教員，是否確有反抗部令情事，被告未能證明。縱使屬實，涉及《文官懲戒條例》規定範圍，自應交付懲戒，由該委員會依法議決處分，方為合法。被告遽行呈請免職，確與現行規定程式不符。至被告答辯內稱原擬循例交付懲戒，其時形勢嚴重，若不採用行政處分，深恐群相效尤等語，不知原告果有反抗部令嫌疑？先行將原告停職或依法交付懲戒已足示儆，何患群相效尤？又何至迫不及待必須採取非常處分？答辯各節並無理由，據此論斷，所有被告呈請免職之處分系屬違法，應予取消。茲據《行政訴訟法》第二十三條之規定裁決如主文。[31]

　　應當說，這是成長之中的現代中國的法治精神的一次難得的勝利，更是魯迅充分理解和運用現代公民權利的勝利，他以這樣的勝利有力地鞭撻了中國教育當局的專制主義本質，也實在是給包括當年女師大學生在內的中國青年上了很好的一堂公民權利課！

---

[30] 魯迅：《墳·從鬍鬚到牙齒》，《魯迅全集》1 卷 250、251 頁。
[31] 魯迅博物館魯迅研究室編：《魯迅年譜》2 卷 288 頁，人民文學出版社 1981 年版。

其二，從女師大事件到「三一八慘案」，魯迅不僅再一次地證實了中國專制政府的殘暴，而且對現代中國的知識份子階層更有一種深深的失望。在「三一八慘案」中，真誠的愛國群眾遭到了政府的殘酷鎮壓，這一天，魯迅本來正埋頭寫作雜文〈無花的薔薇之二〉，剛剛寫了三小節，忽然，女師大學生許羨蘇匆匆趕來，報告了鎮壓的慘狀，憤怒的魯迅發出了「吶喊」：「已不是寫什麼『無花的薔薇』的時候了。」「當我寫出上面這些無聊的文字的時候，正是許多青年受彈飲刃的時候。嗚呼，人和人的魂靈，是不相通的。」他以大無畏的勇氣向中國和世界宣佈：

> 中華民國十五年三月十八日，段祺瑞政府使衛兵用步槍大刀，在國務院門前包圍虐殺徒手請願，意在援助外交之青年男女，至數百人之多。還要下令，誣之曰「暴徒」！
>
> 如此殘虐險狠的行為，不但在禽獸中所未曾見，便是在人類中也極少有的，除卻俄皇尼古拉二世使可薩克兵擊殺民眾的事，僅有一點相像。
>
> 中國只任虎狼侵食，誰也不管。管的只有幾個年青的學生，他們本應該安心讀書的，而時局漂搖得他們安心不下。假如當局者稍有良心，應如何反躬自責，激發一點天良？然而竟將他們虐殺了！[32]

然而，在女師大事件和「三一八慘案」這樣大是大非面前，最讓魯迅不能接受的還在於竟然有那麼一些來自學院的《現代評論》派知識份子在「主持公道」。

---

[32] 魯迅：《華蓋集續編·無花的薔薇之二》，《魯迅全集》3 卷 262、263 頁。

例如在女師大事件中，北京大學教授陳西瀅認為支持學生的教師發表「閒話」：「未免過於偏袒一方，不大公允。」「我們只覺得這次鬧得太不像樣了。……到了這種時期，實在旁觀的人也不能再讓它醞釀下去，好像一個臭毛廁，人人都有掃除的義務。……我們以為教育當局應當切實的調查這次風潮的內容……萬不可再敷衍姑息下去」，還稱這一切亂局均係「北京教育界占最大勢力的某籍某系的人暗中鼓動。」[33]學院派知識份子的領袖人物胡適在女師大事件中沒有與魯迅直接辯論，但在讀了魯迅、陳西瀅的論爭之後，據說「一夜不能好好的睡」，於是也站在「客觀」、「公正」的立場致信魯迅、周作人、陳西瀅三人，希望他們停止筆戰：「我最怕的是一個猜疑，冷酷，不容忍的社會。我深深地感覺你們的筆戰裏雙方都含有一點不容忍的態度，所以不知不覺的影響了不少少年朋友，暗示他們朝著冷酷不容忍的方向走！這是最可惋惜的！敬愛的朋友們，讓我們都學學大海。『大水沖了龍王廟，一家人認不得一家人。』從今以後，我們不要相互踐踏，猜疑和誤解，都向上走，向前走。」[34]「容忍」是胡適所宣導的「公道」。同年 9 月 5 日，他還在《現代評論》上撰文認為：「吶喊救不了國家」應該「充分地利用學校的環境與設備來把自己鑄造成個東西」。「努力求發展，這便是你對國家應盡的責任，這便是你的救國事業的預備工夫。國家的紛擾，外間的刺激，只應該增加你求學的熱心與興趣，而不應該引誘你跟著大家去吶喊。」[35]「三一八慘案」發生了，陳西瀅在「譴

---

[33] 陳西瀅：〈粉刷毛廁〉，見陳漱渝主編《魯迅和他的論敵》105 頁，中國文聯出版公司 1996 年版。

[34] 〈胡適致魯迅、周作人、陳源〉，見陳漱渝主編《魯迅和他的論敵》128、129 頁。

[35] 胡適：〈愛國運動與求學〉，《現代評論》1925 年第 2 卷 39 期。

責」政府之餘依然不忘主持「公道」，他同樣「責備」了請願活動的組織者，稱當時組織這次示威的人沒有將軍警將鎮壓的情報弄正確，以至令群眾「自蹈死地」，他還證明說，犧牲了的楊德群是因為被「叫」而「不得已」參加的，其中有的死傷者並不是被槍殺而是被群眾自己踐踏所致。最終語重心長地「勸告女志士們，以後少加入群眾運動」，「對於未成年的男女孩童」，對於「理性沒有充分發展的幼童，勉強灌輸種種的武斷的政治的或宗教的信條，在我們看來，已經當得起虐待的名字，何況叫他們去冒槍林彈雨的險，受踐踏死傷的苦！」[36]

　　是的，這一切的言論似乎都比「出離憤怒」的魯迅更冷靜、客觀，更像是出自一個知識份子的「理性」，然而，這真的就是所謂的「公道」與「公正」麼？什麼是公道？人類怎樣的選擇才是「恰如其分」的「合度」？其實並不會有一個統一的永遠適用的標準，它必須置於特定的社會歷史環境當中，針對不同性質的事實說話，公道並不是沒有是非，公道並不等於騎牆式的「不偏不倚」、「一分為二」，不辨明事實的本質，僅僅主張矛盾現象的「調和」，這恐怕並非公道的體現，而且當事實的本質不再成為這樣的「公道」把持者的執著追問的對象時，可能他們倒是真正在幫助強勢力量壓制弱小了，於是，所謂的「公道」便在實際上扮演了最為可怕的不公道！在女師大事件和「三一八慘案」中，像陳西瀅、胡適這樣的安居於學院的知識份子看到的是學校秩序的混亂，目睹的是知識份子相互論爭的不和諧，他們或者急於要恢復教育的清明，或者想加強知識界的團結，這或許都沒有錯，但問題恰恰在於他們都忽略了一個最根本的判斷的前提，即當前這一切衝突與混亂的本質並非兩個具有

---

[36] 陳西瀅：〈閒話〉，《現代評論》1926 年第 3 卷 68 期。

同等地位的勢力之間的無聊爭鬥，其中包含著的其實是一個中國公民的基本人權的保障問題：在女師大事件中，首先是青年學生的合法權利被學校當局非法剝奪了，在「三一八慘案」中，更是中國公民的最基本的生命權利遭到了反動當局的殘酷踐踏！在這個殘酷的專制主義的時代，保障公民的人權就是最大的公道。如果放棄了這一本質，拋開了這一是非的前提，混淆了這一場又一場人間慘劇中的強權與弱勢、施暴與受虐，那麼，所謂的「公道」就正是對受害者的繼續欺侮，所謂的「容忍」就是對殘暴的默許與遷就。最後，受到中國知識份子捍衛的不是公民神聖的人權而是本來就已經濫用的專制權力，所有對世道「不公」的指責和對「寬容」的呼喚都不過是在為專制「權力」尚不能順利實施所生發的歎息！這一點，連陳西瀅自己也說得很清楚，他之所以要主持「公道」就是因為：「學校風潮，只要有十分之一的學生叫囂搗亂，就可以拆散學校，引起學潮，其餘的十分之九心中雖十二分的不願意，卻不能積極的團結起來，阻止那少數分子的胡鬧。」[37]

　　魯迅說得好：「在現今的世上，要有不偏不倚的公論，本來是一種夢想；即使是飯後的公評，酒後的宏議，也何嘗不可姑妄聽之呢。然而，倘以為那是真正老牌的公論，卻一定上當。」[38]陳西瀅等人的「公論」不就是在與當權者的觥籌交錯中產生的嗎？在〈「公理」的把戲〉裏，魯迅分析了出自陳西瀅等人之口的「公理」是多麼的善變和巧滑：「『公理』實在是不容易談，不但在一個維持會上，就要自相矛盾，有時竟至於會用了「道義」上之手，自批「公理」上之臉的嘴巴。」[39]在〈學界的三魂〉裏，他更一針見血地指出，所

[37]　陳西瀅：《「管閒事」》，見陳漱渝主編《魯迅和他的論敵》114、115 頁。
[38]　魯迅：《華蓋集・送灶日漫筆》，《魯迅全集》3 卷 247、248 頁。
[39]　魯迅：《華蓋集・「公理」的把戲》，《魯迅全集》3 卷 167 頁。

謂的「公道」不過就是向專制政府獻媚，因為中國「學界」的知識
份子並沒有真正獨立的知識份子立場，他們骨子裏具有的是千百年
來的「官魂」。「中國人的官癮實在深，漢重孝廉而有埋兒刻木，宋
重理學而有高帽破靴，清重帖括而有『且夫』『然則』。總而言之：
那魂靈就在做官，——行官勢，擺官腔，打官話。」「所謂學界，是
一種發生較新的階級，本該可以有將舊魂靈略加湔洗之望了，但聽
到『學官』的官話，和『學匪』的新名，則似乎還走著舊道路。」[40]
在〈「死地」〉裏，魯迅憤怒地指出，「三一八慘案」之後出自知識
份子之口的「公道」「比刀槍更可以驚心動魄」。[41]

　　對於知識份子階層的深深的失望加強了魯迅的人間沙漠體驗
——正是這些受過現代教育並且正在從事新一代人教育事業的人
對於中國人的生存與發展如此的不負責任，如此的冷漠無情，這樣
的世界還不是沙漠般的乾涸麼？就在與《現代評論》派知識份子的
論爭中，魯迅從事著《野草》與部分《朝花夕拾》篇章的創作，而
《朝花夕拾》中的另一部分作品則創作於廈門大學任教時期，此
時，魯迅不僅因為「三一八慘案」中的立場獲罪政府不得不南下謀
職，而且因為在廈門大學繼續與《現代評論》派的矛盾而深味了「沙
漠」的風景：

　　　　因為太討人厭了，終於得到「敬鬼神而遠之」式的待遇，
　　被供在圖書館樓上的一間屋子裏。白天還有館員，釘書匠，
　　閱書的學生，夜九時後，一切星散，一所很大的洋樓裏，除
　　我以外，沒有別人。我沉靜下去了。寂靜濃到如酒，令人微
　　醺。望後窗外骨立的亂山中許多白點，是叢塚；一粒深黃色

[40]　魯迅：《華蓋集續編‧學界的三魂》，《魯迅全集》3 卷 206、208 頁。
[41]　魯迅：《華蓋集續編‧「死地」》，《魯迅全集》3 卷 266 頁。

火，是南普陀寺的琉璃燈。前面則海天微茫，黑絮一般的夜
色簡直似乎要撲到心坎裏。我靠了石欄遠眺，聽得自己的心
音，四遠還彷彿有無量悲哀，苦惱，零落，死滅，都雜入這
寂靜中，使它變成藥酒，加色，加味，加香。

　　這時，我曾經想要寫，但是不能寫，無從寫。[42]

　　當然，值得一提的是魯迅個人生活也正在這一時期發生著悄悄
的變化：女師大學生許廣平進入了他的生活。這或許就是魯迅在乾
涸人生中遇上的一點寶貴的生命的活水，在某種程度上，這也會在
他的創作取向上有所反映。

　　從總體上看，「沙漠」的體驗推動魯迅的創作從《彷徨》出發，
進一步開始走向內心世界，《野草》是散文詩，《朝花夕拾》是散文，
僅僅是這樣的文體選擇，也可以透露出魯迅創作精神的某種走向。
散文詩的內核是詩，與敘事文學比較，抒情的詩歌本來就是以表達
人內在的情緒為己任的；同樣作為敘事性的文學，散文卻又與小說
不同，正如散文家李廣田所說：「小說宜作客觀的描寫，即使是第
一人稱的小說，那寫法也還是比較客觀的；散文則宜於作主觀的抒
寫，即使是寫客觀的事物，也每帶主觀的看法。」「寫散文，實在
很近於自己在心裏說自家事，或對著自己人說人家的事情一樣，常
是隨隨便便，並不怎麼裝模作樣。」[43]

　　在散文詩《野草》、散文《朝花夕拾》中，我們可以更加直接
更加清晰地讀到魯迅的內心世界。

---

[42] 魯迅：《三閑集‧怎麼寫——夜記之一》，《魯迅全集》4卷18頁。

[43] 李廣田：〈談散文〉，見《二十世紀中國文論精華‧散文卷》174、175頁，河
北教育出版社2000年版。

《野草》：人生感觸的詩性述說

所有的文學都可以看作是作家的一種述說，就像我們在生活中產生了煩惱與痛苦，需要「述說」一樣。當人在現實人生的經歷中積累、堆積了太多的感受，就構成了一種自我的心理壓力，述說是一種自我減壓的有效方式。

「詩性」就是非散文式的敘述，非故事化的描繪，它並不試圖展示感觸中的這個世界的現實「事件」，也沒有鋪陳大段落的場景，它提供的只是意象與片段。閃爍的意象與零星的片段對應的是人的直覺能力，直覺屬於那種轉瞬即逝的頓悟，但卻往往更具穿透性力量。

魯迅的《野草》就是關於人生與生命的富有穿透力的直覺。我們可以分作這樣幾個方面來加以解讀。

首先值得注意的是魯迅對世態人生的真切感悟。作為一種「詩」的藝術，《野草》的世態體驗不必如《吶喊》、《彷徨》一般的營造生活事件的完整性，而是屬於個人精神層次的高度抽象與概括。而且，由於掙脫了現實生活的邏輯空間，《野草》對人生世事的展示就完全可以更自由更集中或者更極端更突出個人化的色彩。

〈立論〉將中國人的人生處世的無原則性形象地概括為一個「立論」的過程。魯迅告訴我們一個發人深省的事實就是：在中國，「立論」並不與「論」的對象有多大的關係，倒是如何「立」的「方法」，這「方法」或者是如何討人歡心，或者是如何明哲保身。在一切人生的「立論」中，利益永遠是我們的存在原則。在其他雜文裏，魯迅也有過類似的闡發，如〈論睜了眼看〉：「中國人的不敢正

視各方面，用瞞和騙，造出奇妙的逃路來，而自以為正路。在這路上，就證明著國民性的怯弱，懶惰，而又巧滑。一天一天的滿足著，即一天一天的墮落著，但卻又覺得日見其光榮。」[44] 再如〈說鬍鬚〉：

> 凡對於以真話為笑話的，以笑話為真話的，以笑話為笑話的，只有一個方法：就是不說話。
>
> 於是我從此不說話。
>
> 然而，倘使在現在，我大約還要說：「嗡，嗡，……今天天氣多麼好呀？……那邊的村子叫什麼名字？……」因為我實在比先前似乎油滑得多了，——好了。[45]

如此「立論」的中國人似乎也決定了我們文化內在的一種三維結構：聰明人、傻子和奴才的相互關係就決定了中國社會的現實。在〈聰明人和傻子和奴才〉一文中，魯迅揭示這三類人的生存態度是：

奴才——不說已經沒有了任何怨言，而是其內心深處失去了成為自己「主人」（自己為自己做主）的勇氣，他已經不能承受最起碼的生存變動所造成的壓力，甚至包括真正改變他生存現狀的努力。

聰明人——在我們的社會裏，聰明人永遠懂得討人喜歡，巧滑地運行於人際關係之中是他們的基本形象，然而他們卻又是徹底的不負責任的人。

傻子——在我們的這個社會裏，被稱作是「傻子」的人往往就是那些未諳世事，尚保留一份抗掙勇氣的人，當然，這樣的人註定了只會到處受人排斥，沒有容身之地，不僅高高在上的「主人」的法則不能容他，就是備受主人壓榨的廣大的「奴才」也懼怕他的行為。

---

[44] 魯迅：《墳·論睜了眼看》，《魯迅全集》1 卷 240 頁。
[45] 魯迅：《墳·說鬍鬚》，《魯迅全集》1 卷 176 頁。

在魯迅所有關於世態人生的感悟當中,〈死後〉可能是最「徹底」的一篇作品。這裏的「徹底」指的是魯迅通過對「死亡」的逼問讓我們人生的觀感面臨了最強烈的衝擊,這種衝擊幾乎就是從根本上擊碎了我們關於世界、人生方面可能存在的最後一點「幻想」,讓我們在一個相當「極端」的層次上領悟「直面慘澹人生」的真實含義。

在我們通常的生死觀念中,死亡往往就是作為現實苦難的一種誘人的解脫形式,所謂「自從踏遍涅槃路,了知生死本來空」、「人生似幻化,終當歸空無」、「死後元知萬事空」等等,說的就是這樣一種了卻現實煩惱的認識,然而,「殘酷」的魯迅卻將我們最後的這點「了卻」的幻想也給打破了。死後的人真的就「解脫」了麼?魯迅寫道:

> 但是,大約是一個馬蟻,在我的脊樑上爬著,癢癢的。我一點也不能動,已經沒有除去他的能力了;倘在平時,只將身子一扭,就能使他退避。而且,大腿上又爬著一個哩!你們是做什麼的?蟲豸!?
>
> 事情可更壞了:嗡的一聲,就有一個青蠅停在我的顴骨上,走了幾步,又一飛,開口便舐我的鼻尖。我懊惱地想:足下,我不是什麼偉人,你無須到我身上來尋做論的材料……。但是不能說出來。他卻從鼻尖跑下,又用冷舌頭來舐我的嘴唇了,不知道可是表示親愛。還有幾個則聚在眉毛上,跨一步,我的毛根就一搖。實在使我煩厭得不堪,──不堪之至。[46]

生命不僅沒有獲得夢寐以求的解脫與自由,恰恰相反,倒是比任何時候都更加的無力和尷尬了!「死後」的世界也並不是我們幻

---

[46] 魯迅:《野草‧死後》,《魯迅全集》2 卷 210 頁。

想中的極樂世界，它依然是現實人生的繼續，這裏依然有麻木的看客，有現實秩序的捍衛者，有蠅營狗苟卻故作高雅的人們，也有貪得無厭的勢利之徒，它不過就是我們的現實世界——鐵屋子的一種延續。在這裏，死亡根本就無法起到阻斷兩個世界的作用，我們現實世界所建立的秩序是這樣的強大，它一直延伸到了我們生命的每一個階段與每一種形式當中，而且更為糟糕的是我們自己卻完全喪失了起碼的自衛能力！

　　魯迅以「死」觀「生」，表達了對一個否定生命價值的世界的深刻認識。

　　魯迅不僅讓我們對這個否定生命的世界有了「徹底」的認識，而且還對這個世界的「人性」提出了極端性的判斷：人類一方面在不斷地否定地獄，其實卻是在努力爭奪對於地獄的統治權，「稱為神的和稱為魔的戰鬥了，並非爭奪天國，而在要得地獄的統治權。所以無論誰勝，地獄至今也還是照樣的地獄。」[47]在〈失掉的好地獄〉一篇裏，魯迅預言，一旦人類執掌了地獄，將比他的前任——魔鬼更加的橫暴和殘忍：

　　原來——

> 在荒寒的野外，地獄的旁邊。一切鬼魂們的叫喚無不低微，然有秩序，與火焰的怒吼，油的沸騰，鋼叉的震顫相和鳴，造成醉心的大樂，佈告三界：地下太平。

　　這或許就是魯迅所謂的「做穩了奴隸的時代」，然而，終於有一天——

---

[47] 魯迅：《集外集・雜語》，《魯迅全集》7卷75頁。

　　人類於是完全掌握了主宰地獄的大威權，那威棱且在魔鬼以上。人類於是整頓廢弛，先給牛首阿旁以最高的俸草；而且，添薪加火，磨礪刀山，使地獄全體改觀，一洗先前頹廢的氣象。

　　曼陀羅花立即焦枯了。油一樣沸；刀一樣銛；火一樣熱；鬼眾一樣呻吟，一樣宛轉，至於都不暇記起失掉的好地獄。

　這裏的苦痛就是「做奴隸而不得」，來自人類的新的「主人」正在通過殘酷樹立他的權威。在「做穩了奴隸的時代」與「做奴隸而不得的時代」之間交替，這就是我們的世界圖景。當然，活躍於其間的便是不斷爭奪地獄統治權的形形色色的「主人」們，「主人」們之所以並不爭奪「天堂」乃是因為在那裏無法顯示其「主人」的威嚴，無法實施其橫暴的願望。

　當「人」的橫暴遠在其他的物種之上，連魔鬼也會說：

　　「朋友，你在猜疑我了。是的，你是人！我且去尋野獸和惡鬼……。」

　也就是說，人比野獸和惡鬼更不值得信任。

　〈狗的駁詰〉也是這樣一篇關於人性之思的作品。在這裏，魯迅再一次將人性置於與獸性的冷峻比照當中，而且是他一貫鄙視的「狗性」。魯迅在〈半夏小集〉裏說過：「假使我的血肉該餵動物，我情願餵獅虎鷹隼，卻一點也不給癩皮狗們吃。」「養肥了獅虎鷹隼，它們在天空，岩角，大漠，叢莽裏是偉美的壯觀，捕來放在動物園裏，打死製成標本，也令人看了神旺，消去鄙吝的心。」「但

養胖一群癩皮狗，只會亂鑽，亂叫，可多麼討厭！」[48]然而，狗卻發出了如此清醒而準確的判斷：

> 我傲慢地回顧，叱吒說：
>
> 「呔！住口！你這勢力的狗！」
>
> 「嘻嘻！」他笑了，還接著說，「不敢，愧不如人呢。」
>
> 「什麼！？」我氣憤了，覺得這是一個極端的侮辱。
>
> 「我慚愧：我終於還不知道分別銅和銀；還不知道分別布和綢；還不知道分別官和民；還不知道分別主和奴；還不知道……」

在這麼一個否定生命、毒化人性的世界上，魯迅選擇了一種不屈抗爭的生存姿態，這是《野草》主題中值得注意的第二個方面。小說創作的文體規範使得魯迅的「吶喊」與「彷徨」都必須在描寫對象的完整形態中展開，這在某種程度是限制了一個作家的自由精神的表達，而散文詩就有所不同，除了對世態人生的情緒提煉之外，它更主要的功能便是直接展現心靈的世界。《野草》是我們解讀魯迅內部精神的一個重要的視窗。

追求「真實」是魯迅生存姿態的基礎。

在這個世界上，生命之所以如此「理所當然」地被否定，人性之所以如此「順理成章」地被毒化，其實就在於我們生存的「下限」始終沒有確定。這個「下限」就是直面「真實」——包括世界的真實與內心的真實。如果說每一類生存與每一種文明都有著一個「上限」和「下限」，如果說我們可以將對於人類生存發展的宏大未來——關於宇宙關於最高的生命理想的追求認定為「上限」，那麼對

---

[48] 魯迅：《且介亭雜文末編・半夏小集》，《魯迅全集》6 卷 597 頁。

於作為日常人生行為的最基本準則便可以稱作是「下限」。從這個角度來看，傳統中國文明崩潰之後，現代中國幾乎還沒有產生抵達人類奮鬥的「上限」的強烈需求——關於宇宙，關於更宏大的生命發展的目標，這些問題都離我們十分的「遙遠」。經常困擾著中國人的問題恰恰就是我們生存的「下限」。在現代中國，其實所有的「正義」、「反抗」加起來不過就是爭取一種最起碼的原則——真實，其實我們所有的努力不過是在爭取人類生存的最下限，而且，在這個早已習慣了「瞞和騙」的世界上，沒有比追求「真實」更不容易的了。

於是，我們當能夠理解，為什麼「真」成為了魯迅文學的一個關鍵字。

在〈求乞者〉中，魯迅表達了一個決絕的立場：在這個世界上，可能連求乞也都是虛假的，「一個孩子向我求乞，也穿著夾衣，也不見得悲戚，而攔著磕頭，追著哀呼。」「一個孩子向我求乞，也穿著夾衣，也不見得悲戚，但是啞的，攤開手，裝著手勢」。「我厭惡他的聲調，態度。我憎惡他並不悲哀，近於兒戲；我煩厭他這追著的哀呼。」「我就憎惡他這手勢。而且，他或者並不啞，這不過是一種求乞的法子。」於是，「我將用無所為和沉默求乞……我至少將得到虛無。」而虛無就是真實。也就是說為了獲得這樣的「真實」，魯迅寧肯一無所有。

在現實人生之中，魯迅的「真實」體現為對新生的弱小生命的誠摯和對冷漠「看客」們的蔑視。前者如〈風箏〉，在醒悟了對「弟弟」童心的傷害以後，「我」的懺悔如此的真誠：

然而我的懲罰終於輪到了，在我們離別得很久之後，我已經是中年。我不幸偶而看到了一本外國的講論兒童的書，才知道遊戲是

兒童最正當的行為，玩具是兒童的天使。於是二十年來毫不憶及的幼小時候對於精神的虐殺的這一幕，忽地在眼前展開，而我的心也彷彿同時變了鉛塊，很重很重的墮下去了。

在《阿Q正傳》、〈藥〉與〈示眾〉等小說裏，魯迅都曾淋漓盡致地為我們刻畫了一群無聊的「看客」形象，「看客」就是生命的旁觀者，就是人性毒化的生動寫照。當魯迅可以借助散文詩這一藝術方式直接表達自己的情緒之時，他的選擇就是「復仇」，向一切用冷漠虐待生命的「看客」復仇：

> 路人們從四面奔來，密密層層地，如槐蠶爬上牆壁，如馬蟻要扛鯗頭。衣服都漂亮，手倒空的。然而從四面奔來，而且拼命地伸長頸子，要賞鑒這擁抱或殺戮。他們已經豫覺著事後的自己的舌上的汗或血的鮮味。
>
> 然而他們倆對立著，在廣漠的曠野之上，裸著全身，捏著利刃，然而也不擁抱，也不殺戮，而且也不見有擁抱或殺戮之意。
>
> 他們倆這樣地至於永久，圓活的身體，已將乾枯，然而毫不見有擁抱或殺戮之意。
>
> 路人們於是乎無聊；覺得有無聊鑽進他們的毛孔，覺得有無聊從他們自己的心中由毛孔鑽出，爬滿曠野，又鑽進別人的毛孔中。他們於是覺得喉舌乾燥，脖子也乏了；終至於面面相覷，慢慢走散；甚而至於居然覺得乾枯到失了生趣。
>
> 於是只剩下廣漠的曠野，而他們倆在其間裸著全身，捏著利刃，乾枯地立著；以死人似的眼光，賞鑒這路人們的乾枯，無血的大戮，而永遠沉浸於生命的飛揚的極致的大歡喜中。

　　〈復仇〉中的這一「復仇」方式可謂是蔚為大觀又絕無僅有。大約也只有這樣，才能有力地回擊那些「嗜血」的人們。在〈娜拉走後怎樣〉一文中，魯迅也說：「群眾，——尤其是中國的，——永遠是戲劇的看客。犧牲上場，如果顯得慷慨，他們就看了悲壯劇；如果顯得觳觫，他們就看了滑稽劇。北京的羊肉鋪前常有幾個人張著嘴看剝羊，彷彿頗愉快，人的犧牲能給與他們的益處，也不過如此。而況事後走不幾步，他們並這一點愉快也就忘卻了。」「對於這樣的群眾沒有法，只好使他們無戲可看倒是療救……」[49]

　　在〈這樣的戰士〉裏，精神界的戰士所遭遇的卻是一條「看不見的戰線」，魯迅謂之「無物之陣」：

> 他走進無物之陣，所遇見的都對他一式點頭。他知道這點頭就是敵人的武器，是殺人不見血的武器，許多戰士都在此滅亡，正如炮彈一般，使猛士無所用其力。

　　「無物」是對手既虛弱又狡猾的表現，《狂人日記》裏有謂「獅子似的凶心，兔子的怯弱，狐狸的狡猾」。「無物之陣」具有很大的彌漫性，它無所不在，讓人難以措手。這就是中國固有的生存方式所以生生不息、廣有同化能力的根本原因。

> 那些頭上有各種旗幟，繡出各樣好名稱：慈善家，學者，文士，長者，青年，雅人，君子……。頭下有各樣外套，繡出各式好花樣：學問，道德，國粹，民意，邏輯，公義，東方文明……。
>
> 但他舉起了投槍。

---

[49] 魯迅：《墳·娜拉走後怎樣》，《魯迅全集》1 卷 163、164 頁。

　　他們都同聲立了誓來講說，他們的心都在胸膛的中央，
和別的偏心的人類兩樣。他們都在胸前放著護心鏡，就為自
己也深信心在胸膛中央的事作證。

　　但他舉起了投槍。

　　他微笑，偏側一擲，卻正中了他們的心窩。

　　一切都頹然倒地；——然而只有一件外套，其中無物。
無物之物已經脫走，得了勝利，因為他這時成了戕害慈善家
等類的罪人。

　　但他舉起了投槍。

　　他在無物之陣中大踏步走，再見一式的點頭，各種的旗
幟，各樣的外套……。

　　但他舉起了投槍。

　　他終於在無物之陣中老衰，壽終。他終於不是戰士，但
無物之物則是勝者。

　　在這樣的境地裏，誰也不聞戰叫：太平。太平……。

　　但他舉起了投槍！

　　這是魯迅散文詩中寫得十分暢快淋漓，十分遒勁決絕的一段，
作者一口氣用了六個「但」字，每一個「但」字都彷彿積蓄了相當
的力量。其中的五個「但」都代表了「戰士」義無反顧的抉擇：這
個世界的一切假像都無法蒙蔽他的眼睛，動搖他的意志，甚至在生
命已經結束的時候，還在冥冥中舉起投槍——只有一種超越生命極
限的抗掙，才能摧毀無物的羅網。這裏有魯迅對現實人生的嚴峻估
計，也有建立於這一嚴峻估計之上的超人的堅韌。

　　即便是那些抒情性的散文詩，也充滿了魯迅這種抗掙的堅韌性。

在〈秋夜〉中，這體現為棗樹的力量：

> 棗樹，他們簡直落盡了葉子。先前，還有一兩個孩子來打他
> 們別人打剩的棗子，現在是一個也不剩了，連葉子也落盡了。
> 他知道小粉紅花的夢，秋後要有春；他也知道落葉的夢，春
> 後還是秋。他簡直落盡葉子，單剩乾子，然而脫了當初滿樹
> 是果實和葉子時候的弧形，欠伸得很舒服。但是，有幾枝還
> 低亞著，護定他從打棗的竿梢所得的皮傷，而最直最長的幾
> 枝，卻已默默地鐵似的直刺著奇怪而高的天空，使天空閃閃
> 目夾眼；直刺著天空中圓滿的月亮，使月亮窘得發白。

在〈雪〉中，這體現為朔方之雪的內在精神：

> 　朔方的雪花在紛飛之後，卻永遠如粉，如沙，他們決不
> 粘連，撒在屋上，地上，枯草上，就是這樣。屋上的雪是早
> 已就有消化了的，因為屋裏居人的火的溫熱。別的，在晴天之
> 下，旋風忽來，便蓬勃地奮飛，在日光中燦燦地生光，如包
> 藏火焰的大霧，旋轉而且升騰，彌漫太空，使太空旋轉而且
> 升騰地閃爍。
> 　在無邊的曠野上，在凜冽的天宇下，閃閃地旋轉升騰著
> 的是雨的精魂……
> 　是的，那是孤獨的雪，是死掉的雨，是雨的精魂。

**《野草》值得注意的第三個方面是魯迅貫穿於其中的自我反
思，亦即對自我精神世界的拷問。這往往被認為是《野草》最深刻
也最晦澀的部分。**

由對世態人生的感悟而進入到對自我精神內部結構的觀照，這
是一個十分正常精神走向。因為，在通常的自我封閉的情況下，人

其實是並不能充分認識和把握自己的，這就如同我們也很難把握和瞭解外面的世界一樣。只有當我們同時產生了把握「內部世界」與「外部世界」的雙重願望時，自我才真正「走出」了封閉，而人生世態也才真正「走進」了自我。這是一個相互作用的過程，在「內」與「外」的相互作用中，外面世界的豐富激發著自我對它的「態度」的豐富，因此恰恰會帶來對「我是誰？」「我究竟要幹什麼？」「我能夠幹什麼？」之類問題的複雜思考。

在魯迅的自我精神叩問當中，我們最容易發現魯迅絕望的一面。

魯迅關於世界本質的思考與他對自我的思考是一致的。在這方面，我們常常可以讀到的一個詞語就是「虛無」。在與親人與友人的通信中，魯迅就多次表達過這樣的感受：「我的作品，太黑暗了，因為我常覺得惟『黑暗與虛無』乃是『實有』……也許未必一定的確的，因為我終於不能證實：惟黑暗與虛無乃是實有。」[50]而在〈影的告別〉裏，魯迅更直接地描繪了內心深處的這種困惑：

> 人睡到不知道時候的時候，就會有影來告別……

這裏的「影」似乎是一個模糊含混的能指，歷來都有不同的解讀。較獲人們認同的如李何林先生說：「『影』是作者思想的一個側面，他要擺脫的一個側面，解剖他自己的一個側面。」[51]近年來較有代表性的是李歐梵的一個概括：「『影』的形象顯然是代表著詩人的另一個自我。」[52]這都是有道理的，不過，在我看來，至少在本文裏，魯迅是以對「影」的立場的表現為主，如果說這也是另外一個「魯迅」，那麼他也不是與日常的魯迅「平行站位」的，而

[50]　魯迅：《兩地書·四》，《魯迅全集》11卷20頁。
[51]　李何林：《魯迅〈野草〉注釋》36頁，陝西人民出版社1981年版。
[52]　李歐梵：《鐵屋中的吶喊》112頁，嶽麓書社1999年版。

是一種包含的關係，至於說「影」就是魯迅力圖擺脫的一部分，恐怕不是這一篇文章本身所承載的內容了。這裏有一個關鍵性的問題：魯迅表達另外一個自我，為什麼要用「影」這個概念？對於「本體」的人而言，「影」究竟意味著什麼？這裏可能需要借助我們民間信仰的理念來加以說明瞭。眾所周知，在中外民間的信念之中，「影」是一個頗具神秘色彩的事物，它直接聯繫到人生命的本質——靈魂。英國人類學家弗雷澤在他的名著《金枝》裏，列舉了大量的民俗資料，這些資料表明，許多民族都把「影子」當作是人的靈魂：

> 未開化的人們常常把自己的影子或映射當作自己一個的靈魂，或者不管怎樣也是自己生命的重要部分，因而它也必然是對自己產生危險的一個根源，如果踩著了它，打著了它，或刺傷了它，就會像是真的發生在他身上一樣使他感到受了傷害，如果它完全脫離了他的身體（他相信這是可能的），他的生命就得死亡。[53]

中國境內的多個民族（如彝族、白族、苗族等）信仰，包括漢族一些地區的民間信仰在內，都有著類似的觀念。「漢族人有一傳統看法，那就是：人有影子，而鬼無影子。有些地方，舊時收殮死者，蓋棺時，人們都退得遠遠的，生怕影子被關進棺材。」[54]如果考慮到魯迅在拈出「影」這一意象時所可能感染的民間意念成分，那麼，這倒真是一個更加恰切的解釋：「影」並非一般意義上的另外一個「我」，可以說它就是「我」的靈魂，或者說就是「我」的

---

[53] （英）詹·喬·弗雷澤：《金枝》（徐育新等譯）286頁，中國民間文藝出版社1987年版。
[54] 徐華龍：《中國鬼文化》48頁，上海文藝出版社1991年版。

深層的本質。於是，「我」所說出來的一切都屬於「我」對於人生與生命的「本體之思」。

在〈影的告別〉中，我們發現，「影」所發出的「靈魂的告白」是對於現實生命各種構成形式的批判，尖銳而徹底的批判：

> 有我所不樂意的在天堂裏，我不願去；有我所不樂意的在地獄裏，我不願去；有我所不樂意的在你們將來的黃金世界裏，我不願去。

人類用「天堂」標識了一切美好理想的極致，又用「地獄」比喻了一切罪惡的淵藪，天堂和地獄就是我們判斷事物的基本準則。然而，所有這些現存的準則都已經不符合「我」心靈深處的要求。

> 然而你就是我所不樂意的。
>
> 朋友，我不想跟隨你了，我不願住。

否定性的判斷在這裏直接指向了現實生命的本身！

> 我不願意！
>
> 嗚乎嗚乎，我不願意，我不如彷徨於無地。

彷徨於無地也就是無地彷徨，換句話說，就是我們現實的這個世界已經沒有了他的生存空間。那麼，一個在本質上已經不能容於這個世界的「我」，對暫時偷生於這個世界的人們，最終有些什麼建議呢？「影」的這番話語也格外明確：

> 你還想我的贈品。我能獻你甚麼呢？無已，則仍是黑暗和虛空而已。

這與前文所引《兩地書》中的惟「『黑暗與虛無』乃是『實有』」屬異曲同工。

但是，就是這一篇充滿虛無思想的〈影的告別〉，卻又並沒有讓「虛無」支配了一切。作為心靈深處的「我」十分注意與現實中的「我」區別開來：「我願意只是虛空，決不占你的心地。」「只有我被黑暗沉沒，那世界全屬於我自己。」結合魯迅在同一天夜裏寫給友人的信件以及其他的言論，我們可以知道，這裏「影」強調自我特徵決不僅僅是為了「與眾不同」，它同樣包含著對於現實人生的某種期待，甚至對於「虛無」本身的某種懷疑：

> 我自己總覺得我的靈魂裏有毒氣和鬼氣，我極憎惡他，想除去他，而不能。我雖然竭力遮蔽著，總還恐怕傳染給別人，我之所以對於和我往來較多的人有時不免覺到悲哀者以此。[55]

這也就是《野草》思想的複雜性。魯迅是「虛無」的深刻的體驗者與傳達者，但魯迅卻又不是虛無思想的一個簡單的傾訴者。《野草》除了有來自靈魂深處的「影」式的獨白之外，同樣也充滿了現實的人間的關懷。或者說，魯迅總是在自我精神的思考與現實可能性或實踐意義之間彷徨、躑躅，以至對於「虛無」本身的有效性也時有懷疑。其複雜可以歸結如下：

純粹內部精神的思考──這可以在一個相對獨立的空間中進行，可以推向極端。因為理論自身也可以構成一種價值（在這個意義上，理論未必都需要與實踐相結合）。世界的「虛無」只需要在我的精神感受中獲得證明就足夠了。

---

[55] 魯迅：〈致李秉中 240924〉，《魯迅全集》11 卷 431 頁。

　　現實可能與人間關懷——實際上卻是實踐的問題，並不完全服於從人主觀的感受。或者說至少也不是「影」所能夠回答的東西。因為，世界是否「虛無」，是否「無意義」、「無希望」這還需要在別人的感受中獲得印證。在這方面，魯迅恰恰又不是一個安心於個人精神空間的人，他念念不忘的是我們周圍的這個世界，是我們生活的這個世界怎麼了？我們必須如何的選擇才有利於它的改善，我們有怎樣的行動才有利於其他人的利益？所以魯迅「終於不能證實：惟黑暗與虛無乃是實有。」而「總還恐怕傳染給別人」。一個不斷謀求在實踐中「證實」，不斷擔心「傳染」的魯迅在更多的時候還是一個不能忘情於人間的魯迅，一個以改造現實世界為己任的負責的魯迅。

　　這樣，便形成了魯迅自我精神空間中的一個張力結構。其表現在於：

　　1.魯迅一方面不斷追尋對於生命本質的認識，但最終他又深深地意識到，自己無法從一個固定的模式來認識生命。正如〈墓碣文〉中所說：

　　　　……抉心自食，欲知本味。創痛酷烈，本味何能知？……
　　　　……痛定之後，徐徐食之。然其心已陳舊，本味又何由知？……

　　於是魯迅進一步發現，生命往往就處於一系列的「對立」項當中，「對立」項的出現就是生命複雜而多面存在的生動標識：「……於浩歌狂熱之際中寒；於天上看見深淵。於一切眼中看見無所有；於無所希望中得救。……」在《野草·題辭》裏，生存的表現形態也是：「當我沉默著的時候，我覺得充實；我將開口，同時感到空虛。」

2.魯迅一方面將《野草》作為他思想的自由的舞蹈，另外一方面卻又並不滿足於這樣的舞蹈的自由，他依然充滿了「行動」的渴望，依然希望通過對「行動」的選擇改變世界「虛無」的事實。所以在〈過客〉中，過客面對一個必然的墳墓依然昂首前行。過客是一個不知道來路，也不知道自我身份的孤獨的困惑者：

> 翁——客官，你請坐。你是怎麼稱呼的。
>
> 客——稱呼？——我不知道。從我還能記得的時候起，我就只一個人，我不知道我本來叫什麼。我一路走，有時人們也隨便稱呼我，各式各樣地，我也記不清楚了，況且相同的稱呼也沒有聽到過第二回。
>
> 翁——阿阿。那麼，你是從那裏來的呢？
>
> 客——（略略遲疑，）我不知道。從我還能記得的時候起，我就在這麼走。
>
> 翁——對了。那麼，我可以問你到那裏去麼？
>
> 客——自然可以。——但是，我不知道。從我還能記得的時候起，我就在這麼走，要走到一個地方去，這地方就在前面。我單記得走了許多路，現在來到這裏了。我接著就要走向那邊去，（西指，）前面！

即便是在明確了前方只有「墳」之後，過客依然表示：

> 然而我不能！我只得走。我還是走好罷……。（即刻昂了頭，奮然向西走去。）

對此，魯迅自己也有過自述：「雖然明知前路是墳而偏要走，就是反抗絕望，因為我以為絕望而反抗者難，比因希望而戰鬥者更勇

猛，更悲壯。」[56]學者汪暉就此將魯迅精神概括為「反抗絕望」。[57]在這裏，我以為需要注意的在於「反抗絕望」已經不再是一個「思想」的或「哲學」的問題，它的真實含義應當是：當我們已經洞悉了生命的邊界，還需要不需要繼續這尚未完成的人生？還需要不需要以積極的姿態投入這樣的人生？其實自人類有生命有自我意識以來不就是在「反抗絕望」中度過的嗎？每一個來到這個世界的人從第一天起就註定了必然走向死亡，然而生命並沒有因此而放棄，人類的文明就在無數代人的死亡中積累著，發展著。魯迅筆下的「過客」所要揭示的是這樣一個有可能被人們忽略的人類生存的事實，這事實展示給我們的不再是純粹的思辨而是現實承擔的勇氣。因為，無論我們怎樣對生命的奧義尋根究底，最後都不能代替在生存中承擔人生這一個起碼的現實。中國傳統知識份子的悲劇之一便是思慮過甚，而常常缺乏承擔的勇氣。魯迅說過：「中國青年負擔的煩重，就數倍於別國的青年了。因為我們的古人將心力大抵用到玄虛漂渺平穩圓滑上去了，便將艱難切實的事情留下，都待後人來補做。」[58]「我自己，是什麼也不怕的，生命是我自己的東西，所以我不妨大步走去，向著我自以為可以走去的路；即使前面是深淵，荊棘，狹穀，火坑，都由我自己負責」。[59]到了 30 年代，魯迅還有一段重要的論述，專門論及「思想」與「哲學」的「大道理」與人生選擇之間的關係：

> 現在只要有人做一點事，總就另有人拿了大道理來非難的，
> 例如問「木刻的最後的目的與價值」就是。這問題之不能答
> 覆，和不能答覆「人的最後目的和價值」一樣。但我想：人

[56] 魯迅：〈致趙其文 250411〉，《魯迅全集》11 卷 442 頁。
[57] 汪暉：《反抗絕望》，上海人民出版社 1991 年版。
[58] 魯迅：《華蓋集·忽然想到十》，《魯迅全集》3 卷 90 頁。
[59] 魯迅：《華蓋集·北京通信》，《魯迅全集》3 卷 51 頁。

是進化的長索子上的一個環，木刻和其他的藝術也一樣，它在這長路上盡著環子的任務，助成奮鬥，向上，美化的諸種行動。至於木刻，人生，宇宙的最後究竟怎樣呢，現在還沒有人能夠答覆。也許永久，也許滅亡。但我們不能因為「也許滅亡」就不做，正如我們知道人的本身一定要死，卻還要吃飯也。[60]

　　過客的思考不僅僅是哲學上的與純粹生命意義上，它同時也是現實的與人生的；過客既是思想者，但更是當下生存的批判者與承擔者。這是魯迅思想與許多現代西方生命哲學的相通又相異之處。「魯迅對於自己的空間不是一個『局外人』，而是一個『被排斥在外的人』。西方的上帝製造了一個沉重的世界，但他死了，從而把這個沉重的世界壓在了西方每一個人的身上，西方存在主義者不勝這個世界的重負，意欲逃離自己的世界而不得。他們是一些過剩的生命，是溢出了西方資本主義理性王國承擔力的過剩的生命力；中國啟蒙主義知識份子遇到的不是這樣的命運。」「用生命反抗威權，用生命喚醒生命，用生命充實空間，正是魯迅生命哲學的精髓所在，同時也是他的生命哲學與西方存在主義生命哲學的根本不同之處。」[61]

　　〈死火〉中的「死火」也是這樣，它的命運更加悲慘：要麼「燒完」，要麼「凍滅」，但是，它仍然選擇了「燒完」，因為燃燒本身就是它生命的意義。

　　前文我們談到，「在沙漠中」的魯迅是沿著「彷徨」的方向繼續推進，將自己關於人生與生命的探索發展到了一個相當「極端」或曰「徹底」的境界，然而，我們也必須注意，這樣的推進並不是

60　魯迅：〈致唐英偉 350629〉，《魯迅全集》13 卷 163 頁。
61　王富仁、趙卓：《突破盲點》78、79 頁，中國文聯出版社 2001 年版。

單方面的，推進同時也暗含著魯迅自身的一個調整過程：當「極端」已經「探底」之後，魯迅其實已經對「思想」之外的「現實行動」有了新的理解和追求，在某種意義上講，《野草》既是「彷徨」的極致，但也是「彷徨」的一種新的轉折。

3.面對廣大的青年，魯迅也不無矛盾。他一方面不斷呼籲「直面慘澹的人生」，也不斷向人們昭示人生的慘澹，但另外一方面，卻又時刻保持著高度的警惕性，不願將自己思想中的黑暗面廣泛傳佈，對青年思想中的虛無色彩尤為警惕。在〈希望〉中，他將自我的衰老與青年的蓬勃嚴格加以區別：

> 我早先豈不知我的青春已經逝去了？但以為身外的青春固在：星，月光，僵墜的蝴蝶，暗中的花，貓頭鷹的不祥之言，杜鵑的啼血，笑的渺茫，愛的翔舞……雖然是悲涼漂渺的青春罷，然而究竟是青春。
>
> 然而現在何以如此寂寞？難道連身外的青春也都逝去，世上的青年也多衰老了麼？

如果青年的青春也已經逝去，那麼能夠承擔人生、反抗絕望的最後的力量也告摧毀，為此，魯迅反覆申說著一個重要的命題：

> 絕望之為虛妄，正與希望相同。

在〈《野草》英文譯本序〉中，魯迅明確表示自己就是「驚異於青年的消沉，作〈希望〉」。

最後，我們可以留意一下《野草》的藝術追求。我以為，《野草》中大多數篇章可以用「自言自語」來加以概括。這也是魯迅在特定精神境遇中的特地選擇。「自言自語」要麼是一時間找不到合

適的聽眾，要麼是自身紛亂蕪雜的思緒也需要加以整理（在這時，「說」不失為一種相當好的整理思緒的方式）。而這兩種情況對於當時的孤獨的魯迅都似乎比較適合。而且較早以前，魯迅也曾經嘗試過「自言自語」的方式，1919 年 8 月到 9 月魯迅在《國民公報》「新文藝」欄發表一組「自言自語」（七則），近似《野草》風格。其中，有些篇章甚至就是《野草》的最早的構思，如〈火的冰〉與〈死火〉，〈我的兄弟〉與〈風箏〉。[62]

《朝花夕拾》：休息與溝通

與《野草》的緊張的追問不同，魯迅自己這樣定位《朝花夕拾》的目的：「我常想在紛擾中尋出一點閒靜來」，「我有一時，曾經屢次憶起兒時在故鄉所吃的蔬果：菱角，羅漢豆，茭白，香瓜。凡這些，都是極其鮮美可口的；都曾是使我思鄉的蠱惑。」「他們也許要哄騙我一生，使我時時反顧。」[63]只是，對於這種「閒靜」，魯迅有自己獨特的理解。

在中國古代知識份子那裏，「閒」就是「閒適」，是作為現實人生失意之後的一種自我調節的態度。其基本的特點就是對現實人生的「不介入」，甚至主動地「退出」。這樣便取著與投入人生相對立的方向，在自得其樂的精神向度上嘲風弄月，修煉自己「不以物喜」、「不以己悲」、「知足常樂」的個人意趣。

這顯然並不符合魯迅對人生與文學的理想。在〈小品文的危機〉中，魯迅感歎說，五四散文小品在「掙扎和戰鬥」中成功之後，「以

---

[62] 收入《集外集拾遺補編》。
[63] 魯迅：《朝花夕拾·小引》，《魯迅全集》2 卷 229、230 頁。

後的路，本來明明是更分明的掙扎和戰鬥，因為這原是萌芽於『文學革命』以至『思想革命』的。但現在的趨勢，卻在特別提倡那和舊文章相合之點，雍容，漂亮，縝密，就是要它成為『小擺設』，供雅人的摩挲，並且想青年摩挲了這『小擺設』，由粗暴而變為風雅了。」「生存的小品文，必須是匕首，是投槍，能和讀者一同殺出一條生存的血路的東西；但自然，它也能給人愉快和休息，然而這並不是『小擺設』，更不是撫慰和麻痺，它給人的愉快和休息是休養，是勞作和戰鬥之前的準備。」[64] 魯迅在這裏用了「休息」一詞，與「閒適」的差別在於，「休息」不是引導人離開人生，增加否定現實人生追求的趣味，而是積蓄生命活力的一個過程，是在冷靜中增加對人生理解的一種方式。

所以，在散文集《朝花夕拾》中，魯迅一方面真切、自然而樸素地回溯著「過去的故事」，另外一方面卻又沒有因為沉浸於「過去」的趣味而「忘我」以至於「自失」起來。

故鄉、童年之所以充滿魅力，主要的原因還在於「距離」。距離幫助我們推開眼前必須面對的事物，讓身邊的煩惱暫時遠去。回到過去就是回到一處「超功利」的世界，人「自由」而沒有「負擔」。如果沒有這樣的精神輕快，其實故鄉、童年也無所謂「美麗」了；反過來也可以說，沒有實際人生煩惱的糾纏，我們也無法確知「超功利」世界的可貴──這是兩個互動的層面。

《朝花夕拾》的魅力就在於恰到好處地設置和利用了這樣的「距離」。越是遙遠的童年事物，魯迅充滿情趣的敘述越多於直接的價值判斷。因為，價值的判斷本身就屬於當下生存的「結果」，過分劍拔弩張的抨擊也就縮小了與「過去」的距離，這樣，也就失

---

[64] 魯迅：《南腔北調集·小品文的危機》，《魯迅全集》4 卷 576 頁。

去了「休息」的意義。如〈從百草園到三味書屋〉，有人認為「百草園」是充滿童趣的美好世界，而「三味書屋」則代表了封建教育對兒童的壓抑和摧殘，這大概是沒有讀出魯迅在文中那無所不在的情趣來：

> 三味書屋後面也有一個園，雖然小，但在那裏也可以爬上花壇去折蠟梅花，在地上或桂花樹上尋蟬蛻。最好的工作是捉了蒼蠅喂螞蟻，靜悄悄地沒有聲音。然而同窗們到園裏的太多，太久，可就不行了，先生在書房裏便大叫起來：
>
> 「人都到那裏去了？！」
>
> 人們便一個一個陸續走回去；一同回去，也不行的。他有一條戒尺，但是不常用，也有罰跪的規則，但也不常用，普通總不過瞪幾眼，大聲道：
>
> 「讀書！」
>
> 於是大家放開喉嚨讀一陣書，真是人聲鼎沸。有念「仁遠乎哉我欲仁斯仁至矣」的，有念「笑人齒缺曰狗竇大開」的，有念「上九潛龍勿用」的，有念「厥土下上上錯厥貢苞茅橘柚」的……先生自己也念書。後來，我們的聲音便低下去，靜下去了，只有他還大聲朗讀著：
>
> 「鐵如意，指揮倜儻，一座皆驚呢～～；金叵羅，顛倒淋漓噫，千杯未醉呵～～……」
>
> 我疑心這是極好的文章，因為讀到這裏，他總是微笑起來，而且將頭仰起，搖著，向後面拗過去，拗過去。

一個有臘梅可折，有蟬蛻可尋的所在，一個並不十分嚴厲的師長，而且，他讀書的癡迷是這樣的可愛……魯迅的陶然是明顯的。

與百草園比較，三味書屋是他人生的另外一番體驗，從百草園到三味書屋，魯迅滿懷意趣地為讀者呈現了他豐富的童年記憶。這就像那位長媽媽一樣，魯迅既描寫了她的諸多「劣跡」，同時也講述了她的樸素與真誠，所有這些「優點」與「缺點」在拉開人生的距離之後，都共同形成了「記憶」的豐富，而豐富本身卻是意趣盎然的體現。

當然，魯迅的確沒有完全沉浸在這樣的趣味中，正如他說：「我常想在紛擾中尋出一點閒靜來，然而委實不容易。目前是這麼離奇，心裏是這麼蕪雜。一個人做到只剩了回憶的時候，生涯大概總要算是無聊了罷」。[65]看起來，就是當下的「離奇」、「蕪雜」的遭遇令魯迅無法真正進入到「過去」，又真正地「閒靜」下來。於是，一部《朝花夕拾》就是魯迅尋覓「閒靜」而有時卻無法「閒靜」的產物。

在《朝花夕拾》中，這有幾個方面的表現。

首先，魯迅不斷穿插當下人生遭遇的意象與情緒，以形成新舊勾連，「休息」因此與「超脫」有別。在作品中，魯迅多次運用雜文筆法，不時引入當時與之論爭的陳西瀅的一些言論，閒靜當中鋒芒時露。但我以為這裏恰恰不是加強了內容的緊張性，而是在任意而寫的「自由」中體現「隨心所欲」的快感，是對現實人生遭遇的另外一種跨越形式。

其次，魯迅的回憶雖然看來都是自由寫作，隨意、灑脫，但整個作品集其實存在一個自覺不自覺的核心主題：這裏不是一般的童年瑣事彙編，而是一個生命的成長的記錄。《朝花夕拾》記錄了一個生命從混沌初開、自我意識發生直到文化思想發展的全過程，而生命的歷程本身就帶有了某種莊重、嚴肅的意味，有別於一般的打趣和玩樂。生命就是搏擊，就是理性的發生，就是「意義」的尋找。

---

[65] 魯迅：《朝花夕拾·小引》，《魯迅全集》2 卷 229 頁，著重號為引者所加。

所以在《朝花夕拾》中魯迅試圖與我們一起來分享他對於各種生命與人生意義的「理解」。閱讀《朝花夕拾》並不是簡單進入了魯迅遙遠而混沌的童年，而是更加理解了此時此刻的魯迅的人生。

〈狗‧貓‧鼠〉：這裏可以見出魯迅自己人格的投射。魯迅說了：「人禽之辨，本不必這樣嚴」。「說起我仇貓的原因來，自己覺得是理由充足，而且光明正大的。一，它的性情就和別的猛獸不同，凡捕食雀鼠，總不肯一口咬死，定要盡情玩弄，放走，又捉住，捉住，又放走，直待自己玩厭了，這才吃下去，頗與人們的幸災樂禍，慢慢地折磨弱者的壞脾氣相同。二，它不是和獅虎同族的麼？可是有這麼一副媚態！」

〈阿長與《山海經》〉：其中不時暗示出魯迅對待人際關係的基本態度。例如「雖然背地裏說人長短不是好事情，但倘使要我說句真心話，我可只得說：我實在不大佩服她。最討厭的是常喜歡切切察察，向人們低聲絮說些什麼事，還豎起第二個手指，在空中上下搖動，或者點著對手或自己的鼻尖。」魯迅的一生都在反抗各種「流言」，也就是反抗種種的「切切察察」。

〈二十四孝圖〉：魯迅在文中暗含了關於文化與生命成長關係的思考，他甚至暫時放棄了「休息」，將新文學運動的體驗寄寓其中：「我總要上下四方尋求，得到一種最黑，最黑，最黑的咒文，先來詛咒一切反對白話，妨害白話者。即使人死了真有靈魂，因這最惡的心，應該墮入地獄，也將決不改悔，總要先來詛咒一切反對白話，妨害白話者。」「只要對於白話來加以謀害者，都應該滅亡！」

〈五猖會〉：關於傳統家庭教育方式對兒童身心健康的影響。背誦《鑒略》的結果是：「開船以後，水路中的風景，盒子裏的點心，以及到了東關的五猖會的熱鬧，對於我似乎都沒有什麼大意

思。」「只有背誦《鑑略》這一段，卻還分明如昨日事。」「我至今一想起，還詫異我的父親何以要在那時候叫我來背書。」這個「詫異」後來便誕生了魯迅的著名命題：我們現在怎樣做父親？

〈無常〉：在無情的世界裏，如何珍惜人間的感情。比如「無常」就還這麼有人情味，似乎超過了許多的人類：「因為他是勾魂使者，所以民間凡有一個人死掉之後，就得用酒飯恭送他。至於不給他吃，那是賽會時候的開玩笑，實際上並不然。但是，和無常開玩笑，是大家都有此意的，因為他爽直，愛發議論，有人情，——要尋真實的朋友，倒還是他妥當。」

〈父親的病〉：揭示文化與生命的關係，展示傳統文化如何扼殺一個生命的過程。下面這段敘述涉及到中西文化不同的死亡觀念，讀起來真有點驚心動魄：

中西的思想確乎有一點不同。聽說中國的孝子們，一到將要「罪孽深重禍延父母」的時候，就買幾斤人參，煎湯灌下去，希望父母多喘幾天氣，即使半天也好。我的一位教醫學的先生卻教給我醫生的職務道：可醫的應該給他醫治，不可醫的應該給他死得沒有痛苦。——但這先生自然是西醫。

父親的喘氣頗長久，連我也聽得很吃力，然而誰也不能幫助他。我有時竟至於電光一閃似的想道：「還是快一點喘完了罷……。」立刻覺得這思想就不該，就是犯了罪；但同時又覺得這思想實在是正當的，我很愛我的父親。便是現在，也還是這樣想。

> 早晨，住在一門裏的衍太太進來了。她是一個精通禮節的婦人，說我們不應該空等著。於是給他換衣服；又將紙錠和一種什麼《高王經》燒成灰，用紙包了給他捏在拳頭裏……。
> 「叫呀，你父親要斷氣了。快叫呀！」衍太太說。

「父親！父親！」我就叫起來。

「大聲！他聽不見。還不快叫？！」

「父親！！！父親！！！」

他已經平靜下去的臉，忽然緊張了，將眼微微一睜，彷彿有一些苦痛。

「叫呀！快叫呀！」她催促說。

「父親！！！」

「什麼呢？……不要嚷。……不……。」他低低地說，又較急地喘著氣，好一會，這才復了原狀，平靜下去了。

「父親！！！」我還叫他，一直到他咽了氣。

我現在還聽到那時的自己的這聲音，每聽到時，就覺得這卻是我對於父親的最大的錯處。

〈藤野先生〉：超越功利的人間真情，這真情就是魯迅人生的動力，是他突破各種「正人君子」圍攻的精神支柱：「他所改正的講義，我曾經訂成三厚本，收藏著的，將作為永久的紀念。不幸七年前遷居的時候，中途毀壞了一口書箱，失去半箱書，恰巧這講義也遺失在內了。責成運送局去找尋，寂無回信。只有他的照相至今還掛在我北京寓居的東牆上，書桌對面。每當夜間疲倦，正想偷懶時，仰面在燈光中瞥見他黑瘦的面貌，似乎正要說出抑揚頓挫的話來，便使我忽又良心發現，而且增加勇氣了，於是點上一枝煙，再繼續寫些為「正人君子」之流所深惡痛疾的文字。」

〈范愛農〉：這是一個比較「切近」的故事，魯迅分明更多了些沉痛與嚴肅，「愛農先是什麼事也沒得做，因為大家討厭他。他很困難，但還喝酒，是朋友請他的。他已經很少和人們來往，常見的只剩下幾個後來認識的較為年青的人了，然而他們似乎也不願意

多聽他的牢騷,以為不如講笑話有趣。」這是一個愛聽笑話、需要輕鬆的時代,人的個性已經不被社會所包容。

在藝術上,《朝花夕拾》超越了傳統散文的「獨語」形式,追求的是對話與溝通。

中國傳統抒情散文頗受莊禪思想的影響,以「無言獨化」為最高精神境界。它拒絕社會性溝通,強調返回個人內心。恰如明人鄭瑄云:「人大言我小語,人多煩我少記,人悷怖我不怒,淡然無為,神氣自滿,此長生之藥。」(《昨非庵纂》卷 7)「見美女時作虎狼看,見黃金時作糞土看,這個中享了多少清福,讓他說話我只閉口,讓他指責我只袖手,這個中省了多少閒氣。」(《昨非庵纂》卷 13)

在現代作家當中,也有自覺秉承這一「獨語」傳統的,例如徐志摩〈翡冷翠山居閒話〉所表達的「獨遊」觀念就是:

> 這樣的玩頂好是不要約伴,我竟想嚴格的取締,只許你獨身;因為有了伴多少總得叫你分心,尤其是年輕的女伴,那是最危險最專制不過的旅伴,你應得躲避她像你躲避青草裏一條美麗的花蛇!平常我們從自己家裏走到朋友的家裏,或是我們執事的地方,那無非是在同一個大牢裏從一間獄室移到另一間獄室去,拘束永遠跟著我們,自由永遠尋不到我們;但在這春夏間美秀的山中或鄉間你要有機會獨身閒逛時,那才是你福星高照的時候」「你一個人漫遊的時候,你就會在青草裏坐地仰臥,甚至有時打滾,因為草的和暖的顏色自然的喚起你童稚的活潑;在靜僻的道上你就會不自主的狂舞,看著你自己的身影幻出種種詭異的變相……[66]

---

[66] 徐志摩:〈翡冷翠山居閒話〉,《徐志摩全集》3 卷 100 頁,廣西民族出版社

這可以說就是現代人理解的「無言獨化」了。

魯迅顯然與之不同。《朝花夕拾》第一篇是〈狗・貓・鼠〉，散文一開篇就帶有十分明顯的自我「表白」的意味：讓讀者全面瞭解他本人在這一動物「事件」中所體現的人生態度。這就是一種強烈的與讀者溝通的願望。

《朝花夕拾》的大部分篇章都充滿親切、和藹的敘述態度，具有鮮明的「講述性」，這樣的敘述模式居多：1.「在什麼什麼地方的時候，我大抵就在幹什麼」。如〈范愛農〉：「在東京的客店裏，我們大抵一起來就看報。」2.「我家的……」如〈從百草園到三味書屋〉：「我家的後面有一個很大的園……」3.「我還記得……」如〈無常〉等。

魯迅在親切的敘述語氣中不時與讀者交流、溝通，時刻注意讀者的知識基礎與即時的反應，以便適當予以補充、調整。

例如〈阿長與《山海經》〉：「長媽媽，已經說過，是一個一向帶領著我的女工，說得闊氣一點，就是我的保姆。」第二段特別注意到了讀者與作者的地域差異：「我們那裏沒有姓長的；她生得黃胖而矮，『長』也不是形容詞。」

有時候，魯迅略略離開故事，加入一點補充，這也是充分顧及了讀者接受的知識背景。例如〈無常〉：「倘使要看個分明，那麼，《玉曆鈔傳》上就畫著他的像，不過《玉曆鈔傳》也有繁簡不同的本子的，倘是繁本，就一定有。」

值得注意的是，在《朝花夕拾》中，魯迅似乎自己選擇了確定了特殊的讀者對象，體現出了對這樣的讀者的充分重視。這就是接受美學所謂的「隱含讀者」。接受美學認為，除了一般意義的讀者

1991 年版。

外，作家都還有自己心目中最想傾訴的對象，這樣就產生了「隱含讀者」。隱含讀者就是作者心目當中的最能夠領悟和體味其創作動機的讀者，作家往往就按照這樣的預設來調整作品的內容以及敘述方式。那麼，魯迅所選擇的「隱含讀者」有什麼特點呢？〈藤野先生〉有云：「東京也無非是這樣。」這似乎表明，這樣的讀者並沒有去過東京，但同時卻有瞭解東京等異域事物的興趣，在〈狗·貓·鼠〉中，「名人或名教授」，或者「負有指導青年責任的前輩」之類「大腳色」也成了他諷刺挖苦的對象，這也將「大腳色」們排斥在外了。這不僅因為魯迅一向對他們諷刺不已，更重要的是整個篇章所呈現的親切平等的態度也顯然就不是送給這些「博學人物」的，魯迅關注的是同他一樣對於人生、生命有著真誠信念與態度但又多少還存在著某些疑慮的人。

此外，魯迅還不厭其煩地對他所敘述的內容加以仔細說明、分析、交代（如〈後記〉中如此詳盡的考證、說明），努力提供更多的「背景材料」，甚至附上圖片，顯然，這些內容都是「非紹興人」、「非魯迅年齡階段人」所不能知道的，──但這樣的讀者顯然又對於魯迅的人生經歷充滿了好奇與興趣。

綜合以上分析，我認為，一個顯而易見的事實就是，魯迅為自己選擇的「隱含讀者」應該是當時的青年人。當然，這是那些願意接近魯迅，願意與魯迅交流的青年人。

鲁迅的精神世界

第五章

「匕首」與「投槍」

第五章　「匕首」與「投槍」

　　「生存的小品文，必須是匕首，是投槍，能和讀者一同殺出一條生存的血路的東西；但自然，它也能給人愉快和休息，然而這並不是『小擺設』，更不是撫慰和麻痺，它給人的愉快和休息是休養，是勞作和戰鬥之前的準備。」[1]這是魯迅對小品散文的重要意見，在前文中，我們曾用它來說明魯迅散文《朝花夕拾》，如果說《朝花夕拾》是魯迅所主張的積極的「休息」，那麼他的整個雜文創作就可以說「是匕首，是投槍」了。

　　魯迅最早的雜文發表在 1918 年 9 月《新青年》5 卷 3 號的「隨感錄」專欄，署名唐俟，1936 年 10 月 17 日逝世前二日作絕筆〈因太炎先生而想起的二三事〉。魯迅在〈《且介亭雜文二集》後記〉中自我總結：「我從在《新青年》上寫《隨感錄》起，到寫這集子裏的最末一篇止，共歷十八年，單是雜感，約有八十萬字。」[2]可以說，雜文伴隨了魯迅的一生，或者說，作為文學家的魯迅的一生就是「雜文的一生」。對魯迅的理解和認識，必須密切聯繫他的雜文創作。

從文明批評到體制反抗

　　以「隨感錄」命名的最早的魯迅雜文，本來是新文化思潮的有機組成部分。「隨感錄」並非魯迅別具匠心的個人命題，而是《新

1　魯迅：《南腔北調集·小品文的危機》，《魯迅全集》4 卷 576 頁。
2　魯迅：〈《且介亭雜文二集》後記〉，《魯迅全集》6 卷 451 頁。

青年》總體策劃的一部分,最早的「隨感錄」出現在 1918 年 4 月
《新青年》4 卷 4 號上,共七篇,由陳獨秀、陶履恭、劉半農分別
撰寫。這些「隨感」,直到 1919 年 5 月 6 卷 5 號第五十六篇重新命
名《來了》以前,均沒有另外命名,一律以統一的編號代替,作者
署名也不像其他長篇大論般赫然置於篇首,而是附綴於篇末的括弧
之中。這都體現了《新青年》當時的總體辦刊意圖和對於這類雜感
的初步定位。這一類作品,往往針對具體的社會世態,有感而發,
既短小精悍又潑辣犀利,亦莊亦諧,亦文亦白,似乎最能承擔新文
化推行中那些廣泛而複雜的「社會啟蒙任務」,大約正好符合了《新
青年》編者最初的集中同人力量開展同一方向工作的思路。[3]「隨感
錄」的啟蒙任務本來就是他們眾多同人的「集體」工程,代表了《新
青年》系列計畫的一部分,因此完全可以用統一的編號標注之。

　　魯迅的雜感是以《新青年》系統工程一部分的身份出現在新文
學史上的,這也清晰地表明瞭魯迅這一文體的寫作在一開始就從屬
於現代中國思想啟蒙的潮流,至少在上世紀 20 代的前期,以《新
青年》「隨感錄」為代表的思想啟蒙主要是集中於中國社會的「文
明批評」,[4]自然,這也理所當然地成了魯迅的雜文的重要內容。魯
迅說:「除幾條泛論之外,有的是對於扶乩,靜坐,打拳而發的;
有的是對於所謂「保存國粹」而發的;有的是對於那時舊官僚的以
經驗自豪而發的;有的是對於上海《時報》的諷刺畫而發的。記得

---

[3] 陳獨秀在《隨感錄七十五‧新出版物》中明確反對到處拉稿的「百衲」雜誌,
他認為創辦一份雜誌就是因為「一個人一團體有一種主張不得不發表。」
(《新青年》1920 年 7 卷 2 號)

[4] 當時許多報章雜誌如《每週評論》、《新潮》、《新生活》、《新社會》、《星期評
論》、《民國日報‧覺悟》等都仿效《新青年》設立了「隨感錄」欄目,《晨
報副鐫》設立了「雜感」、「雜談」等欄目,一時間到處都有中國文人在對社
會人生發表「隨感」。

當時的《新青年》是正在四面受敵之中，我所對付的不過一小部分……」[5]

但魯迅終於在群體性的「隨感錄」陣營中脫穎而出了，《新青年》「隨感錄」一改舊例，換以獨立的命名，正是從魯迅的《來了》開始的，這在一定的程度上說明魯迅雜文成熟的程度足以以更加個人化的方式存在了，同時也表明《新青年》內部整體的思想與文學的個性化色彩的加強。當然，一個在思想上各自獨立的思想群體的進一步發展也許就是彼此分歧的出現，這是歷史變遷的必然結果，同時也是像魯迅這樣的作家不斷提煉人生體驗，磨礪自我思想，走向更加獨立的思想追求的必然要求。在最初，魯迅對於「雜文」、「雜感」這一文體的評價頗為審慎和低調，下面這些話大約可以見出魯迅這樣的心態：

1925 年 11 月，魯迅在《熱風·題記》中說：「所以我的應時的淺薄的文字，也應該置之不顧，一任其消滅的；但幾個朋友卻以為現狀和那時並沒有大兩樣，也還可以存留，給我編輯起來了。這正是我所悲哀的。我以為凡對於時弊的攻擊，文字須與時弊同時滅亡，因為這正如白血輪之釀成瘡癤一般，倘非自身也被排除，則當它的生命的存留中，也即證明著病菌尚在。」[6]

1925 年 12 月，在《華蓋集·題記》中，魯迅說：「現在是一年的盡頭的深夜，深得這夜將盡了，我的生命，至少是一部分的生命，已經耗費在寫這些無聊的東西中，而我所獲得的，乃是我自己的靈魂的荒涼和粗糙。」「也有人勸我不要做這樣的短評。那好意，我是很感激的，而且也並非不知道創作之可貴。」[7]

---

[5]　魯迅：《熱風·題記》，《魯迅全集》1 卷 291 頁。
[6]　魯迅：《熱風·題記》，《魯迅全集》1 卷 292 頁。
[7]　魯迅：《華蓋集·題記》，《魯迅全集》3 卷 4 頁。

　　1926 年 10 月，魯迅在《華蓋集續編‧小引》中說：「這裏面所講的仍然並沒有宇宙的奧義和人生的真諦。不過是，將我所遇到的，所想到的，所要說的，一任它怎樣淺薄，怎樣偏激，有時便都用筆寫了下來。說得自誇一點，就如悲喜時節的歌哭一般，那時無非借此來釋憤抒情，現在更不想和誰去搶奪所謂公理或正義。你要那樣，我偏要這樣是有的；偏不遵命，偏不磕頭是有的；偏要在莊嚴高尚的假面上撥它一撥也是有的，此外卻毫無什麼大舉。名副其實，『雜感』而已。」[8]

　　1926 年 11 月，在〈寫在《墳》後面〉一文中，魯迅說：「記得先已說過：這不過是我的生活中的一點陳跡。如果我的過往，也可以算作生活，那麼，也就可以說，我也曾工作過了。但我並無噴泉一般的思想，偉大華美的文章，既沒有主義要宣傳，也不想發起一種什麼運動。不過我曾經嘗得，失望無論大小，是一種苦味，所以幾年以來，有人希望我動動筆的，只要意見不很相反，我的力量能夠支撐，就總要勉力寫幾句東西，給來者一些極微末的歡喜。人生多苦辛，而人們有時卻極容易得到安慰，又何必惜一點筆墨，給多嘗些孤獨的悲哀呢？」「我的生命的一部分，就這樣地用去了，也就是做了這樣的工作。然而我至今終於不明白我一向是在做什麼。比方做土工的罷，做著做著，而不明白是在築台呢還在掘坑。所知道的是即使是築台，也無非要將自己從那上面跌下來或者顯示老死；倘是掘坑，那就當然不過是埋掉自己。總之：逝去，逝去，一切一切，和光陰一同早逝去，在逝去，要逝去了。」[9]

[8]　魯迅：《華蓋集續編‧小引》，《魯迅全集》3 卷 183 頁。

[9]　魯迅：《墳‧寫在〈墳〉後面》，《魯迅全集》1 卷 282、283 頁。

　　1927 年的《三閒集・怎麼寫》表示：「有時有一點雜感，子細一看，覺得沒有什麼大意思，不要去填黑了那麼潔白的紙張，便廢然而止了。好的又沒有。我的頭裏是如此地荒蕪，淺陋，空虛。」[10]

　　然而，就是在以上審慎和低調的同時，魯迅也不時流露出一種敝帚自珍式的倔強，這或許就是來自內心深處的自信。關於《墳》，他同時又表示：「說話說到有人厭惡，比起毫無動靜來，還是一種幸福。天下不舒服的人們多著，而有些人們卻一心一意在造專給自己舒服的世界。這是不能如此便宜的，也給他們放一點可惡的東西在眼前，使他有時小不舒服，知道原來自己的世界也不容易十分美滿。蒼蠅的飛鳴，是不知道人們在憎惡他的；我卻明知道，然而只要能飛鳴就偏要飛鳴。我的可惡有時自己也覺得，即如我的戒酒，吃魚肝油，以望延長我的生命，倒不盡是為了我的愛人，大大半乃是為了我的敵人，——給他們說得體面一點，就是敵人罷——要在他的好世界上多留一些缺陷。」[11]「還有願使偏愛我的文字的主顧得到一點喜歡；憎惡我的文字的東西得到一點嘔吐，——我自己知道，我並不大度，那些東西因我的文字而嘔吐，我也很高興的。」「先前也曾屢次聲明，就是偏要使所謂正人君子也者之流多不舒服幾天，所以自己便特地留幾片鐵甲在身上，站著，給他們的世界上多有一點缺陷，到我自己厭倦了，要脫掉了的時候為止。」[12]關於《華蓋集》，魯迅說，雖然雜文反映了他「靈魂的荒涼和粗糙」，「但是我並不懼怕這些，也不想遮蓋這些，而且實在有些愛他們了，因為這是我轉輾而生活於風沙中的瘢痕。凡有自己也覺得在風沙中轉輾而生活著的，會知道這意思。」「然而要做這樣的東西的時候，

---

[10] 魯迅：《三閒集・怎麼寫》，《魯迅全集》4 卷 18 頁。
[11] 魯迅：《墳・題記》，《魯迅全集》1 卷 3 頁。
[12] 魯迅：《墳・寫在〈墳〉後面》，《魯迅全集》1 卷 283、284 頁。

恐怕也還要做這樣的東西,我以為如果藝術之宮裏有這麼麻煩的禁令,倒不如不進去;還是站在沙漠上,看看飛沙走石,樂則大笑,悲則大叫,憤則大罵,即使被沙礫打得遍身粗糙,頭破血流,而時時撫摩自己的凝血,覺得若有花紋,也未必不及跟著中國的文士們去陪莎士比亞吃黃油麵包之有趣。」[13]

到後來,在魯迅近於自我調侃的語氣中也包含了越來越多的倔強、固執與堅定。1935 年 12 月,在《且介亭雜文》的〈序言〉裏,魯迅回溯歷史,用整整一大段的篇幅為「雜文」正名:

> 其實「雜文」也不是現在的新貨色,是「古已有之」的,凡有文章,倘若分類,都有類可歸,如果編年,那就只按作成的年月,不管文體,各種都夾在一處,於是成了「雜」。分類有益於揣摩文章,編年有利於明白時勢,倘要知人論世,是非看編年的文集不可的,現在新作的古人年譜的流行,即證明著已經有許多人省悟了此中的消息。況且現在是多麼切迫的時候,作者的任務,是在對於有害的事物,立刻給以反響或抗爭,是感應的神經,是攻守的手足。潛心於他的鴻篇巨製,為未來的文化設想,固然是很好的,但為現在抗爭,卻也正是為現在和未來的戰鬥的作者,因為失掉了現在,也就沒有了未來。[14]

雜文不僅自來就是文學的重要組成部分,而且更關乎於當代中國文化的健康發展,寫到這裏,魯迅顯然是激情澎湃了!

顯然,魯迅已經越來越多地認同和欣賞著這一「縱意而談」的文體,[15]並且不斷將自己最豐富最生動最敏捷的思考寄寓其中,30

13　魯迅:《華蓋集·題記》,《魯迅全集》3 卷 5 頁、4 頁。
14　魯迅:《且介亭雜文·序言》,《魯迅全集》6 卷 3 頁。
15　魯迅:《三閑集·序言》,《魯迅全集》4 卷 3 頁。

年代初出版的幾本雜文集──《三閒集》、《二心集》、《南腔北調集》乾脆以他人對自己的攻擊作為書名，顯示了魯迅此時此刻對自身文字力量的充分的信心。1933 年 10 月結集出版的《偽自由書》，將文中涉及到的論爭材料，「都附在我的本文之後，以見上海有些所謂文學家的筆戰，是怎樣的東西，和我的短評本身，有什麼關係。」[16]1934 年 12 月結集出版的《准風月談》、1936 年 6 月出版的《花邊文學》都「將刊登時被刪改的文字大概補上去了，而且旁加黑點，以清眉目。」[17]1937 年出版的《且介亭雜文》、《且介亭雜文二集》也做了類似的處理。魯迅自述說：「即此寫了下來的幾十篇，加以排比，又用〈後記〉來補敘些因此而生的糾紛，同時也照見了時事，格局雖小，不也描出了或一形象了麼？──而現在又很少有肯低下他仰視莎士比亞，托爾斯泰的尊臉來，看看暗中，寫它幾句的作者。因此更使我要保存我的雜感，而且它也因此更能夠生存，雖然又因此更招人憎惡，但又在圍剿中更加生長起來了。」[18]雜文，到這個時候，已經成了魯迅挑戰現存制度、捍衛社會權利的得心應手的工具。

20 年代前期的魯迅雜文主要是他以自己的方式參與「五四」啟蒙，從事「文明批評」事業的一部分。這在魯迅那裏有相當自覺的認識。他說：「中國現今文壇（？）的狀況，實在不佳，但究竟做詩及小說者尚有人。最缺乏的是『文明批評』和『社會批評』。」[19]「我早就很希望中國的青年站出來，對於中國的社會、文明，都毫無忌憚地加以批評。」[20]而「猛烈的攻擊，只宜用散文，如『雜感』

---

16 魯迅：《偽自由書‧前記》，《魯迅全集》5 卷 5 頁。

17 魯迅：《准風月談‧前記》，《魯迅全集》5 卷 190 頁。

18 魯迅：《准風月談‧後記》，《魯迅全集》5 卷 410、411 頁。

19 魯迅：《兩地書‧一七》，《魯迅全集》11 卷 63 頁。

20 魯迅：《華蓋集‧題記》，《魯迅全集》3 卷 4 頁。

之類」。[21] 應該說，在當時普遍性的思想啟蒙活動中，是魯迅最好地
發揮了雜文這一新生文體的優長。結合同一時期魯迅的其他文學創
作如《吶喊》、《彷徨》、《野草》與《故事新編》等等，我們可以更
加清楚地檢驗魯迅關於中國文明的豐富思考，在這一時期，魯迅雜
文思考的明晰完全可以作為我們進一步理解其他文學文體的佐
證。正如茅盾在〈魯迅論〉中所說：「在他的創作小說裏有反面的
解釋，在他的雜感和雜文裏就有正面的說明。但讀了魯迅的創作小
說，未必能夠完全明白小說的意義。」「雜感能幫助你更加明白小
說的意義。」[22]

在 20 年代後期，魯迅對人生社會的認識和對自我的設定都發生
了重要的變化，這些變化從一個方面講仍然是他沿著固有的「為人
生」思路前行的結果，從另一個方面看，也包含了魯迅對於新的歷
史境域的新思考與新抉擇，我們也有必要解讀魯迅「最後十年」的
這些新的人生體驗。這些體驗是我們繼續追蹤魯迅雜文發展的基礎。

如果說，20 年代前期的魯迅是自覺承擔了「文明批評」的使命，
那麼，20 年代後期的魯迅則選擇了與現實體制的更加分明的對抗。

這一對抗是在社會的幾個層面上同時展開的。

首先是政治制度層面上的對抗。在 20 年代後期魯迅的經歷中，
1927 與 1928 年是十分重要的年份。這兩年的風風雨雨繼續給魯迅
一系列人生經驗，迫使他選擇了走向生命最後十年的道路，也因此
開始承受了這一條道路上的更大的艱難。1927 年，魯迅被迫南下之
後投奔了「革命」大本營廣州，卻又最終絕望而去，這對他最後十
年的選擇產生了重大影響。

---

[21] 魯迅：《兩地書·三二》，《魯迅全集》11 卷 97 頁。
[22] 方壁（茅盾）：〈魯迅論〉，原載 1927 年 11 月《小說月報》18 卷 11 期。

　　在北京，魯迅絕望於北洋軍閥政府，但應當說，此時此刻的國民黨在他的心目當中還是「革命」的，因為「革命」，它也就代表了中國未來的希望。1926 年的「雙十」國慶，尚在廈門大學任教的魯迅，致信許廣平說：「聽說廈門市上今天也很熱鬧，商民都自動的掛旗結彩慶賀，不像北京那樣，聽員警吩咐之後，才掛出一張汙穢的五色旗來。此地的人民的思想，我看其實是『國民黨的』的，並不怎麼老舊。」[23]在這樣的描述中，「國民黨」顯然還是一個「先進」和「革命」的名詞。

　　但是，「四一二」事件發生了，它徹底打碎了魯迅先前的幻想。

　　對於「三一八」事件，魯迅的用語是「出離憤怒」，對於「四一二」，則稱自己「被血嚇得目瞪口呆」。「我恐怖了。而且這種恐怖，我覺得從來沒有經驗過。」[24]言語之中，透出了魯迅始料未及的震驚。這不是說他對中國政治家有什麼美好的想像，而是在一夜之間猛然發現，中國政治的黑暗的確遠遠超過了他這位「慣於長夜」的人的想像。畢竟當時共產黨還是國民黨的合作夥伴，畢竟陳獨秀還對國民黨有寬鬆、忍讓的態度，畢竟中國的新政權本身並沒有鞏固。中國政治家爭權奪利的欲望和手段顯然遠遠超過了他們的冠冕堂皇的政治信仰！中國已經進入了現代文明的世界了，而國民黨領袖又多是接受過西方民主教育的政治家，然而，在權力爭奪的關鍵時刻，其殘酷無情的程度決不亞於任何一個封建帝王，歷史在這裏並沒有什麼「進化」！魯迅在《南腔北調集·偶成》裏說：「奴隸們受慣了『酷刑』的教育，他只知道對人應該用酷刑。」「奴隸們受慣了豬狗的待遇，他只知道人們無異於豬狗。」[25]

23　魯迅：《兩地書·五三》，《魯迅全集》11 卷 149、150 頁。
24　魯迅：《而已集·答有恆先生》，《魯迅全集》3 卷 453 頁。
25　魯迅：《南腔北調集·偶成》，《魯迅全集》4 卷 584 頁

　　魯迅絕望於中國現代的這些所謂「革命」的政治家，同時，也對當時為所謂「革命」政府服務的中國人（包括中國青年）十分失望。

　　魯迅在《三閒集·序言》裏說：「我一向是相信進化論的，總以為將來必勝於過去，青年必勝於老人，對於青年，我敬重之不暇，往往給我十刀，我只還他一箭。然而後來我明白我倒是錯了。這並非唯物史觀的理論或革命文藝的作品蠱惑我的，我在廣東，就目睹了同是青年，而分成兩大陣營，或則投書告密，或則助官捕人的事實！我的思路因此轟毀，後來便時常用了懷疑的眼光去看青年，不再無條件的敬畏了。」[26]在《而已集·答有恆先生》裏也說：「我的一種妄想破滅了。我至今為止，時時有一種樂觀，以為壓迫，殺戮青年的，大概是老人。這種老人漸漸死去，中國總可比較地有生氣。現在我知道不然了，殺戮青年的，似乎倒大概是青年。」「血的遊戲已經開頭，而角色又是青年，並且有得意之色。我現在已經看不見這出戲的收場」[27]當他看見廣州街頭高舉旗子去搜捕共產黨的所謂「工人糾察隊」時，氣憤不已：「真是無恥之徒！直到昨天還高喊共產主義萬歲，今天就到處去搜索共產主義系統的工人了。」[28]

　　「四一二」發生了，也就意味著這一政權的合法性不再存在。「四一二」事變是魯迅成為現實政權「不合作者」的開始。

　　1927年以後的魯迅，是行動的魯迅。也就是說，殘酷的現實已經告訴他，僅僅是「彷徨」於個人的感受並不能最後解決問題，現實的活的人生需要他用「行動」來爭取最基本的生存。「行動」就意味著從對世界與人生的冷峻的「觀照」轉為主動的撞擊和投入，

26　魯迅：《三閒集·序言》，《魯迅全集》4卷5頁。
27　魯迅：《而已集·答有恆先生》，《魯迅全集》3卷453、454頁。
28　山上正義：《談魯迅》，《魯迅研究資料》第2輯

不僅要洞察世界的荒謬，還需要出擊與搏鬥，需要他以自己的方式主動「尋找敵人」。他對於那些高呼「革命」口號的專制主義政治抱有更加敏銳的直覺和更高的警戒，他不願充當任何一個政治派別的集團作戰的工具，他要繼續按照自己的理解來確定人生的價值和意義，他要靠自己選擇對手來掃蕩人生道路的阻礙。在這時，魯迅的生命活動與文學活動始終保持一以貫之的個體獨立性，講「單打」，靠「獨鬥」（魯迅曾經諷刺中國人只有「合群的自大」），他的武器也不是群體作戰的大炮與大旗，不過就是自己手中的「匕首」與「投槍」。

今天，有一種評論認為魯迅將文學「墮落」為匕首與投槍，失去了文學性。問題在於什麼是「文學」，文學不就是一種人生的極具個人性的話語形式麼？其實，「單打」「獨鬥」所依靠的匕首與投槍恰恰與文學的個體存在方式相一致，而我們今天的更多的所謂「文學」不過是唱響了一個時代主潮所容許的甚至是模式化的東西，更像是沒有個性的大炮與大旗，但魯迅從來就不從屬於這樣的時代主潮，他使用的不過是自己手制的匕首與投槍。「我們活在這樣的地方，我們活在這樣的時代。」[29]「在現在這『可憐』的時代，能殺才能生，能憎才能愛，能生與愛，才能文。」[30]於是，便有了匕首與投槍，這是魯迅的這個「地方」的生存方式，也是他在這個「時代」的話語方式。為了現代的人生，魯迅選擇了這樣的話語，這樣充分展示人生當下感悟的話語，難道它不就是從內心生長起來的真正的文學嗎？

其次是與整個學院派知識份子階層的對抗。

---

[29] 魯迅：《且介亭雜文・附記》，《魯迅全集》6 卷 213 頁。
[30] 魯迅：《且介亭雜文二集・七論「文人相輕」——兩傷》，《魯迅全集》6 卷 405 頁。

1927 年以後，魯迅完全告別了「學院」，實現了從學院派知識份子到社會派知識份子的自我轉換，從而在更大的層面上表達了與「體制之內」的學院派知識份子階層的對抗。

進入近代以後，中國文化的轉型體現在了知識份子身份的變化上。傳統知識份子是作為官僚體制人才儲備的一部分。隨著科舉制度的廢除，知識份子作為官僚體制人才選拔對象的單一功能得以改變。與此同時，現代意義的學院的出現卻給了他們一個新的安身立命之所。在政治管理結構之外，中國知識份子終於找到了一處屬於自己的獨立空間，對知識的探求與建設終於可以成為他們自己的事業了。所以近現代許多知識份子都有過在學院任教的經歷——這或多或少也成為了中國知識份子一種無意識中的身份認同。魯迅在北京教育部工作之時，也在北京大學、北京女子師範大學、北京師範大學等校兼職，除了生活原因，我以為也與中國知識份子這一新的自我定義有關。

但是，中國現代的學院派知識份子卻有他值得注意的特點。

其一，由於民間資本力量的薄弱，現代意義的中國教育一開始就屬於國家事業的一部分，從晚清「同文館」到「京師大學堂」，中國近現代教育史上的絕大多數著名高校都屬於「官辦」。中國現代教育的本質是國家主義的。這直接影響到了教育的思想與教育的管理模式，也影響到了學院之中的知識份子的心態。中國教育的國家主義性質決定了中國現代知識份子與政府當局必然保持著密切的關係，而這種關係顯然更重於他們與國民的關係。中國學院派知識份子這一歷史特徵使之與西方學院派知識份子大相徑庭，也很難生長出如西方知識份子那樣的獨立批評的精神。在這些知識份子當中，一種遠離「知識目標」的新自我異化方式正在形成。

其二，也是更重要的一點，就在於中國知識份子經過長期本土文化傳統薰染形成了一種根深蒂固的依附心態。如果說，依附於現代國家政權、遠離「知識目標」的自我異化還處於「正在形成」之中，因為在 1949 年以前很長一段時間裏，中國政權的實際分割狀態依然給中國大學的獨立提供了一些機會，如在五四運動中，北京大學校長蔡元培本身是國民黨元老，頗有政治威望，他與北洋政府並不一致，完全可以站在政府的對立面；那麼，來自本土文化的一種根深蒂固的「理念」卻也從另外的方面消解著中國知識份子本應具有的社會批判能力：同傳統士大夫一樣，他們依然在無意識中以人倫等級關係看待他與廣大國民的關係。

中國知識份子素有以讀書為「苦」的種種妙喻，其實這「苦」的根本就在於我們從來就沒有找到以知識為「快樂」的理由，在傳統的人生觀念當中，總是將知識的增長作為「出人頭地」的手段，所謂「書中自有顏如玉，書中自有黃金屋」。這裏絲毫也沒有涉及知識本身的「快樂」體驗。

中國知識份子一旦擁有某一地位，會十分看重自己「來之不易」的地位。他們成功的喜悅往往不是來自知識的獲取，自我的滿足，而是「我」已經成為了「人上人」，於是，「我」自然就與一般的國民有了明顯的等級差異，輕視勞動者與一般大眾似乎也是理所當然的，至少也是可以理解的。但就是這樣的思維，恰恰進一步把中國知識份子拉「進」了政府體制而遠離了社會真實——這恰恰走到了知識份子本質的對立面。

中國學院派知識份子的現實姿態與魯迅對於知識份子身份的理解由此而發生了很大的分歧。因為魯迅發現，他們總是在「公正」、「理性」中站到政府當局的一邊，從女師大事件到「三一八」

慘案，《現代評論》派的表現就是這樣。而且，更可悲的還在於他們的善變，只要「形勢」需要，他們可以由依附北洋政府很快轉向反對北洋政府的國民黨。魯迅描述說：

> 段執政有衛兵，「孤桐先生」秉政，開槍打敗了請願的學生，勝矣。於是東吉祥胡同的「正人君子」們的「公理」也蓬蓬勃勃。慨自執政退隱，「孤桐先生」「下野」之後，——嗚呼，公理亦從而零落矣。那裏去了呢？槍炮戰勝了投壺，阿！有了，在南邊了。於是乎南下，南下，南下……於是乎「正人君子」們又和久違的「公理」相見了。[31]

「學者」、「教授」、「正人君子」在魯迅那裏總是充滿諷刺意味。魯迅說得好：

> 「知識和強有力是衝突的，不能並立的；強有力不許人民有自由思想。」「然而知識階級將怎麼樣呢？還是在指揮刀下聽令行動，還是發表傾向民眾的思想呢？要是發表意見，就要想到什麼說什麼。真的知識階級是不顧利害的，如想到種種利害，就是假的，冒充的知識階級。」「不過他們對於社會永不會滿意的，所感受的永遠是痛苦，所看到的永遠是缺點，他們預備著將來的犧牲，社會也因為有了他們而熱鬧，不過他的本身——心身方面總是苦痛的。」[32]

在廈門，在廣州，魯迅度過了一生中最專心致志的「學院」歲月，但這樣的歲月也實在短暫得可以：1926 年 7 月 28 日他正式接

---

[31] 魯迅：《而已集·「公理」之所在》，《魯迅全集》3 卷 492 頁。
[32] 魯迅：《集外集拾遺補編·關於知識階級》，《魯迅全集》8 卷 189、190、191 頁。

受廈門大學聘任，9 月初到達廈門，12 月 31 日即辭職；1927 年 1 月 18 日到達中大。4 月即提出辭職，6 月正式辭職。而且，在這樣的選擇之初，他本來就不打算在學院久住。「臨去之前，魯迅曾經考慮過：教書的事，絕不可以作為終身事業來看待，因為社會上的不合理遭遇，政治上的黑暗壓力，作短期的喘息一下的打算則可，永遠長此下去，自己也忍受不住。因此決定：一面教書，一面靜靜地工作，準備下一步的行動，為另一個戰役作更好的準備，也許較為得計吧。」[33]在多篇文章中，魯迅也傾訴過他所體會到的作家與學者（教授）的身份的「錯位」。

〈廈門通信（二）〉裏說：「倘照這樣下去，就是為了編講義。吃飯是不高尚的事，我倒並不這樣想。然而編了講義來吃飯，吃了飯來編講義，可也覺得未免近於無聊。別的學者們教授們又作別論，從我們平常人看來，教書和寫東西是勢不兩立的，或者死心塌地地教書，或者發狂變死地寫東西，一個人走不了方向不同的兩條路。」[34]

〈讀書雜談〉也說：「研究文章的歷史或理論的，是文學家，是學者；做做詩，或戲曲小說的，是做文章的人，就是古時候所謂文人，此刻所謂創作家。創作家不妨毫不理會文學史或理論，文學家也不妨做不出一句詩。」「研究是要用理智，要冷靜的，而創作須情感，至少總得發點熱，於是忽冷忽熱，弄得頭昏，——這也是職業和嗜好不能合一的苦處。苦倒也罷了，結果還是什麼都弄不好。那證據，是試翻世界文學史，那裏面的人，幾乎沒有兼做教授的。」「事實上，現在有幾個做文章的人，有時也確去做教授。但這是因為中國創作不值錢，養不活自己的緣故。」[35]

---

[33] 參見許廣平：《魯迅回憶錄·廈門和廣州》，作家出版社 1961 版。
[34] 魯迅：《華蓋集續編·廈門通信（二）》，《魯迅全集》3 卷 373 頁。
[35] 魯迅：《而已集·讀書雜談》，《魯迅全集》3 卷 440、441 頁。

　　顯然，在情感上，魯迅更願意做一位自由撰稿的作家，這是一種不同於學院派的「體制之外」的生活方式，它足以保證魯迅時刻感知到來自社會生活的最真實的苦痛。

　　就這樣，魯迅成為了一名靠自身稿費養活的社會中的知識份子，他以這樣的姿態實施著對中國學院派的反抗與批判。

　　第三是魯迅對「革命陣營」的認同與疏離。

　　在與一個專制政府的對立當中，魯迅同情的自然是那些受壓迫又代表了民眾聲音與力量的民間民主人士，專制獨裁的大屠殺更凸現了共產黨存在的正義性與合法性。共產黨以及它的革命活動就這樣進入了魯迅的視野。

　　但魯迅通向革命、與革命者結盟的道路在一開始就並不平坦。

　　首先是創造社、太陽社忽然「發難」了。最初，魯迅與創造社並非對立關係。1927 年 9 月 25 日魯迅在致李霽野的信中還提到：「創造社和我們，現在感情似乎很好。他們在南方頗受迫壓了，可歎。看現在文藝方面用力的，仍只有創造，未名，沉鐘三社，別的沒有，這三社若沉默，中國全國真成了沙漠了。南方沒有希望。」[36]同年 11 月 9 日他會見創造社、太陽社的鄭伯奇、蔣光慈等，商量聯合辦刊的事宜。12 月 3 日，又與郭沫若、成仿吾、鄭伯奇、蔣光慈等聯名在《時事新報》發表《創造週報》復刊廣告。一切都好像正朝著和諧的方向發展。

　　但是，就在 1928 年初，《文化批判》創刊號忽然推出了馮乃超的〈藝術與社會生活〉，「就中國混沌的藝術界的現象作全面的批判。」文章宣佈五四以來的文學落伍了。「魯迅是常從幽暗的酒家的樓頭，醉眼陶然地眺望窗外的人生，他不常追懷過去的昔日，追

---

[36]　魯迅：《致李霽野 270925》，《魯迅全集》11 卷 583 頁。

悼沒落的封建情緒，反映的只是社會變革期中落伍者的悲哀。」文中充滿英文詞語如小丑 Pierotte 之類；成仿吾 2 月發表〈從文學革命到革命文學〉矛頭指向與魯迅關係密切的「語絲派」，他認為這都屬於「有閒階級」。[37]另外，在〈打發他們去！〉一文中，成仿吾還提出要「清查」封建思想與布爾喬亞根性的代言人，「替他們打包，打發他們去」，「踢他們出去」。[38]李初梨〈請看我們中國的 Don Quixolte 的亂舞〉提出，即使魯迅要參與無產階級文學運動，也要「先要審察他的動機，看他是『為文學而革命』，還是『為革命而文學』。」[39]

太陽社阿英〈死去了的阿 Q 時代〉認為：「無論魯迅著作的量增加到任何地步，無論一部分讀者對魯迅是怎樣的崇拜，無論《阿 Q 正傳》中的造句是如何的俏皮刻薄，在事實上看來，魯迅終竟不是這個時代的表現者，他的著作內含的思想，也不足以代表十年來中國文藝思潮！」「阿 Q 時代固然死亡了，其實，就是魯迅自己也已走到了盡頭。」[40]發表此文的《太陽月刊》在「後記」中認為，這是一篇「估定所謂現代大作家魯迅的真價的文章」。

心光〈魯迅在上海〉稱：「他看見旁人的努力他就妒忌，他只是露出滿口黃牙在那裏冷笑。」[41]當然，最決絕的判斷來自杜荃（郭沫若），他宣佈魯迅就是「文藝戰線上的封建餘孽」，是「二重性的反革命的人物」，「是一位不得志的 Fascist（法西斯蒂）」！[42]

---

[37] 《創造月刊》1928 年 2 月第 1 卷第 9 期。
[38] 《文化批判》第 2 期。
[39] 《文化批判》第 4 期。
[40] 《太陽月刊》1928 年 3 月第 3 號。
[41] 《流沙》第 3 期。
[42] 《〈文藝戰線上的封建餘孽〉，見《文學運動史料選》第二冊 126 頁，上海教

　　與無產階級的文化理論與文學理論正面遭遇，這在魯迅那裏產生了十分重要的影響。

　　一方面，就是這樣的理論「壓力」迫使「應戰」中的魯迅開始調整著自己的知識結構與文化視野。魯迅說：「我有一件事要感謝創造社的，是他們「擠」我看了幾種科學底文藝論，明白了先前的文學史家們說了一大堆，還是糾纏不清的疑問。並且因此譯了一本蒲力汗諾夫的《藝術論》，以救正我——還因我而及於別人——的只信進化論的偏頗。」[43]馬克思主義從此成為魯迅救正「進化論」的新的思想資源。魯迅的從理論上接近馬克思主義直接產生了兩個後果：一是開始形成自己的「階級」視野，從而進一步拉開了與自由主義知識份子的距離；二是奠定了他與後來的左翼文學家進一步合作的信仰基礎。

　　前者是一個相當複雜的問題。經歷了「以階級鬥爭為綱」的唯階級鬥爭論的時代，又遭遇了市場經濟對階級鬥爭概念的遮蔽和消解，今天，我們的階級、階級鬥爭這些「理論」都變得有些曖昧不清了。在這方面，我以為重要的在於魯迅的「階級」概念擁有他個人的實際體驗的豐富的支持，或者說是一個正在被生存逼向現實制度對立面的魯迅與「階級」理論發生了自然的相遇。「五四」時期的國民性反思是將民族作為一個「整體」加以考察，而「四一二」大屠殺的發生卻促使魯迅發現，人性除了有理所當然的共同點外，依然存在一系列重要的差異：「地球上不只一個世界，實際上的不同，比人們空想中的陰陽兩界還利害。這一世界中人，會輕蔑，憎惡，壓迫，恐怖，殺戮別一世界中人。」[44]除了共同領受了民族普

育出版社 1979 年版。
[43]　魯迅：《三閒集·序言》，《魯迅全集》4 卷 6 頁。
[44]　魯迅：《且介亭雜文二集·葉紫作〈豐收〉序》，《魯迅全集》6 卷 219 頁。

遍存在的「國民性」之外，人與人的地位的差別與所在利益集團的不同也在一個相當深刻的層面上決定著人的行為乃至人的精神。這就是所謂的「階級」。正在走向專制獨裁的國民黨官僚就與正在受到非法鎮壓的共產黨人不是一個「階級」，而處於「體制」庇護中的學院派知識份子與更底層的勞苦大眾也不是一個「階級」。對於魯迅而言，階級論、階級鬥爭論彌補了一般「國民性論」的籠統，但又並不是以此取代國民性探討的恢弘的文化蘊涵。恰恰相反，在某種意義上，它正好是魯迅「改造國民性」設想的一種具體的操作形式，比如，在人生奮鬥、生存競爭當中，中國的「大多數人」「認定自己的冤家並不在上面，而只在旁邊──是那些一同在爬的人。」[45]阿Q早就將自己「爬」的對手認定為小D與王胡，「在上面」的趙太爺似乎反倒沒那麼要緊了。奴隸們熱中於與其他奴隸進行「同級鬥爭」，而往往失去了與真正的體制性的壓迫者展開「階級鬥爭」的勇氣，這就是中國傳統國民性的重要表現，也是魯迅宣導「階級鬥爭」的深遠的文化意義。

　　階級與階級鬥爭的學說是魯迅在最後十年實施體制性反抗的有力的武器。當然，它必然與「體制內」的其他知識份子產生思想的分歧。例如一場關於人性與階級性的著名論爭就發生在魯迅與梁實秋之間。相對於魯迅獨特的「階級鬥爭」理念來說，梁實秋所謂的「永恆不變」人性說是相當籠統的，更何況他完全將這一來自西方文藝復興的內涵豐富的名詞進一步抽空，置放在白璧德新人文主義的抽象說教中，在梁實秋如下的「淵博」的知識考證中，我們讀到的恰恰是一個以高貴者自居的「成功人士」對於國民大眾的輕蔑：

---

[45] 魯迅：《准風月談・爬和撞》，《魯迅全集》5卷261頁。

「普羅列塔利亞，這個名詞並不新。」「其實翻翻字典，這
個字的涵意並不見得體面，據韋白斯特大字典，Proletary 的
意思就是：A citizen of the lowest class who serves the state not
with property，but only by having children。一個屬於『普羅列
塔利亞』的人就是『國家裏最下階級的國民，他是沒有資產
的，他向國家服務只是靠了生孩子。』普羅列塔利亞是國家
裏只會生孩子的階級！」[46]

當這樣的「成功人士」大肆回避「階級」與「階級鬥爭」之說
時，這裏就頗有一點趙太爺「不准革命」的味道了。

魯迅與梁實秋的論爭意味深長，在這一章後面的附錄裏，有較
為詳細的解讀，這裏就不再贅述了。

另一方面，在魯迅認識「革命文學」與馬克思主義之初，創造
社、太陽社如此突如其來的攻擊的確給正在尋找朋友與同志的他很
大的傷害。這一經歷促使他嚴肅對待自己未來在「革命」聯盟中的
體驗，因為，在這些左翼革命青年這樣專斷、蠻橫的批判中，魯迅
又感受到了中國歷史似曾相識的一幕：

至今為止的統治階級的革命，不過是爭奪一把舊椅子。去推
的時候，好像這椅子很可恨，一奪到手，就又覺得是寶貝了，
而同時也自覺了自己正和這「舊的」一氣。二十多年前，都說
朱元璋（明太祖）是民族的革命者，其實是並不然的，他做了
皇帝以後，稱蒙古朝為「大元」，殺漢人比蒙古人還利害。
奴才做了主人，是決不肯廢去「老爺」的稱呼的，他的擺架

---

[46] 梁實秋：〈文學是有階級性的嗎？〉，見黎照主編《魯迅梁實秋論戰實錄》173
頁，華齡出版社 1997 年版。

子，恐怕比他的主人還十足，還可笑。這正如上海的工人賺了
幾文錢，開起小小的工廠來，對付工人反而凶到絕頂一樣。[47]

「革命」的大旗之下掩飾著對「主子」地位的爭奪，這是多麼
值得警惕的事實！而且，這樣的「革命」還專橫得如此的可怕：「他
們對於中國社會，未曾加以細密的分析，便將在蘇維埃政權之下才
能運用的方法，來機械的地運用了。再則他們，尤其是成仿吾先生，
將革命使一般人理解為非常可怕的事，擺著一種極左傾的兇惡的面
貌，好似革命一到，一切非革命者就都得死，令人對革命只抱著恐
怖。其實革命是並非教人死而是教人活的。」[48]

值得注意的是，在魯迅發表這樣的批判性言論之時，左聯已經
成立，他本人也在馮雪峰等人的勸說、影響下投身於左翼文藝陣營
並成了一面當之無愧的大旗。然而，他顯然對「革命文學」論爭中
的體驗記憶深刻，並不時咀嚼回味，用作認識當前與未來中國問題
的重要根據。有人說魯迅「記仇」，報復心重，甚至睚眥必報，像
這樣「水過三秋」的往事依然久久不能釋懷，就是證據。其實，我
以為，這正是魯迅的遠見卓識：中國現代革命的本質就是改變我們
固有的封建奴役關係，恢復人的自由與尊嚴，如果投身其中的革命
者實際卻依舊擁有一張專制獨裁的嘴臉，這將是一件多麼可怕的事
情啊！目睹了國民黨從民主「革命」到「反革命」獨裁的嬗變，魯
迅不得不對新的「革命同志」提出更加嚴厲的要求。

30 年代，魯迅已經站在了現實政治體制的對立面，他同樣也警
惕著出現在現實政治體制的「革命者」那裏的自我異化的可能性，
他知道，舊的獨裁專制的「體制性影響」是強大的，甚至強大到可

---

[47] 魯迅：《二心集·上海文藝之一瞥》，《魯迅全集》4 卷 301、302 頁。
[48] 魯迅：《二心集·上海文藝之一瞥》，《魯迅全集》4 卷 297 頁。

以最終同化向它挑戰的「革命者」。對於魯迅來說，與體制的對抗，自然就包括了與「革命者」身上的舊體制因素的對抗，在左聯成立的大會上，魯迅的演講滿篇都是憂慮與警覺：

> 有許多事情，有人在先已經講得很詳細了，我不必再說。我以為在現在，「左翼」作家是很容易成為「右翼」作家的。

這是一個多麼不「討人喜歡」的開篇啊！沒有慷慨激昂，沒有歌功頌德，也沒有誓死效忠，因為在真誠地期待著中國革命，熱切地盼望著國民自由的魯迅看來，當下最要緊的恰恰不是彈冠相慶，而是如何保持「革命者」的超越舊傳統舊體制的精神境界，他最放心不下的還是專制獨裁的「主子」心態：

> 以為詩人或文學家，現在為勞動大眾革命，將來革命成功，勞動階級一定從豐報酬，特別優待，請他坐特等車，吃特等飯，或者勞動者捧著牛油麵包來獻他，說：「我們的詩人，請用吧！」這也是不正確的。

魯迅特別提出：

> 對於舊社會和舊勢力的鬥爭，必須堅決，持久不斷，而且注重實力。舊社會的根柢原是非常堅固的，新運動非有更大的力不能動搖它什麼。並且舊社會還有它使新勢力妥協的好辦法，但它自己是決不妥協的。在中國也有過許多新的運動了，卻每次都是新的敵不過舊的，那原因大抵是在新的一面沒有堅決的廣大的目的，要求很小，容易滿足。[49]

---

[49] 魯迅：《二心集·對於左翼作家聯盟的意見》，以上分別見《魯迅全集》4 卷

事實證明，魯迅的擔心並不是多餘的，在左聯內部的一些領導人那裏，後來的確以「奴隸總管」的姿態執掌革命文壇。為了最大程度地反抗專制體制的一切構成因素，魯迅不得不成為一名「橫站的士兵」。

中國文學中的魯迅雜文

魯迅雜文的思想內涵的豐富性，其實也就是魯迅整個人生與文化選擇的豐富性，我們對魯迅人生體驗的追溯和對他藝術創作的解讀都離不開來自雜文這一「魯迅思想之庫」的參照。

然而，作為「文學」意義上的魯迅雜文卻似乎頗有爭議。

一些來自學院的知識份子如陳西瀅等一般肯定魯迅小說而否定其雜文創作的藝術成就。在〈新文學運動以來的十部著作〉中，陳西瀅表示：「我不能因為我不尊敬魯迅先生的人格，就不說他的小說好，我也不能因為佩服他的小說，就稱讚他其餘的文章。我覺得他的雜感，除了熱風中二三篇外，實在沒有一讀的價值。」[50]

魯迅雜文首先還是在一些激進的青年革命者那裏贏得認同的。如 1927 年廣州《少年先鋒旬刊》第 12 卷第 15 期上刊出了「一聲」的〈第三樣世界的創造──我們所應當歡迎的魯迅〉，文章肯定了魯迅作品「對於革命的文化運動上的貢獻」，認為就這一貢獻而言，魯迅「論文實在比小說來得大」：

233、234、235 頁。

[50] 陳西瀅：〈新文學運動以來的十部著作〉，見陳漱渝主編《魯迅和他的論敵》117 頁，中國文聯出版公司 1996 年版。

在魯迅的作品中，顯然可以看出他對於人生和社會的態度的變化。在創作的小說裏所表現的是一種態度，在論文裏是另一種態度，用幾個抽象的形容詞來說，則前者是失望的，冷的，後者是希望的，熱的，他的作品對於革命的文化運動上的貢獻，我們可以說，論文實在比小說來得大。[51]

值得注意的是，當時與魯迅論爭的創造社、太陽社的「革命青年」，他們所攻擊和否定的一致目標主要是魯迅小說，而對雜文的意見卻有所分歧，如馮乃超、李初梨等繼續視魯迅雜文為「趣味文學」，認為必須打倒；但宣佈阿Q時代已經過去的阿英卻又在文章的〈附記〉裏適當肯定了雜文的價值：「我覺得魯迅的真價的評定，他的論文雜感與翻譯比他的創作更重要。」

對魯迅雜文的第一篇總結性的讚賞文字出自茅盾。1927年茅盾在〈魯迅論〉中以大量的篇幅和由衷的敬佩討論了魯迅雜文的精神追求：

「如果你把魯迅的雜感集三種仔細讀過了一遍，你大概不會反對我稱他為『老孩子』！」「他的胸中燃著少年之火，精神上，他是一個『老孩子』！他沒有主義要宣傳，也不想發起一種什麼運動，然而在他的著作裏，也沒有『人生無常』的歎息，也沒有暮年的暫得寧靜的歡羨與自慰（像許多作家常有的），反之，他的著作裏卻充滿了反抗的呼聲和無情的剝露。反抗一切的壓迫，剝露一切的虛偽！老中國的毒瘡太多了，他忍不住拿著刀一遍一遍地不懂世故地儘自刺。」[52]

51　見《魯迅研究學術資料彙編》第1卷第243頁，中國文聯出版公司1985年版。
52　見《魯迅研究學術資料彙編》第1卷第293頁，中國文聯出版公司1985年版。

　　1933 年瞿秋白寫作的〈《魯迅雜感選集》序言〉一直被認為是魯迅雜文研究中的里程碑式的作品，其中提出了關於魯迅思想轉變與雜文現實意義的著名判斷，對以後幾十年的魯迅雜文研究都有重大影響。可以說瞿秋白的判斷就代表了左翼文學陣營內部對魯迅雜文價值的最高評價。不過，瞿秋白這樣主要側重於社會思想的分析卻也對以後很長一個時期的「魯迅雜文觀」產生了複雜的影響，至少，魯迅雜文的思想價值已經成為了人們理所當然加以推崇和首肯的理由，相反，作為「文學」的與「藝術」的魯迅雜文卻往往退到了一個相當次要的地方。到了「唯階級鬥爭」的年代，魯迅雜文中的一言一詞都成了現實人際鬥爭的根據，魯迅對同時代中國文化人的評價被視做歷史的檔案加以「過度開發」、「過度引用」，這個時候，雜文作為一種獨特的「文學」形式的特點完全被人們所拋棄了。雖然在魯迅雜文的接受史上，也出現過 1936 年李長之〈魯迅雜感文之技巧〉、1956 年唐弢〈魯迅雜文的藝術特徵〉等藝術研究，但在總體上卻沒有引起足夠的重視。

　　於是乎，中國文壇上繼續存在著關於魯迅雜文的爭論，關於魯迅雜文缺乏藝術性的言論依然流行。在 1934、1935 年間發生的「偉大作品如何不產生」的討論中，魯迅雜文被一些評論家認為是「有宣傳作用而缺少文藝價值」，[53] 林希雋乾脆稱雜文就是「不三不四」的文體，[54] 杜衡更說：「短論也，雜文也，差不多成為罵人文章的『雅稱』。」[55] 1937 年蘇雪林發表〈論魯迅雜感文〉，文章肯定魯迅前期的雜文：「在《熱風》裏有許多文字，宛如高山峻嶺的空氣，那砭肌的尖利，沁心的寒冷，幾乎使體弱者不能呼吸，然而於生命極有

[53]　施蟄存：〈服爾泰〉，1935 年《文飯小品》第 3 期。
[54]　林希雋：〈雜文問題〉，1935 年《星火》7 月號。
[55]　杜衡：〈文壇的罵風〉，1935 年《星火》2 卷 2 期。

益。」但同時又惋惜:「作者自《華蓋集》以後,便掉轉攻擊中國腐敗文明的筆鋒,施之於個人或一個團體了。」至於到了上海,則更是「年老力衰,江郎才盡」了。[56]在新時期,對魯迅雜文的質疑其實並沒有脫離以上的這些理由。

在我看來,雜文究竟是不是文學,或者說雜文究竟有沒有藝術價值,這並不是依據那一本文學理論書籍可以回答的,實際上也並不存在一個確定不移的所謂「文學」的理念。這裏的關鍵恐怕還在於魯迅自己的理解和實際的追求。我們應該看到,在對於「文學」的理解上,魯迅本來就與很多人不一樣。魯迅說過:

> 我何嘗有什麼白刃在前,烈火在後,還是釘住書桌,非寫不可的「創作衝動」;雖然明知道這種衝動是純潔,高尚,可貴的,然而其如沒有何。……至於已經印過的那些,那是被擠出來的。這「擠」字是擠牛乳之「擠」;這「擠牛乳」是專來說明「擠」字的,並非故意將我的作品比作牛乳,希冀裝在玻璃瓶裏,送進什麼「藝術之宮」。[57]

這裏,魯迅的意思是雙重的:雜文或許並不算「創作」,離「藝術之宮」甚遠,但它卻屬於自己的自覺的選擇。有學者考證指出,「創作」一詞是近代從日本輸入中國的日語詞。魯迅將雜文區別於「創作」,這主要是得之於這一概念在日本曾經有過的特殊的外延:

> 「創作」作為一個文學生產的概念,在日本有著特定的內涵,它特指小說、詩歌、戲劇三類「純文學」的寫作,原本不包括散文,更不包括「雜文」。日本文壇對「創作」的這種理

---

[56] 1937 年《文藝月刊》4 卷 3 期
[57] 魯迅:《華蓋集·並非閒話(三)》,《魯迅全集》3 卷 148 頁。

解，連同這個詞本身，都被中國現代文壇接受過來。直到30
年代初，無論是反對還是提倡「雜文」的人，大都不把「雜
文」包括在「創作」之內。[58]

　　這說明，「創作」是一個特殊的歷史性的文學分類的術語，它
本身並不代表所有的寫作類型，魯迅在繼續沿用「創作」概念區別
「雜文」的同時，沒有也不可能真正將雜文排除在文學的範圍之
外，魯迅使用「藝術之宮」一說，還特意打上了引號，這裏也有一
點反諷時尚的意味，與我們前文所述的魯迅固有的倔強與自信頗為
一致。《華蓋集‧題記》裏的表述也與之類似：「而要做這樣的東西
的時候，恐怕也還要做這樣的東西，我以為如果藝術之宮裏有這麼
麻煩的禁令，倒不如不進去。」那麼，決心「不進」藝術之宮的魯
迅是怎樣的一種選擇呢？魯迅說了：

　　這裏面所講的仍然並沒有宇宙的奧義和人生的真諦。不過是，
　　將我所遇到的，所想到的，所要說的，一任它怎樣淺薄，怎樣
　　偏激，有時便都用筆寫了下來。說得自誇一點，就如悲喜時節
　　的歌哭一般，那時無非借此來釋憤抒情，現在更不想和誰去搶
　　奪所謂公理或正義。你要那樣，我偏要這樣是有的；偏不遵命，
　　偏不磕頭是有的；偏要在莊嚴高尚的假面上撥它一撥也是有
　　的，此外卻毫無什麼大舉。名副其實，「雜感」而已。[59]

　　釋憤抒情，悲喜時節的歌哭，卻又並不是傳統的小說、戲劇與
詩歌，與我們熟悉的抒情散文小品也有不同，這就是魯迅雜文寫作

[58] 王向遠：《中日現代文學比較論》246 頁，湖南教育出版社 1998 年版。
[59] 魯迅：《華蓋集續編‧小引》，《魯迅全集》3 卷 183 頁。

的基本追求，顯而易見，這樣的寫作產品當屬於真正的「文學」，而且是一種突破舊有文學範式的新的富有生命力的「文學」。

解讀魯迅雜文，我以為有兩個方面的東西需要把握。

其一，魯迅雜文從題材選擇上有一個從理念到事實、從抽象到現實的演變過程。這當然不是蘇雪林所謂的創作力逐漸衰退的過程，它對應的是魯迅人生體驗的各種複雜形態與變化軌跡。演變恰恰說明瞭雜文敏捷地傳達了魯迅人生資訊的重要特點，而且只有我們不再從一個簡單的歸納中讀解魯迅雜文，而是努力將它們的豐富的變化「還原」到魯迅人生與情感的多種形式中，才可能更加深刻地理解中國文學史上這一最具獨創意義的文學的樣式。因為，的確還沒有任何一種文體——無論是「敘事」的小說、戲劇還是「抒情」的詩歌與小品散文，如此犀利、尖銳、迅捷而直接地面對人生發言，而且發言的方式還可以作如此眾多的自由變換。

突破了人們已經習慣了的藝術範式，這是魯迅之於中國文學文體甚至世界文學文體的重大貢獻。

魯迅雜文的演變，伴隨著魯迅的人生實踐與思想發展。

在《墳》中，魯迅側重於對中國傳統文化的一些總體性問題的把握、思考。這些議論一般篇幅較長，常常由歷史文化切入，不太多針對當下具體的人的言行作分析與糾纏。當下社會的人與事往往成為引發歷史文化現象的局部材料，或作為「歷史循環」體驗的有效印證。

《熱風》是針對當前社會文化生活中一些事相的感想與議論，與《墳》比較，它篇幅較短，「即小見大」，但依然以社會上之客觀現象為主，直接涉及個人糾紛很少。回到我們所謂的「人生主題」，我們可能會看到一個在人生中輾轉於「文化思索」的魯迅。

從《華蓋集》、《華蓋集續編》、《而已集》、《三閒集》到《二心集》，呈現的是魯迅不斷介入的激越的思想鬥爭歷程。在這一過程中，魯迅在人生中不斷與其他個體與集團發生思想觀念上的激烈交鋒，人際關係的衝突僅僅是生存的表像，更為重要的是一個獨立的生命同時也是一種獨特「社會思想」的存在。只有在與其他生命形式的爭辯中，魯迅才更深刻地意識到了自我，而只有一個思想獨立的自我才是與眾不同的生命。在與《現代評論》派，在與創造社、太陽社，在與新月派等其他「人生形式」的遭遇中，魯迅存在於他獨特的社會思想當中。

進入到 30 年代以後，魯迅雜文在繼續歷史文化批評的同時加大了對「當下」中國人生存狀態的議論：「生存」與「發展」問題，特別是當前社會事件中所暴露出來的中國人的靈魂的問題。從《南腔北調集》到三本以「且介亭」命名的雜文，我們可以看到一個向一切形式的壓迫公開挑戰的魯迅，這裏不僅繼續了前一個時期的社會思想的論爭──如與「第三種人」、「民族主義文學」、小品文論爭、「兩個口號」論爭等等，同時，魯迅還將對專制獨裁制度的毫不留情的揭露與批判，將對所有出沒於文壇的種種無聊現象的盡情橫掃通通納入了他自己的日常生存原則。如果說，早期魯迅的「文化思索」還給人留下過「慢吞吞」、「冷冰冰」、「毫不得罪人」的印象，[60]那麼這個時候，不留情面的反抗成了魯迅基本的生存姿態，大約也只有魯迅將對現實社會與現實體制的決絕反叛當作了生命的一種境界。這個時候，魯迅的人生離世俗的選擇最遠，也最為獨特。

其二，應該在獨特的藝術形式的體味中把握魯迅雜文。作為「藝術」的文學永遠是以呈現作家主體心靈為第一目的的，魯迅個人生

---

60 見 1926 年 10 月 7、8 日天津《庸報》「書報介紹」。

命姿態之於我們的重要性遠遠大於其中涉及的歷史人物的「客觀面貌」。重要的在於魯迅雜文不是「社會人事檔案」，我們不能將它作為對歷史人物「定性」的根據；重要的還在於魯迅雜文也不是歷史文化的「論文」，我們沒有必要在其中去尋找「偏激」、「不客觀」、「不全面」的證據，它就是魯迅在特殊心境之下表達自我人生態度的方式，是魯迅自己所創造所發明的獨特的文學形式。文學一是「個體」的，二是「情感」的，它不是學院派的學位論文。個體與情感本身就是「偏激」和「片面」的，而且常常還以這樣的「偏激」和「片面」為自我的精神力量。

魯迅雜文在三個方面的「藝術」設計值得我們注意。

一是意念的傳達與意象擷取密切結合。如《華蓋集‧夏三蟲》，魯迅將對於人生世態的觀感轉移到了「夏三蟲」之中，寫來入木三分而又生動活潑：

> 跳蚤的來吮血，雖然可惡，而一聲不響地就是一口，何等直截爽快。蚊子便不然了，一針叮進皮膚，自然還可以算得有點徹底的，但當未叮之前，要哼哼地發一篇大議論，卻使人覺得討厭。如果所哼的是在說明人血應該給它充饑的理由，那可更其討厭了，幸而我不懂。
>
> ……
>
> 蒼蠅嗡嗡地鬧了大半天，停下來也不過舐一點油汗，倘有傷痕或瘡癤，自然更占一些便宜；無論怎麼好的，美的，乾淨的東西，又總喜歡一律拉上一點蠅矢。但因為只舐一點油汗，只添一點醃臢，在麻木的人們還沒有切膚之痛，所以也就將它放過了。中國人還不很知道它能夠傳播病菌，捕蠅運動大概不見得興盛。它們的運命是長久的；還要更繁殖。

　　二是充分調動多種藝術形式，使得雜文嚴肅的思考與自由的表達形式自然地融合起來。在如《華蓋集‧犧牲謨》中，魯迅運用了戲劇化手段：

> 「哦哦！你什麼都犧牲了？可敬可敬！我最佩服的就是什麼都犧牲，為同胞，為國家。我向來一心要做的也就是這件事。你不要看得我外觀闊綽，我為的是要到各處去宣傳。社會還太勢利，如果像你似的只剩一條破褲，誰肯來相信你呢？所以我只得打扮起來，寧可人們說閒話，我自己總是問心無愧。正如『禹入裸國亦裸而遊』一樣，要改良社會，不得不然，別人那裏會懂得我們的苦心孤詣。」

　　全篇都是這樣的戲劇獨白，而這位滿口道德、正義、國家利益的「同志」就是在連續不斷的獨白中顯示了自己的虛偽與骯髒。
　　在《華蓋集‧論辯的魂靈》裏，魯迅揭露當時文化改革中遇到的諸多謬論，但全文幾乎沒有一句自己的判斷，一律採取「客觀」呈現的方式，可謂是絕妙的「歸謬」：

> 「你說甲生瘡。甲是中國人，你就是說中國人生瘡了。既然中國人生瘡，你是中國人，就是你也生瘡了。你既然也生瘡，你就和甲一樣。而你只說甲生瘡，則竟無自知之明，你的話還有什麼價值？倘你沒有生瘡，是說誑也。賣國賊是說誑的，所以你是賣國賊。我罵賣國賊，所以我是愛國者。愛國者的話是最有價值的，所以我的話是不錯的，我的話既然不錯，你就是賣國賊無疑了！」
> 「自由結婚未免太過激了。其實，我也並非老頑固，中國提倡女學的還是我第一個。但他們卻太趨極端了，太趨極

端，即有亡國之禍，所以氣得我偏要說『男女授受不親』。況且，凡事不可過激；過激派都主張共妻主義的。乙贊成自由結婚，不就是主張共妻主義麼？他既然主張共妻主義，就應該先將他的妻拿出來給我們『共』。」

還有一種形式我們可以稱之為「多種文本的互文性並置」。在《三閒集》、《二心集》等集中都採用了「通信往來」方式，讓相近或相異的人生體驗相互參照、相互說明。如《三閒集‧通信》中魯迅首先列出了「Y來信」：

魯迅先生：

精神和肉體，已被困到這般地步——怕無以復加，也不能形容——的我，不得不撐了病體向「你老」作最後的呼聲了！——不，或者說求救，甚而是警告！

好在你自己也極明白：你是在給別人安排酒筵，「泡製醉蝦」的一個人。我，就是其間被製的一個！

……

《吶喊》出版了，《語絲》發行了（可憐《新青年》時代，我尚看不懂呢），〈說鬍鬚〉，〈論照相之類〉一篇篇連續地戟刺著我的神經。當時，自己雖是青年中之尤青者，然而因此就感到同伴們的淺薄和盲目。「革命！革命！」的叫賣，在馬路上吶喊得洋溢，隨了所謂革命的勢力，也奔騰澎湃了。我，確竟被其吸引。當然也因我嫌棄青年的淺薄，且想在自己生命上找一條出路。那知竟又被我認識了人類的欺詐，虛偽，陰險……的本性！果然，不久，軍閥和政客們

　　棄了身上的蒙皮，而顯出本來的猙獰面目！我呢，也隨了所
謂「清黨」之聲而把我一顆沸騰著的熱烈的心清去。

　　這是一代青年的共同的痛苦，有了這樣的「文本」，魯迅後面
的「復信」也就產生了更加明確的指義和更加豐富的對話主題。

　　《偽自由書》、《准風月談》與《花邊文學》不少篇目採用「原
作」加「讀後感」的形式，或者是魯迅有感而發，同時附上原作，
或者是魯迅「發難」，另有「讀後感」跟進，魯迅儼然一位社會素
材的收集者與分析家，魯迅的觀念與他人的認識常常發生一種有趣
的比照，從而昭示出當下中國社會的萬千「生態」，這也是一種別
出心裁的「互文」。

　　《偽自由書》、《准風月談》、《花邊文學》與《且介亭雜文》、《且
介亭雜文二集》等集子還在集末的「後記」、「附記」裏留存了大量
的背景材料，用作與前面正文的「互文」。

　　第三個值得注意的在於魯迅雜文的「自由邏輯」運行。在魯迅
的雜文中，作者充分運用了邏輯推理的力量，其推理過程邏輯既曲
折又嚴密，但這樣的邏輯卻又不是學術考證式的純粹理性邏輯，而
是依賴於情感、直覺與想像的「藝術的邏輯」。

　　如〈再論雷峰塔的倒掉〉的邏輯轉換線索為：

　　「雷峰塔的倒掉」引出中國人的悲歡——引發魯迅的快意與對
中國人「十景病」的批評——西方的「軌道破壞者」——中國沒有
「軌道破壞者」——中國寇盜式的破壞——中國的奴才式破壞——
呼喚「革新的破壞者」

　　再如〈春末閒談〉的邏輯轉換線索為：

　　細腰蜂的傳說與考證——中國人的政治統治的「細腰蜂」理想
——中國理想與現實的差異——西方政治統治同樣存在的「短處」

——問題的本質：思想的不可禁止性——作為物質身體的大腦也不等於思想

又如《熱風・隨感錄三十五》的邏輯轉換線索為：

社會上流行「保存國粹」的說法——清朝末年這一說法的兩種含義——現在這一含義已經不可能存在——探究真實含義——定義：「特別」之可疑（不好的特別？）——定義「特別而且好」之可疑（為什麼現在糟？）——定義：海禁以前好之可疑（古代為什麼糟？）——定義：遠古以前好之可疑（遠古依然糟！）——「保存」的不應該是「國粹」。值得一提的是，本文僅僅只有 700 來字，但其中卻經過了幾次的邏輯轉換。

魯迅這種「藝術的邏輯」，往往帶領讀者在一種大範圍之內進行時空的跨越，我們從中獲得的是對歷史與現實的超越，一種思想自由的快樂，例如著名的雜文〈由中國女人的腳，推定中國人之非中庸，又由此推定孔夫子有胃病〉，本文的題目已經足以顯示了作者怪異的想像和推理方式，但在魯迅的原文中，這一切的推斷卻又十分成功地完成了，更絕的還在文章的結尾，一個「考古學」的論題竟然又忽然拉回了現實：

> 以上的推定，雖然簡略，卻都是「讀書得間」的成功。但若急於近功，妄加猜測，即很容易陷於「多疑」的謬誤。例如罷，二月十四日《申報》載南京專電云：「中執委會令各級黨部及人民團體制『忠孝仁愛信義和平』匾額，懸掛禮堂中央，以資啟迪。」看了之後，切不可便推定為各要人譏大家為「忘八」；三月一日《大晚報》載新聞云：「孫總理夫人宋慶齡女士自歸國寓滬後，關於政治方面，不聞不問，惟對

社會團體之組織非常熱心。據本報記者所得報告,前日有人由郵政局致宋女士之索詐信□(自按:原缺)件,業經本市當局派駐郵局檢查處檢查員查獲,當將索詐信截留,轉輾呈報市府。」看了之後,也切不可便推定雖為總理夫人宋女士的信件,也常在郵局被當局派員所檢查。

在「考古」與「辨今」之間,存在一個魯迅所發現的邏輯關係:中國人的名實不符。這當然是一個並不「嚴格」的推理過程,但是,這個邏輯關係卻無疑可以獲得廣大讀者的最充分的來自「生存直覺」的支援,而且,當我們自己的「生存直覺」在魯迅的「藝術邏輯」中得以應證,這又是一個多大的情感的快意呢!

這就是魯迅雜文的最大的魅力。

本章附錄

魯迅、梁實秋論爭新議
——關於那段歷史的讀書札記

　　只要不是強大外力裏挾人心的年代（諸如「文革」），只要中國人能按自己所習慣的所容易接受的價值觀念來作出選擇，梁實秋的形象總會多少顯得和藹親切起來，他主張社會安定、萬民和睦，他呼喚思想自由，人性表現……無論是出於對多年鬥爭動亂的逆反心理，還是根植於民族心理結構中固有的安定意識和崇尚「性靈」的審美觀。總之，在恍恍惚惚當中，梁實秋先生的溫文爾雅似乎比魯迅先生的怨毒牢騷更能熨帖人心，更能入情入理。

　　真的如此麼？

　　我認為，這其中恰恰包含著我們對歷史的真誠的誤解。而誤解的產生已足以證明發生在大半個世紀以前的那場論爭具有多麼深厚的歷史文化背景。

　　翻翻現行的文學史教材，我們就會知道，這些誤解並非沒有道理：我們的文學史家都竭力造成魯迅在這場論爭中的「正統」形象，又無限放大梁實秋「喪家狗」形象，把他描述為革命主流之外的跳樑小丑、逆流——所有這些，都沒有深入到這場論爭的內部，都沒有抓住魯迅與梁實秋論爭的關鍵點，尤其是，他們忽略了一個起碼

的歷史背景：在 30 年代左右，恰恰是梁實秋代表了「正統」、「公允」，而魯迅卻代表了「叛逆」、「偏激」。

平心而論，這場論爭中，梁實秋先生的遭遇並不象我們想像的那麼糟糕，至少在當時相當部分的學院派知識份子中，他獲得了一個不壞的形象。以他的理論思想作指導的新月派宣言，是這樣說的：「我們不崇拜任何的偏激，我們不願意套上著色眼鏡來武斷宇宙的光景，我們希望看一個真、看一個正。」(〈《新月》的態度〉)多麼堂皇雅正！中國人向來力求步步公允、全面，絕怕旁逸斜出。「深刻的片面」一說至今還很難為中國社會認可。況且，在當時雷聲大、雨點小的「革命文學」洪流中，梁實秋又鮮明地提出了「文學創作經不得絲毫的勉強」、「偉大的文學乃是基於固定的普遍的人性，從人心深處流出來的情思才是好的文學。」(〈文學與革命〉)對照彭康、馮乃超、阿英等人粗聲粗氣的呵斥和近於心理逆反的批駁，對照創造社、太陽社幾乎聲嘶力竭的宣言卻又終究不過是「掛招牌」的舉止（魯迅語），特別是，對照中華民族崇尚平和，講究以理節情、抒寫性靈流波的美學傳統，梁先生土洋結合的主張（性靈是土，人性是洋），又別致又動聽，理當獲得不少公開的或暗暗的心領神會；而且愈到今天的和平年代便愈是如此，比如還算公允的海外現代文學史家司馬長風先生就認為梁文是純粹的文學，而魯迅的論爭卻是政治的。

然而，魯迅，這個總不引「正人君子」們歡喜的、「刁鑽偏激」的怪人卻提出了異議。魯迅始終是正統與公允的叛逆者。他這一擊好中要害！

一個由來已久的解釋是：魯迅站在鮮明的無產階級立場，宣導文學的革命性、大眾化，強調文學的社會功能，那自然就不會同意

梁實秋的「資產階級人性論」了。──其實，這只不過是當時彭康等人的簡單推理方式。

　　細細品味魯迅與梁實秋的論爭文字，我們會感到，魯迅與梁實秋的分歧並不在「是什麼」而在「為什麼」，或者說，並不在一些表面的結論而在潛伏於這些結論之下的心理機制、意識趨向。比如，魯迅先生就從來沒有說過文學應當棄絕人性，也沒有說過文學就是社會鬥爭的工具、宣傳品，梁先生的一些結論如「文學的創作經不得絲毫勉強」等，他也未曾予以批駁，甚至在某種程度上也同意了梁文關於文學與革命鬥爭並不同步的意見。在 1929 年 4 月作的〈現今的新文學的概觀〉一文中，魯迅先生就這樣說：

> 各種文學，都是應環境而產生的，推崇文藝的人，雖喜歡說文藝足以煽起風波來，但在事實上，卻是政治先行，文藝後變。……所以巨大的革命，以前的所謂革命文學者還須滅亡，待到革命略有結果，略有喘息的餘裕，這才產生新的革命文學者。[61]

　　我認為，魯迅與梁實秋的分歧是有著深厚的文化背景和文化傳統的。魯迅始終是超越型的激進派，而梁實秋卻是克制型的中庸派。值得一提的是，梁先生並不具有真格的資產階級、小資產階級思想，他只是中國式保守主義傳統的現代顯現，正如魯迅先生所說：「有人說，『小資產階級文學之抬頭』了其實是，小資產階級文學在那裏呢，連『頭』也沒有，那裏說得到『抬』。」（〈現今的新文學的概觀〉）

---

[61]　見《魯迅全集》4 卷 134 頁。

梁實秋的立論基礎是「人性」，然而卻並不是一脈相傳的自文藝復興而來的頌揚個性解放、反抗社會壓迫的「人性」，他攻擊激揚抗爭的盧梭，反對浪漫精神，認為「反抗的精神在文學上並不發生藝術的價值。」（〈文學與革命〉）相反，自文藝復興以降的資產階級思想，如反抗專制、背離中世紀的反傳統之路，梁實秋先生似乎都不以為然。在資本主義時代無數的思想家行列中，最讓他倍感親切的是保守主義者白璧德。因為在白璧德那裏，「人性」被分為了「情慾」和「理性」兩部分，而人更應該用「理性」來節制「情欲」。顯然，這一價值取向似乎更符合梁實秋作為中國紳士所固有的那種「以理節情」的心理需要。

不過，梁實秋其實也並不是一個真正的白璧德主義者，在白璧德那裏，展示的並不只是人性二元衝突後的結果：克制與中庸，相反白璧德更注重其衝突的過程，他把這場曠日持久的衝突稱為「洞穴裏的內戰」。而且，白璧德所謂的「理性」仍然內涵著宗教意義的自我超越因素，而梁實秋所謂的「理性」卻是純粹的倫理道德，他曾明確地說：「倫理的乃是人性的本質」。可見，這位去西洋「鍍金」回來的新文學學家，到底只穿上了一件西服，從本質上講，他更像是一個傳統中國文化的捍衛者。

經過梁先生的這番獨到的中國化改造，「人性」這個在西方文學史上具有深邃的內涵的概念，實際上是被倫理型實用型的農業文化「簡化」、「抽象」了，變成了毫無血肉的空洞乾癟的木乃伊。魯迅先生的論爭，正是以十分辛辣的筆調抨擊了這個「抽象」：

> 況且「人性」的「本身」，又怎樣表現的呢？譬如原質或雜質的化學性質，有化合力，物理學底性質有硬度，要顯示這

力和度數，是須用兩種物質來表現的，倘說要不用物質而顯
示化合力和硬度的單單「本身」，無此妙法；但一用物質，
這現象即又因物質而不同。[62]

魯迅這種嚴密的富有層次感的思維，是深受傳統文化思維模式
束縛的梁實秋所無法認同的，為了將「人性」具體化、豐富化，魯
迅又在此基礎上引入「階級性」的現實規定，無論後來的革命文學
家將「階級性」如何地僵化，如何與「人性」對立起來，而在魯迅
這裏我們看到的卻是，「階級性」的確要比梁實秋的「普遍人性」
生動豐富得多。恰恰是由這樣一個簡單的抽象的「人性」基點出發，
梁實秋以他最簡便的方式設定著時代、作家、大眾的關係，他認為
「天才」的一部分——作家理所當然地處於這三維的核心，「文學
家並不表現什麼時代精神，而時代確是反映著文學家的精神。」(〈文
學與革命〉) 而大眾與作家的區別只在於前者知道而說不出，而後
者卻能藝術地說出來。這表面上提高了作家的意義，實際卻是在一
種輕鬆的線性關係之中，降低了作家的主體性作用。魯迅指出：「事
實上，勞動者大眾，只要不是梁實秋所說『有出息』者，也決不會
特別看重知識階級者的」(《二心集‧對於左翼作家聯盟的意見》)，
作家與大眾的關係絕非一呼百應。

梁先生的這種認識其實是一種典型的「貴族化」心理。正因為
是從這種高高在上的「貴族地位」出發，所以他就很難在豐富的現
實矛盾與苦難中重新認識時代、作家和大眾的關係。這正如魯迅所
說：「有志於改革者倘不深知民眾的心，設法利導、改進，則無論
怎樣的高文宏議，浪漫古典，都和他們無幹，僅止於幾個人在書房

---

[62] 魯迅：《二心集‧「硬譯」與「文學的階級性」》，《魯迅全集》4 卷 204 頁。

中互相歡賞，得些自己滿足。」（《二心集‧習慣與改革》）貴族者，總是從舊的傳統出發，竭力保持現存的秩序，他們滿足於虛假的和平、安寧，恐懼一切動盪、變革。梁先生認為：「文學本不一定要表現反抗精神，反抗的精神在文學上並不發生藝術的價值。」「偉大的文學的力量，不在於表示多少不羈的狂熱，而在於把這不羈的熱狂注納在紀律的軌道裏。」（〈文學與革命〉）

和平固然可愛，問題是在一個動亂、變革的時代奢談寧靜、和平，這卻只能是某種意義的虛偽了。魯迅說：

> 鬥爭呢，我倒以為是對的。人被壓迫了，為什麼不鬥爭？正人君子者流深怕這一著，於是大罵「偏激」之可惡。以為人人應該相愛，現在被一班壞東西教壞了。他們飽人大約是愛餓人的，但餓人卻不愛飽人，黃巢時候，人相食，餓人尚且不愛餓人，這實在無須鬥爭文學作怪。
>
> ——〈文藝與革命〉

以和平、寧靜為尚的貴族心態所要求的現實必然是以維護這種貴族等級為基礎的，所以對和平、平等的呼喚恰恰也意味著一種最大的不平等。這在梁先生的〈文學有階級性嗎？〉一文中就有充分的流露：「人的聰明才能不平等，人的生活當然是不能平等的，平等是個很美的幻夢，但是不能實現的。」「一個無產者假如他是有出息的，只消辛辛苦苦誠誠實實的工作一生，多少必定可以得到相當的資產。」魯迅先生一針見血地揭出了這些言論的實質：「至於無產階級應該『辛辛苦苦』爬上有產階級去的『正當』的方法，則是中國有錢的老太爺高興時候，教導窮工人的古訓」（《二心集‧「硬譯」與「文學的階級性」》）。

　　對人、社會持保守主義的認識，同樣也就很難理解文藝的新觀念、新現象。早期無產階級革命文學自身的確多有不足，但梁先生對它的理解卻同樣是膚淺的，因為對於他，問題的實質還在於對新事物缺乏應有的寬容心態。在〈「硬譯」與「文學的階級性」〉一文中，魯迅揭出了梁實秋對他批判的無產階級的實質的無知：「我們所見的無產文學理論中，也並未見過有誰說或一階級的文學家，不該受皇室貴族的雇用，卻該受無產階級的威脅，去做謳功頌德的文章。」「據我所看過的那些理論，都不過說凡文藝必有所宣傳，並沒有誰主張只要宣傳式的文字便是文學。」並尤其強調，對無產階級文學這種新事物的苛刻是無理的，「恰如使他們凍餓了好久，倒怪他們為什麼沒有富翁那麼肥胖一樣」。

　　當然，梁實秋也很難理解魯迅先生「直譯」的良苦用心。因為他總是站在舊的標準上，以習慣上的順與不順衡量一切，這倒很容易讓人聯想到一些同志對新名詞、新術語、新表達不加分析的拒斥態度。

　　梁先生的「思想自由」要求也曾感動過一些人，可是，他的要求對象卻絕對地錯了。在他看來，並不是政府的文化專製造成了思想桎梏，倒是爭取真正自由的無產階級文學限制了「自由」，這時候，主張「好政府主義」的梁先生倒真像一個「維持治安」的皁隸了（魯迅語），在強大的專制統治者面前，梁先生的「自由之聲」實在就不得不是軟弱無力而趨於妥協的，魯迅諷刺說：

> 所以，新月社的「嚴正態度」，「以眼還眼」法，歸根結蒂，
> 是專施之力量相類，或力量較小的人的，倘給有力者打腫了
> 眼，就要破例，只舉手掩住自己的臉，叫一聲「小心你自己
> 的眼睛！」

> ——〈「硬譯」與「文學的階級性」〉

　　總之，在我看來，梁實秋貌似「公正」的論爭實際就包含著本質的不公正。只有這樣，我們才能理解魯迅先生〈「喪家的」「資本家的乏走狗」〉一文中的激憤態度（顯然是過於激憤的態度）。

　　在魯迅與梁實秋的所有論爭中，只有這一篇絕少論及爭論本身，而主要以激憤的情緒組構著全文。拋開一些情緒性的因素不談，我感到，這實際上是魯迅先生猛然間覺察了對象最惡劣的民族根性之後的忍無可忍。在與魯迅等人的論爭中，梁先生沒有能在理論上取得較大的舒展，怨毒之情壓抑於心而無處放泄，無奈之餘他不知不覺地走上了傳統中國文人最下著的復仇之路：假政治勢力之手置對手於死地，於是便有了「盧布」之類的暗示，稍微熟知當時「白色恐怖」的人都不難揣量出這一暗示的現實力量來，儘管這在梁實秋未必一定是自覺的，但其中所包含著的心理陰暗卻顯而易見，情急之中，魯迅出語激烈，幾近刻薄，這倒不是不可以理解的了。

　　以上我們簡單回顧了魯迅與梁實秋論爭的主要內容。我感到，從純粹階級鬥爭、社會鬥爭的角度還不能完全理解這場論爭的獨特意義，要理解魯迅、梁實秋這兩位影響頗大的現代人，就還要聯繫我們至今依然存在的深厚的文化背景，要聯繫 20 世紀中國文化在複雜的中西矛盾中走向現代的艱難過程，聯繫中國傳統知識份子的複雜的心理結構。

鲁迅的精神世界

第六章

「新」編的「故」事

第六章 「新」編的「故」事

為人生：一條的基本線索

《故事新編》是魯迅又一部重要的小說集。

從 1922 年到 1935 年，它的創作幾乎伴隨了魯迅的全部藝術實踐的過程。

如何在魯迅自身思想發展的線索上來理解《故事新編》，並由此說明它與《吶喊》、《彷徨》的差異，這一直是學術界討論的重要話題。《吶喊》、《彷徨》是現實人生的描述，而《故事新編》則講述了久遠歷史的「故」事，但卻並非是「原汁原味」的講述，魯迅且講且編，所以都是一些「新」編的「故」事。人們早就注意到，《吶喊》、《彷徨》包含著更加直逼現實的冷峻，而《故事新編》卻時常輕鬆地躍進歷史的遠景。在《故事新編》裏，魯迅那顆或寂寞或激憤的心似乎平靜了不少，同《吶喊》、《彷徨》比較，魯迅在這裏有意無意地回避著某些過分具有刺激性的現實感受。

我認為，應當繼續根據魯迅「我怎麼做起小說來」的著名解釋，將包括《故事新編》在內的全部魯迅小說視作「為人生」的系列成果，從「人生體驗」這一樸素的角度來捕捉魯迅流瀉在《故事新編》中的情感和思緒。也就是說，在魯迅暫時「脫離」現實躍進歷史的時候，他的現實人生經驗究竟是通過什麼方式呈現出來的，這樣的

呈現對於我們認識後期魯迅的精神結構有什麼啟發，最終，在統一的「為人生」的角度上，《故事新編》與《吶喊》、《彷徨》的差別及聯繫也有可能獲得較為具體的說明。

《故事新編》的創作歷時整整 13 年。從 1922 年到 1935 年，魯迅的情感世界經受了多少風霜雨雪，發生過多少波瀾曲折的變化啊。因此，它顯然缺少《吶喊》、《彷徨》那樣明顯的情感凝聚性，它是在一條分明存在的變動著的人生體驗的線索中，保持著別樣的內在統一與有機聯繫的。我認為，傳統研究中對《故事新編》的分組方式（即〈補天〉、〈鑄劍〉、〈奔月〉與〈非攻〉、〈理水〉及〈采薇〉、〈出關〉、〈起死〉各為一組）其實正好顯示了魯迅不同人生體驗的沉積過程，我們的解讀也就從這幾個漸次發展著的體驗入手。

〈補天〉、〈鑄劍〉與〈奔月〉

從〈補天〉、〈鑄劍〉到〈奔月〉，是魯迅「走向主觀」的歷程。〈補天〉、〈鑄劍〉與〈奔月〉〈補天〉、〈鑄劍〉和〈奔月〉基本上與魯迅的《吶喊》、《彷徨》同期，因而引人矚目的當然是這三篇小說所洋溢的主觀色彩與理想色彩。女媧再造宇宙，她那「精力洋溢」的臂膀攪動乾坤，讓天空也「化為神異的肉紅」，這是魯迅理想中樹立起的一位氣衝霄漢的創造英雄，眉間尺、黑色人那驚人的驍勇與果敢，那痛快異常的復仇雪恥，都呈現出一種濃重的超現實主義格調，至於張弓射日、氣貫長虹的英雄夷羿，自然也閃爍著浪漫主義的奇光異彩。

《吶喊》、《彷徨》當然也具有主觀抒情色彩，這些主觀抒情色彩也同樣「外化在具有現代社會意識的首先覺醒的知識份子人

物形象身上」，[1]但是，這些主觀抒情卻是嚴格局限在小說中構造的嚴肅的現實性格局之中，幾乎都沒有升騰出比較鮮明的理想主義色彩。「狂人」的理想色彩最濃，但《狂人日記》恰恰是一篇象徵主義色彩濃鬱的作品，這又反過來否定了作品的「理想性」。創作《吶喊》、《彷徨》的魯迅，首先是一個相當清醒的現實關注者，各種苦楚而真切的現實性體驗緊緊地糾纏著他的靈魂，他無意做出更多的超越於現實人生的主觀幻想，因為，在中國「瞞和騙」的大澤中，這樣的幻想如果太多了，恐怕又會變為一種自我撫慰的精神鴉片。

「行路難，行路難，多歧路，今安在？」我感到，《吶喊》後期出現了氣勢恢宏的〈補天〉，這正是魯迅在這種現實窘境中的心理補償。女媧，這位頂天立地的宇宙巨人、人類始祖，自由自在地往返於天地之間，隨心所欲地實行著自己的意志。她，完全掙脫了現實世界的束縛和困擾，叫人激動不已。魯迅很早就注意到了佛洛德的精神分析說，在後來的〈肥皂〉、〈高老夫子〉等文中也運用了這種心理分析法。但總的說來，魯迅對弗氏用性來解釋一切創造活動始終保持審慎、理智的態度，在對文學創作的心理發動問題上，他更願意接受融入了精神分析說但內涵更加寬廣的「生命壓抑說」，為此他還特地翻譯了廚川白村《苦悶的象徵》。然而，在〈補天〉的創作中，魯迅卻又大膽地用純粹「性的發動」來「解釋創造——人和文學的——緣起」，這樣的對固有理性框架的掙脫得積蓄起多大的激情和勇力呢？

---

[1] 王富仁：《〈吶喊〉〈彷徨〉綜論》，見《先驅者的形象》第 143 頁，浙江文藝出版社 1987 年版。

　　在女媧驚心動魄、無所顧忌的創造中，在黑色人、眉間尺決絕的復仇雪恥中，在夷羿如電似火式的彎弓射月中，魯迅從現實人生的困境中獲得了那麼短暫但卻無比痛快的超脫！

　　但魯迅終於還是不能脫離現實進入純精神的理想境界。無拘無束、自由創造的女媧在〈補天〉中僅僅活動了 1／3 強的篇幅，那大部分的鏡頭還是留給了那些愚弱的不肖子孫，而女媧也不得不一再陷入他們的無聊糾纏當中。很明顯，魯迅的感情到這裏又重新跌回了現實的網路中，無數現實人生的困擾再一次侵入到作者那激動人心的理想世界。──從現實升騰出一個超越的願望，一道求得短暫解脫的理想主義的光芒，但種種的現實體驗卻又難以蟄伏在這些幻景之內，並最終沖決而出，再次擊碎了那輪美麗的光環。這一起一伏的情緒走向已經足以見出魯迅那飽經創傷的、動盪不寧的心靈世界。

　　〈補天〉中的女媧畢竟還洋溢著比較多的超越於現實的自由與強勁，體現著《吶喊》時期的魯迅相對光亮的心境；而〈鑄劍〉中的黑色人、眉間尺則是沉沉地陷入了現實苦悶的泥淖當中（儘管魯迅把他們的復仇也上升到一種理想境界）。黑色人概括得好：「我的魂靈上是有這麼多的，人我所加的傷，我已經憎惡了我自己！」這樣，復仇英雄除了應付無數愚人的圍攻和糾纏以外，又悲壯性地滲透著一種自虐自殘乃至自毀的性質。

　　這正是魯迅自身的真切體驗。魯迅說：「我的確時時解剖別人，然而更多的是更無情面地解剖我自己」。[2]就在創作《鑄劍》的兩年前，他還說：「我自己總覺得我的靈魂裏有毒氣和鬼氣，我極憎惡他，想除去他，而不能。」[3]

---

[2]　魯迅：《墳·寫在〈墳〉後面》，《魯迅全集》1 卷 284 頁。
[3]　魯迅：〈致李秉中 240924〉，《魯迅全集》11 卷 431 頁。

　　自我解剖、自我思索似乎也並不都是這樣的「現實主義」。西方現代主義文學究其實質恐怕也是一種絕無僅有的自我人性探索，探索揭開了人性自身那道欲念翻騰的宇宙內海，在人欲的深淵面前，現代西方人如履薄冰、戰戰兢兢，「生存還是毀滅」這類古老的難題讓人雙眉深鎖、默默無語，由此給文學創作抹上了一層濃重的鉛灰色；無獨有偶，「重壓之感」也是魯迅小說的顯著情緒特徵。[4]但儘管如此，這兩者在意識本體上仍有著實質性的分歧。西方現代主義文學所表述的那種自我的矛盾、困惑、虛弱、無聊主要不是來源於現實生活的直接投射，不是現實生活自身矛盾困惑的積澱，而是在新時代的新生活中激發出的更加強烈的生命慾望和同時意識到自身生命局限而產生的反差強烈的懊惱與沮喪。但魯迅小說則不然。這是一個充斥了無數生活煩惱的「現實」的時代。如果說，現代西方人的痛苦是自內而外的，那麼魯迅的痛苦就是自外而內的。黑色人的這種自嘲乃至自虐自毀，也主要不是對自我人性某種本質的發現。黑色人的「自棄」可以歸結出兩個原因：首先，自毀、死是對現實苦難的一種最徹底的解脫。這如魯迅所說：「我很憎惡我自己，因為有若干人，或則願我有錢，有名，有勢，或願我隕滅，死亡，而我偏偏無錢無名無勢，又不滅不亡，對於各方面，都無以報答盛意，年紀已經如此，恐將遂以如此終。」[5]後來的 1936 年，魯迅在病魔的攻擊下，甚至還說過：「我以為要死了，倒也坦然……」[6]其次，自我毀滅也是對現實人生的一記報復，因為我的「毒氣和鬼氣」恰恰是現實社會長期浸潤的產物。

---

[4]　魯迅：《南腔北調集·〈自選集〉自序》，《魯迅全集》4 卷 457 頁。

[5]　魯迅：《書信·致李秉中 240924》，《魯迅全集》11 卷 430 頁。

[6]　魯迅：《書信·致王冶秋 360405》，《魯迅全集》13 卷 349 頁。

　　所以說，魯迅的自嘲、自我解剖也仍然具有「現實主義」的諸多特徵，本質上仍是自外而內的現實人生體驗的一部分。歸根結底，這樣的痛苦也是一個先驅英雄與不和諧的環境世界、一個有新的人生觀念的孤獨的現代人與古老中國的腐朽而強大的關係網絡的矛盾對立。在混沌中誕生的人類始祖終於陷入了無數不肖子孫的無聊糾纏，黑色人、眉間尺更是深受來自上下兩個層次的人們的欺凌與迫害。魯迅是那麼的熱愛生命、熱愛人生，但在這樣的現實境遇中，他那執著而強烈的愛也必然帶著冷峻與警戒，帶著時刻準備奮起自衛的利劍。「我的愛，就如荒涼的沙漠一般──／一個大盜似的有嫉妒在那裏霸著；／他的劍是絕望的瘋狂，／而每一刺是各樣的謀殺！」[7]

　　如果說，〈補天〉、〈鑄劍〉的人生體驗主要還是比較概括地投向人與客觀世界的關係鏈條上，那麼，〈奔月〉的體驗則來自於一個比較具體的方面：「我」與「我」的友人、愛人。在這裏，魯迅得到的感觸是更加深沉的痛楚。

　　企圖致羿於死地的恰恰就是他所信任、青睞的逢蒙，那曾畢恭畢敬的弟子。這既是魯迅親歷中「高長虹事件」的直接投射，同時也具有一種更高更廣泛的人生概括性。魯迅常常述說那些「戰友」、「同道」的冷箭與暗算：

　　　　我其實還敢站在前線上，但發見當面稱為「同道」的暗中將我作傀儡或從背後槍擊我，卻比被敵人所傷更其悲哀。
　　　　（《兩地書‧七一》）

---

[7]　裴多菲詩句，見魯迅：《且介亭雜文二集‧七論「文人相輕」──兩傷》魯迅譯作「彼兌飛」，《魯迅全集》6 卷 405-406 頁。

　　對面是「吾師」和「先生」，背後是毒藥和暗箭，領教
了已經不只兩三次了。（《華蓋集續編・海上通信》）
　　叭兒之類，是不足懼的，最可怕的確是口是心非的所謂
「戰友」，因為防不勝防。（《書信・致楊霽雲 341218》）

　　我們常常讚譽魯迅為國家、為民族的那種自我犧牲精神，那種
「俯首甘為孺子牛」的無私奉獻，但卻往往沒有意識到，在一個缺
乏真正的理解、真誠的感情，時刻伺機「人吃人」的古老社會中，
這樣的犧牲、這樣的奉獻對魯迅自己又意味著什麼？當羿為民除卻
禍害、贏來天下太平的時候卻遭來老太婆的一頓臭罵，當羿把一身
武藝都無私地傳給弟子逢蒙卻也教會了那直中自己咽喉的一箭，這
又是何等心酸的現實呢？在談到自己的這一人生體驗時，魯迅沉痛
以至於憤怒了：「在生活的路上，將血一滴一滴地滴過去，以飼別
人，雖自覺漸漸瘦弱，也以為快活。而現在呢，人們笑我瘦弱了，
連飲過我的血的人，也來嘲笑我的瘦弱了。」[8]但魯迅最切膚的痛楚
恐怕還不僅於此。在中國所有的人倫關係中，最具有實質性意義也
最讓人珍視的還是家庭、是親人。「家是我們的生處，也是我們的
死所。」[9]家，是所有中國人最大的避風港，最後的歸宿地。有時候，
一切社會活動中的苦水似乎都可以吞下，只要還有家！〈奔月〉中
的羿沒有因老婆子的無賴而出離憤怒，也沒有因弟子的背叛而頹喪
消沉，這都因為他還有個溫暖的家，有個嬌妻嫦娥！
　　當所有的苦水和髒水都流進「家」這個包羅萬象的大窖，所有
的情感都開始發酵、變質，傳統中國人這個無所不及的感情維繫網

---

[8]　魯迅：《兩地書・九五》，《魯迅全集》11 卷 249 頁。
[9]　魯迅：《南腔北調集・家庭為中國之基本》，《魯迅全集》4 卷 620 頁。

終於又成為人與人情感衝突、抵觸、背離機會最大的場所。當所有的矛盾都再難為我們手制的溫情脈脈的面紗所掩飾的時候，我們所遭受的打擊簡直是致命的！射日英雄夷羿最終的遭遇深刻地傳達了魯迅自己的人生體驗。

值得注意的是，就在這樣的人生體驗之中，魯迅的思想從單純的進化論過渡到觸目驚心的「生存競爭論」。他指出：「中國現在道路少，雖有，也很狹，『生存競爭，天演公例』，須在同界中排斥異己，無論其為老人，或同是青年，『取而代之』，本也無足怪的，是時代和環境所給與的運命。」[10]話說得冷靜、理智、平和，卻很難掩蓋那種深層的悽楚與蒼涼。

〈非攻〉與〈理水〉

〈補天〉、〈鑄劍〉和〈奔月〉以神異的浪漫情懷與《吶喊》、《彷徨》拉開了距離，顯示了魯迅小說開啟另一路向的可能。然而《奔月》以後，魯迅卻中斷了小說創作，而且時間長達 8 年。8 年之後的 1934 年魯迅創作了〈非攻〉，第二年再作〈理水〉。8 年的歲月似乎沖淡了那激動人心的浪漫風采，魯迅重返「現實」，在一種前所未有的明朗和平靜中，塑造著他不曾關注的社會「公僕」形象。我們不禁要問，這樣的變化又是怎樣形成的呢？

有必要再次回到複雜的〈鑄劍〉、〈奔月〉時期。魯迅的復仇是一種迫不得已的復仇。只有當他感到自己「即使避到棺材裏去」，也難免被「戮屍」的命運時才忍無可忍地舉起投槍和匕首。來自各個方向的各個層次的不可勝數的敵意步步進逼，魯迅那樂觀的單純

---

[10] 魯迅：《集外集拾遺補編・新的世故》，《魯迅全集》8 卷 154 頁。

的進化論思想受到了嚴重的挑戰，最後引向了「同界中排斥異己」的真實又殘酷的認識。

就是在這樣的「排斥」、「競爭」觀念中，魯迅走向了階級論，走向了馬克思主義的鬥爭學說。當一個煢煢子立、形影相弔的中國知識份子一旦發現自己有可能重新屹立於無數同道的攜手並肩當中，以彼此的通融和體諒共同對付人生道路上的陰鷙的敵人，這畢竟是一種莫大的慰藉呀！

儘管魯迅與大多數的中國知識份子不同，他的剛強、他的堅定、他的執著是空前絕後的，但是，他的確不願也畢竟不能做超脫現實、超脫歷史、超脫時代的「超人」式的抉擇。魯迅，他的人生苦難，他的每一步退避，每一步前進，都付出了多麼大的代價，也多麼應該為我們所理解呀！

新的人生觀念一經接受和確立，就將在實際中發出它特定的要求。〈非攻〉、〈理水〉的嶄新面貌，它的理想人物的價值取向，它的基本人生態度都無不表現著 30 年代革命文學的特徵。

然而，這卻是並不怎麼成功的。林非先生早就指出，這兩篇小說都缺乏一種「內在的清晰」，「像〈非攻〉中墨子救民於水火的心理動因就很不清晰，〈理水〉中禹的考察山川和治理水災也沒有正面的展開，因此更是無法瞭解他靈魂深處的奧秘」。[11]這應當怎麼解釋？是確如一些海外學者所言，魯迅的創作力至此出現了大幅度的衰竭了嗎？

一個作家最佳創作狀態的實現得益於許許多多的條件，而歸納起來，重要的恐怕就是一個內在素質與外在條件的互相契合問題。就魯迅而言，可能有這樣一些內容：「革命文學」的新的要求與魯

---

[11] 林非：《論〈故事新編〉》，《魯迅研究年刊》1984 年號。

迅自身固有的創作敏銳點距離之縮短；新的革命形勢所要塑造的
「超我」與作家內在的「本我」之間的差異的克服；新內涵的人道
主義理想與其潛在的個性主義的衝突所應構成的動態平衡。如果這
些問題都能獲得一個大致妥帖的調配，那麼創作就是順利的，作品
也將是基本成功的。

顯然，魯迅確實在這種關鍵時刻的「內外調配」的環節上出現
了困難。一方面，當時革命文學的許多價值標準是魯迅所不熟悉
的，加上當時革命文學宣導者所暴露的「左」的錯誤也不時挫傷魯
迅那坦蕩真誠的心靈，造成他情感接受中的許多梗阻；另一方面，
魯迅在〈非攻〉、〈理水〉裏所要造就的那種代表大多數人利益、埋
頭苦幹的社會公僕，那種溫和樂觀的基調也與其自身固有的人生體
驗產生了較大的差距。我們知道，魯迅是高舉「任個人而排眾數」
的個性主義的「立人」理想走上文壇的，[12]他的全部獨特的價值和
貢獻就在於對中國傳統社會以「數目」、「歷史」的力量不斷吃人這
一悲劇現實的發現。從某種意義上說，中國傳統社會並不乏兢兢業
業、鞠躬盡瘁的「社會公僕」，但無論是哪一個公僕都從未產生過
改造傳統的社會結構，改造中國人的人生世界的巨大力量；在封建
時代，統治者很可能恰恰會利用這些勤勤懇懇的公僕形象來達到粉
飾太平、愚弄百姓的卑劣目的，「岳飛式的奉旨不抵抗的忠」[13]終究
不能改變中國人民受苦受難的現實。對中國社會這些本質特徵有深
刻洞察的魯迅才把中國未來的希望，把中國人新的人生理想寄託在
無數中國人的「個性張揚」、「個性自覺」的基礎之上。在魯迅看來，
無數中國人覺悟到自己的個人權利、個性追求遠比替那些所謂的賢

---

[12] 魯迅：《墳·文化偏至論》，《魯迅全集》1 卷 57 頁。
[13] 魯迅：《南腔北調集·真假堂吉訶德》，《魯迅全集》4 卷 520 頁。

臣義士歌功頌德、樹碑立傳要好得多！與此同時，在強大的傳統面前，在一次又一次的挫折失敗當中，魯迅又真切地體驗到現實改造的艱難性、沉重性，新的人生道路的坎坷崎嶇，形成了魯迅小說特有的苦悶氛圍與悲劇性基調。

如今，現實依然，人生體驗依舊，但創作面貌卻要一反舊例，這該是多麼的艱難！理性與感性的分裂終於妨礙了魯迅對墨子、對禹形象的更多的情感投入和更深刻的挖掘、表現。

把〈非攻〉、〈理水〉歸結為「失敗之作」就了事了嗎？問題又似乎沒有這麼簡單，至少我們還沒有能夠解釋清楚在這兩篇小說中表現出的多種複雜的內涵。比如〈非攻〉結尾墨了的那串遭遇，比如〈理水〉1／2強的內容都用在了對世俗庸人盡情的描摹上，而英雄的禹最終又有了這麼一個出乎意料的變化。

我認為，當一個作家的理性層次與感性層次未能取得內在的通暢，呈現出某種分裂的特徵，那麼，作為理性需要的新的人生觀念則只能決定作品的大體構成，對於許多具體的細節及這些細節中所潛藏的情緒卻無力控制，在這些地方，作家自身的情感與個性就仍在發揮著重要作用。

在這裏我們有必要弄清魯迅是在哪一個情感層次上對新的理性的要求作了讓步，同時又在自己的內在情懷上形成了自我收縮、自我壓抑，也就是說，在一個什麼樣的大體認同的水準上，魯迅那些真實而痛苦的人生體驗甘願做出這樣的讓步、這樣的忍從。

就在魯迅創作〈非攻〉後不久，他在致蕭軍、蕭紅的一封信中抨擊了中國社會的那些「空談家」。魯迅的意思是，中國說大話、空話的人太多（包括革命隊伍內部），而認真思索中國現實和前途，踏踏實實為中國的未來創造條件，埋頭苦幹的人太少了。魯迅指

出：「空談之類，是談不久，也談不出什麼來的，它終必被事實的鏡子照出原形，拖出尾巴而去。」[14]〈非攻〉恰恰就是針對這一現實而寫的，墨子就是我們所缺乏的那種不務空談、講究實效的人。禹的形象中也包含著一種不羈舊俗、執著向前的改革精神。魯迅說過：「那切切實實，足踏在地上，為著現在中國人的生存而流血奮鬥者，我得引為同志，是自以為光榮的。」[15]墨子、禹都是這樣的奮鬥者，也都是魯迅的「同志」。

這已經很明白地告訴我們，一方面，魯迅自始至終從未放棄過探索中國社會病症、改造中國現實的人生理想，他也是在這樣的前提和需要中，塑造著為多數人謀利益的「社會公僕」形象；另一方面，同魯迅前期對中國社會的深邃分析比較，這時候的魯迅，將中國社會的苦難歸結為「空談家」的過失似略顯單薄，也略略減少了前期思想探索的那種直透骨髓的尖銳性，換言之，魯迅仍執著於前期的追求，繼續自己的思索，但為了適應新的價值標準，這種探索收縮到了一個比較單一的角度，一個相對窄小的範圍。只不過，這樣的「讓步」並沒有改變魯迅思想的基本結構，因為踏實奮進的品質其實與魯迅固有的「韌」性精神是相一致的。

不僅如此，當我們深入到魯迅的體驗世界中去，我們也還能發現他滲透到小說中的那種更加複雜的情緒特徵和更加細微的人生體驗。

墨子為宋國的安危而來去匆匆、風塵僕僕，當他終於大功告成，拖著腫脹的雙腳踏回宋國國門時，卻遭來了一連串的霉運。「寄意寒星荃不察，我以我血薦軒轅。」這別具一格的結局，不就分明包含著魯迅那特有的人生體驗嗎？雖然它不及〈藥〉那樣銘心刻骨！

---

[14] 魯迅：《書信・致蕭軍、蕭紅 341210》，《魯迅全集》12 卷 593 頁。
[15] 魯迅：《且介亭雜文末編・答托洛斯基派的信》，《魯迅全集》6 卷 589 頁。

能夠不羈世俗、獨立特行地完成自己的志願在中國也非要有點「猛」勁不可！在敵手那裏，猛人墨子對答如流、應付自如，但一返回宋國，陷入宋國庸人們的重重圍困之中，他也一籌莫展了。從這裏，魯迅有意無意地在心靈深處產生了這樣的疑問，是猛人又怎麼樣，是中國的脊樑又怎麼樣？是不是都難逃被無聊的庸人們圍困的悲劇。

在〈理水〉中，魯迅更加有意地突出「猛人」禹備受庸人詆毀的遭遇，而且有趣的還包括那個結尾：銳意革新、默默無聞的理水功臣禹一經返回京城，竟然「隨波逐流」，漸漸地過上了為其他庸人所欽羨的生活。

猛人不僅會難逃重圍，而且也將在重圍之中墮落為庸人，這是魯迅用自己的真切感受告訴我們的又一個重要結論。就是在自己的人生實踐中，魯迅深深地體會到「無論是何等樣人，一成為猛人，則不問其『猛』之大小，我覺得他的身邊便總有幾個包圍的人們，圍得水泄不透。那結果，在內，是使該猛人逐漸變成昏庸，有近乎傀儡的趨勢」。「中國之所以永是走老路，原因即在包圍」。「猛人倘能脫離包圍，中國就有五成得救」。然而究竟怎樣才能「脫離包圍」呢？魯迅苦苦求索，「然而終於想不出好的方法來」。[16]

我們常常津津樂道魯迅對「中國脊樑」的讚歎，卻很少從魯迅人生體驗的這一角度去分析問題，因而也一直未能發現魯迅滲透在這些中國脊樑身上的複雜的情緒和深沉的憂鬱。從這裏我們可以得到啟示，關於「民族脊樑」的論述，在魯迅那裏從未出現過嚴格意義的判斷。我們說那些埋頭苦幹、拼命硬幹、為民請命、捨身求法的人是「中國的脊樑」，[17]但對那些佔據著更廣大的社會空間，旁觀

---

[16] 魯迅：《而已集·扣絲雜感》，《魯迅全集》3 卷 486 頁、487 頁。
[17] 魯迅：《且介亭雜文·中國人失掉自信力了嗎》，《魯迅全集》6 卷 118 頁。

著猛人業績的人們似乎同樣需要一種珍貴的與猛人相呼應、相配合的精神特質。魯迅也說：「我每看運動會時，常常這樣想：優勝者固然可敬，但那雖然落後而仍非跑至終點不止的競技者，和見了這樣競技者而肅然不笑的看客，乃正是中國將來的脊樑」。[18]在這裏，魯迅顯然又把「脊樑」的要求擴大到社會的每一個人身上，呼喚著一種發自內心的真誠的理解與溝通。

從〈非攻〉到〈理水〉，魯迅內心深處的個性特質、人生體驗有一種復蘇並開始有所上升的趨勢。〈理水〉中，雖然禹的性格氣質與魯迅不相同，但同作為客觀意義上的為中國前途而作「韌」的奮鬥的孤獨前驅，魯迅似乎又從禹的命運中看到了自己的某一影子，他隱隱地然而卻是深深地為自己的生存境遇擔心了！

〈採薇〉、〈出關〉與〈起死〉

在無數逼真的現實人生體驗的攢擊之下，魯迅關於中國脊樑的理性架構開始了動搖，感性、理性的多重衝突、分裂讓魯迅再次陷入了巨大的創作困惑。這些主觀的困惑與客觀的各種精神壓力以及身體的疾病一起襲擾著魯迅，以至魯迅無數次地產生著「改掉文學買賣」、[19]「玩一玩」的念頭，[20]就在創作了〈理水〉不久，即1935年12月3日，魯迅在致山本初枝的信中訴說自己「苦於沒東西可寫」；又在致增田涉的信中講自己「目前正以神話作題材寫短篇小說，成績也怕等於零」。可知他對自己的創作成果並不那麼滿意。

---

[18]　魯迅：《華蓋集・這個與那個》，《魯迅全集》3卷143頁。
[19]　魯迅：《書信・致蕭軍、蕭紅350209》，《魯迅全集》13卷52頁。
[20]　參閱魯迅：《書信・致曹靖華350115》、《書信・致曹靖華350126》、《書信・致楊霽雲341216》等，分別見《魯迅全集》12卷，13卷。

　　終於，魯迅結束了民族脊樑的空洞設計，創作〈理水〉的一月之後，他連續創作了〈採薇〉、〈出關〉、〈起死〉，轉而繼續早期的傳統文化批判，真正落實著本年初的設想：「近幾時我想看看古書，再來做點什麼書，把那些壞種的祖墳刨一下。」[21]伯夷、叔齊、老子、莊子正好代表著中國文化的元典精神。

　　〈採薇〉、〈出關〉、〈起死〉較〈非攻〉、〈理水〉顯然要成功許多。其道理恐怕就在於：這些關於中國文化元典精神的理性認識能夠從魯迅自身的人生體驗中尋找到強有力的支撐。

　　借助於高度的理性批判意識，魯迅驀然回首，上溯到中國傳統文化的源頭，去重新審查中國傳統精神的幾位開山大師，讓他們的人生理想、人生道路在現代文明的返照下曝光。而所謂現代文明的新的人生觀，其實也就是魯迅早年一再重申的「立人」的理想。「生物之所以為生物，全在有這生命，否則失了生物的意義。」「食欲是保存自己，保存現在生命的事；性欲是保存後裔，保存永久生命的事。飲食並非罪惡，並非不淨；性交也就並非罪惡，並非不淨。」[22]魯迅認為，只有首先敢於承認、尊重生命的所有基本需要的人才是真正的人。「世上如果還有真要活下去的人們，就先該敢說，敢笑，敢哭，敢怒，敢罵，敢打」。[23]

　　伯夷、叔齊、老子、莊子的荒謬性恰恰在於他們都漠視了人最基本的生命要求。而理性上的強制是一回事，生命自身需要又是一回事。伯夷、叔齊變著法兒地改變薇菜的烹調方式，正是其生命欲的表現，可是二位卻仍然要固執於「不食周粟」的誓言。老子置身於慾望橫陳的現實社會，卻試圖「走流沙」，過永遠的「呆木頭」

[21]　魯迅：《書信·致蕭軍、蕭紅 350104》，《魯迅全集》13 卷 4 頁。
[22]　魯迅：《墳·我們現在怎樣做父親》，《魯迅全集》1 卷 130 頁、131 頁。
[23]　魯迅：《華蓋集·忽然想到（五）》，《魯迅全集》3 卷 43 頁。

般的與世無爭的生活,「苟活就是活不下去的初步。」[24]老子的這條「歧路」終於爬不過城牆,出不了關口,終於還是難免一場五味俱全的遭遇。莊子更是如此,口口聲聲「齊生死」、「無是非」,欲超凡入聖、返璞歸真,但卻又想「起死回生」,讓不幸的人「骨肉團聚」,這本身就是絕大的矛盾!最後,漢子「起死」,生命欲也「回生」,死死纏住莊子索取包袱時,這位自詡明「天地大化」的人也不得不大談「是非」了,並終於不得不借助官府的力量才得以脫身。魯迅至此一針見血地揭示出,莊子哲學終於只能成為「危急之際的護身符」。[25]

　　魯迅就是在對莊子的批判中,深刻地揭示了傳統中國人「無特操」、「無信仰」、「圓滑為人」的人生態度。「要做事的時候可以援引孔丘墨翟,不做事的時候另外有老聃,要被殺的時候我是關龍逢,要殺人的時候他是少正卯,有些力氣的時候看看達爾文赫胥黎的書,要人幫忙就有克魯巴金的《互助論》。」[26]

　　從對元典文化精神的批判這一角度來說,魯迅對於伯夷、叔齊、老子、莊子主要取著有距離的觀照態度,客觀地剖露了他們各自的人生態度的荒謬性。但僅僅如此,似乎也還是不能完全解釋這幾篇小說的情緒特徵。比如在〈採薇〉、〈出關〉中,魯迅把較多的筆墨仍傾注在主人公與庸人世界的相互關係上。伯夷、叔齊、老子不僅自身行為是荒謬的,同時也還受到來自他人的種種冷漠和欺凌。即使是批判色彩最濃的〈起死〉,莊子也並不是一個油頭滑腦、口是心非、虛情假意的奸佞小人。這樣,因荒謬而生的喜劇效果又多少有所淡化,〈採薇〉、〈出關〉中甚至不可掩飾地透出了另一種悲劇色彩。

24　魯迅:《華蓋集‧北京通信》,《魯迅全集》3 卷 52 頁。
25　魯迅:《且介亭雜文二集‧「文人相輕」》,《魯迅全集》6 卷第 299 頁。
26　魯迅:《華蓋集續編‧有趣的消息》,《魯迅全集》3 卷 199 頁。

　　這與魯迅的人生體驗之間又構成了怎樣的一種複雜關係呢？

　　縱觀魯迅前期小說創作，受到無情的辛辣諷刺的主要是一些封建衛道士，如四銘、高老夫子等人。他們不僅在人生信仰上是虛偽的，而且還頑固地用這些虛偽的信仰去駕馭、去束縛他人。但在中國傳統文化的源頭，在伯夷、叔齊、老子、莊子那裏，情形卻與他們的後代子孫很不同——至少他們對忠孝仁義，對避世全身，對處子至人的這些信念是相當真誠的，我們似乎沒有任何理由去譏諷他們作為個體意義的生存哲學。作為中華民族一員的魯迅也從來不認為自己就能夠與傳統一刀兩斷，相反，他常常歎息自己難以掙脫傳統精神的魔影。在這幾篇小說中魯迅抨擊得最厲害的莊子恰恰給了魯迅自己深厚的影響。「小說家的各個潛在的自我，包括那些被視為罪惡的自我，都是作品中的人物。」[27]魯迅對傳統文化人生理想的批判由此也同時構成了一種自我的內省和檢討，是在自己體驗複雜的人生道路上的一次驀然回首。

　　在這一次驀然回首的瞬間，魯迅所投注的情感是這樣的複雜。在魯迅的人生體驗與伯夷、叔齊、老子、莊子這些聖賢先師之間，不僅存在著那種否定性的自我批判式聯繫，而且還在一個更深的更隱秘的層次上存在著一種肯定性的自我抒寫式聯繫。

　　從某種意義上講，任何形式的人生哲學、人生理想都不可能是盡善盡美的，它都以一種摒棄了無數個別的現實生命現象的抽象方式或多或少地構成與生命需求自身的某些抵牾乃至背離。從這個意義講，作為馬克思主義的人生觀、人生哲學也將永遠需要我們去不斷探索、不斷充實、不斷完善，馬克思主義也就絕不應該成為少數人的專利和僵硬不變的教條。

---

[27] 韋勒克、沃倫：《文學理論》第 87 頁，三聯書店 1984 年版。

　　但是對馬克思主義的這種全面認識也只是近幾年的事。在 30
年代，在革命文藝的陣營中，我們的不少同志卻非常缺乏這種科學
的認識，由此在一種「左」的工作方式中也著實傷害了不少的同志。
魯迅，現代中國的這一最敏銳的靈魂，何嘗又沒有過自己最痛楚卻
最難表述的人生體驗呢？晚年的魯迅，常常陷於被束縛，被「鞭
打」，受「監督」的[28]痛苦折磨當中，他實在厭惡那些「倚勢（！）
定人罪名，而且重得可怕的橫暴者」、「奴隸總管」，[29]「上有御用詩
官的施威，下有幫閒文人的助虐」，[30]「公事、私事、閒氣，層出不
窮」，[31]這些情緒在伯夷、叔齊、老子的身上都有比較清晰的投射。
而在當時備受冷遇乃至欺凌的這三個人在中國歷史上卻不約而同
地都是後人所傾慕所推崇的至聖先賢，這又似乎是對中國古代史乃
至現代史的一次深刻的總結，一個別有意味的隱喻……

　　在創作自己最後的這三篇小說的這一年，魯迅在信中向增田涉
訴說：「近來不知是由於壓迫加劇，生活困難，還是年歲增長，體
力衰退之故，總覺得比過去煩忙而無趣。」這樣的「煩忙」和「無
趣」又促使魯迅不時驀然回首於自己坎坷的人生歷程，反顧自己在
風風雨雨中的每一次人生理想的抉擇，那種種的成功與失敗。1935
年、1936 年是魯迅人生歷程最後的兩年，恐怕也是他一生中最煩
惱、最痛苦、最蒼涼的兩年。「無聊」、「焦煩」、「疲乏」、「悲憤」

28　參閱魯迅：《書信・致胡風 350912》、《致王冶秋 360405》等，分別見《魯迅
　　全集》13 卷，211 頁、349 頁。
29　魯迅：《且介亭雜文末編・答徐懋庸並關於抗日統一戰線問題》，《魯迅全集》
　　6 卷 537 頁。
30　魯迅：《譯文序跋集・〈壞孩子和別的奇聞〉譯者後記》，《魯迅全集》10 卷
　　409 頁。
31　分別見魯迅：《書信・致曹白 360504》、《書信・致增田涉 350610》，《魯迅全
　　集》13 卷 369 頁，633 頁。

是他反復申述的心境，他想到了「玩一玩」、放棄文學創作，甚至死……出現在他筆下的詩歌意象籠罩了無限的陰暗，無限的寒冷，無限的荒涼，「塵海蒼茫沉百感」，「夢墜空雲齒發寒」，一種隱隱的莫名的失落感愈來愈強地纏絞在他的心間。[32]1935 年，魯迅在為楊霽雲書寫的直幅上亦有「不堪回首」的感慨：風號大樹中天立，日薄滄溟四海孤。杖策且隨時旦暮，不堪回首望菰蒲。

　　菰蒲，這是魯迅晚年詩歌中反覆出現的意象。它把我們的視野帶向那一片漫無邊際的沼澤，「蒹葭蒼蒼，白露為霜」。何處是歸宿？哪裏是彼岸？我們彷彿看到一位單薄的老人在蕭瑟的秋風中孤獨地走向黃昏，走向地平線。他，是那樣的倔強，卻又是那樣的疲憊……魯迅晚年的三篇小說實際上是比較完整地呈現了魯迅那層次豐富的心靈世界。

---

[32]　魯迅：《集外集拾遺．亥年殘秋偶作》，《魯迅全集》7 卷 451 頁。

魯迅的精神世界

第七章

「敲邊鼓」的睿智

第七章　「敲邊鼓」的睿智

　　我們再來考察魯迅與中國現代新詩的關係。

　　「魯迅與中國現代新詩」這個論題至少可以包括兩大部分的內容：①魯迅的新詩創作活動；②魯迅對中國現代新詩的研究、評論及理論建構。僅就這些方方面面而言，我們早就進行了淹博圓全甚至也是不無誇誕的開掘，但是，常魯迅作為一面萬流景仰的旗幟被引入現代新詩這一領域接受再一次不容置辯的膜拜的時候，我們的學術研究卻往往無暇顧及作為詩本身的特質及現代新詩的實際發展狀態，也最終是疏虞了魯迅自己的心理事實和藝術境域。

　　魯迅並不否認自己在現代小說界的地位，也不否認自己的古典文學研究成果，對有些人所不齒的雜文也不乏憐惜之語，甚至還為自己的「硬譯」而據理力爭，卻從來沒有承認自己是現代詩人，也從來不曾以一位理論權威的姿態自居於現代新詩研究界；他創作過新詩數首，但又一再申明自己「不喜歡做新詩」，僅僅是「打敲邊鼓，湊些熱鬧」；[1]他對現代新詩時有議論，但同樣反覆強調，自己是「外行」人，[2]「素無研究」云云。[3]我認為，所有類似的陳說都最好不要被視為單純的謙遜之語；在一定的意義上，這恰是誠摯的魯迅就其藝術境域的真切自述，也可以說，在某些心理的支配下，是魯迅自悟到自身藝術氣質與詩的某些距離感，從而適時地有所避

---

[1]　魯迅：《集外集‧序言》，《魯迅全集》7 卷 4 頁。
[2]　魯迅：《集外集拾遺‧詩歌之敵》，《魯迅全集》7 卷 235 頁。
[3]　魯迅：《致竇隱夫（341101）》，《魯迅全集》12 卷，556 頁。

諱。自然,這些偶一為之的創作,這些寥寥數語的評論,也包括這
類有意識的疏離行為與事實上的文化價值是完完全全的兩回事,但
它至少可以啟發我們,魯迅與中國現代新詩關係別有一種曲折性。
他與它不是一種直接的投入關係,而更像是在某種理性控制之下的
互相探測、互相對話——如果說藝術家與語言形式本質上都不過是
一種對話的關係,那麼魯迅與中國現代新詩的「對話」則完全是高
度自覺的理性的使然,魯迅有距離地有限制性地涉足過這一塊奇的
藝術世界,但又將這種涉足當做探索現代中國文化建設這一宏大目
標的一部分,將它作為對中國文化進行理性研究的一個樣品,將它
的成敗得失當作中國文化自傳統向現代艱難轉化的藝術顯示。魯迅
主要不是從純粹「詩的」而是從文化建設的意義上構織他與現代新
詩的關係,在這種理智的「對話」態勢中,魯迅的新詩創作和新詩
評論都別具一格,很難用單一的詩學標準來衡量。

我認為,只有充分肯定了「對話」態勢這一邏輯前提,才有可
能對魯迅與詩的真實關係作出新的、有益的闡釋。

理性與對話

魯迅的新詩創作主要集中在 1918、1919 兩年,這個觀點,顯
然是將 1928 年的〈《而已集》題辭〉及 30 年代的〈好東西歌〉等 4
首「擬民歌」排除在外了。嚴格清理起來,實際作品僅六七首。這
是魯迅走上文學道路之後的第一個創作高峰,兩年中,他還創作了
小說五篇,長篇論文兩篇,雜感、隨筆三十餘篇,另有散文詩七篇,
及譯文、考古學論文數篇。與第一批三首新詩同時見於《新青年》
的是彪炳史冊的《狂人日記》,此後的〈孔乙己〉、〈藥〉、〈明天〉、

〈一件小事〉等也都是深思熟慮、自出機杼的佳作，論文中則有〈我之節烈觀〉、〈我們現在怎樣做父親〉這樣的曠世名篇。從作品的數量與品質來看，這六首新詩在魯迅整體創作中的分量顯然略遜一籌，更重要的是，我認為這表明，在魯迅的心理天平上，也一開始就無意將它們置於與小說乃至社會學評論同等重要的地位。這種冷熱適度的處理方式，用魯迅的話來說就是「只因為那時詩壇寂寞，所以打敲邊鼓，湊些熱鬧；待到稱為詩人的一出現，就洗手不作了。」[4]我認為，這段自述非常形象地描繪了作者介入新詩世界時的理性精神和超越於詩的整體文化觀念。一方面，作為新文化建設的重要環節，新詩的實踐最能顯示在同以詩文化為優勢的傳統文學相對抗時的現代走向，因此，魯迅同當時的其他新文學作家一樣，都試圖以詩的成果、詩的力量「來鞏固新文學的地位」。[5]另一方面，當新詩作為現代文化的一部分開始為世人所接受時（有人被「稱為詩人」了），或許也是其他的「有志之士」正對新詩這塊處女地思慕不已，紛紛以詩人自詡時，魯迅又再一次明智地脫身而去，急流勇退。一進一出之間，顯然不是一位詩人的情緒激蕩，心潮澎湃，而是一位審慎、穩健的文化人對歷史、未來及自我的理性的思索和縝密的抉擇，他時時刻刻都有意把自己安排在這樣一個有距離的便於「對話」的地位。

在魯迅的新詩實踐中，這一理性主義和對話姿態的效應是雙重的。

首先，形成了魯迅新詩非常引人注目的「非韻文化」特徵，與所謂「詩」的本質發生了分歧。何謂「詩」，這恐怕也是人類文化

---

[4] 魯迅：《集外集·序言》，《魯迅全集》7 卷 4 頁。

[5] 王瑤：《中國新文學史稿》（上）68 頁，上海文藝出版社 1982 年版。

中諸多難以精確定位的概念之一，本文當然無力闡釋，但從修辭學的意義上說，在韻文（Verse）和散文（Prose）的區分中來理解「詩」則有其世界性的相似，這種區分又尤以中國文學為源遠流長和富有決定性的意義。在中國文學中，作為「韻文」的詩的本質就意味著音韻、聲律、黏對、節奏等一系列形式上的特徵。因有言：「……依此可知格律是詩的必要條件。且至少可以承認形式上的特徵是韻文上的一個主要條件。尤其是中國韻文，無論如何必須要依韻律和格式來和散文相區別。」[6]我們看到，出於理性過分執拗的控制，魯迅新詩在諸多方面都顯示出了與這些固有詩學標準大為不同的「非韻文化」特色：

（1）句式的散文化。在魯迅新詩的句式選用中，比較多地出現了敘述性的散文化詩句，諸如「春雨過了，太陽又很好，隨便走到園中。」「桃花可是生了氣，滿面漲作『楊妃紅』。」（〈桃花〉）「好生拿了回家，映著面龐，分外添出血色。」（〈他們的花園〉）這與「枯藤老樹昏鴉」式的中國詩句有著多大的差別呀。

（2）語義上非常鮮明的邏輯性。如「前夢才擠卻大前夢時，後夢又趕走了前夢。」（〈夢〉著重號為引者所加）來龍去脈相當清晰，〈桃花〉中有「我說，『好極了！桃花紅，李花白』。（沒說，桃花不及李花白。）」惟恐言不盡意，連括弧都用上了，思維的幾個層次都明白無誤地顯示給讀者，「意會」空間很小。

（3）韻腳的「硬」處理。魯迅新詩比較注意韻腳，或全詩一韻，或中途換韻，不過在韻腳的處理上卻比較艱澀，不時顯示著理性駕馭過程中的「硬」。比如〈愛之神〉：

6　澤田總清：《中國韻文史》（上）2頁，商務印書館1937年版。

> 一個小娃子，展開翅子在空中，
> 一手搭箭，一手張弓，
> 不知怎麼一下，一箭射著前胸。

連續三句均押 ong 韻，中間缺少必要的優遊迴旋，因而顯得乾脆俐落卻相對缺乏必要的詩情跌宕。「硬」有其較多的消極因素。

（4）詩句語調建設的隨意性。中國詩的旋律感源於它對字詞節拍的有機處理。古典文學多單音詞，因而它的節拍總是落在單個的字上，這就是字的平仄；按照這個規律，現代白話文雙音三音詞大量增多，因而它的節拍就自然應當或落在單純詞，或落在合成詞上，此時平仄就由「頓」來完成。[7]相應地，白話新詩的「頓」在相應的兩句中一般保持大致的相同，如何其芳〈預言〉：「你一定來自那溫鬱的南方！／告訴我那裏的月色，那裏的日光！」兩句皆為五頓；此外同一句中構成各頓的字數最好有所不同，不同句中相對應的頓的字數也要有區別，特別是收尾頓。用卞之琳的說法就是三字頓的「哼唱型」與二字頓的「說話型」錯落有致。[8]比如我們將徐志摩〈季候〉中兩句分頓如下：第一句「但／春花／早變了／泥」，第二句「春風／也／不知／去向」，第一句「一二三一」節奏，屬哼唱型（單字與三字同），第二句「二一二二」節奏，屬說話型，各句自有參差，又互為對應　錯落。

與中國詩歌這些固有的語調、旋律建設頗不相同，魯迅新詩不大注意頓數的整一性，如「小娃子，捲螺髮，／銀黃面龐上還有微

---

[7]　關於現代詩的節拍單位，尚無統一的稱謂，何其芳、卞之琳謂「頓」，聞一多謂「音尺」，孫大雨謂「音組」等等。
[8]　卞之琳：〈哼唱型節奏（吟調）和說話型節奏（誦調）〉，《人與詩：憶舊說新》，三聯書店 1984 年版。

紅，──看他意思是正要活。」（〈他們的花園〉）兩句間頓數差別
實在太大了；當然也較少各句的參差、對應問題。如〈人與時〉：「從
前好的，自己回去。／將來好的，跟我前去。」兩句內部全部採用
清一色的二字頓。

　　總而言之，我認為由於魯迅從涉足新詩創作的那一刻起就保持
著一種高度穩健的、有距離的理智態度，所以他並不像此前此後一
些詩人那樣容易被激蕩、被燃燒，他的與眾不同的、匪夷所思的理
性的東西總是大於那些一拍即合的以至不能自已的感性的衝動。如
果說，在文學創作的整體框架中，詩歌藝術的獨特性不過就是文體
的獨特性、語言結構的獨特性和語域創造的獨特性，能夠最終使我
們的詩人被燃燒、被沸騰的感性衝動也不過是詩的語言、詩的文體
這類「有意味的形式」所致，那麼，魯迅則顯然是一位較難被中國
詩歌雅言、中國詩歌固有的文體特質燃燒、沸騰的人。在中國語言
文字確定不移的條件下，在中國人的詩歌「期待結構」一如既往的
文化氣氛中，魯迅新詩就的確與我們的心理要求有距離，他那過分
強烈的文化理性主義牽制和擰扭著他對新詩語言的感受力、操縱
力，於是，魯迅確實不能算是一位「真格兒」的現代詩人。

與初期白話新詩的差別

　　強烈的文化理性主義在文化自省、文化比較的意義上「本能」
地與中國詩文化拉開了距離，因而也幾乎是決定性地導致了它與固
有詩歌理想境界的叛逆。於是，我們同樣可以看到，早期白話詩人
如胡適、劉半農、周作人等大多是一群熱衷於文化學的理性主義
者，他們的詩歌也都與魯迅新詩有不少的相似之處。胡適就說：「詩
國革命何自始？要須作詩如作文」（《嘗試集‧自序》）

　　不過，應當說明，這種相似最終只是問題的一面，同作為文化理性主義的產品，魯迅新詩依然有著與其他早期白話新詩的深刻差別。如果說淺明直白是早期新詩的共性，那麼魯迅則顯然有共性所不能包容的深沉之處；如果說汲取中古詩歌固有的民間色彩以反對僵硬的文人情趣，那麼魯迅又似乎不願放棄文人的修養與心性；如果說化用古代詩歌作品的意旨是不少創作的慣例，那麼魯迅則不曾為之。儘管我們以一種極不習慣的心境閱讀著魯迅新詩，也可以發現上述諸多的「非韻文化」、「非詩化」因素，但與之同時，我們卻總是不能宣判這些作品是浮淺幼稚、不值一提的（類似判語是可以適用於某些早期新詩的），事實上，在每一首魯迅新詩裏，我們都可以感受到為傳統詩歌無法包容的情緒內涵、精神境界。〈夢〉對夢境、混沌的無意識世界作了細膩的、有層次的表現，這在當時的新詩中是絕無僅有的。[9]（有些解詩者竭力從各個方面尋找「夢」的現實主義諷刺意味，恐怕這樣就很難理解這首詩的獨特之處了。）〈愛之神〉彷彿是一篇現代愛情的宣言書：「你要是愛誰，便沒命的去愛他；／你要是誰也不愛，也可以沒命的去自己死掉。」如此「無愛情，毋寧死」的極端主義情緒，顯然又是「溫柔敦厚」的詩教傳統難以接受的；〈桃花〉是對中國社會忌真誠尚虛偽的人倫關係的暗示，以豔麗的桃花喻刁蠻狹隘的世人，可謂前無古人；〈他們的花園〉寫「小娃子」獲「鄰家」百合之不易，其中飽含著一代青年移植異域文化的艱難歷程；〈人與時〉闡揚了「過客」式的直面現實、投入生命的剛性人生觀。

---

[9]　魯迅很早就關注過弗洛依德的學說，對人的無意識心理頗感興趣，也很早就試圖運用於藝術創作。

　　所有這些新詩，以〈他〉寫得撲朔迷離，較為難解：第一段「鏽鐵鏈子繫著」似說明「他」在屋內，但第二段「窗幕開了」卻又並不見「他」，為什麼呢？第三段求之不得，「回來還是我家」，這又是什麼意思？有人以為，「他」是「縹緲虛幻」的事物；「我」是「某些沉溺在癡想中的青年」，而「回來還是我家」則是「應該回到清醒的現實來的規箴」。我認為揭示「他」的存在是「縹緲虛幻」是有些道理的，但「我」的追求是否就是「癡想」大可商榷，詩中的鐵鏈、粉牆這類意象分明包含著為單純的幻想所無法解釋的些許沉甸甸的內涵；有的同志認為「他」是傳入中國的新思想，全詩三節分寫這一新思想在封建中國的不幸命運：被禁錮、被放逐、被埋葬。[10]我認為這種闡釋比較符合創作的一般心境，但似乎又將詩意落得太實了。其實，魯迅這首詩的最大特色就是有意識創作一種目迷五色、莫可名狀的氛圍：「他」顯然是「我」心目中某種美好的有價值的東西（「花一般」），不是沒有意義的空想（於是，我們將之理解為西方先進文化、先進思想也未嘗不可），但是「他」又並不存在於我們周遭的現實，而主要是存在於「我」的思想中、感覺中——「他在房中睡著」顯然也只是「我」的感覺，「我」認為他應該在房中睡著（實則潛意識中的自我安慰），所以終究是秋天啟窗不見（或者我們也可以認為，夏天的確在房中，但時過境遷，人去樓空了），這樣，仍然癡迷於「他」的「我」踏雪覓蹤，不過卻很快自我否定了，「他是花一般，這裏如何值得！」這其中似乎又包含了「我」自身對荒野嚴寒的畏縮，最後「不如回去尋他」更說明「他」在何處我並不得知，因而倒也可以編織理由回家了！在中國文化中，「家」自有其特殊的象徵意蘊，從艱辛的離家尋覓到「回

10　參閱周振甫注釋：《魯迅詩歌集》（修訂本），浙江人民出版社 1980 年版。

來還是我家」的欣慰,這是自「超越」到「認同」的悲劇。〈他〉就是寫「我」為理想中的事物所激動、所召喚,但最終放棄理想的全過程。在比較理想化的意義上,我們也可以將之解讀為現代中國與西方文化的一種典型關係。

新詩容納了如此深厚的理性精神、文化意識,這又是魯迅的匠心獨運之處了。由此我們亦可以理解,在詩固有的文體特徵上,魯迅的犯忌、越軌依舊是理性思索之後的有意為之,他似乎刻意打破詩與敘述性文體的語域界線,尋求詩歌境界的新拓展,比如以敘述性、邏輯性的散文化句式擊碎傳統詩歌的「意會」空間,探尋詩從空間美走向時間美;運用陌生化的節奏形式擊碎回環往復、一唱三歎的固有旋律,以求架設新的形式。類似的文體改造,儘管還不能說成功了,但思路是很可供借鑒參考的,它至少表明,魯迅對中國現代新詩的發展前程有過深入的思考,而在事實上,這一飽含文化反思意味的新詩發展設計在當時和以後都還少有人問津。這也是魯迅那獨特的理性主義、對話意識的第二重效應:文化理性主義不僅是思想的方式,而且是思想發展的自覺的目標,即一切的選擇都必須聚合在文化反省、文化比較與文化進步的總體目標下作出新的估量、新的理性的裁決。這就是魯迅與一般的理性主義者的深刻差別,如胡適等從事早期新詩創作的文化理性主義者,理性對他們的新詩創作主要體現為一種思想形式而並不同時具備深遠的文化指向意義,因而,在實踐中,他們很少將文化反思的成果運用起來,他們的作品中很少有魯迅式的文化意味,並且是很快地,在理性運行碰壁之後就放棄了「以文為詩」的全部努力,在這個時候,他們思想中出現的新詩理想,就依舊還是古典詩學的東西。

　　魯迅不同，他的目標始終如一，他的追求持之以恆，在理性的扭擰所形成的創作困難中，他反倒可能走向更深的思索。於是，即便是失誤，也不失為那種深刻的失誤。編選《中國新文學大系詩集》的朱自清堅持認為，「只有魯迅氏兄弟全然擺脫了舊鐐銬」，[11] 連胡適也承認，早期白話新人「大都是從舊式詩，詞，曲裏脫胎出來的」，只有「會稽周氏弟兄」除外。[12] 一位無意成為詩人的文化人，竟然能從這兩位行家處獲得這樣的殊榮，應當說也是別有意味的。

魯迅的新詩批評：一個估價

　　1924 年，魯迅在〈「說不出」〉一文中說：「我以為批評家最平穩的是不要兼做創作。假如提起一支屠城的筆，掃蕩了文壇上一切野草，那自然是快意的。但掃蕩之後，倘以為天下已沒有詩，就動手來創作，便每不免做出這樣的東西來：『宇宙之廣大呀，我說不出；／父母之恩呀，我說不出；／愛人的愛呀，我說不出。／阿呀呵呀，我說不出！』」[13] 這段話固然有它特定的批判意義，時人周靈均有〈刪詩〉一文，將當時詩壇流行的幾乎所有詩集都斥為「不佳」、「不是詩」、「未成熟的作品」，但他自己發表的詩作卻多是「寫不出」一類語句。不過我仍然認為，這種「批判意義」是有限的：結合全文來看，魯迅並沒有推翻周靈均的基本立論（比如對新詩現狀的估價），而僅僅是不緊不慢地提煉了一條規律：「我以為批評家……」比較同類雜文的犀利潑辣，本文的態度顯然溫和多了。這

---

[11] 朱自清：《〈中國新文學大系·詩集〉導言》。
[12] 胡適：《談新詩》，《中國新文學大系·建設理論集》。
[13] 魯迅：《集外集·「說不出」》，《魯迅全集》7 卷 39 頁。

樣高屋建瓴式的總結，又理當屬於魯迅對自身文化道路反省之結果。於是，批評家與作家，特別是詩評家與詩人間的「最平穩」的關係，就不僅適用於周靈均，恐怕也同樣適用於魯迅自己。

事實也是如此。1918、1919 年是魯迅新詩創作的高峰期，此刻他對新詩並無特別的議論批評，而後來出現〈詩歌之敵〉之類的評論時，他又早就「洗手不作」了。自然，這並非避難就易的取巧，而是審時度勢的抉擇。或者可以這樣認為，當魯迅發現自己一以貫之的文化理性主義在新詩創作中不便於更自由地舒展時，他隨即有意識地轉向了新詩批評、新詩理論探索的領域。當然，即便是這個時候，詩、新詩本身也並沒有成為他的主要關注對象，新詩的問題仍然是被魯迅作為舊文化的改造、新文化的建設這一宏大目標的一部分，因而我們前文所述的有距離的理性主義與對話姿態仍然是他進入新詩批評、新詩理論研究的重要方式。基於這樣的前提，魯迅對新詩的議論是零碎的、旁敲側擊的，也並沒有如有些魯迅研究者所說的構成了多麼嚴密的體系，甚至我以為其中的個別議論也有它不夠準確、不盡符合現代詩學的地方，但是，與另外一些「詩哲」汪洋恣肆、淹博圓全、或舶來或「學貫中西」的宏論相比，魯迅的片言隻語卻自成格局，其獨一無二的文化學評論常常一針見血，抓住了新詩發展在文化意義上的關鍵。在這樣的意義上，個別詩學結論值得商榷並不要緊，魯迅新詩批評、新詩理想的價值是其視角的價值、思維方式的價值和整體文化進步的價值。

進入魯迅的新詩批評、新詩理論境域，首先有必要辨明魯迅對中國現代新詩成果的基本估價。

在中國現代新詩史上，徐志摩的出現意義深遠，「《女神》是在中國詩史上真正打開一個新局面的，在稍後出版的《志摩的詩》接

著鞏固了新陣地。」[14]徐志摩詩歌對中國現代新詩的影響在事實上已經超過了郭沫若,「過去許多讀書人,習慣於讀中國舊詩(詞、曲)以至讀西方詩而自己不寫詩的(例如林語堂等)還是讀到了徐志摩的新詩才感到白話新體詩也真像詩。」[15]引人注目的是魯迅從一開始就對徐志摩所代表的詩風、也包括對他的詩論頗不以為然,[16]1934年又更加明確地表示:「我更不喜歡徐志摩那樣的詩。」[17]鑒於徐志摩在中國現代詩史上的實際地位和影響,我認為魯迅的這一好惡也在相當大的程度上決定了他對中國現代新詩整體成就的基本估價。可是,值得我們深思的是,長期以來,出於各種各樣的原因,我們對魯迅的這一基本立場並不十分重視,或者從潛意識的意義上講可能是難以理解也難以相信魯迅會作出如此偏執的判斷吧!1987年,魯迅研究中一份相當重要的資料〈魯迅 1936 年同斯諾談話〉被披露於世。其中有一個問題引起了我們的注意。魯迅在回答斯諾的提問時認為,即便是最優秀的幾個中國現代詩人的作品也「沒有什麼可以稱道的,都屬於創新試驗之作」。「到目前為止,中國現代新詩並不成功。」[18]從我們固有的對新詩發展的闡釋出發,面對這些論斷而大惑不解是自然的,王瑤先生後來追述說,由於魯迅對新詩評價如此之低,「這部分材料引起中國文藝界很大的反應」。[19]

我認為,如果說今天的人們依然難以理解和接受魯迅對中國現代新詩的這類結論,那麼倒是說明瞭我們的思維方式與觀察視角與

---

14 卞之琳:《徐志摩重讀志感》,《人與詩:憶舊說新》。
15 卞之琳:《〈徐志摩選集〉序》,《人與詩:憶舊說新》。
16 見魯迅 1924 年《「音樂」?》一文,收《集外集》,《魯迅全集》,7 卷,53 頁。
17 魯迅:《集外集・序言》,《魯迅全集》,7 卷,4 頁。
18 原載《新文學史料》,1987 年 3 期,安危整理。
19 王瑤:《對〈魯迅同斯諾談話整理稿〉的幾點看法》,《魯迅研究年刊》1990 年號。

魯迅有多麼大的不同。從傳統文化的現代性改造這一獨特的向度出發，魯迅估量現代新詩的價值標準就是它區別於傳統詩學的現代性。魯迅認為，中國現代新詩的成就只能建立在它超越於中國古典詩歌的層面上，就是說，它的價值應該表現在它對古典詩學理想的掙脫，進入「陌生」的藝術境界，自然，它的平庸也就意味著它並沒有走出傳統文化的怪圈。

由此說來，歷史意識是魯迅新詩批評最主要的思想特質，一切出現於現代社會的詩歌現象都應當放在歷史文化發展的長河中重新加以檢視，徐志摩詩歌固然是白話新詩走向成熟的標誌，但他所代表的新詩「巴那斯主義」又實在不過是傳統中國駢賦精神的產品。在超越於傳統文化的向度上，其歷史局限性就彰明較著了。

人類藝術的生產與接受具有兩大基本的趨向。其一是認同，按照榮格的理論，藝術作品之所以能引起千百萬人的共鳴、激動就是因為它道出了我們心靈深處世代相承的歷史積澱的東西，沒有它，藝術就無法進入我們這些「傳統人」的心靈，從而失去了存在的基礎。但是，反過來說，如若藝術純然由「認同」驅使，也終將會日益僵硬，喪失掉活力。因而第二種「超越」趨向亦是勢所必然。在「超越」中，藝術不斷尋求「陌生化」，接受者不斷滿足著異樣的新刺激。優秀的藝術作品都是這樣的認同、非個人化的傳統與反叛傳統的個人化的辯證結合，用弗萊的話說，就是「純粹的傳統」與「純粹的變異性」這兩極的「相逢」。[20]亦如艾略特的分析：「詩歌不是放縱感情，而是逃避感情，不是表現個性，而是逃避個性。自然，只有有個性和感情的人才會知道要逃避這種東西是什麼意義。」[21]在

---

[20] 參見葉舒憲選編：《神話——原型批評》，56 頁，陝西師大出版社 1987 年版。
[21] 艾略特：《傳統與個人才能》，《西方現代詩論》80 頁。

另一個場合，他又說：「詩歌的最重要的任務就是表達感情和感受。與思想不同，感情和感受是個人的，而思想對於所有的人來說，意義都是相同的。」[22]可見，二元辯證思維從來都是西方人的基本思維，在所謂「非個人化」、返回傳統的現代潮流中也如此。而由原始陰陽互補哲學影響下產生的中國古典詩學則有所不同，中國詩學更看重事物間的相互補充、相互說明、相互利用，在詩歌藝術的發展中則比較多地趨向與傳統的不斷認同，視復興傳統詩歌理想為己任，按葉燮的理解，就是「有本必達末」與「循末以返本」的周而復始。「譬諸地之生木然」，從《詩經》至宋詩，「而木之能事方畢，自宋以後之詩，不過花開而謝，花謝而複開。其節次雖層層積累，變換而出，而必不能不從根柢而生者也。」[23]現代詩人、詩評家在「民族化」的道路上向傳統詩學回溯，這不也就是「從根柢而生者也」。而在魯迅看來，如此的「循末以返本」是悲劇性的，因而他認為「一切好詩，到唐已被做完」。[24]於是乎，我們與魯迅的詩歌文化觀拉開了距離，與魯迅的思想成果產生了隔膜。

歷史批判與現實觀照

那麼，在魯迅眼中，中國傳統的詩文化究竟有什麼樣的缺陷呢？

請看魯迅對中國古典詩歌之源的《詩經》、楚辭的評論：「《詩》三百篇，皆出北方，而以黃河為中心。……其民厚重，故雖直書胸臆，猶能止乎禮義，怨而不戾，怨而不怒，哀而不傷，樂而不淫，

---

[22] 艾略特：《詩歌的社會功能》，《西方現代詩論》87 頁。
[23] 葉燮：《原詩‧內篇》（下）。著重號為引者所加。
[24] 魯迅：《致楊霽雲（341220）》，《魯迅全集》12 卷 612 頁。

雖詩歌，亦教訓也。」[25]又說：「如中國之詩，舜云言志；而後賢
立說，乃云持人性情，三百之旨，無邪所蔽。夫既言志矣，何持之
云？強以無邪，即非人志。」[26]在這裏，魯迅深刻地分析了《詩經》
的中和之美，魯迅認為，就其原初形式而言是「其民厚重」使然，
但之所以在古典詩歌史上綿延不絕則純粹是「差強人意」之結果。
屈原的楚辭傳統呢，雖「放言無憚，為前人所不敢言。然中亦多
芳菲淒惻之音，而反抗挑戰，則終其篇未能見，感動後世，為力非
強。」[27]總而言之，無論就哪一方面的力量而言，都將中國古典詩
歌牽引著進入了克制、壓抑感情的有限空間當中。

　　魯迅提出，要發展中國現代新詩乃至建設整個現代中國文化都
必須突破這層美學規則的束縛。1905 年的〈摩羅詩力說〉是魯迅的
第一篇詩歌評論，這篇評論有兩個主要的特徵：其一是將詩歌發展
引入到整體文化建設的框架當中，通過詩學問題的「擴大化」討論，
「欲揚宗邦之真大」。其二即是斷言「古源盡者將求方來之泉，將求
新源」。即從整體文化精神方面革故揚新，「別求新聲於異邦」，以西
方的魔鬼精神取代中國固有之「平和為物」。魯迅說：「平和為物，
不見於人間」，「人類既出而後，無時無物，不稟殺機，進化或可停，
而生物不能返本。」鑒於此，中國現代詩歌與中國現代文化的建設，
首先需要呼喚「立意在反抗，指歸在動作」的「精神界之戰士」，這
樣的詩人、文化人都有著「美偉強力」，「而污濁之平和，以之將破」。

　　既然「平和為物」實「不見於人間」，那麼為什麼這一詩歌美
學追求又在中國如此的深入人心呢？魯迅認為，這是因為在文明時
代，「化定俗移，轉為新懦，知前征之至險，則爽然思歸其雌，而

---

[25] 魯迅：《漢文學史綱》，《魯迅全集》9 卷 356 頁。
[26] 魯迅：《墳・摩羅詩力說》，《魯迅全集》1 卷 68 頁。
[27] 魯迅：《墳・摩羅詩力說》，《魯迅全集》1 卷 69 頁。

戰場在前，復自知不可避，於是運其神思，創為理想之邦……」就是說，這是「人文化」時代的中國人「新儒」之際「運其神思」的自我欺騙，因而實在是對現實生命的漠視和背叛。

這有兩種形式的表現。

其一是故作超脫，即投入自然的懷抱而忘卻了作為生命實體的自我。如果說「文以載道」的儒家倫理政治觀予中國「文」的影響較大，那麼自老莊以降的道家超脫主義則於中國「詩」的影響較大，尤其是在現代中國，自覺自願地捍衛儒家功利主義文藝觀的恐怕寥若晨星，而真誠地沉醉於道家美學情趣的詩人、詩哲則不可勝數。宗白華 1920 年把新詩定義為：「用一種美的文學——音律的繪畫的文字——表寫人底情緒中的意境。」而所謂的「詩的意境」就是「詩人的心靈，與自然的神秘互相接觸映射時造成的直覺靈感」。[28]這恐怕是開啟了中國現代詩論返回道家文化的先河。以後康白情、穆木天、朱湘、周作人、梁宗岱、戴望舒、朱光潛等人都從不同的角度和在不同的程度上肯定和發展了投入自然、尋求物我間微妙共振的詩學理論。如果說它們與傳統詩論有什麼不同，那就是一些現代詩論在表述上引入了西方「神秘主義」的概念，不過，由於他們大都沒有真正接受隱含在這一西方詩學概念背後的宗教精神，因而在事實上，「神秘」也絕對中國化了，實則「天人合一」的另一番描述罷了。徐志摩 1924 年譯介波德賴爾〈死屍〉時議論道：「詩的真妙處不在他的字義裏，卻在他的不可捉摸的音節裏。他刺戟著也不是你的皮膚（那本來就太粗太厚！）卻是你自己一樣不可捉摸的魂靈」，又說這種神秘的音樂就是「莊周說的天籟地籟人籟」。[29]為此，

[28] 宗白華：《新詩略談》，載《少年中國》，1 卷，8 期。著重號為引者所加。
[29] 見《語絲》，週刊，3 期（1924 年 12 1）。

魯迅特地發表了〈「音樂」？〉一文予以抨擊。文章提筆就是：「夜裏睡不著，又計畫著明天吃辣子雞，又怕和前回吃過的那一碟做得不一樣，愈加睡不著了。」[30]寥寥數語，即點出了人所無法「超脫」的現實性！人既無緣超脫，詩亦如此。現代中國的詩歌應當表現現實生活的「血的蒸氣」，我們需要的不是 Mysuic 而是「大抵震悚的怪鴟的真的惡聲」，摩羅詩力！不理解魯迅詩論特有的歷史意識，就很難接受他對徐志摩的批評。

也是出於同樣理由，1936 年，魯迅又在上海《海燕》月刊發表長文，批評朱光潛詩學的「靜穆」說。朱光潛廣涉中外文學現象，提出靜穆（Serenity）是詩的最高理想。魯迅則反駁說：「古希臘人，也許把和平靜穆看作詩的極境的罷，這一點我毫無知識。但以現存的希臘詩歌而論，荷馬的史詩，是雄大而活潑的，沙孚的戀歌，是明白而熱烈的，都不靜穆。我想，立『靜穆』為詩的極境，而此境不見於詩，也許和立蛋形為人體的最高形式，而此形終不見於人一樣。」「凡論文藝，虛懸了一個『極境』，是要陷入『絕境』的。」[31]回顧中國古代詩論，一個顯著的特色就是習慣於把詩引向某種「極境」，朱光潛詩論的無意識承襲性就在這裏，而魯迅機警過人的眼光也在這裏。

中國現代詩歌漠視現實生命的第二種表現是詩的貴族化。從靈動活潑到清高自榜，從海闊天空到象牙之塔，這似乎又是中國詩歌「古已有之」、循環不已的夢魘。魯迅說：「歌，詩，詞，曲，我以為原是民間物，文人取為己有，越做越難懂，弄得變成僵石，他們就又去取一樣，又來慢慢的絞死它。」[32]果不其然，梁實秋在五四

---

[30] 魯迅：《集外集·「音樂」？》，《魯迅全集》7 卷 53 頁。
[31] 魯迅：《且介亭雜文二集·「題未定草」（六至九）》，《魯迅全集》6 卷 427、428 頁。
[32] 魯迅：《書信·致姚克（340220）》，《魯迅全集》12 卷 339 頁。

白話新詩的「民歌風」一過就提出：「詩國絕不能建築在真實普遍的人生上面」，「詩是貴族的」。[33]針對這樣的新詩文化心理，魯迅基本上同意了文藝創作的民間化、大眾化趨向：「不識字的作家雖然不及文人的細膩，但他卻剛健、清新。」[34]

但是，我又認為，魯迅在同意「民間化」、「大眾化」的同時從來沒有放棄過作為一位文化人、一位新文化的啟蒙者所應有的思想水準和價值觀念。──事實上，中國古典詩歌史上也同樣不乏民間化的追求，「照新的發展舊路，新詩該出於歌謠。」[35]但是無論哪一次的民間化運動，都未能真正改造中國詩歌的本質精神，倒是反過來證明瞭貴族化的必要性。於是，民間化──貴族化終究構成了生生不息的惡性循環。魯迅認為這是因為這樣的民間化、大眾化「一味迎合大眾的胃口，一意成為大眾的新幫閒」而喪失了作為文化人應有的認知水準。「因為有些見識，他們究竟還在覺悟的讀書人之下」，「由歷史所指示，凡有改革，最初，總是覺悟的智識者的任務」。魯迅還深刻地分析道：這樣的「大眾幫閒」反過來卻「常常看輕別人，以為較新，較難的字句，自己能懂，大眾卻不能懂，所以為大眾計，是必須徹底掃蕩的；說話作文，越俗，就越好」。[36]可見，一味迎合大眾胃口的「幫閒」倒是在潛意識裏輕看大眾，以貴族自居。──幫閒化與貴族化原來竟有這樣的一致性！

這樣，魯迅就不僅僅在所謂的「資產階級小資產階級」詩歌中揭露貴族化，也特別注意在一些所謂的無產階級革命詩歌中開掘出其貴族性的心理：「以為詩人或文學家，現在為勞動大眾革命，將

[33] 梁實秋：《讀〈詩底進化的還原論〉》，載《晨報副刊》（1922 年 5 卷 27-29）。
[34] 魯迅：《且介亭雜文‧門外文談》，《魯迅全集》6 卷 95 頁。
[35] 朱自清：《新詩雜話‧真詩》，作家書屋 1947 年版。
[36] 魯迅：《且介亭雜文‧門外文談》，《魯迅全集》，6 卷 102、101 頁。

來革命成功，勞動階級一定從豐報酬，特別優待，請他坐特等車，吃特等飯；或者勞動者捧著牛油麵包來獻他，說：『我們的詩人，請用吧！』這也是不正確的。」[37]

形成中國詩歌漠視現實生命形態的心理因素是傳統詩人自覺不自覺的虛偽性，並由這創造者的虛偽彌漫影響了接受者的虛偽。魯迅曾分析過「瞞」和「騙」的大澤是如何在全社會蔓延開來的：「中國人向來因為不敢正視人生，只好瞞和騙，由此也生出瞞和騙的文藝來，由這文藝，更令中國人更深地陷入瞞和騙的大澤中，甚而至於已經自己不覺得。」[38]1925年，魯迅向許廣平談到現代詩壇的印象：「先前是虛偽的『花呀』『愛呀』的詩，現在是虛偽的『死呀』『血呀』的詩。嗚呼，頭痛極了！」[39]

由是，「真」成為魯迅對中國現代新詩的第一要求。「呼喚血和火的，詠歎酒和女人的，賞味幽林和秋月的，都要真的神往的心，否則一樣是空洞。」[40]「只有真的聲音，才能感動中國的人和世界的人」。[41]殷夫詩集《孩兒塔》在技巧上算不得精巧圓熟，但魯迅卻為它寫下了一生中惟一的一篇現代詩集序言，與其說它的意義在於政治鬥爭，毋寧說更在於文化品格的躍進，殷夫的詩歌雖然還略顯稚拙，但比較起雄踞本世紀20年代中國詩壇的其他諸流派詩人來，卻自有一種發自內心的真誠，是真誠的憤怒、真誠的抗爭，「怪鴟的真的惡聲」實在要比衰弱無力、「古已有之」的風花雪月好得多！這樣的詩路一旦比較健康地走下去，或許就是中國新詩的將來，所

[37] 魯迅：《二心集·對於左翼作家聯盟的意見》，《魯迅全集》4卷234頁。
[38] 魯迅：《墳·論睜了眼看》，《魯迅全集》1卷240頁。
[39] 魯迅：《兩地書·三四》，《魯迅全集》11卷100頁。
[40] 魯迅：《集外集拾遺·〈十二個〉後記》，《魯迅全集》7卷300頁。
[41] 魯迅：《三閑集·無聲的中國》，《魯迅全集》4卷15頁。

以魯迅強調：「這《孩兒塔》的出世並非要和現在一般的詩人爭一日之長，是有別一種意義在。」[42]

對詩的真誠性的呼喚也形成了魯迅前後階段對現代情詩的不同態度。五四前夕，他讚揚一位少年反抗包辦婚姻的散文詩《愛情》是「血的蒸氣」，是「醒過來的人的真聲音」。[43]1922 年他為汪靜之《蕙的風》辯護，抨擊所謂「含淚」的批評家。[44]後來，當現代情詩墮入空洞無物乃至庸俗無聊的窠臼時，魯迅又特別惋惜，因而顯出一種特別的嫌惡之情，他曾 1924 年發表了一首「擬古的新打油詩」，有意戲擬當時流行的失戀詩，「開開玩笑」。[45]

關於新詩的文體特徵，魯迅也時有議論。大致說來，魯迅主張一種不太嚴格的文體規範。他一方面反對新月派的「方塊」詩，[46]另一方面又堅持認為新詩「要有節調，押大致相近的韻」，「須有形式，要易記，易懂，易唱，動聽」，「詩歌雖有眼看的和嘴唱的兩種，也究以後一種為好」。[47]今天我們冷靜地分析起來，應當說執著於「嘴唱」並不一定符合現代詩歌的實際運動趨勢，中國新詩的形式革新似乎也主要不是一個「嘴唱」與否的問題，40 年代以穆旦為代表的優秀的現代新詩顯然不是「易懂，易唱，動聽」的，我們也同樣看到魯迅在詩歌理論上的這一主張與他早期的新詩創作就不盡一致。（這是否也可以說明，魯迅無意掩飾自己的每一條藝術思緒，

---

[42] 魯迅：《且介亭雜文末編・白莽作〈孩兒塔〉序》，《魯迅全集》6 卷 494 頁。

[43] 魯迅：《熱風・四十》，《魯迅全集》1 卷 321、322 頁。

[44] 魯迅：《熱風・反對「含淚」的批評家》，《魯迅全集》1 卷 403 頁。

[45] 魯迅：《三閑集・我和〈語絲〉的始終》，《魯迅全集》4 卷 166 頁。

[46] 魯迅：《致姚克（340220）》、《准風月談・重三感舊》，分別見《魯迅全集》12 卷 339 頁、5 卷，325 頁。

[47] 魯迅：《致竇隱夫（341101）》《致蔡斐君（350920）》，分別見《魯迅全集》12 卷 556 頁、13 卷 220 頁。

哪怕某些思想可能會自我衝突，妨礙著詩學體系的完整性、周密性。）——但是我認為，魯迅這一不盡確切的文體論並不值得我們特意的匡正，因為魯迅從來就沒有以現代詩論家自居，也無意通過自己的片言隻語去建構多麼博大圓融的「魯迅新詩學」！更重要的是，我們還看到，魯迅的這一文體論依然出於他改造中國現代詩歌的真摯設想。他認為：「沒有節調，沒有韻，它唱不來；唱不來，就記不住，記不住，就不能在人們的腦子裏將舊詩擠出，占了它的地位。」[48] 由此可見，文化改造、文化進步仍然是魯迅一以貫之的偉大追求，儘管這種追求在具體的程式上可能產生些許的失誤。文化的改革本身就是一件充滿艱難曲折的事業，目標與程式的組合是紛紜複雜的。比如我們也可以觀察到一些符合現代詩歌趨勢的中國詩論，但其目標卻顯然不是否定傳統詩學，所以倒鮮有文化進步的深遠意義。

　　總而言之，魯迅與中國現代新詩建立著一種有距離而獨特的關係：他不是技藝純熟的詩人，卻以他的短暫實踐給我們「別一世界」的啟示；他也不是那種體大精深、圓融無隙的詩論家，卻又在現代詩論中別具一格，發時人未發之論，貽留給我們的是更有力度的理論衝擊。這一切都根源於魯迅那獨一無二的文化理性主義。在現代，感情體悟是現代詩人、詩論家的主要思維方式，恐怕恰恰是在這類飽含著各種無意識心理的感性抒情、感性體悟當中，傳統中國的詩文化精神隱隱地、柔韌地再生著。特別是，當現代西方詩人詩哲也表現出對中國詩文化的某些傾慕時，更多的人就再難從情志搖盪的適意中陡然驚覺，進入理性的文化反思了，他們再難對中西文化、現代西方詩學與傳統中國詩學的內在分別作「有距離」的沉思冥想。

---

[48] 見《致竇隱夫（341101）》，《魯迅全集》12 卷 556 頁。

　　文化，這是任何一個現代中國藝術家都無法逾越的關隘。文化問題是現代中國史的首要問題，它所釋放的能量遠遠大於在現代化完成之後的其他國度。傳統文化與西方文化艱難的理性對話是磨礪、塑造每一位現代中國藝術家的心靈的煉獄。「肩住了黑暗的閘門，放他們到寬闊光明的地方去」。[49]這就是魯迅的膽識和魄力。

---

[49] 魯迅：《墳‧我們現在怎樣做父親》，《魯迅全集》1 卷 130 頁。

第八章

魯迅舊體詩歌

第八章　魯迅舊體詩歌

魯迅的舊體詩

　　魯迅一再申明：「舊詩本非所長，不得已而作」。[1]「其實我於舊詩素未研究，胡說八道而已。」[2]我認為，這些都不是單純的自謙之辭，在魯迅的創作整體中，顯然以舊體詩的分量為輕。——按照魯迅嚴格的自我評價，既然有了《吶喊》、《彷徨》那樣嘔心瀝血的謹嚴之作，這些多少帶著應酬性質的舊詩也的確可謂是「胡謅幾句塞責」了。[3]

　　但是，舊體詩在魯迅研究乃至現代詩歌研究中都有它非常重要的學術價值。從文化學的意義上看，「魯迅的舊詩」，這本身就是一種饒有意味的稱謂：魯迅，這位現代思想的先驅如何與這類最古老最傳統的文學樣式建立了聯繫？難道在這種為新文學所超越的舊的束縛中，新文學的開創者反倒找到了施展自己才智的自由空間？「解放」了的自由體詩卻不行？（魯迅一生創作詩歌 79 首，新詩不足8%，且僅在「五四」時曇花一現。）同時，如果連作者都已經清醒地認識到這「並非所長」，那又為什麼總是要「不得已而作」呢？

---

[1]　魯迅：《致楊霽雲（341209）》，《魯迅全集》12 卷 89 頁。

[2]　魯迅：《致楊霽雲（341220）》，《魯迅全集》12 卷 612 頁

[3]　魯迅：《書信·致楊霽雲（341013）》，《魯迅全集》12 卷 534 頁。

在這樣的追問當中，我們實際上又開始超越了魯迅本人，上升到中國新文學活動中這一引人注目的「舊體詩現象」。現代中國作家大量創作舊體詩的遠非魯迅一人。眾所周知，許多早年慷慨激昂地獻身於新詩創作的人最終都不約而同地走上了舊詩的道路，新文學的開創者、建設者們多少都拋棄了「首開風氣」的成果轉而向「骸骨」認同，[4]這究竟是為什麼？

於是，當我們開始討論魯迅舊詩的時候，實際上就具有了兩大可供參照的系統，一是作為現代舊詩前身的中國古典詩歌，一是現代舊詩創作的基本狀況。魯迅舊詩只有在這樣的參照當中才是個性鮮明、意義豐富的。

曾幾何時，我們竭力將魯迅的舊詩與現代史的「大事記」黏結在一起，為了各自證明這一「詩史」的價值，誕生了多少五花八門甚至讓人忍俊不禁的「考證」，引發了多少永遠沒有結果的爭論；也為了全力塑造魯迅這一民族傳統文化的弘揚者形象，我們反復論證了魯迅舊詩是如何地精於韻律、工於對仗，如何純熟地運用著賦、比、興，如此思路，實在是將現代舊詩與古典詩歌同日而語，將魯迅與他人等量齊觀，更是將詩與史混為一談了。在我們今天重新討論魯迅舊詩的時候，有必要首先清除這類研究的誤區。

主題之一：社會批評

魯迅一生，創作舊詩共 51 題 67 首。大致創作情況是：從作者就讀南京路礦學堂的 1900 年到「五四」前後，陸續創作了 18 首；

---

4 此提法參見斯提（葉聖陶）：《骸骨的迷戀》，1921 年 11 月 2 日上海《時事新報·文學旬刊》。

「五四」到 20 年代中期，魯迅主要沉浸在小說與散文詩的創作當中，舊詩僅僅是偶爾為之；從 20 年代末直到 1936 年，當「橫站著」的魯迅為了應付「公理」、「流言」、「暗箭」而不得不全力於社會批評的時候，舊詩又綿綿不斷地出現在作者的筆下。詩總是最能裸露一個人的內心世界，魯迅舊詩創作的高潮與他的後期雜文，也與他不甚滿意的《故事新編》同時出現，其創作心境當然就頗有一致性，至少，我們可以看出這麼兩點：

第一，正如魯迅把《故事新編》稱為「『塞責』的東西」，[5]他也並不認為這些多因應酬而誕生的舊詩代表了他可能達到的藝術水準。

第二，同後期雜文一樣，魯迅舊詩洋溢著鮮明的社會批判色彩。「我的筆要算較為尖刻的，說話有時也不留情面。」[6]

自然，「姑且為之」並不等於藝術天才的喪失，正如社會批判並不等於取消了自我的精神追求一樣。魯迅就說過：「我以為如果藝術之宮裏有這麼麻煩的禁令，倒不如不進去；還是站在沙漠上，看看飛沙走石，樂則大笑，悲則大叫，憤則大罵，即使被沙礫打得遍身粗糙，頭破血流……」[7]「樂則大笑，悲則大叫，憤則大罵」，這樣的創作心境又實在是魯迅所謂的「摩羅詩力」之表現了：「所遇常抗，所向必動，貴力而尚強，尊己而好戰」，「如狂濤如厲風，舉一切偽飾陋習，悉與蕩滌，瞻顧前後，素所不知；精神鬱勃，莫可制抑」。[8]這樣的「詩力」，在社會批判的形式中，又鼓蕩著多大的生命活性呢？如果我們僅僅拈出了魯迅「社會批判」的特色，卻未

[5]　魯迅：《書信·致黎烈文（360201）》，《魯迅全集》13 卷 299 頁。
[6]　魯迅：《華蓋集續編·我還不能「帶住」》，《魯迅全集》3 卷 244 頁。
[7]　魯迅：《華蓋集·題記》，《魯迅全集》3 卷 4 頁。
[8]　魯迅：《墳·摩羅詩力說》，《魯迅全集》1 卷 81-82 頁。

能與他更富有本質意義的「詩力」聯繫起來，那麼，魯迅舊詩的社
會批判就將變得黯然失色，變得與現代化的精神毫無幹係了。

　　不是嗎？五千年中國古典詩歌史，何嘗沒有過「社會批判」呢？
《國風》的〈伐檀〉、〈碩鼠〉、〈式微〉、〈擊鼓〉、〈陟岵〉等等，漢
樂府〈婦病行〉、〈孤兒行〉、〈十五從軍征〉等等，杜甫的「三吏」、
「三別」，白居易的〈新樂府〉、〈秦中吟〉，王禹偁的〈端拱箴〉，
歐陽修的〈食糟民〉，梅堯臣的〈田家語〉、〈汝墳貧女〉，蘇舜欽的
〈城南感懷呈永叔〉、〈吳越大旱〉，王安石的〈河北民〉，陸游的〈感
憤〉、〈關山月〉、〈農家歎〉……到近代，則有龔自珍的《己亥雜詩》
等等，梁啟超、譚嗣同、黃遵憲「詩界革命」的重要特徵也是褒貶
近代中國的重大歷史事件。在描述中國古典詩歌的發展之時，我們
曾有所謂「現實主義」傳統的說法，其術語的準確性姑且不論，但
這個稱謂所囊括的那一部分詩歌的確都有其共同的特徵，即「社會
批判」。只是，當我們滿心激動地盡數這一源遠流長的「現實主義」
傳統時，卻極容易忽略這類社會批判所置身的封建文化背景，混淆
封建士大夫「救世勸俗」的諷諫傳統與文藝復興以後人文主義文化
暴露黑暗的深刻差別。中國古典詩歌雖然在客觀上針砭時弊、「憂
黎元」、「救瘡痍」，但其根本性的指歸卻不過是「致君堯舜上，再
使風俗淳。」（杜甫語）即在對君的無可懷疑的前提下「補察時政」、
「泄導人情」（白居易〈與元九書〉），最終結果卻是「上下交和，
內外胥悅」。於是，創作主體的卑弱與詩情的褊狹是這類詩歌的基
本特徵：在這裏出現的不外是「征夫淚」、「徭賦苦」、「農臣怨」、「去
鄉悲」，至於社會更豐富更具有規律性的可悲可歎的現象，卻很少
成為詩的關注對象。如果說，中國古典的抒情詩存在某種情緒精神
上的類型化特徵，那麼中國古典的美刺諷諭詩則存在著社會現象的

類型化特徵。美刺諷喻與「怨而不怒」美學觀的結合也使古典詩人始終都沒有掙脫卑弱的狀態。由此我們恐怕就比較容易理解為什麼白居易一方面大力宣導「惟歌生民病」的新樂府，另一方面又貶損屈原的「澤畔之吟」，說只「得風人之什二三焉」（白居易〈與元九書〉）。在成熟時期的中國古典諷諭詩人看來，屈原的個性還太多了點！

在「摩羅詩力」的灌注之下，魯迅舊詩的社會批判顯然超越了中國古典詩歌的追求。魯迅認為，今天的詩人應當成為「精神界之戰士」，今天的詩歌應當「立意在反抗，指歸在動作」，「大都不為順世和樂之音」。[9] 這當然就不再是「極帝王理亂之道，係古人規諷之流」（元結〈二風詩論〉），也與「葵藾傾太陽」的心態迥然不同。

老杜當年在安史之亂後，親歷了由中國最高統治者權力之爭而釀成的巨大社會災難，多番忠言進諫卻觸怒肅宗，以致幾受刑辱，屢遭貶斥，但就是在這種時候，一篇〈北征〉仍然分明地寫著：「顧慚恩私被，詔許歸蓬蓽。拜辭詣闕下，怵惕久未出。雖乏諫諍姿，恐君有遺失。」末了還真誠地祝願「煌煌太宗業，樹立甚宏達！」歷經生存的荒謬卻並無超越性的荒謬意識，精神狀態仍然是那樣的萎縮，這就是典型的「葵藾傾太陽」。相對地，我們又可以舉出魯迅 1933 年 1 月創作的〈弔大學生〉：「闊人已乘文化去，此地空餘文化城。文化一去不復返，古城千載冷清清。專車隊隊前門站，晦氣重重大學生。日薄榆關何處抗，煙花場上沒人驚。」

同樣是一出戰亂的故事，同樣面對最高統治者的戰爭決策和普通人的命運遭遇，讀來卻毫無卑屈之味，毫無「進諫」之姿，甚至也毫無怨氣！魯迅在這裏只有那種超然的諷刺、無情的抨擊，那種

9　魯迅：《墳·摩羅詩力說》，《魯迅全集》1 卷 66 頁。

對生存荒誕現象的調侃和戳擊。這就是魯迅舊詩「社會批判」的典型心態，其雄健、其高遠，由此可見一斑。類似的詩歌，還包括〈學生和玉佛〉、〈二十二年元旦〉及 1936 年 6 月 28 日為黃萍蓀寫的〈無題〉。在這樣的心理狀態下，魯迅的社會批判又常常不滿足於具體行為的批判，而總是試圖透過一般的社會行為，挖掘其固有的精神特徵。〈贈鄔其山〉有云：「廿年居上海，每日見中華。有病不求藥，無聊才讀書。一闊臉就變，所砍頭漸多。忽而又下野，南無阿彌陀。」

有病、讀書、砍頭、下野、吃齋念佛，僅僅從社會行為而言，我以為都可能找到其合理性，有其各自存在的理由，並沒有太可挑剔的地方，而魯迅恰恰是在這類正常乃至冠冕堂皇的行為中洞見了它的卑鄙、陰險和荒唐、滑稽，頗具諷刺意味的心理特質。

類似入木三分的發現，在魯迅舊詩中不時閃爍著奪目的光彩。諸如「綺羅幕後送飛光，柏栗叢邊作道場。」（〈秋夜有感〉）「大家去謁靈，強盜裝正經。靜默十分鐘，各自想拳經。」（〈南京民謠〉）這真是：「自稱盜賊的無須防，得其反倒是好人；自稱正人君子的必須防，得其反則是盜賊。」[10]「於一切眼中看見有」、「於天上看見深淵」，魯迅這種由表及裏、由社會行為到本質精神的探測思路使他對社會歷史作出了許多規律性的判斷。如果說在理性意識中魯迅曾經強調西方進化觀念的意義，那麼在情緒性為重的詩歌創作中則又反復表現了他對中國現代歷史悲劇性的迴圈現象的認識：這裏是「狐狸方去穴，桃偶已登場」（〈哀范君三章·其二〉），是「城頭變幻大王旗」（〈為了忘卻的紀念〉），是「西遊演了是封神」（〈贈日本歌人〉），是「錢王登假仍如在」（〈阻郁達夫移家杭州〉）。

---

[10] 魯迅：《而已集·小雜感》，《魯迅全集》3 卷 531 頁。

在一首〈題贈馮蕙熹〉中，魯迅又將歷史的本質歸結為：「殺人有將，救人為醫。殺了大半，救其子遺。小補之哉，烏乎噫嘻！」不能不承認，魯迅在這裏對歷史特質的總結是殘酷的、血淋淋的：世界由「殺人」與「救人」兩種現實複合而成，它們永遠陰陽互補、並行不悖，且「救人」永遠都只是「小補」，絕無旋轉乾坤的力量，那麼，「揭出病苦」呢？「改造國民性」呢？無可奈何的歎息裏潛藏了魯迅更為沉痛的思考。

綜上所述，魯迅舊詩的社會批判已經遠遠超越了古典詩歌的層次。顯而易見，這一成就首先得歸功於「五四」的時代精神，歸功於當時對西方文化的拿來主義。從這個意義上講，能夠超越古典同題詩歌者也自然不限於魯迅舊詩，中國新文學中的舊詩都各有其無可懷疑的現代性。但是，我依然認為，這類詩的「現代性」水準是參差不齊的，而能夠進入魯迅式的高遠之境的就更是寥若晨星了。不妨看柳亞子的〈滿江紅‧自題《中國滅亡小史》〉：「遍地膻腥，何處是唐宮漢闕？歎底事，自由空氣，無端銷歇。秋草黃埋亡國恨，夕陽染紅傷心血。倩巫陽招得國殤魂，腸千結。華夷界，疇分析，奴隸痛，空悲感。問何時喚起，中原豪傑？鐵騎憑誰馳朔漠，銅駝見汝棲荊棘。看鏡中如此好頭顱，拼先擲！」

無疑，我們很容易被這篇作品中憂憤悲壯的民族主義情緒所感染，對它所表現的愛國主義思想也肅然起敬。不過，掩卷細呷，我們又能隱約體味到在這位現代舊詩大家的作品中有某種「似曾相識」的東西，而正是這種歷史性的因數排擠了類似魯迅舊詩的剛性的個體素質，並最終未能走出古典愛國主義「華夷之辨」的窠臼。在這裏，我又想起了郭沫若反曹植詩意而作的〈反七步詩〉：「煮豆燃豆萁，豆熟萁已灰。熟者席上珍，灰作田中肥。不為同根生，緣何甘自毀？」

　　曹丕兄弟相殘，曹植被迫七步作詩。詩有怨氣：「煮豆持作羹，漉菽對為汁，萁在釜下燃，豆在釜中泣：本自同根生，相煎何太急？」當時熱衷於「翻案」活動的郭沫若則完全反其意為之，出語驚人：「不為同根生，緣何甘自毀？」也就是說，兄弟之間，本該有這樣的自我犧牲！不然，又怎麼叫兄弟呢？單從郭詩與曹詩的比較來看，〈反七步詩〉的銳意創新是顯而易見的。無獨有偶，魯迅在 1925 年也有一首現代豆萁詠，詩名〈替豆萁伸冤〉：「煮豆燃豆萁，萁在釜下泣──我燼你熟了，正好辦教席！」

　　曹植說「豆在釜中泣」，魯迅說「萁在釜下泣」，顯然別具匠心。詩把豆萁的遭遇與當時的女師大事件聯繫了起來，以抨擊楊蔭榆等人對青年學生的迫害，這也是這首詩的「時代特徵」。但是，郭沫若與魯迅的這兩首「反七步詩」卻顯然並不是如一些同志所說的「各具匠心，各領風騷」。我認為，他們有著顯著的思想層次的差別。準確地說，魯迅根本無意「反」七步詩，曹植以豆的立場責問萁，魯迅卻沒有以萁的立場反問豆，在魯迅看來，一熟一燃，都是無辜的（只不過萁的悲劇性在於過去被人忽視罷了），人生不幸似乎並不在這類的骨肉相殘、兄弟相煎，而在來自於上一層的恐怖勢力：他們操縱著生殺予奪的大權，憑藉固有的地勢魚肉弱小者──曹植說豆被萁侮，是不幸的，魯迅又進一步補充道，萁同樣難逃被另一重勢力所利用所毀滅的命運。魯迅並沒有反撥曹植對個體生存的關注，他只是把這場生存的悲劇推向了一個更本質的層次，作出了更深刻的揭示。郭沫若是真正的「反七步詩」，他完全否定了曹植那起碼的對個體生命的珍惜之情，代之以一種相對抽象的「犧牲說」。「犧牲說」可能倒是現代的，但是如果「犧牲」是建立在這樣一個否定個體生存的基礎上，則顯然是危險的，也很容易與傳統的忠孝仁義思想相混同。

同樣是具有現代歷史特徵和社會性內涵的舊詩，在魯迅和其他現代詩人那裏卻有著並不完全相同的思想追求。除了各自不同的政治環境的影響之外，我認為其根本的差異就在於，魯迅在客觀的社會批判、社會抒懷中貫穿了自己強烈的自我生存意識和生存慾望。在魯迅看來，社會批判若不是為了個體生命的發展，那它就是毫無價值的。摩羅詩力顯示了它偉大的意義。

主題之二：生存的思考

除了社會批判之外，魯迅舊詩的自我生存意識也有更直接的表現。可以這樣認為，魯迅強烈的文體感使得他的舊詩與同一時期的雜文分工明確：就社會批判而言，顯然以雜文更方便更遊刃有餘，而詩歌，儘管也可以包容一定的理性審判內涵，但它的理性審判卻必須與主觀的抒情或曰主體的自我呈現結合在一起，所以總的說來，詩歌終究要落實到自我這一基本軸線上來。魯迅舊詩最大的價值就在於深刻而細膩地向我們呈現了這位現代思想先驅那複雜的心靈世界。

1912 年 7 月，曾經是魯迅同學、同事的范愛農溺水而亡。消息傳來，給正失望於辛亥革命的魯迅以巨大的衝擊。篤實孤傲的人終於不能容身於世，這本身就是一個意味深長的象徵。從中，魯迅彷彿照見了自身的境遇。范愛農之死導致了魯迅獨自踏上人生道路以來的第一個寂寞、孤獨期。在這個時候，他寫下了〈哀范君三章〉，既哭范愛農，也是對自我人生追求的反顧與前瞻。

其一曰：「風雨飄搖日，余懷范愛農。華顛萎寥落，白眼看雞蟲。世味秋荼苦，人間直道窮。奈何三月別，竟爾失畸躬！」詩人

在對范愛農人生遭遇的詠歎中，飽含著自己的幾多酸甜苦辣。「華顛萎寥落，白眼看雞蟲。世味秋荼苦，人間直道窮。」這難道不正是魯迅的人格寫照和人生體驗麼？

其二曰：「海草國門碧，多年老異鄉。狐狸方去穴，桃偶已登場。故里寒雲惡，炎天凜夜長。獨沉清泠水，能否滌愁腸？」顯而易見，這就是范愛農與魯迅共同棲身的生存環境。天下烏鴉一般黑，何處是光明？哪裏是解脫？「獨沉清泠水，能否滌愁腸？」然而，在這樣令人窒息的氛圍中，死就能夠解決問題，獲得安寧嗎？詩人也有所懷疑。

其三曰：「把酒論當世，先生小酒人。大圜猶茗艼，微醉自沉淪。此別成終古，從茲絕緒言。故人雲散盡，我亦等輕塵！」從范愛農之死揣想自我的人生前程。舉世酪酊，微醉者又奈若何！范愛農曾對魯迅說：「如此世界，實何生為；蓋吾輩生成傲骨，未能隨波逐流，惟死而已，端無生理。」[11]道出的是現代知識份子「自我放逐」的典型心態。范愛農「惟死而已」，魯迅「等輕塵」，這都並無本質的差別。於是，在魯迅沉痛的思索當中，「死」又有了另外的意義：對於一個熱愛生命、反抗絕望的人而言，死固然不是有益的選擇，不是真正的安寧之鄉，但它卻是別無選擇的命運的歸宿——或許，這場人生最大的無可奈何就在於此吧！

以上三個方面的確反映出了魯迅舊詩的基本心理走向。

不甘媚俗的孤傲和由此而生的孤寂是魯迅舊詩的基調。這裏有偶偶獨行的索寞：「寂寞新文苑，平安舊戰場。兩間餘一卒，荷戟獨彷徨。」（題《彷徨》）有理想的渺茫：「所思美人不可見，歸憶

---

[11] 范愛農 1921 年 3 月 27 日致魯迅信。轉引自錢理群《周作人傳》168 頁，北京十月文藝出版社 1990 年版。

江天發浩歌。」（〈無題二首〉310614）有淒冷的長夜：「中夜雞鳴風雨集，起然煙捲覺新涼。」（〈秋夜有感〉）「竦聽荒雞偏闃寂，起看星斗正闌幹。」（〈亥卒殘秋偶作〉）有燥熱的早晨：「唱盡新詞歡不見，旱雲如火撲晴紅。」（〈贈人二首〉）他筆下的湘靈也是：「高丘寂寞竦中夜，芳荃零落無餘春。鼓完瑤瑟人不聞，太平成象盈秋門。」（〈湘靈歌〉）（關於〈湘靈歌〉，歷來眾說紛紜，甚至到了幾近荒謬的地步，而我認為，其義並不難解，就是借湘靈這一潔身自好的形象表達自身的人生態度和理想。）

　　「曾驚秋肅臨天下，敢遣春溫上筆端。」（〈亥年殘秋偶作〉）只有進入到魯迅那憂憤深廣的內心世界，我們才能夠真正理解那自嘲式的生存態度：在一個長時期「慣於長夜過春時」的社會，一位「挈婦將雛鬢有絲」的女人終究能有多大的力量呢？如果說「鐵屋子」的確是「絕無窗戶而萬難破毀的」，那麼在最後的死滅之前，這位意外驚醒的人無疑是最孤獨的，「夜正長，路也正長」，無可奈何的感慨是他心靈的顫音：「運交華蓋欲何求，未敢翻身已碰頭。破帽遮顏過鬧市，漏船載酒泛中流。橫眉冷對千夫指，俯首甘為孺子牛。躲進小樓成一統，管他冬夏與春秋。」

　　這一首〈自嘲〉本來意義並不特別晦澀，詩題也足以剖露詩人的心旌，況且《日記》中也對其淵源作過進一步的闡釋：「達夫賞飯，閒人打油，偷得半聯，湊成一律以請。」[12]有意思的是，我們的詩評家們竟然長時間地曲解著它的本義而渾然不覺。毛澤東同志從政治家的角度提出他的意見，這本來無可非議，但後人若囿於此說，又拼命從考據學的層面去修補論證，恐怕本身就離毛澤東固有

---

[12]　魯迅：《日記》（321012），《魯迅全集》15卷，人民文學出版社1981年版，第35頁。

的「創造性誤解」太遠了，當然離魯迅本人也就更遠了。對於魯迅
這麼一位「任個人而排眾數」的先驅，不被大多數人理解，陷入四
面受敵的孤獨境地恐怕才是歷史的真相；從早年熟視的「看客」到
晚年警戒「同一營壘中射來的暗箭」，「千夫」的含義應當是不言而
喻的。既然已「運交華蓋」，乾坤非人力所能旋轉，那麼在家庭生
活中聊以自慰，熨平受傷的靈魂，不也非常合乎情理嗎？正所謂：
「無情未必真豪傑，憐子如何不丈夫。知否興風狂嘯者，回眸時看
小於菟。」（〈答客誚〉）

由此我想到，當我們以那種義無反顧、所向披靡的政治家的理
想模式來規整、衡定魯迅這樣的知識份子時，是不是反倒扭曲和損
害了一位真誠的靈魂，至少，我們實在沒有對他的現代性痛苦付出
足夠的體諒和關懷：「弄文罹文網，抗世違世情。積毀可銷骨，空
留紙上聲。——題《吶喊》」

這是又一次「運交華蓋」的體驗。在這裏，詩人「罹文網」、「違
世情」、「空留紙上聲」，或許你會挑剔他的頹唐，但是，在無可抵
擋的歷史勢力面前，個人的創造何嘗又不是軟弱的！這其實是真正
的唯物主義的現實感，相反，脫離歷史真實的樂觀主義倒很可能是
徹底的唯心主義。

當然，魯迅是複雜的，其複雜就在於任何一類抽象了的情感模
式都不能完全準確地框架他，他那「粗糙的靈魂」，那多刺而銳利
的感情總是能夠最終刺破我們的歸納，顯出桀驁不馴的姿勢——當
我們以激昂的革命者的目光驚喜地注視著他，他卻以沉默顯示出心
靈深處的創傷，顯示出他在人生痛苦的攢擊之下不堪重負的頹喪；
而當我們以絕望者的心境來認識他，卻又見他再一次從苦難中掙扎
起來，向絕望挑戰。於是，「運交華蓋」之後他照樣敢於「橫眉冷

對」,「慣於長夜」,依然不忘「怒向刀叢覓小詩」。1933 年 12 月,魯迅應燕京大學學生黃振球之請,作〈無題〉云:「煙水尋常事,荒村一釣徒。深宵沉醉起,無處覓菰蒲。」荒村釣徒,顯然就是魯迅人生疲憊之際聊以超脫的自況,不過值得我們注意的是,這位意欲自我麻醉的釣徒終於又在深宵驚醒,再次體會到了「超脫」的短暫與虛妄,於是更深地陷入了無家可歸、任水漂泊的自我放逐中。這一番否定之否定,充分顯示了魯迅那清醒、強勁的自我生命意識,那波濤洶湧、起伏不甯的心靈世界。在這裏,「心事浩茫連廣宇,於無聲處聽驚雷。」(〈無題(340530)〉)

從橫眉冷對的錚錚傲骨、憤世嫉俗的社會批判到無可奈何的慨然長歎、聊以自慰的超脫,我們也隱約可以見出一個典型的中國知識份子的精神走向,那種在往返於入世與出世之間的躑躅彷徨。這裏潛藏著儒家的功名進取與道家的避世全身雙重基因。舊詩作為與傳統文化親緣關係緊密的文體,較之小說、散文,好像是格外生動地傳達著魯迅的這一集體無意識。

魯迅舊體詩的藝術貢獻

魯迅舊詩藝術的創造性主要表現在三個方面:

首先是對古典詩歌審美理想的突破,即輕意境,重理趣。在中國傳統詩文化中,情景交融的意境是最高的詩學範疇。當然,意境本身也有不同的層次,唐以前大體上是感物抒情的階段,情與景在分離中求統一;唐詩逐漸走向物我合一,情與景渾融天成,「羚羊掛角,無跡可求」。這一藝術理想後來在鋪排濃豔的宋詞當中得到進一步的烘托和營建。但宋詩(特別是江西詩派)卻另闢蹊徑,以

才學入詩，以議論為詩，崇尚「理趣」。這顯然有悖於中國詩文化的「感興」本質，因而宋詩對中國詩歌的影響是不能與唐詩宋詞相比肩的。魯迅就說：「我以為一切好詩，到唐已被做完」。[13]那麼，他又為什麼要棄意境而重理趣呢？顯然魯迅認為返回唐詩宋詞的意境亦屬虛妄，現代人永遠不能沿著傳統文化的古道走向輝煌——既然是「戲作」，那麼不妨反其道而行之，隨心所欲，信筆所至！於是，在魯迅舊詩中，我們絕少見到那些情景交融的得意忘言的「希夷之境」、「太玄之鄉」。如1931年贈片山松藻〈無題〉，前四句云：「大野多鉤棘，長天列戰雲。幾家春嫋嫋，萬籟靜愔愔」寫情繪景，倒也符合古典詩歌的傳統，但接下去卻橫空掃出兩句：「下土惟秦醉，中流輟越吟。」兩句用典三個，借歷史事件抨擊現代政治的黑暗，這就是以議論為詩。類似的將議論句插入以攪亂「情景交融」的詩學境界的方式，在魯迅舊詩中隨處可見。

提高主觀議論在詩歌中的作用，這使得魯迅的舊詩容納了傳統詩歌所沒有的自由思維，在大跨度的運思中表達了更多的複雜內涵，當然，在一定程度上也帶來了「解詩」的困難，這是造成魯迅舊詩在評論界眾說紛紜的一個原因。

魯迅舊詩的主觀議論又常常同用典藝術相結合。這裏有一個問題值得我們辨析，那就是魯迅對古典詩歌用典傳統的看法，比如他曾說李商隱「用典太多」，「為我所不滿」，但我認為這並不能說明魯迅自己在創作實踐中就一定會「用典少」。魯迅在「不滿」的同時，又依然較多地化用了李商隱的詩意，運用著李商隱詩歌中的語典和事典——事實上，作為中國詩文化中這一獨特的典故現象，自有它亙古長存、受人青睞的理由：在表述那種歷史性的循環與重複

---

[13] 魯迅：《書信·致楊霽雲（341220）》，《魯迅全集》12卷612頁。

的意義上，典故有它不可替代的意義。而我們也知道，尋找「歷史的現存性」正是魯迅的興趣所在。所以說，用典實則又是魯迅舊詩藝術的重要組成部分。

魯迅固然不滿意用典「太多」，但在一句或數句之中多次借助典故卻是屢見不鮮的。〈自題小像〉四句用語典四處，〈哀范君三章〉共用語典五處，事典一處，〈送 O.E.君攜蘭歸國〉四句用語典五處，〈湘靈歌〉用語典四處，事典一處，〈答客誚〉四句用語典兩處，事典一處……有些詩，如〈替豆萁伸冤〉、〈贈蓬子〉正是以固有的歷史事件為基礎才是饒有意味的。

最後值得一提的還有所謂的「戲擬」藝術：魯迅常常摹仿、移用傳統詩歌中的名句，關鍵之處略加變動，在「似是而非」中達成一種奇特的藝術效果。

比如〈吊大學生〉：「闊人已乘文化去，此地空餘文化城。文化一去不復返，古城千載冷清清。專車隊隊前門站，晦氣重重大學生。日薄榆關何處抗，煙花場上沒人驚。」這是戲擬唐人崔顥的名句：「昔人已乘黃鶴去，此地空餘黃鶴樓。黃鶴一去不復返，白雲千載空悠悠。晴川歷歷漢陽樹，芳草萋萋鸚鵡洲。日暮鄉關何處是？煙波江上使人愁。」崔顥是歷史的憂患，時間的感傷；魯迅是現實的憤懣，社會的感歎，借古人那撩人思緒的沉甸甸的語言模型盛容現代理性主義觀照之下的超然的嘲弄，這一重一輕，駕重就輕的藝術差別，本身就留給我們寬闊的想像空間。

又如，〈我的失戀〉戲擬東漢張衡的〈四愁詩〉。魯迅替時人趨之若鶩的愛情尋找出了張衡這個老祖宗，卻又借用固有的煽情格式傳達那種戲謔、調侃的「反愛情」意味，反差效果顯著，感染力極強。

　　我認為，「戲擬」實際上是溝通了這樣幾重世界：古典詩學世界、現代生存世界與作為一位文化啟蒙主義者的理想世界。將現代生存方式比擬進古典詩學的世界，這是魯迅深邃的洞察力，而在文化啟蒙的理性目標下略施小技，一「戲」一弄之間又體現了魯迅奔向現代化的堅定信念和重建價值標準的執著追求。

　　擴而言之，前文所述的強化主觀議論、重視典故藝術又何嘗不是這樣有意識的「溝通」，這樣有意識的文化參照、文化衝突？我認為，將文化衝突的動人景象攝入中國現代舊詩是魯迅最獨特的貢獻之所在。魯迅以文化革命者的方式就「現代中國」與「舊詩」這一場有距離、有分歧的對話作出了他深刻的回答。

尾聲

最後的糾纏與最後的意志

尾聲　最後的糾纏與最後的意志

　　我想描述魯迅人生的最後的歲月，以此作為全書的結束。

　　魯迅是 1936 年 10 月 19 日逝世的。直到去世以前，他還不得不遭遇連續不斷的糾纏與包圍，依然在同中國的非人間的黑暗作鬥爭，漫無邊際的文網，彼伏此起的論戰，這似乎就是魯迅最後數年的人生。

　　最後的人生也發生了最後的論戰，這就是「兩個口號」之爭。

　　每當我重讀這一段歷史，就會陷入到一種近於悲愴的情緒之中。

　　悲愴的在於，最後一次讓魯迅陷入糾纏的竟然是他引為「同志」的人們。這是一個中國現代文學應該認真研究的話題：「兩個口號」論爭與魯迅最後的生命。

　　當然，這是一個相當沉重的話題。過去出於種種原因，學術界把它作了相當簡單化的處理，或者是說作為左聯領導人的周揚與魯迅溝通不夠，在提出「國防文學」的口號之時沒有讓魯迅及時瞭解黨的意圖，也沒有認真聽取魯迅的意見，或者又說多少也反映了革命隊伍內部的不必要的「派性」鬥爭，周揚與馮雪峰、胡風都有「幫派意識」，不過通過論爭，這兩個口號都起到了彼此補充的作用，亦可謂是一大收穫；近年來又有學者在「閱讀」這些論爭材料以後認為，其實兩個口號在理論上並沒有實質性的區別，「國防文學」是為了體現中國共產黨的抗日民族統一戰線的政策，而「民族革命戰爭的大眾文學」也並不反對這一統戰政策，論爭的雙方都不可能

將各自的理論推進到一個更深的理性層面，這樣，除了「名分」上的爭奪與人際關係的較量，論爭的理論價值是大可質疑的。

我以為，以上的這些判斷都有似是而非之處。首先，將論爭理所當然地假定為一種「爭權奪利」，似乎爭論就等於對罵，就屬於無聊的人事鬥爭，這顯然頗有點否認是非的虛無主義色彩，其實，魯迅早有論述：「我想，罵人是中國極普通的事，可惜大家只知道罵而沒有知道何以該罵，誰該罵，所以不行。現在我們須得指出其可罵之道，而又繼之以罵。」[1]「假如指著一個人，說道：這是婊子！如果她是良家，那就是漫罵；倘使她實在是做賣笑生涯的，就並不是漫罵，倒是說了真實。」「漫罵固然冤屈了許多好人，但含含糊糊的撲滅『漫罵』，卻包庇了一切壞種。」[2]「揭穿假面，就是指出了實際來，就不能混謂之罵。」[3]「我自己也知道，在中國，我的筆要算較為尖刻的，說話有時也不留情面。但我又知道人們怎樣地用了公理正義的美名，正人君子的徽號，溫良敦厚的假臉，流言公論的武器，吞吐曲折的文字，行私利己，使無刀無筆的弱者不得喘息。倘使我沒有這筆，也就是被欺侮到赴訴無門的一個；我覺悟了，所以要常用」。[4]顯而易見，至少在魯迅這裏，論爭也好，「罵人」也好，都不是一種純粹「社會關係」的糾葛，而是自我人生「原則」的嚴肅體現。

至於說這兩個口號通過論爭實現了彼此有益的補充，我想恐怕也是一種理想主義的想像。因為魯迅〈答徐懋庸並關於抗日統一戰線問題〉發表所產生的震懾作用，使論爭的雙方都基本封了口，[5]所

---

[1]　魯迅：《集外集拾遺·通訊（複呂蘊儒）》，《魯迅全集》7 卷 271 頁。

[2]　魯迅：《花邊文學·漫罵》，《魯迅全集》5 卷 430、431 頁。

[3]　魯迅：《且介亭雜文二集·「招貼即扯」》，《魯迅全集》6 卷 227 頁。

[4]　魯迅：《華蓋集續編·我還不能「帶住」》，《魯迅全集》3 卷 244 頁。

[5]　屬於「國防文學」派的任白戈回憶說，自魯迅此文發表，「我們知道了民族

以無論在周揚的「國防文學」一方還是在胡風等的另外一方，實際上都看不出來因為論爭而有了什麼新的理論調整。兩個月後，魯迅逝世，包括周揚、徐懋庸等「主角」也很快離開上海奔赴延安，以後的國統區文壇逐漸認同了「中華全國文藝界抗敵協會」的領導，「國防」這一名詞已非左翼文學之專有，而直到 90 年代初，作為當時「國防文學」派核心的夏衍依然認為：「當時『國防文學』這口號早已存在，已經叫開了，又為各方面所接受，而且那時正講統一戰線，一致抗日，怎麼又提出『民族革命戰爭的大眾文學』這口號呢？真是標新立異，不利於統一戰線。」[6]可見他仍然耿耿於懷。在魯迅、馮雪峰、胡風一面，胡風雖然接受馮雪峰的要求，為了左翼文藝界的團結，在發表了那篇引發爭論的文章外，再無其他公開言論，但論爭的雙方都很清楚彼此的分歧與芥蒂，面對魯迅的遺體，徐懋庸送上的輓聯是：「敵乎？友乎？余惟自問；知我罪我，公已無言。」個中尷尬，躍然紙上。這樣的思想分歧甚至一直延續到 1949 年以後，並成了政治運動的助燃劑。

　　我以為，「兩個口號」論爭的意義的確不是籠統的理論歸類就能夠說清楚的，在雙方各自所持的宏闊論述的背後，包藏著更為豐富的「過程」與「細節」，而就是這些既聯繫著「理論」又顯示為「行動」的複雜人生，被深邃的魯迅一一攝入眼中。對於從旁觀到介入的魯迅來說，「兩個口號」論爭是一個逐漸展開和演化的過程，他在從旁觀到最終介入的時候，完成了對於中國文學的一系列的複雜觀察——文藝思想方面與文學組織方面的多重觀察。從某種意

革命戰爭的大眾文學口號是魯迅先生提的，兩個口號論爭也就基本結束了。」（見《訪任白戈》，《新文學史料》1978 年 1 期）同時據說周揚也召開會議批評徐懋庸，指責因為他致信魯迅而「闖下了大禍」。

[6]　〈夏衍談「左聯」後期〉，《新文學史料》1991 年 4 期。

義上看，魯迅最後的發言代表了他對於中國左翼文藝運動的深遠的思考。

只有在對這一論爭的「過程」的把握中，我們才能呈現魯迅人生體驗與人生態度的獨特性。

首先產生「口號意識」的是「國防文學」派。這一派的主力均是當時左翼文藝界的「領導」。周揚當時為最高機構──左翼文化總同盟（簡稱「文總」）之負責人，「文總」的領導組織工作實際又由直屬中共中央宣傳部的「文委」加以實施，周揚即是「文委」黨團書記，可謂是統領左聯、社聯、劇聯等左翼組織的「最高層」；徐懋庸為左聯黨團書記；田漢為「劇聯」黨團書記，分管戲劇工作；夏衍為「左翼電影小組」組長，分管電影工作；任白戈為徐懋庸前任，論爭之中在日本，周立波亦參與左聯之黨團工作。這一濃鬱的「領導」背景決定了他們的「口號」的制定和提出都有著鮮明的「政治工作」取向。現在我們都知道，「國防文學」（Literature of National Defence）原來是蘇聯文學的概念，最初是由周揚作了介紹，見於1934 年 10 月 27 日《大晚報》。[7]「那時候沒有把『國防文學當作一個文學運動的口號來提』。[8]一年以後，夏衍在史沫特萊處讀到巴黎《救國報》上刊登的中國共產黨〈八一宣言〉，接著，「又從南京路惠羅公司後面的一家外國書店裏買到了一份九月份的第三國際機關報《國際通訊》（英文版），這上面登載了季米特洛夫在共產國際七月二十五日至八月二十日舉行的第七次代表大會上所作的長篇政治報告，其主要內容是根據當時的國際形勢，提出在資本主義國家建立工人階級反法西斯的統一戰線，和在殖民地、半殖民地國家

---

[7]　原文題為〈「國防文學」〉，但發表以後幾乎沒有什麼反響，這才有了一年以後周立波的「再闡述」。
[8]　見〈周揚笑談歷史功過〉，《新文學史料》1979 年 2 期。

建立反帝國主義侵略的民族統一戰線的方針。」[9]這些重要的最新「精神」都立即在左翼文藝界內進行了「傳達」、「學習」。作為他們對於共產國際會議精神和上級黨的抗日民族統一戰線方針的理解和貫徹，「國防文學」的口號便被鄭重其事地推行了起來。首先由周立波於 1935 年底發表〈關於國防文學〉，全面宣導和闡述了口號的意義，[10]接著，更在《生活知識》雜誌 1936 年 2 月第 1 卷第 11 期上推出「國防文學」特輯。這一口號的中心是呼喚「國家觀念」，歌頌「民族英雄」。周立波闡述說：「我們的文學，應當竭力發揮它的抗爭作用，應當防衛疆土，幫助民族意識的健全成長，促成有著反抗意義的弱國的國家觀念，歌頌真正的民族英雄。」[11]周揚提出：「國防文學就是要號召各種階層、各種派別的作家都站在民族的統一戰線上，為製作與民族革命有關的藝術作品而共同努力。國防主題應當成為漢奸以外的一切作家的作品之最中心的主題。」[12]在當時，這些左翼文藝界的「領導」已經失去了與黨中央高層的聯繫，他們在艱難困苦中努力開展政治工作，千方百計地從各種管道獲得共產國際與中共中央的最新決策，應當說，他們根據境外媒體報導而確定的工作思路，大體符合了黨中央高層的意圖。

　　但是，就在這些左翼領導懷著強烈的政治角色意識急於貫徹「上級指示」的時候，卻在很大程度上拋開了在一個文化專制的國度裏，一個知識份子所不可或缺的原則和立場：時刻保持對於現實政治體制的獨立與批判姿態。左聯之所以被魯迅引為「同志」就是因為它是一個勇敢地捍衛正義、捍衛自由的反體制的組織。在抗日

9　夏衍：《懶尋舊夢錄》293 頁，三聯書店 1985 年版。
10　載《時事新報‧每週文學》1935 年 12 月 21 日。
11　周立波：〈關於「國防文學」〉，《時事新報‧每週文學》1935 年 12 月 21 日。
12　周揚：〈關於國防文學──略評徐行先生的國防文學反對論〉，《文學界》1936 年 6 月創刊號。

民族鬥爭的時代，國家意識、民族意識自然是需要的，但與此同時，
國民黨政權也恰恰是不斷通過對國家意識、民族意識的強化來鞏固
自己的專制獨裁，「國防」從軍事、政治、經濟到文化，後來同樣成
為國民黨的重要概念。不錯，在周立波的〈關於「國防文學」〉裏，
也指出了國防文學與國民黨「民族主義」文學的區別：

> 但是，國防文學所包含的民族主義絕不是侵略的日爾曼主
> 義，也不是「民族文學」的民族主義。國防文學的民族主義，
> 它不是反帝運動的極端破壞者，至於侵略，更談不到。「國
> 防文學」的民族主義，不只是不能侵略，而且也沒有侵略的
> 企圖；它懂得一個民族的真正的解放，只有在一切民族通通
> 得到解放以後，才有最後的成功的保障。[13]

這固然都是不錯的，但國民黨「民族主義」的本質是通過凝聚
民族意識加強其專制統治，而非什麼「侵略的日爾曼主義」，否則
就不會有什麼「攘外必先安內」了。這樣的闡述，顯然並沒有將代
表自由民主力量的民族主義與獨裁者的民族主義區別開來，其潛在
的犧牲民主信念的危險是存在的。

不僅如此，在「國防文學」口號的推行過程中，口號宣導者還
表現出了他們強烈的「領導意識」，即將口號理所當然地作為高層意
志的體現，容不得他人的質疑和討論。當徐行等人提出了不同意見
的時候，周揚立即火藥味十足地給予了猛烈駁斥：「這是一個非常
嚴重的基本認識的問題。」「錯誤的根源就是他對於統一戰線的理
論和中國目前形勢之完全的無理解。他根本否認，或者是簡直不知
道，反帝聯合戰線是現階段殖民地或半殖民地國家的民族革命的主

---

[13] 周立波：〈關於「國防文學」〉，《時事新報·每週文學》1935 年 12 月 21 日。

要策略」，「他在他的文章裏播弄『左』的辭句，而且抄引先哲的遺言，來裝飾他錯誤的論點，這很可以迷亂一部分讀者的視聽。」[14]在這裏，周揚完全以一位執掌了「尚方寶劍」的真理代言人自居。在他所理解的「上級指示」面前，左翼文藝界內部作家的民主權利也無關緊要了。於是，當王明、康生等從莫斯科發來指示，命令取消左聯，周揚等人立即照辦。一個象徵了中國作家民主自由的崇高理想甚至讓多少青年為之付出鮮血與生命的組織，就這樣在少數「領導」的操辦下悄然而逝了！連魯迅這樣被奉為「精神領袖」的人也不得過問：「集團要解散，我是聽到了的，此後即無下文，亦無通知，似乎守著秘密。這也有必要。但這是同人所決定，還是別人參加了意見呢，倘是前者，是解散，若是後者，那是潰散。這並不很小的關係，我確是一無所聞。」[15]魯迅拒絕參加周揚等組織的所謂「中國文藝家協會」，立即便引引來「破壞統一戰線」甚至「託派」的流言與攻擊。

　　在左翼文藝界領導層提出「國防文學」口號並引起爭論的時候，魯迅一直保持著冷靜的觀察，並沒有主動介入的打算。有人說魯迅「多疑」，其實在一個「無特操，無信仰」的國度裏，「多疑」未嘗不是一種必要的生存智慧。就在「國防文學」口號熱烈討論的日子裏，魯迅又一次意味深長地為「多疑」正了名：「中國的人民是多疑的。無論那一國人，都指這為可笑的缺點。然而懷疑並不是缺點。總是疑，而並不下斷語，這才是缺點。我是中國人，所以深知道這秘密。其實，是在下著斷語的，而這斷語，乃是：到底還是

14　周揚：〈關於國防文學——略評徐行先生的國防文學反對論〉，《文學界》1936年6月創刊號。
15　魯迅：〈致徐懋庸 360502〉，《魯迅全集》13卷365頁。

不可信。但後來的事實，卻大抵證明瞭這斷語的的確。」接下來，魯迅還說了一句耐人尋味的話：

> 中國的人民，是常用自己的血，去洗權力者的手，使他又變成潔淨的人物的……[16]

魯迅此文取題為〈我要騙人〉，究竟是他要騙人，還是又一次想到了這個世界的不真實？

隨著一些所謂的國防文學產品的問世，魯迅在私下的交談與朋友間的私人通信裏，不斷地表達著他不以為然的意見。茅盾回憶說，魯迅曾對他表示：「『國防文學』這個口號，我們可以用，敵人也可以用。至於周揚他們的口號實質到底是什麼，我還要看看他們口號下賣的是什麼貨色。後來夏衍的《賽金花》發表了，有人寫文章把它樹為『國防文學』的標本，魯迅見了哈哈大笑道，原來他們的『國防文學』是這樣的。」[17]馮雪峰也回憶魯迅的判斷：「『國防文學』不過是一塊討好敵人的招牌，真正抗日救國的作品是不會有的。」[18]從「我以我血薦軒轅」的時代起，魯迅就充滿了民族主義的憂患意識，不過，在他看來，一個民族真正的強大是人人都徹底擺脫「奴隸」的地位，成為真正的「人」，享有神聖不可侵犯的人權。〈半夏小集〉中說：「用筆和舌，將淪為異族的奴隸之苦告訴大家，自然是不錯的，但要十分小心，不可使大家得著這樣的結論：『那麼，到底還不如我們似的做自己人的奴隸好。』」[19]放棄了民主

[16] 魯迅：《且介亭雜文末編·我要騙人》，《魯迅全集》6 卷 486 頁。
[17] 茅盾：〈「左聯」的解散和兩個口號的論爭〉，《新文學史料》1983 年 2 期。
[18] 馮雪峰：〈有關一九三六年周揚等人的行動以及魯迅提出「民族革命戰爭的大眾文學」口號的經過〉，《新文學史料》1979 年 2 期。
[19] 魯迅：《且介亭雜文末編·半夏小集》，《魯迅全集》6 卷 595 頁。

自由要求的民族主義與國家主義是不是就存在「成為奴隸」的危險呢？何況周揚等人在這一過程中還表現出來了一種「奴隸總管」式的專斷，這自然引起了魯迅相當的警覺，他決定與這些「成長中」的新的專制主義中斷往來。在「左聯」解散的衝突中，魯迅致信黨團書記徐懋庸：

> 好在現在舊團體已不存在，新的呢，我沒有加入，不再會因我而引起一點糾紛。我希望這已是我最後的一封信，舊公事全都從此結束了。[20]

　　魯迅無意再與他所反感人們反復糾纏，然而，就在這個時候，原左聯負責人、也是魯迅相當信任的朋友馮雪峰從延安來到了上海。就在同魯迅見面的第一瞬間，興奮不已的他就意外地覺察了魯迅精神狀態與自己的巨大反差：

> 　　魯迅回來時已近黃昏，他在樓下已從老保姆口中知道我在樓上；他上樓來時，我十分興奮地迎上去同他握手，他一面不習慣地同我握手（魯迅「這兩年我給他們擺佈得可以！」
> 　　他說的這第一句話，完全出乎我當時的意料之外，我永遠都會記得這句話和他說話時的神情。
> 　　這「他們」是指周揚等人，我卻當時就懂得，因為我1933年離開上海時，周揚等人同魯迅已經對立，我是知道的。
> 　　當晚同他談話非常深的時候，最初是我說的多，我把紅軍長征經過以及毛主席提出的抗日民族統一戰線等，都照我所知道和所理解的告訴他了。他聽得很興奮，很認真。後來

---

[20] 魯迅：〈致徐懋庸 360502〉，《魯迅全集》13 卷 365 頁。

> 談到上海當時文藝界情況，他神情就顯得有些憤激；他當晚
> 說的許多話大半已經記得不太清楚，其中我留下印象最深的
> 是兩句話，一句是「我成為破壞國家大計的人了」，另一句
> 是「我真想休息休息」。[21]

是的，魯迅已經身心疲憊了，1936 年反復發作的肺病也催促他
及早從「奴隸總管」的皮鞭下脫身出來，好好地休息休息。

然而，中國共產黨反抗國民黨獨裁專制的事業還需要他，馮雪
峰，這位忠誠的共產黨員也需要在魯迅的支援下完成黨的任務，何
況，作為一位優秀的知識份子，作為魯迅交往多年的朋友，他深深
地懂得魯迅之於中國文化事業的巨大價值。這樣，便最終產生了一
個新的口號——民族革命戰爭的大眾文學。口號是由馮雪峰首先提
出動議，又與胡風作過認真的商討，並徵得了魯迅的首肯，最後由
胡風起草完成的。新的口號既突出了民族救亡的時代主題，又繼續
追溯，將民族勃興的訴求與「五四」文學傳統緊緊相連，從而在民
族主義的吶喊中貫注了現實反抗的不屈意志：「五·四以來，形成
了新文學底主流的是現實主義的文學，反映了人民大眾底生活真
實，叫出了人民大眾底生活欲求的文學。然而，在殖民地的中國人
民大家底頭上，貫串著一切枷鎖的最大的枷鎖是帝國主義，它底力
量伸進了一切的生活領野，在人民大眾禮貌散播毒菌，吸收血液。
所以新文學底開始就是被民族解放底熱潮所推動，人民大眾反帝要
求是一直流貫在新文學底主題裏面。」[22]與「國防文學」以上級「新

---

[21] 馮雪峰：〈有關一九三六年周揚等人的行動以及魯迅提出「民族革命戰爭的
　　大眾文學」口號的經過〉
[22] 胡風：〈人民大眾向文學要求什麼？〉，載《文學叢報》1936 年 5 月 31 日第
　　3 期。

政策」為立足點不同，胡風在這裏所論述的新口號採取的是歷史溯源的方式，在五四新文學的偉大傳統中「提煉」民族主義的精神。這樣，它的「民族」意義便自然融入了百年來中國人民反思與批判的一系列主題當中，這樣的民族主義也天然地與國家主義和專制獨裁主義發生了本質上的分野。胡風繼續在民族主義的口號中發出「反封建反獨裁」聲音：

> 封建意識和復古運動都會在大眾裏面保存甚至助長「亞細亞的麻木」；對於勞苦大眾底生活欲求的阻礙，壓抑，都會減少甚至消滅他們底熱情，力量；醉生夢死的特權生活，濫用的權力，在動員和團結人民大眾的活動裏面都是毒害……[23]

此外，我們也應該看到，這兩個口號在內涵上的差異是一回事，而宣導新口號這一動議本身也意味深長。馮雪峰在魯迅所批評的「國防文學」之外再提動議，顯然在很大程度上是出於對魯迅的某種尊重與撫慰，他試圖以黨中央高層「特派員」的身份通過「口號」問題對周揚等人的專製作風有所抵消，從而修復魯迅與左翼文藝領導人特別是與黨組織的關係。從這個意義說，馮雪峰的設想的確是無私的，是著眼於中國共產黨在文藝界的長遠利益的。

儘管新的口號並沒有對「國防文學」提出任何批評，而且還特別聲明：「『民族革命戰爭的大眾文學』是統一了一切社會糾紛底主題的」，「是統一了那些主題，並不是解消了那些主題」，儘管馮雪峰接著還起草、經魯迅過目並以魯迅名義發表了〈答托洛斯基派的信〉、〈論我們現在的文學運動〉，繼續闡明瞭他們的立場與托洛斯

---

[23] 胡風：〈人民大眾向文學要求什麼？〉，載《文學叢報》1936 年 5 月 31 日第 3 期。

基派的根本差異，同時也並不否定「國防文學」的口號，[24]然而，在「領導們」看來，依然是不可容忍的。發表魯迅署名的文章受到了百般刁難，胡風更遭遇了上綱上線的斥責。周揚認為：「他抹殺了目前彌漫全國的救亡統一戰線的鐵的事實」，「在理論家胡風先生，如果不是一種有意的抹殺，就不能不說是一個嚴重的基本認識的錯誤。」[25]在徐懋庸眼裏，胡風的行為更是「故意標新立異，要混淆大眾的視聽，分化整個新文藝運動的路線」。[26]

看來，新口號的提出確實是觸動了某些「領導人」的敏感的神經。他們顯然不準備接受來自同一陣營內部的不同的聲音，即便這聲音尚未和他們公開對立。這裏需要反思的東西很多，包括一個作家組織的工作方式，包括政治領導與作家的關係，包括左聯內部的民主制度問題等等。可惜的是，當時的許多「領導人」都絲毫無意進行這方面的反思，不僅沒有反思，他們還對這些敢於「犯上作亂」的新口號的提出者惱怒異常，一路窮追猛打。

1936 年 8 月 1 日，就在魯迅去世前的兩個半月，左聯黨團書記徐懋庸的追殺之聲也無情地抵達了先生的寓所：

> 魯迅先生：
>
> 　　貴恙已痊癒否？念念。自先生一病，加以文藝界的糾紛，我就無緣再親聆教誨，思之常覺愴然！

---

[24] 〈論我們現在的文學運動〉提出：「民族革命戰爭的大眾文學，正如無產革命文學的口號一樣，大概是一個總的口號罷。在總口號之下，再提些隨時應變的具體口號，例如『國防文學』『救亡文學』『抗日文藝』……等等，我以為是無礙的。不但沒有礙，並且是有益的，需要的。」（《魯迅全集》6 卷 590、591 頁）

[25] 周揚：《現階段的文學》，載《光明》1936 年 6 月 25 日第 1 卷第 2 號。

[26] 徐懋庸：〈「人民大眾向文學要求什麼？」〉，載《光明》1936 年 6 月 10 日第 1 卷第 1 號。

　　我現因生活困難，身體衰弱，不得不離開上海，擬往鄉間編譯一點賣現錢的書後，再來滬上。趁此機會，暫作上海「文壇」的局外人，仔細想想一切問題，也許會更明白些的罷。

　　在目前，我總覺得先生最近半年來的言行，是無意地助長著惡劣的傾向的。以胡風的性情之詐，以黃源的行為之諂，先生都沒有細察，永遠被他們據為私有，眩惑群眾，若偶像然，於是從他們的野心出發的分離運動，遂一發而不可收拾矣。胡風他們的行動，顯然是出於私心的，極端的宗派運動，他們的理論，前後矛盾，錯誤百出。即如「民族革命戰爭的大眾文學」這口號，起初原是胡風提出來用以和「國防文學」對立的，後來說一個是總的，一個是附屬的，後來又說一個是左翼文學發展到現階段的口號，如此搖搖盪蕩，即先生亦不能替他們圓其說。對於他們的言行，打擊本極易，但徒以有先生作著他們的盾牌，人誰不愛先生，所以在實際解決和文字鬥爭上都感到絕大的困難。

　　……

　　果真是殺氣騰騰！鋒芒所指，不僅有胡風等且「詐」且「諂」之人，就是魯迅自己，也犯了「助長惡劣」的大罪，至於如何定罪，徐懋庸朦朧的表白更暗藏玄機：在「文字鬥爭」之外，另有「實際解決」之手段！

　　此時的魯迅，已經臥病在床了。平心而論，雖然他在內心認同的是馮雪峰、胡風的主張，但從周揚「一個口號」所引發的討論到「兩個口號」的爭執，他的總體姿態還是相當冷靜和相當低調的，「休息休息」一直是他迫不得已中的打算，然而，這些新的專制主義者卻連這樣的一分可憐的安靜也不容許！

魯迅憤怒了！

在他生命的終結，在他幾乎已經病入膏肓的時候，在他孱弱的軀體已經很難支撐著熬過漫漫長夜的日子裏，魯迅以自己最後的意志對這人生的最後的糾纏發出了最後的回擊。

在中國現代文學的歷史上，這是怎樣驚心動魄的一幕啊！

魯迅尚在病中，馮雪峰自告奮勇地替他起草了公開信，但魯迅並不滿意，除了保留前一部分對於「統一戰線」及「兩個口號」的基本態度的論述外，他親自捉筆，刀鋒直指那些自以為高高在上的「領導人」們。

撇開前面那些理論性的表白與纏繞，魯迅起筆便單刀直入，直接用文學家的感受為我們勾勒了這幾位左翼文藝領導人的「形象」：

> 去年的有一天，一位名人約我談話了，到得那裏，卻見駛來一輛了汽車，從中跳出四條漢子：田漢、周起應，還有另兩個，一律洋服，態度軒昂，說是特來通知我：胡風乃是內奸，官方派來的。我問憑據，則說是得自轉向以後的穆木天口中。轉向者的言談，到左聯就奉為聖旨，這真使我口呆目瞪。再經幾度問答之後，我的回答是：證據薄弱之極，我不相信！當然自然不歡而散，但後來也不再聽人說胡風是「內奸」了。然而奇怪，此後的小報，每當攻擊胡風時，便往往不免拉上我，或由我而涉及胡風。

在這裏，魯迅的勾勒有如他所喜愛的木刻藝術一樣黑白分明而鞭辟入裏。他留下的不僅是這些「領導人」的行為，更重要的則是他們的靈魂與人格。

對於周揚這樣的「最高領導」，魯迅毫無顧忌地宣佈了他的厭惡：

我倒明白了胡風鯁直，易於招怨，是可接近的，而對於周起
應之類，輕易誣人的青年，反而懷疑以至憎惡起來了。

而在這些「最高領導」的可憎姿態當中的，卻隱藏著更加值得
警惕的專制橫暴的權勢心態，所以魯迅認為：

> 首先應該掃蕩的，倒是拉大旗作為虎皮，包著自己，去嚇呼
> 別人；小不如意，就倚勢（！）定人罪名，而且重得可怕的
> 橫暴者。

魯迅進一步剖析了這些新專制主義者的「成長」過程：

> 　在左聯結成的前後，有些所謂革命作家，其實是破落戶
> 的漂零子弟。他也有不平，有反抗，有戰鬥，而往往不過是
> 將敗落家族的婦姑勃谿，叔嫂鬥法的手段，移到文壇上。喊
> 喊嘁嘁，招是生非，搬弄口舌，決不在大處著眼。
> 　我看徐懋庸也正是一個喊喊嘁嘁的作者。

社會文化心理的分析最是魯迅所擅長的，在徐懋庸來信的「建
議」中，魯迅分明讀出了一種類似於「實際解決」的險惡的威脅，
他當即予以揭露和痛擊：

> 　臨末，徐懋庸還叫我細細讀《斯太林傳》。是的，我將細細
> 的讀，倘能生存，我當然仍要學習；但我臨末也請他自己再
> 細細的去讀幾遍，因為他翻譯時似乎毫無所得，實有從新細
> 讀的必要。否則，抓到一面旗幟，就自以為出人頭地，擺出

奴隸總管的架子，以鳴鞭為唯一的業績——是無藥可醫，於
中國也不但毫無用處，而且還有害處的。[27]

　　或許有人會認為魯迅這篇〈公開信〉涉及了太多的人事糾紛，
未能如前面馮雪峰代擬部分那樣始終堅持理論的闡發，其實，在我
看來，恰恰就是這些「人事」的披露和敘述，充分反映了魯迅對問
題實質的清醒把握。此時此刻，魯迅面對的並不是一位理論家的理
性的思考，而是直接的赤裸裸的「權力」的炫耀，而且這樣的炫耀
又包裹著一層冠冕堂皇的「為公」、「為革命」的外衣。對於其表裏
不一的「理論」，魯迅實在有些不屑，需要他重點暴露和打擊的倒
是其根深蒂固的「權力」意識，用魯迅的話來說就是如何「借革命
營私」的種種劣跡。

　　魯迅以晚年少見的激憤完成了這篇萬字長文，對於一個病中的
老人，這究竟意味著什麼？

　　將左聯內部的衝突公之於世，又對自己「組織」的眾多「領導」
逐一點名批駁，這又需要多大的勇氣和決心呢！

　　起碼有一點十分清楚：在魯迅，這絕對不是一時的心血來潮。
就像左翼文藝界的那些「領導人」對「下屬」的犯上忍無可忍一樣，
魯迅也對這些「奴隸總管」的專制蠻橫忍無可忍了！所不同的在
於，「領導人」的不可忍在於他們擁有的高居眾人之上的權力，而
魯迅的不可忍則在於他擁有一位中國作家的基本權利與良知。

　　對此，魯迅的痛苦感受已非一日。

　　魯迅，這位將自己的人生奉獻給了中國現代文化建設的中國
人，終其一生都在為改變中國黑暗專制的社會而奮鬥，都在為中國

---

[27] 魯迅：《且介亭雜文末編·答徐懋庸並關於統一戰線問題》，分別見《魯迅全
集》6 卷 526、534、535、537、538 頁。

同胞的自由與幸福而吶喊，在 1927 年以後，他甚至有意識地克服
著自己先前的「彷徨」，以更多的「行動」投入到反抗現實制度的
實踐中來，他能在創造社、太陽社的圍攻之後依然自舔創口、不計
前嫌，匯入左翼文藝戰線，也是因為這樣的一個組織和它的理想的
確在朦朧中預示了中國的未來，代表了反抗現實體制的唯一的希
望。正因為如此，當他有一天猛然發現，出現在他眼前的青年革命
者，這些有可能在未來執掌中國文化大權的「領導人」並非都如瞿
秋白、馮雪峰一樣的單純質樸，甚至還不斷表現出他們所反抗這個
體制的那種獨裁和專制的時候，他該是怎樣的痛心，又是怎樣的憂
慮啊！魯迅最後幾年的私人通信中，到處遍佈了這樣的資訊：

　　1934 年 11 月 14 日〈《戲》週刊編輯信〉：「倘有同一營壘中人，
化了裝從背後給我一刀，則我的對於他的憎惡和鄙視，是在明顯的
敵人之上的。」[28]

　　1934 年 12 月 18 日〈致楊霽雲〉：「叭兒之類，是不足懼的，最
可怕的確是口是心非的所謂『戰友』，因為防不勝防。例如紹伯之
流，我至今還不明白他是什麼意思。為了防後方，我就得橫站，不
能正對敵人，而且瞻前顧後，格外費力。」[29]

　　1935 年 4 月 13 日〈致蕭軍、蕭紅〉：「敵人不足懼，最令人寒
心而且灰心的，是友軍中的從背後來的暗箭；受傷之後，同一營壘
中的快意的笑臉。」[30]

　　1935 年 4 月 28 日〈致蕭軍〉：「我先前也曾從公意做過文章，
但同道中人，卻用假名夾雜著真名，印出公開信來罵我，他們還造
一個郭冰若的名，令人疑是郭沫若的排錯者。我提出質問，但結果

---

[28]　魯迅：《且介亭雜文・答〈戲〉週刊編輯信》，《魯迅全集》6 卷 148 頁。
[29]　魯迅：《致楊霽雲 341218》，《魯迅全集》12 卷 606 頁。
[30]　魯迅：《致蕭軍、蕭紅 350413》，《魯迅全集》13 卷 116 頁。

是模模胡胡，不得要領，我真好像見鬼，怕了。後來又遇到相像的事兩回，我的心至今還沒有熱。」[31]

1935 年 5 月 22 日〈致曹靖華〉：「弟一切如常，惟瑣事太多，頗以為苦，所遇所聞，多非樂事，故心緒亦頗不舒服。上海之所謂『文人』，有些真是壞到出於意料之外，即人面狗心，恐亦不至於此……」[32]

1935 年 9 月 12 日〈致胡風〉：「以我自己而論，總覺得縛了一條鐵索，有一個工頭在背後用鞭子打我，無論我怎樣起勁的做，也是打，而我回頭去問自己的錯處時，他卻拱手客氣的說，我做得好極了，他和我感情好極了，今天天氣哈哈哈……。真常常令我手足無措，我不敢對別人說關於我們的話，對於外國人，我避而不談，不得已時，就撒謊。你看這是怎樣的苦境？」[33]

1936 年 4 月 5 日〈致王冶秋〉：「我在這裏，有些英雄責我不做事，而我實日日譯作不息，幾乎無生人之樂，但還要受許多閒氣，有時真令人憤怒，想什麼也不做，因為不做事，責備也就沒有了。」「我們×××裏，我覺得實做的少，監督的太多，個個想做『工頭』，所以苦工就更加吃苦。」[34]

1936 年 5 月 4 日〈致王冶秋〉：「年年想休息一下，而公事，私事，閒氣之類，有增無減，不遑安息，不遑看書，弄得信也沒有工夫寫……英雄們卻不絕的來打擊。近日這裏在開作家協會，喊國防文學，我鑒於前車，沒有加入，而英雄們即認此為破壞國家大計，

---

[31] 魯迅：《致蕭軍 350428》，《魯迅全集》13 卷 119、120 頁。
[32] 魯迅：《致曹靖華 350522》，《魯迅全集》13 卷 132 頁。
[33] 魯迅：《致胡風 350912》，《魯迅全集》13 卷 211 頁。
[34] 魯迅：《致王冶秋 360405》，《魯迅全集》13 卷 349、350 頁。據王冶秋回憶，×××當為「這一翼」，即「左聯」。

甚至在集會上宣佈我的罪狀。我其實也真的可以什麼也不做了，不做倒無罪。然而中國究竟也不是他們的，我也要住住……」[35]

1936 年 5 月 15 日〈致曹靖華〉:「有些手執皮鞭，亂打苦工的背脊，自以為在革命的大人物，我深惡之，他其（實）是取了工頭的立場而已。」[36]

1936 年 7 月 17 日〈致楊之華〉:「新英雄們正要用偉大的旗子，殺我祭旗，然而沒有辦妥，愈令我看穿了許多人的本相。」「在這裏，真要逼死人。」[37]

「工頭」、「革命的大人物」、「新英雄們」……這就是魯迅對左翼文藝界某些「領導」的觀感，在這些概括的背後，滲透出魯迅對於正在生長著的新專制主義的憤懣和對未來中國文藝前途的某種隱憂。於是，就在「國防文學」的推廣運動進行得如火如荼的時候，魯迅有了為「將來」負責的打算，1936 年 5 月 23 日，他在致曹靖華的信中說:「上海的所謂『文學家』，真是不成樣子，只會玩小花樣，不知其他。我真想做一篇文章，至少五六萬字，把歷來所受的悶氣，都說出來，這其實也是留給將來的一點遺產。」[38]

〈答徐懋庸並關於統一戰線問題〉發表以後，魯迅意猶未盡，設想積蓄力量，再作一搏，1936 年 8 月 25 日，他致信歐陽山:「但我也真不懂徐懋庸為什麼竟如此昏蛋，忽以文壇皇帝自居，明知我病到不能讀，寫，卻罵上門來，大有抄家之意。我這回的信是箭在弦上，不得不發，但一發表，一批徐派就在小報上哄哄的鬧起來，

---

[35]　魯迅:《致王冶秋 360504》,《魯迅全集》13 卷 370 頁。
[36]　魯迅:《致曹靖華 360515》,《魯迅全集》13 卷 379 頁。
[37]　魯迅:《致楊之華》,《魯迅研究月刊》2003 年 6 期，此系最新發現之魯迅書信。
[38]　魯迅:《致曹靖華 360523》,《魯迅全集》13 卷 383 頁。

煞是好看，擬收集材料，待一年半載後，再作一文，此輩的嘴臉就
更加清楚而有趣了。」[39]三日後，在致老朋友楊霽雲的信中，更以
相當的篇幅講述了自己的身體與寫作狀況，「病」與最近的「反擊」
的情況是他講述的重點：

> 是的，文字工作，和這病最不相宜，我今年自知體弱，
> 也寫得很少，想擺脫一切，休息若干時，專以翻譯糊口。不
> 料還是發病，而且正因為不入協會，群仙就大布圍剿陣，徐懋
> 庸也明知我不久之前，病得要死，卻雄赳赳首先打上門來也。

> 他的變化，倒不足奇。前些時，是他自己大碰釘子的時
> 候，所以覺得我的「人格好」，現在卻已是文藝家協會理事，
> 《文學界》編輯，還有「實際解決」之力，不但自己手裏捏
> 著釘子，而且也許是別人的棺材釘了，居移氣，養移體，現
> 在之覺得我「不對」，「可笑」，「助長惡劣的傾向」，「若
> 偶像然」，原是不足為異的。

> 其實，寫這信的雖是他一個，卻代表著某一群，試一細
> 讀，看那口氣，即可了然。因此我以為更有公開答覆之必要。
> 倘只我們彼此個人間事，無關大局，則何必在刊物上喋喋哉。
> 先生慮此事「徒費精力」，實不儘然，投一光輝，可使伏在
> 大蠹陰下的群魔嘴臉畢現，試看近日上海小報之類，此種效
> 驗，已極昭然，他們到底將在大家的眼前露出本相。[40]

是的，在現代中國盡可能地「投一光輝」，這就是病中魯迅的
「最後的意志」，半過多月後，魯迅又再一次對朋友談起了繼續「反

---

[39] 魯迅：《致歐陽山 360825》，《魯迅全集》13 卷 411 頁。
[40] 魯迅：《致楊霽雲 360828》，《魯迅全集》13 卷 416 頁。

擊」的設想：「上海不但天氣不佳，文氣也不像樣。我的那篇文章中，所舉的還不過很少的一點。這裏的有一種文學家，其實就是天津之所謂青皮，他們就專用造謠，恫嚇，播弄手段張網，以羅致不知底細的文學青年，給自己造地位；作品呢，卻並沒有。真是惟以嗡嗡營營為能事。如徐懋庸，他橫暴到忘其所以，竟用『實際解決』來恐嚇我了，則對於別的青年，可想而知。他們自有一夥，狼狽為奸，把持著文學界，弄得烏煙瘴氣。我病倘稍愈，還要給以暴露的，那麼，中國文藝的前途庶幾有救。」[41]

這裏，魯迅再次提到了「中國文藝的前途」問題，在這位偉人最後的日子裏，他越來越放心不下以至反覆提及的就是「中國文藝的前途」，歷經中國社會人生變幻的魯迅似乎有了關於未來的某種預感。他，還想戰鬥！

然而，已經不可能了，就在發出這封信的一個月之後，魯迅永遠地離開了他且愛且憎的這個人間。我們再也看不到他為拯救中國文藝前途的所進行的抗爭了。

魯迅，他關於左翼文藝運動的一系列思考和憂慮，特別是他為反對一切形式的專制主義所展開的最後的抗爭，便由此成為了他獻給中國文學與中國文化的最後的遺產。

---

[41] 魯迅：《致王冶秋 360915》，《魯迅全集》13 卷 426 頁。

鲁迅的精神世界

後記

　　到目前為止，我有三次時間集中投入到魯迅的精神世界：一次是在上世紀 80 年代中期，那時還在北京念大學，因為感染於王富仁老師的《〈吶喊〉〈彷徨〉綜論》而產生了閱讀魯迅的強烈衝動；一次是在上世紀 90 年代初期，因為「新上山下鄉運動」而到了一個不通公路的鄉村中學，那時魯迅作品成了我寂寞人生的唯 的慰藉；最近一次則是 2003 年下半年，為了講授「魯迅研究」選修課，又一次系統閱讀了魯迅的作品。每一次進入魯迅的世界都留下了或多或少的一點心得，這裏因為學校需要面向大學生的選修課教材，便得以集中起來，刊印成冊。需要說明的是，其中論述魯迅舊詩、新詩與《故事新編》的幾篇，其初稿曾收入我的其他論文集，現在作為一本系統化的著作的一部分，我又在文字上作了若干調整，這樣，大體上可以反映出我對魯迅文學的一個較為完整的看法。論述魯迅小說《吶喊》《彷徨》及雜文藝術成就的部分，原擬還有些新的想法，無奈學校用書方面催得急，也只好留待再版時一併補充了。

　　閱讀和記錄關於魯迅的體驗，是一件相當愉快的事情，儘管我們在魯迅的文學裏常常讀到的是人生的痛苦。在閱讀與寫作的好些時刻，我都有一種克制不住的激動，這樣的經歷在我的其他時候卻頗為少見。

　　我對於魯迅的感情是由王富仁老師的《〈吶喊〉〈彷徨〉綜論》所激發起來的。在我獨立行走在這條所謂的「學術之路」多年之後，

王老師 2000 年發表的〈我和魯迅研究〉一文似乎又喚起了我當年的感覺。在課堂上，我曾經大段落地為我的學生朗讀這篇深情的文章，以下就是我曾經朗讀過的文字，請讀者允許我以引用的形式將它們收入到這本小書中：

> 我們搞魯迅研究的常常說魯迅，但卻很少說自己，而魯迅卻是常常說自己的。其實，魯迅研究，都是這個人和那個人的魯迅研究，不是魯迅的魯迅研究。所以我在說我對當前魯迅研究的看法的時候，先說說我自己。
>
> 我是在一個偏僻的北方農村長大的，14 歲考上初中到了一個地區所在地的中學讀書。在那時，我是屬於年齡最小的學生之一，並且長得很弱小。現在想來，那時的我大概就像一個阿Q吧！我在讀魯迅以前，除讀過一些武俠小說和一些國家的民間故事之外，還讀過孫犁的《風雲初記》、秦兆陽的《農村散記》、奧斯特洛夫斯基的《鋼鐵是怎樣煉成的》、尼古拉耶娃的《收穫》、巴金的《激流三部曲》、李克、李微含的《地道戰》，它們都給我留下了一些印象，但都沒有後來讀魯迅時那種走火入魔的感覺。我父親也是喜歡魯迅的，人民文學出版社第一版的《魯迅全集》出版之後，他就訂了一套。是自己的書，我就一卷一卷地讀了下來。當然，有些也是不懂的，但有些卻令我有一種異樣的感覺。那時喜歡的不是魯迅小說，而是魯迅雜文。它給我一種刻骨銘心的快感。至於為什麼喜歡上了魯迅的雜文，我至今也是說不清的。大概也像有些評論家所說，我自己就有點變態心理吧。但自然沒有感覺到過不變態的心理是什麼，也就一直把對魯迅雜文的喜歡當作了正常的心理延續下來。

　　我的自己按照自己的想法安排生活，是在讀了《魯迅全集》之後。在此前，我的生活是沒有計劃的，老師講什麼我就學什麼，其他的都是隨機性的。見人家讀什麼書，就讀什麼書。讀了《魯迅全集》之後，我就有了一個想法：每學期首先讀兩卷《魯迅全集》。而後再讀其他的作品。這個計畫我堅持到大學畢業。後來又增加了一個計畫。就是每個學習階段讀一遍《紅樓夢》。所以至今我讀過三遍《紅樓夢》，初中、高中、大學各一遍。那時為什麼會這樣想，這樣做，我不知道，只是一種打算罷了，因為那時從來也沒有想到現在會吃起了魯迅飯。我那時，喜歡的是魯迅，而不是魯迅研究。這種觀念，一直影響到我現在的思想。

　　《魯迅全集》給我當時的生活帶來的另一個直接影響就是對外國文學的重視。這是從《青年必讀書》這篇文章得來的。在魯迅的所有作品中，大概這篇文章是受攻擊最厲害的。但我從來沒有攻擊過它。「我看中國書時，總覺得就沉靜下去，與實人生離開；讀外國書──但除了印度───時，往往就與人生接觸，想做點事。」「中國書雖有勸人入世的話，也多是僵屍的樂觀；外國書即使是頹唐和厭世的，但卻是活人的頹唐和厭世。」「我以為要少──或者竟不──看中國書，多看外國書。」「少看中國書，其結果不過不能作文而已。但現在的青年最要緊的是『行』，不是『言』。只要是活人，不能作文算什麼大不了的事。」直到現在，我仍認為這即使不是魯迅說的最深刻的一句話，也是最深刻的話之一。當然，我的看法可能是錯誤的，但這卻是我的真實的感受。因了《青年必讀書》的影響，我開始主要看外國的文學作品。中國的也看，但那是應景的。別的愛好文學的同學都看，我不看，

和別人說不上話，但除了應應景之外，我自己看的是外國書。魯迅的話很快就應了驗。我的愛好文學的朋友們的作文都是全班最棒的，但我的作文很少得到好的分數。可以說我就不會作文。但魯迅有話在先，我也不感後悔。還是這樣我行我素地活了下來。

不會作文當時沒有感到多麼大的痛苦，最大的痛苦是政治上的。在那個時候，我屬於所謂「根紅苗正」的少年。我出身貧農，父親 38 年入黨，雖然官不算大，但在當地文教戰線也是一個頭面人物之一。我也「紅」過，初小時當少先隊小隊長，初中時當中隊長、大隊長。但到讀了魯迅作品，不知為什麼就變了，政治上是越搞越糟。在那時，入團入黨是要找支部書記談話的，那時叫彙報思想，靠近組織，求得組織的指導和幫助。談的越多，證明自己要求進步的心越迫切。其實，團支部書記就是同班的同學，有話隨時都可以說的，但那不算數，得「正麼經」地把談話搞成一個儀式。在談話時，不但要把自己的「思想」告訴支部書記，還要把別人的「思想」也要告訴他。有些同學，在背後老是罵他，但找他談話談得多，就入了團了。我覺著這有點滑稽，所以就是下不了找他談話的決心。後來團支部書記認為我看不起他，每次班會都指名或不指名地批評我，而我的最主要的罪狀就是上自習的時候看課外書。我認為這不關別人的事，也不辯解，也不改正。直到現在，領導不找我，我是不找領導的。這並不說明我對所有的領導都有仇恨，只是《魯迅全集》裏沒有找領導談話時說的那套語言，中國書我讀的又少，見了領導不知應該說什麼好。誰知這給我惹了一生的麻煩。後來發展到團支部書記想把我打成反革命，雖然沒有成功，但我也因

為走「白專道路」第一年沒有考上大學。當時我就知道,《魯迅全集》沒有給我帶來什麼好處,反而把我可以有的「錦繡前程」給毀了。但我沒有後悔過,因為我覺著有些人活的怪沒有意思。活的巴巴結結的,唯唯諾諾的。魯迅雖然一生不那麼順,但活得卻像個人樣子。人就這麼一生,窩窩囊囊的,想說的話不敢說,想做的事不敢做,明明對人對己都有好處,卻還是不說,專撿那些對人、對己都沒有好處但能討人喜歡的假話大話說。我喜歡魯迅,就喜歡他說的不是假話大話,說的不是專門討人歡心的話,雖然當時年齡還小,懂得的事理不多,但這點感覺還是有的。直至現在,一些學者仍然認為魯迅對人是很惡毒的,但我讀魯迅作品卻從來沒有產生過這種感覺。我從我的經歷知道,魯迅實際是對人、對自己的民族、對人類沒有任何惡意的,只是他不想討好人,別人聽了他的話感到不舒服,而在中國,有權勢的人總是能受到很多很多恭維的話,甜蜜的話的,而他們在魯迅那裏卻收不到這樣的話,魯迅就不招在社會上有勢力的人的喜歡,而一當有勢力的人不再關愛他,就有很多人前來找他的岔子。找有權有勢的人的岔子是要吃虧的,而找他的岔子卻不要緊。我在文化大革命前和文化大革命中都挨過鬥。少到十幾人,多到幾百人,看著那些掄拳擄袖搶著發言的人,,開始感到很害怕,後來就感到很可笑、也很可憐了。他們大都是與我無冤無仇的人,有些還受到過我的幫助,並不認為我會給他們造成什麼禍患,只是因為有勢力的人懷疑我與他不是一心,就找出個冠冕堂皇的理由來找我的麻煩,而多數人不發言就怕領導說他與我劃不清界限,就煞有介事地給我挑出好多雞毛蒜皮的毛病來。還有些人根本不知道到底是怎麼一回事,

別人說，他們也說，既沒有壞意，也沒有好意，但對像我這樣輪到了挨鬥的人卻是很大的壓力。一下子似乎全世界的人都認為我不好，讓鬥人的人鬥著很放心，很「正義」，有點「為民除害」的感覺。其實那時我對任何人都沒有懷過惡意，只是有點不聽話罷了。

我說過，我讀魯迅，就是喜歡魯迅，並沒有要靠魯迅吃飯的意思。我那時選的飯碗是外語。那時學生的外語水準都不高，我的外語還能對付，就考了外文系。自己給自己定的目標是研究契訶夫，用現在的話來說就是「吃契訶夫」。魯迅還是每學期讀至少兩卷，但也只是愛好。那時喜歡的還是魯迅雜文。對於魯迅小說，當時不歧視，但也沒有格外的青睞。把他放在巴爾扎克、斯湯達、福樓拜、莫泊桑、左拉、羅曼·羅蘭、普希金、果戈里、屠格涅夫、列夫·托爾斯泰、陀思妥耶夫斯基、契訶夫、高爾基、肖洛霍夫、勃朗特·夏綠蒂、狄更斯、薩克雷、哈代、奧斯丁、馬克·吐溫、傑克·倫敦、德萊塞、顯克微支這些世界級的小說家當中，魯迅小說確實有些不起眼。我的重視魯迅小說，是在文化大革命之後。先是《狂人日記》，後是《阿Q正傳》、〈藥〉、〈孔乙己〉、〈鑄劍〉、〈補天〉，再後是〈祝福〉、〈故鄉〉、〈在酒樓上〉、〈孤獨者〉、〈傷逝〉、〈示眾〉、〈風波〉、〈肥皂〉、〈離婚〉、〈出關〉、〈理水〉等等。我覺得，魯迅小說好像給我打開了天靈蓋，使我開始看清了整個中國，看清了中國人和中國文化。當然，這仍然是我自己的幻覺，不能當客觀真實來說的，但這種感覺也是很好的。在過去，魯迅雜文和外國文學、哲學，使我知道了很多以前不知道的東西，但有些連不成片。倒是魯迅小說，一下子使這些都連了

起來。我覺得，我們中國人到現在都還是魯迅小說中的人。它們很小，但地盤卻很大。容納了我們全部的中國人，當然也包括魯迅自己。我活的年歲越多，越覺得自己就是一個孔乙己，到忘乎所以的時候，則像阿Q。時至今日，我仍然崇拜西方那些偉大的小說家，但只有魯迅小說，給了我這種感覺。這種一旦粘住你，你就甩不掉的感覺。我認為，這也是正常的。我是中國人，我生活在中國這個環境中，不論怎樣讀外國書，但真正關心的還是中國這個文化環境，體驗最深刻的也是給我透視了這個文化環境的小說家。至於魯迅在世界文學上應有一個什麼樣的地位，對我並不重要。就是魯迅得了諾貝爾獎金，去領的是海嬰，一分錢也不會給我。

總之，我喜歡魯迅。魯迅沒有使我的命運好起來，但我不後悔。因為他也給了我做人的勇氣和做人的驕傲。在我最困難的時候，是魯迅及其作品給了我生命的力量。我經歷過困難，但困難沒有壓倒我。我是站著走過來的，不是跪著、爬著走過來的。我願像魯迅那樣生活。雖不富裕，但不低三下四。沒人欺負我，我絕不欺負人。若是有人仗勢欺人，我豁上小命也要與他糾纏到底。即使失敗，也不後悔；即使被整個社會所笑罵，也絕不屈服。[1]

2004 年，本書大陸版在上海教育出版社面世，出版之後，幾乎每年再版一次，在不少讀者尤其是一些高校學子中流傳，現在想來也深感欣慰，在此，我要特別感激上海教育出版社的張文東、周鑫先生！現在，又有機會借助秀威的現代傳播力量在臺灣出版，心中

---

[1] 王富仁：《我和魯迅研究》，《魯迅研究月刊》2000 年 7 期

更要一種特別的激動，我渴望通過這些文字與那些尚不熟悉魯迅的臺灣讀者對話，分享我們面對現代中華文化問題的基本感受。

最後，我還要謝謝八年前在西南師範大學文學院，2001 級那些選修過「魯迅研究」的同學們！當年，沒有他們求知的渴望，我很難鼓足勇氣完成這些魯迅的「故事」。早已經離開重慶的我，依舊十分懷念每次上課時那種濟濟一堂的熱烈的場面，它至少讓我相信，在魯迅和我們之間，依然存在許多可以彼此認同的精神追求，依然有著許多的共同的話題，或許，在某一天，它們就會成為我們度過人生之夜的寶貴的力量。

李怡

2011 年 7 月於北京師範大學勵耘居

史地傳記類　PC0198

魯迅的精神世界

作　　者 / 李　怡
主　　編 / 蔡登山
責任編輯 / 林千惠
圖文排版 / 楊家齊
封面設計 / 蔡瑋中

發 行 人 / 宋政坤
法律顧問 / 毛國樑　律師
印製出版 / 秀威資訊科技股份有限公司
　　　　　114 台北市內湖區瑞光路 76 巷 65 號 1 樓
　　　　　電話：+886-2-2796-3638　傳真：+886-2-2796-1377
　　　　　http://www.showwe.com.tw
劃撥帳號 / 19563868　戶名：秀威資訊科技股份有限公司
　　　　　讀者服務信箱：service@showwe.com.tw
展售門市 / 國家書店（松江門市）
　　　　　104 台北市中山區松江路 209 號 1 樓
　　　　　電話：+886-2-2518-0207　傳真：+886-2-2518-0778
網路訂購 / 秀威網路書店：http://www.bodbooks.com.tw
　　　　　國家網路書店：http://www.govbooks.com.tw
圖書經銷 / 紅螞蟻圖書有限公司
　　　　　114 台北市內湖區舊宗路二段 121 巷 28、32 號 4 樓
　　　　　電話：+886-2-2795-3656　傳真：+886-2-2795-4100

2012 年 1 月 BOD 一版
定價：400 元

國家圖書館出版品預行編目

魯迅的精神世界 / 李怡作. -- 一版. -- 臺北市 ：
秀威資訊科技, 2012.01
　　面 ；　公分. -- (史地傳記類 ; PC0198)
BOD 版
ISBN 978-986-221-881-5(平裝)

　1. 周樹人 2. 文學評論

848.4　　　　　　　　　　　100023156

讀 者 回 函 卡

感謝您購買本書，為提升服務品質，請填妥以下資料，將讀者回函卡直接寄回或傳真本公司，收到您的寶貴意見後，我們會收藏記錄及檢討，謝謝！如您需要了解本公司最新出版書目、購書優惠或企劃活動，歡迎您上網查詢或下載相關資料：http:// www.showwe.com.tw

您購買的書名：_____

出生日期：_____年_____月_____日

學歷：□高中 (含) 以下　　□大專　　□研究所 (含) 以上

職業：□製造業　□金融業　□資訊業　□軍警　□傳播業　□自由業
　　　□服務業　□公務員　□教職　　□學生　□家管　　□其它_____

購書地點：□網路書店　□實體書店　□書展　□郵購　□贈閱　□其他

您從何得知本書的消息？

　□網路書店　□實體書店　□網路搜尋　□電子報　□書訊　□雜誌

　□傳播媒體　□親友推薦　□網站推薦　□部落格　□其他_____

您對本書的評價：（請填代號　1.非常滿意　2.滿意　3.尚可　4.再改進）

　封面設計____　版面編排____　內容____　文／譯筆____　價格____

讀完書後您覺得：

　□很有收穫　□有收穫　□收穫不多　□沒收穫

對我們的建議：_____

_____

_____

_____

11466
台北市內湖區瑞光路 76 巷 65 號 1 樓

秀威資訊科技股份有限公司　　　收

BOD 數位出版事業部

....

（請沿線對折寄回，謝謝！）

姓　　名：＿＿＿＿＿＿＿＿＿＿　年齡：＿＿＿＿＿　性別：□女　□男

郵遞區號：□□□□□

地　　址：＿＿＿＿＿＿＿＿＿＿＿＿＿＿＿＿＿＿＿＿＿＿＿

聯絡電話：(日) ＿＿＿＿＿＿＿＿＿＿　(夜) ＿＿＿＿＿＿＿＿＿＿

E - m a i l：＿＿＿＿＿＿＿＿＿＿＿＿＿＿＿＿＿＿＿＿＿